rororo

Hubertus Borck, geboren 1967 in Lübeck, ist Kabarettist, Texter, Theater- und Drehbuchautor. Er schrieb u. a. für «Gute Zeiten, schlechte Zeiten», «Wege zum Glück» und die NDR-Produktion «Rote Rosen». Hubertus Borck lebt mit seinem Mann in Hamburg. Nach «Das Profil» folgt nun der zweite Band der Thrillerserie mit Franka Erdmann und Alpay Eloğlu.

Pressestimmen zu «Das Profil»:

«Wer Fitzek mag, wird diesen Thriller lieben.»
Frankfurter Rundschau Online

«Hochspannung um Social-Media-Gefahren, Hamburg-Kolorit und Ermittler, denen man gern folgt.»
Hörzu

«Ein extrem schneller Thriller, der im wahrsten Sinne des Wortes unter die Haut geht.» *Münchner Merkur*

«Ein ganz starkes Debüt.» *krimi-couch.de*

«Hochverdichtete Szenen, gutes Timing, glaubwürdige Dialoge.» *Kulturnews*

HUBERTUS BORCK

DIE KLINIK

THRILLER

Rowohlt Taschenbuch Verlag

Originalausgabe
Veröffentlicht im Rowohlt Taschenbuch Verlag,
Hamburg, März 2023

Redaktion Carla Felgentreff
Covergestaltung Hafen Werbeagentur, Hamburg
Coverabbildung Shutterstock
Satz aus der Minion Pro
bei Pinkuin Satz und Datentechnik, Berlin
Druck und Bindung GGP Media GmbH, Pößneck
ISBN 978-3-499-00825-2

Die Rowohlt Verlage haben sich zu einer nachhaltigen Buchproduktion verpflichtet. Gemeinsam mit unseren Partnern und Lieferanten setzen wir uns für eine klimaneutrale Buchproduktion ein, die den Erwerb von Klimazertifikaten zur Kompensation des CO_2-Ausstoßes einschließt. www.klimaneutralerverlag.de

FSC www.fsc.org
MIX
Papier | Fördert gute Waldnutzung
FSC® C014496

1 Soltau. Vor zehn Jahren.

Sie musste ihr ganzes Körpergewicht zum Einsatz bringen, denn der alte Mann wehrte sich mit letzter Kraft gegen das Ersticken. Wie sehr der Mensch doch kämpfen kann, wenn es zu Ende geht, dachte sie und presste das Kissen fest auf sein Gesicht. Der Körper mobilisiert Reserven, die ihm nur für den Notfall zur Verfügung stehen. Sie schätzte, dass der Sauerstoff in seinem Blut vielleicht noch für eine knappe Minute reichte, bevor der Mann unter ihr bewusstlos werden würde. Diese sechzig Sekunden, in denen sie über dem Alten lag, erschienen ihr wie eine Ewigkeit. Sechzig Sekunden, um vierundachtzig Jahre zu beenden. Der Rentner strampelte mit den Beinen, und während sie seinen Kopf mit dem Gewicht ihres Oberkörpers auf die Matratze zwang, ruderte er hilflos mit den Armen. Immer wieder wich sie den Schlägen seiner knöchernen Hände aus, doch einmal traf er sie mitten auf das linke Ohr. Der Schmerz brannte überraschend stark. Ein feiner Tropfen Blut landete auf dem weißen Kissen, das sie jetzt noch fester auf sein Gesicht drückte. Die empfindliche Haut ihrer Ohrmuschel musste unter seinem Ehering geplatzt sein.

Die Schreie des alten Mannes, die durch das Kissen nur dumpf nach außen drangen, zeugten von purer Verzweiflung und dem Wissen, dass er verloren hatte. Immer wieder schaute sie zur Tür. Es wurde Zeit.

Ohne das Kissen loszulassen, kletterte sie auf das Bett, legte sich quer über den Kopf des Rentners und schnitt ihm so das letzte bisschen Sauerstoff ab. Unterhalb ihres Brustbeins spürte sie seine Nase durch das Kissen drücken, und die feuchte Wärme seiner Atemluft drang langsam hindurch. Keine Möglichkeit, sich zu wehren, keine Chance auf eine Chance. Warum dauerte das so lange? Ihr Kaffee im Stationszimmer wurde kalt.

Endlich – sein Widerstand ließ nach. Die Schlagzahl der rudernden Arme nahm ab, auch die Beine ermatteten. Gleich würde das Zurücksinken der Zunge in den Hals den Rest erledigen. Sie war außer Atem. Auch wenn der Mann keinen Laut mehr von sich gab und sich nicht bewegte, blieb sie zur Sicherheit noch einen Moment auf ihm liegen. Sie schaute seitwärts zum Fußende hinunter, wo sein linkes Bein bewegungslos aus dem Bett hing. Seine Arme lagen auf ihrem Rücken wie eine Umarmung. Konnte sie es wagen aufzustehen? Oder würde ein letztes Aufbäumen erfolgen? Wie bei dem stinkenden Kfz-Mechaniker mit den verhornten Fußnägeln, dem sie vor zwei Wochen mehrere Einheiten Insulin gespritzt hatte, obwohl der Mann kein Diabetiker gewesen war.

Sie horchte zur Sicherheit noch einmal unter sich. Der Alte machte wirklich keinen Laut mehr. Langsam stieg sie von dem bewegungslosen Körper hinunter, wobei seine Arme von ihrem Rücken auf die Matratze rutschten. Weder am Handgelenk noch am Hals fühlte sie seinen Puls. Es war vorbei. Sie schaute sich im Zimmer um. Das zweite Bett war nicht belegt. Die Wände ringsherum waren angestoßen. Niemand gab sich hier sonderlich viel Mühe beim Rangieren der Betten. Außer ihr, davon war sie überzeugt, gab sich hier kaum jemand mit irgendetwas Mühe.

Sie beugte sich zu ihm hinunter und flüsterte in sein Ohr:

«Nimm die Klage deiner Tage, schnall sie auf den Rücken mir. Mach dein Leid zu meinem Kreuze, das ich trag auf Erden hier.»

Mit Daumen und Mittelfinger schloss sie seine Augen, bevor die Totenstarre seinen panischen Blick verraten konnte. Das Kissen fiel zu Boden. Auf der einen Seite zeugte ein handtellergroßer Speichelfleck von seinem Ersticken, auf der anderen Seite verrieten zwei kleine Tropfen Blut seine Gegenwehr. Ihr blieb noch eine halbe Stunde, bis sie an die Kollegen der Abendschicht übergeben würde.

Wenn sie sich beeilte, das zerwühlte Bett unter ihm zu richten und den eingesauten Kissenbezug zu wechseln, schaffte sie in ihrer Kaffeepause vielleicht noch das Stück Butterkuchen, das sie sich in einer Tupperdose von zu Hause mitgebracht hatte.

Nur eine Stunde später saß sie auf einer harten Kirchenbank. Die Kälte strahlte von den grob verputzten Wänden der kleinen Kapelle und kroch ihr langsam unter die Klamotten. Ihre Füße waren in den Sneakern bereits eisig geworden, die dünnen Gummisohlen hatten der Temperatur des Backsteinbodens wenig entgegenzusetzen. Aber die Ruhe im Inneren der kleinen Feldsteinkirche in der Lüneburger Heide vermittelte ihr ein Gefühl von Sicherheit. Sie wickelte sich enger in ihre Jacke und betastete ihr Ohr. Die kleine Stelle hatte schnell aufgehört zu bluten und war zum Glück niemandem in der Klinik aufgefallen.

Sie hatte es wieder getan. Langsam legte sie den Kopf in den Nacken, schloss die Augen und atmete durch. Es roch nach feuchtem Papier. Vielleicht waren es die Gesangbücher? Unauffällig war sie nach der Tat aus dem Zimmer des Alten auf den

Flur geschlichen, hatte den dreckigen Kissenbezug im Wäschesammler der Station entsorgt, anschließend ihren lauwarmen Kaffee getrunken und das Stück Butterkuchen gegessen. Vielleicht, so hatte sie dabei gedacht, sollte sie beim nächsten Mal etwas gröbere Streusel kneten und im Backofen die Oberhitze dazuschalten.

Sie rieb sich die kalten Hände. Im Schwesternzimmer hatte sie mit Brit und Dörte über die Urlaubsplanung auf Station reden müssen, sich anschließend in der Garderobe umgezogen und das Krankenhausgelände auf ihrem Fahrrad verlassen. Niemand hatte bis zu diesem Zeitpunkt den toten Rentner in seinem Bett entdeckt.

Und wie bei den anderen vier Patienten, denen sie zuvor geholfen hatte, saß sie nun in dieser kleinen Kirche in der ersten Bank und konnte endlich aufatmen. Sie schaute sich um.

Hinter dem einfach geschnitzten Altar fiel die untergehende Frühlingssonne schwach durch die drei bleigefassten Kirchenfenster. Das unebene Glas ließ unscharf die gewaltigen Eichen erahnen, die dahinter in einer Art Wall das Gebäude in der Lüneburger Heide beschützten. Im aufdrehenden Wind wirkten die verschwommenen Äste so, als würden sie ihr durch die Scheiben bestätigend zunicken. Ja, auch diese Erlösung war richtig gewesen.

Ihre Hände neben sich auf der Sitzbank, befühlte sie die glatte Oberfläche des kühlen Holzes. Sie musste daran denken, wie sie die Kirche nach ihrer ersten Erlösung vor vier Monaten zum ersten Mal betreten hatte. Obwohl sie jahrelang jeden Tag auf dem Weg ins Hermann-Löns-Krankenhaus in Soltau an der achthundert Jahre alten Kirche vorbeigeradelt war, hatte sie dem Gebäude zuvor keine große Aufmerksamkeit geschenkt.

Erst im letzten November war sie, einem Impuls folgend, vor der Kapelle stehen geblieben – und hatte sich selbst darüber gewundert. Denn mit der Kirche als Institution hatte sie bis heute nichts am Hut. Sie erinnerte sich, wie sie damals einige Minuten unschlüssig vor der schweren Eichentür gestanden und sich anfangs nicht über die Schwelle getraut hatte. Auch wenn sie nicht an Gott glaubte, hatte sie doch insgeheim seine Strafe gefürchtet. Denn kurz zuvor hatte sie die vierundzwanzigjährige Krebspatientin, die durch Chemotherapie und Bestrahlung bereits stark geschwächt und vom Morphium sediert gewesen war, mit vierzig Milliliter Gilurytmal in den schnellen Tod gespritzt. Nach fast dreizehn Jahren als Krankenschwester, die Ausbildungsjahre mitgerechnet, hatte sie nicht lange überlegt. Kein Zögern, keine Spur von Unsicherheit, als sie die Spritze in die Armvene gestochen hatte. Mit nachlassender Lungenfunktion der Patientin hatte sie selbst immer befreiter durchatmen können. Als hätte sie sich für den Moment mit der Luft der Sterbenden von der eigenen Atemlosigkeit befreit. Die Gründe, dieser Frau zu helfen, waren so offensichtlich gewesen, während es gleichzeitig kein Argument gegeben hatte, es nicht zu tun. Wie bei den anderen beiden Patienten auch, die sie danach auf dieselbe Weise erlöst hatte. Wie leicht ihr der Schritt gefallen war, hatte sie selber erstaunt. Es hatte sie vorher weder Überwindung gekostet noch hinterher Selbstzweifel beschert. Nein, jeder dieser fünf Todgeweihten war durch ihre Hilfe befreit worden. Die ersten drei Sterbefälle hatten zu Meckis Erleichterung keinen Verdacht bei den Kollegen ihrer Station erweckt – zumindest anfangs nicht.

Erst als sich Frau Dr. Darkow über den ungewöhnlich hohen Verbrauch von Gilurytmal gewundert hatte, war sie vorsichtiger geworden und bediente sich seitdem anderer Mittel, die sie zudem variierte. Heute hatte sie zum ersten Mal ein Kissen benutzt.

Bei dem fünfzigjährigen Kfz-Mechaniker vor zwei Wochen war sie zu Insulin übergegangen. Sie hatte ihm ein leichtes Schlafmittel in den Tee gerührt, bevor sie ihm kurze Zeit später eine Dosis zwischen die Zehen seiner ungepflegten Füße spritzte. Leber und Bauchspeicheldrüse waren gegen die Menge nicht angekommen. Nach einer gehörigen Unterzuckerung war der Mann schnell verwirrt gewesen und ohnmächtig geworden. Und während sie danebengestanden und zufrieden seinen sinkenden Puls kontrolliert hatte, hatte er plötzlich noch einmal die Augen weit aufgerissen. Mit Schaudern erinnerte sie sich daran, wie sein Körper vor Schüttelfrost gezittert hatte, dass ihm die schlechten Zähne aufeinanderklapperten.

Nun, knapp vierzehn Tage nach seinem Tod und zwei Stunden nach dem Ersticken des Rentners, betrachtete Mecki aufmerksam die Holzträgerdecke der kleinen Kirche. Zwei schmucklose mehrarmige Messingleuchter hingen über dem Mittelgang. Sie lauschte dem Wind, der irgendwo, vielleicht im Turm, auf eine kaputte Regenrinne oder ein Fenster traf. Da es hier drinnen keine Orgel gab, konnte sie sich das dunkle Pfeifen nicht anders erklären. Vorne links stand eine einfache kleine Kanzel, deren dunkelgrün gestrichenes Holzdach mit einer Allegorie aus drei geschnitzten Figuren verziert war. Auch wenn Mecki der Tod in Gestalt eines Skeletts schon bei ihrem ersten Besuch aufgefallen war, interessierte sie sich nicht weiter für kirchliche Symbolik. Das Gerippe stand über zwei am Boden liegenden nackten Figuren, die sich, nur mit einem Tuch über der Scham bedeckt, mit einem Arm am Rand des Kanzeldaches abstützten und den Oberkörper flehend Richtung Himmel reckten. Hatte sie die dargestellte Szene bei ihren ersten Besuchen noch abgestoßen – zu plakativ war ihr die Darstellung im Zusammenhang mit ihren eigenen Taten erschienen –, betrachtete sie die Figuren mittlerweile mit einer gewissen Neugier. Jedes Mal fragte sie sich, warum der Tod voller Desinteresse an dem Elend zu seinen Füßen vorbeischaute. Wie konnte man dieses offensichtliche Leiden ignorieren? Im Gegensatz zum dargestellten Tod auf dem Kanzeldach war Mecki barmherzig. Niemand hatte es verdient, sein Ende erbetteln zu müssen.

Gegen die Kälte des Frühlings blies sie ihre warme Atemluft zwischen die Hände und musste schmunzeln. Vermutlich sah sie aus, als würde sie beten. Sie versuchte, sich an das Vaterunser aus dem Konfirmandenunterricht zu erinnern, aber wieder kam sie nicht über die ersten beiden Zeilen hinaus. *Vater unser, der du bist im Himmel.* Und dann? Warum konnte sie sich die Verse, die sie nach ihren Besuchen bereits einige Male nachgeschlagen hatte, nicht merken? Irgendwo kam doch *Dein Wille geschehe* darin vor. Egal, sie glaubte ja eh nicht an Gott und dieses ganze Heil versprechende Gequatsche. Wo war Gott denn gewesen, als der alte Mann über Monate vom Krebs zerfressen worden war?

Sie atmete durch, und es schien, als würde sie damit dem Wind um die Kirche neuen Schwung verleihen. Dunkel tönte es um die kalten Mauern. Das fahle Licht der Dämmerung entzog der geschnitzten Jesusfigur an dem dunklen Holzkreuz über dem Taufbecken jegliche Farbe. Da hing er also, der ans Kreuz genagelte bleiche Beweis, dass es Gott ganz offensichtlich nicht gab. Warum sonst hatte er nicht wenigstens seinen *Sohn* vor dem Leid der Kreuzigung bewahrt? Und wenn er doch existierte, musste er sich die Frage gefallen lassen, warum ihm Jesus egal gewesen war. Vielleicht aus demselben Grund, aus dem Gott sich auch für ihr Schicksal nicht interessierte?

Seit ihrer ersten Patientenhilfe vor vier Monaten fragte Mecki sich immer wieder, warum es sie danach an diesen Ort zog. Warum sie tötete, fragte sie sich nicht.

Ihre eisigen Füße begannen zu schmerzen, und auch die Hände waren steif vor Kälte. Nur in einem hatte sie im Moment Gewissheit: Dank ihrer Hilfe waren fünf Menschen frei von Angst, von Schmerz und von einem aussichtslosen Überlebenskampf. Ein wenig Neid stieg in ihr auf, während der stärker werdende Wind um die Kirche heulte und wie ein trauriges Lied klang, das um ihre Toten weinte. Insgeheim beneidete sie auch den Sturm, der seine Klage laut herausschrie. Etwas, das Mecki sich nie getraut hatte. Im Gegensatz zum Wind hatte sie schon immer geschwiegen. Ein Leben lang.

2 Hamburg. Vor vierzehn Tagen.

«Baba, hayır. Ben patlayacağım.»

Zu spät. Alpay Eloğlu konnte sich nicht gegen die riesige Portion Königsberger Klopse wehren, die ihm sein Vater Metin auf den Teller häufte. An diesem warmen Juniabend saß er bei seinen Eltern auf dem gepflegten und mit Kübeln bepflanzten Balkon im vierten Stock eines Wohnungsneubaus in Hamburg-Ottensen. Bei den Temperaturen hätte er lieber einen Salat gegessen, aber die Hackklößchen dufteten köstlich. Er zerteilte eins mit der Gabel und schob es sich genüsslich in den Mund. «Megalecker.»

«Habt ihr beim LKA keine Kantine?», witzelte Metin und wandte sich an seine Frau. «Schau ihn an, Siggi, der Junge ist ja ganz ausgehungert. Kein Gramm Fett, nur Muskeln und Haut.»

Alpay grinste und spannte stolz seinen Bizeps an, der sich auf die Größe einer halben Kokosnuss wölbte und dabei das Bündchen seines Polohemds dehnte.

Sigrid Eloğlu füllte sich etwas Rote Bete auf den Teller. «Wie läuft's im Dienst?»

«Läuft», antwortete Alpay mit vollem Mund.

«Neues vom Erdmännchen?»

«Ich glaube, der geht's gut.»

«Du glaubst. Aha.»

Er schaute seine Mutter verwundert an. Dafür, dass sie seine Vorgesetzte nicht mochte, erkundigte sie sich erstaunlich oft nach ihr.

«Wir haben seit dem Fall der toten Influencerinnen vor einem halben Jahr noch nicht wieder zusammengearbeitet. Leider.»

Metin wandte sich irritiert an seine Frau. «Wieso sagt der Junge *leider*?»

«Diese Hauptkommissarin ist wirklich ein Besen. Da hat der Papa recht.»

«Hayret bir kadın.» Sein Vater wechselte immer dann ins Türkische, wenn er die Sprache für passender hielt, und auch Alpay fand, dass *eine unmögliche Frau* auf Türkisch tatsächlich noch eine Spur verächtlicher klang.

Metin und Siggi hatten sich ihre Meinung über Franka Erdmann gebildet, nachdem Alpay im letzten November frisch nach der Uni zur Abteilung 4 des Landeskriminalamtes Hamburg gestoßen war und seinen Eltern von den Spannungen zwischen ihm und seiner Vorgesetzten berichtet hatte. Franka und er hatten sich über die Ermittlungsarbeit im Fall der ermordeten jungen Frauen zusammengerauft, was aber nichts an der Tatsache änderte, dass seine Eltern Franka zur Persona non grata erklärt hatten. Alpay selbst hatte die anfänglichen Schwierigkeiten mittlerweile als *holprigen Start* abgehakt. Nachdem Franka ihn, den unerfahrenen Kollegen, einige Male hatte auflaufen lassen, hatten sie den spektakulären Fall gemeinsam aufgeklärt. Nur das zählte für Alpay. Er war nicht zur Polizei gegangen, um neue Freunde zu finden. Trotzdem hatte es ihn irgendwie gefreut, als Hauptkommissarin Erdmann ihm kurz vor Weihnachten das Du angeboten hatte.

Siggi stupste Alpay mit dem Fuß unter dem Tisch an und

nickte unauffällig in Richtung seines Vaters, der genüsslich die restliche Soße von seinem Teller löffelte. «Ich kümmere mich mal ums Dessert.» Dann erhob sie sich und verschwand durch die geöffnete große Schiebetür nach drinnen. Siggi hatte Alpay vorhin zur Seite genommen und noch einmal daran erinnert, dass er Metin von einem Arztbesuch überzeugen sollte, denn seit geraumer Zeit plagten ihn Magenbeschwerden. Manchmal gingen sie schnell vorüber, manchmal dauerten sie an. Genaueres wusste Alpays Mutter auch nicht, denn er spielte seine Krämpfe vor ihr herunter. Nun lehnte Metin sich in seinem Teakstuhl zurück und lächelte seinen Sohn zufrieden an.

«Baba, nasılsın bugün?» Alpay fragte so unverfänglich wie möglich.

«Wie soll es mir heute schon gehen? Hat deine Mutter etwa mit dir gesprochen?» Aus Metins großen bernsteinfarbenen Augen wurden skeptische kleine Sehschlitze.

«Nee, worüber?» Alpay zuckte nicht mit der Wimper.

«Ich hab manchmal so ein ganz leichtes Ziehen im Bauch.»

«Was sagt der Arzt?»

Metin schwieg.

«Papa, das musst du mal abklären lassen.» Alpay bemühte sich, so unaufgeregt wie möglich zu klingen. «Wie lange geht das denn schon?»

«Junge, ich vertrage manche Lebensmittel einfach nicht mehr so gut. Davon geht die Welt nicht unter.» Metin winkte ab.

Alpay war verunsichert. Übertrieb es seine Mutter in ihrer Sorge, oder verharmloste Metin seine Beschwerden, weil er generell nicht gerne zum Arzt ging?

Alpay schaute in die Krone der Rotbuche, die unten im Hof stand. Der fünfgeschossige Wohnungsneubau fügte sich wunderbar in eine grüne Hinterhof-Oase mit dem Schatten spendenden Baum.

«Baba, erinnerst du dich, dass die Erdmann mal einen festen Ermittlungspartner gehabt hat?» Um seinen Vater von einem Arztbesuch zu überzeugen, musste er wohl schwerere Geschütze auffahren.

«Ja, irgendwie klingelt da was.»

«Der ist gestorben, weil er definitiv zu spät zum Arzt gegangen ist. Prostatakrebs.»

Metin zog scharf die Luft ein. «Autsch.»

«Baba, du bist zweiundsechzig. Du gehst ja wohl regelmäßig zur Vorsorge, oder? Hast du eigentlich jemals eine Darmspiegelung machen lassen?»

«Meine Worte, Metin.» Sigrid kehrte mit einem Tablett in der Hand auf den Balkon zurück. «Statt diese Sache abklären zu lassen, steckt dein Vater lieber den Kopf in den Sand.» Sie wandte sich an Metin. «Ich werde zwei Wochen mit dir im Urlaub an der Ostsee sitzen und ständig in Sorge um dich sein.»

«Mama hat recht. Du solltest dich nach eurem Urlaub mal durchchecken lassen, Baba. Schadet ja nichts.»

Siggi griff lieb nach Metins Hand. «Hör mal. Du musst doch keine Angst vor der Untersuchung haben. Im Krankenhaus wird dir geholfen. Was soll denn da Schlimmes passieren?»

Mecki liebte die Nacht mehr als den Tag, denn das Dunkel war so viel leiser. Schon als Kind hatte sie sich sicherer und geborgener darin gefühlt. Daran musste sie denken, während sie gegen drei Uhr nachts über den Flur der Intensivstation in der Hamburger Karesis-Klinik ging. Das hektische Treiben, das schnelle Reagieren, wenn es um Leben und Tod ging, die permanenten

Alarm- und Kontrolltöne der Gerätemedizin, das alles wurde ihr tagsüber mittlerweile zu viel. Seit ihrer Fachweiterbildung zur Intensivpflegeschwester vor zehn Jahren arbeitete sie lieber in der Nacht auf Station, obwohl sie während dieser Schichten vier statt wie tagsüber zwei Patienten versorgen musste. Ihrem Empfinden nach war der Lärmpegel einer Intensivstation tagsüber ähnlich hoch wie der Verkehr auf dem zweispurigen Sandtorkai, der sich in der Nähe der Klinik wie eine hässliche Narbe zwischen der Hamburger Speicherstadt und der HafenCity entlangzog. Die Ruhe aus Soltauer Zeiten war schon lange vorbei.

Diese Schicht war bis jetzt ohne Zwischenfälle verlaufen. Kein Rettungshubschrauber war auf dem Dach der Klinik gelandet, keine Messerstecherei auf dem Kiez, kein Patient mit Schlaganfall oder anderem akuten Ereignis hatte das Team in dieser Nacht plötzlich rennen lassen.

In diesem Moment hörte sie nur die weichen Gummisohlen ihrer Crocs, die bei jedem Schritt leise über den polierten Vinylboden schmatzten. Ihre Kollegin Beate kam aus Richtung des Stationszimmers, riss dabei einen verpackten Infusionsbeutel auf und verschwand in einem der Intensivzimmer. Das unauffällige Piepen der Vitalparameter der Patienten drang aus den Zimmern hinaus auf den Flur.

Leise öffnete sie nun die Schiebetür zur 06, schlüpfte hinein und schob sie vorsichtig wieder hinter sich zu, bevor sie ihre Hände unter den Desinfektionsmittelspender hielt. Im Gegensatz zur grellen Flurbeleuchtung wurde das Licht in den Zimmern zur Nacht gedimmt. Alle sechs Zweibettzimmer auf dieser Intensivstation waren mit modernster Medizintechnik ausgestattet. Über jedem Bett hingen die jeweiligen Überwachungsmonitore, die neben Herzfrequenz und Blutdruck auch die Atemfrequenz und die Sauerstoffsättigung im Blut anzeigten. Fiel einer der Werte bedrohlich ab, erklang ein Warnton, und das Gerät machte Meldung an den Computer in der Kanzel. Beide Betten waren belegt. Neben einem zweiundachtzigjährigen Rentner stand eine Beatmungsmaschine. Ein Dialysegerät filterte seit drei Tagen die giftigen Stoffwechselprodukte aus seinem Blut. Der Alte hatte nach einer Tumoroperation einen septischen Schock erlitten. Vor vier Tagen war er schließlich ins Koma gefallen. Die Ehefrau und die Kinder des Mannes waren entsetzt gewesen.

Für das medizinische Personal gehörte der Tod zum Krankenhausalltag dazu. Auch wenn Menschen primär hierherkamen, um geheilt zu werden, eine Garantie dafür gab es nicht. Vielleicht konnte Reichtum Leben verlängern, aber kein Geld der Welt vermochte das Sterben zu verhindern.

Mecki horchte auf den Flur hinaus. Die Schritte der Kollegen eilten draußen vorbei.

Die meisten Kranken auf dieser Station waren ohne Bewusstsein. Nach Meinung ihrer Hamburger Chefs ließ sich eine künstliche Beatmung stark sediert auch besser verkraften. Aber Mecki war anderer Meinung, wie so oft. Mancher Chefarzt blendete aus, dass es bei einem Drittel der intubierten Patienten immerhin noch Monate nach der Langzeitsedierung zu posttraumatischen Belastungsstörungen kommen konnte. Aber wer hörte schon auf eine wie sie?

In dem anderen Bett lag ein junger Familienvater, den der Rettungswagen am Morgen gegen 10:30 Uhr bewusstlos in einer Vakuummatratze in die Notaufnahme gebracht hatte. Bei seinem Fahrradunfall hatte er sich weder Arme noch Beine gebrochen. Auch innere Organe waren nicht verletzt worden.

Nicht einmal Schürfwunden hatte der Mann sich zugezogen. Nur diese kleine Fraktur am Schädel, dort, wo er mit dem Kopf auf dem Poller aus Beton aufgeschlagen war, zeugte von seinem Unfall. Wie Passanten dem Notarzt des Krankentransports berichtet hatten, war der Architekt auf dem Weg zur Arbeit lediglich in Schrittgeschwindigkeit mit seinem Fahrrad einen abgeflachten Bordstein am Hamburger Gänsemarkt hinaufgefahren und dabei ins Straucheln geraten. Eine Frau hatte den Sturz als *wie in Zeitlupe* beschrieben. Vermutlich wäre ihm nichts weiter passiert, so mutmaßten die operierenden Neurochirurgen später, hätte er auf seinem Weg ins Büro nicht nur einen italienischen Anzug, sondern auch einen Helm getragen. Der Vater zweier kleiner Kinder war seitlich mit dem Kopf auf die Absperrung gestürzt. Die Computertomografie von Schädel und Gehirn war ernüchternd. Während der Knochen nur eine leichte Verletzung zeigte, gaben die Einblutungen durch die Hirnquetschung Grund zur Sorge.

Sie strich dem jungen Mann die braunen Locken aus dem Gesicht, die ihm nach der Operation noch geblieben waren. Er hatte Glück gehabt. Die Ärzte konnten ihm als Ventrikeldrainage einen dünnen Schlauch unter die Haut schieben und durch ein winzig kleines Bohrloch im Vorderhorn des Schädels implantieren, statt den Knochen für die Ableitung des Hirnwassers mehrfach aufzubohren. Der Liquor floss nur langsam ab und machte der Hirnschwellung Platz. Nach dem Eingriff wurde der Patient ins künstliche Koma versetzt. Rechts neben seinem Bett standen die Perfusoren übereinander, die dafür sorgten, dass er die benötigten Medikamente automatisch durch Zugänge in Armen und Handrücken verabreicht bekam.

Auch dieser Patient war an ein mikroprozessorgesteuertes

Beatmungsgerät angeschlossen. Er schwitzte. Vorsichtig wendete sie seine Bettdecke. Oberschenkel und Waden waren kräftig trainiert. Malte Ostersetzer war neununddreißig Jahre alt und hatte allem Anschein nach gut auf seinen Körper aufgepasst. Sie korrigierte den Sitz der kleinen Gummimanschette, die auf der Kuppe seines Zeigefingers verrutscht war und den Wert des Sauerstoffgehalts in seinem Blut auf den Überwachungsmonitor übertrug. Die Klemme rutschte erneut ab. Noch bevor der Alarmton ausgelöst wurde, steckte sie das Teil auf den Mittelfinger um.

Obwohl sich die Ärzte im Gespräch mit der Ehefrau des Patienten nicht hatten festlegen wollen, wussten sie es eigentlich längst: Der Mann hatte ein so schweres Schädel-Hirn-Trauma erlitten, dass er dauerhafte, gravierende Einschränkungen zurückbehalten würde. Durch die Einblutungen in den Stammganglien, die für die komplexen Abläufe von Bewegungen wie Gehen oder Fahrradfahren zuständig waren, würde sich Malte Ostersetzer nie wieder selbst versorgen können.

Seine Frau hätte ab jetzt ein drittes Kind zu betreuen, da war sich Mecki sicher.

Anna schreckte auf. Sie brauchte nur den Bruchteil einer Sekunde, um zu realisieren, dass sie Maltes Unfall am Tag zuvor nicht geträumt hatte. Sofort griff sie nach ihrem Handy, um zu kontrollieren, ob sich das Krankenhaus gemeldet hatte. Es war 4:15 Uhr, und draußen machten die ersten Vögel bereits Radau. Keiner der Ärzte hatte angerufen. Das war ein gutes Zeichen, oder? Hatten sie nicht angekündigt, sich nur im Notfall zu melden? Niemand hatte *Notfall* näher definiert, aber ihr war klar, dass damit die Verschlechterung seines Zustands gemeint war.

Anna kämpfte mit den Tränen, gegen die sie sich genauso wenig wehren konnte wie gegen das Bild, das sich gestern Mittag in ihrem Kopf festgesetzt hatte. Wie hilflos Malte mit teilrasiertem Schädel halb aufrecht in seinem Bett gesessen hatte. Drum herum die Apparate, Maschinen mit Signalkurven und Warntönen. Dazu noch dieses Ding, das in seinem Kopf steckte. Ihr war im Büro das Telefon aus der Hand gefallen, nachdem ein Arzt aus der Karesis-Klinik in der HafenCity angerufen hatte, um sie über den Unfall ihres Mannes zu unterrichten. Malte hatte ihre Handynummer als Notfallkontakt in seinem Smartphone hinterlegt, und der ließ sich trotz des Sperrbildschirms aktivieren. Sofort hatte Anna die Behörde für Stadtplanung in Wilhelmsburg verlassen und war ins Krankenhaus gefahren.

Bei dem Gedanken presste sie sich ein Kissen ins Gesicht, damit ihre Söhne nicht durch das Schluchzen aufgeweckt wurden. Anna hatte es gestern Nachmittag nicht übers Herz gebracht, Fritz und Paul, die erst neun und sechs Jahre alt waren, die ganze Wahrheit über den Unfall ihres Vaters zu erzählen. In ihrer Version der Geschichte war er zwar gestürzt, aber dass er nach einer Operation im Koma lag, hatte sie ausgelassen. Zumal die Ärzte, und das hatte Anna genau gespürt, sie darüber im Unklaren gelassen hatten, wie schlimm es wirklich um Malte bestellt war. Man wollte sie als Ehefrau schonen und hatte um den heißen Brei herumgeredet. Erst wenn er aus dem künstlichen Koma erwachte, so die Ärzte, könne man eine erste Prognose über den *Stand der Dinge* wagen. Als Anna gestern völlig fertig zu Hause angekommen war, hatte sie Schädelverletzungen gegoogelt. Ihr war bewusst, dass nichts mehr so sein würde, wie es gestern Morgen noch gewesen war, als sie sich vor der Haustür mit einem Kuss voneinander verabschiedet hatten. In der Nacht zuvor hatten sie miteinander geschlafen und waren sich beim Abschied noch so nah gewesen, dass Anna nur ungern zur Arbeit gefahren war.

Nach ihrem Besuch auf der Intensivstation hatte der Schock dafür gesorgt, dass sie funktionierte. Sie hatte die Familie telefonisch über den Unfall informiert. Maltes Mutter hatte das Gespräch überfordert abgebrochen. Seine Schwester kümmerte sich um die Eltern und hatte Anna geschrieben, dass ihr die gesamte Familie zur Seite stünde. Am Nachmittag hatte Anna dann einige Tage Urlaub beantragt, noch Lebensmittel im Supermarkt um die Ecke besorgt und sich anschließend um die Jungs gekümmert. Erst abends, als Fritz und Paul im Bett gelegen hatten und es ruhiger geworden war, war Anna weinend zusammengebrochen. Vor Erschöpfung war sie schließlich in ihren Büroklamotten auf dem Sofa eingeschlafen.

Und nun brannte in der gesamten Dachgeschosswohnung noch das Licht. Anna schaute wieder auf ihr Handy und scrollte durch besorgte Textnachrichten. Im Freundes- und Bekanntenkreis hatte Maltes schwerer Fahrradunfall schnell die Runde gemacht. Aber sie fühlte sich einfach nicht dazu in der Lage, auch nur eine einzige Antwort zu verschicken.

Malte war ein zäher Fighter, in jeder Beziehung. Sein ganzes Leben hatte er viel Sport getrieben. Er brauchte das als Ausgleich zum Job und konnte ohne Bewegung schnell hibbelig werden. Dann musste er an die frische Luft. Er kickte mit seinen Jungs im Stadtpark, spielte Squash mit seinem besten Kumpel David, und selbst bei Regen zog er im Einer auf der Alster seine Bahnen. Anna freute sich, dass er seinen Bewegungsdrang offensichtlich an die Jungs vererbt hatte, die gerne mit ihrem Vater zum Germania Ruderclub radelten, mit Helmen auf den kleinen Köpfen, worauf der Vater immer bestanden hatte. Dabei war den Jungs längst aufgefallen, dass der Vater Wasser predigte, aber Wein trank. Ein Ausdruck, den Maltes Mutter gern benutzte. Der Kinder wegen hatte er vor einer Woche endlich zugestimmt, einen Helm für sich zu kaufen. Vielleicht war Anna ihm auch einfach nur lange genug auf die Nerven gegangen. Malte hatte ihr schon einige Modelle im Netz gezeigt, die er mal ausprobieren wollte. Wieso hatte er sich nicht früher einen Kack-Fahrradhelm aufgesetzt? «Meine schönen Locken», hatte er sie immer aufgezogen und sich dabei hinten die Haare aufgetufft, wie seine Mutter das machte, wenn sie vom Friseur kam. «Schatz, mach dir keine Sorgen, ich kann Fahrrad fahren», hatte er zur Beruhigung gesagt. Anna konnte nicht begreifen, dass ihrem Mann nun ein abgeflachter Bordstein zum Verhängnis geworden war.

Als Intensivpflegerin ließ sie den Monitor über seinem Bett nur selten aus den Augen, und auch als sie sich auf das Bett setzte, behielt sie die Werte im Blick. Die oberste Linie zeigte in Grün die Herzfrequenz an. Das Organ schlug dreiundsechzig Mal in der Minute. Etwas weniger, als es für einen Mann in seinem Alter üblich war, aber der Pegel aus Sedativa und Analgetika, den die Ärzte ihm seit der Operation verabreichten, hielt das künstliche Koma aufrecht. Trotzdem sprach sie beruhigend auf ihn ein. Sie musste sich beeilen. Durch die Tracheotomie, bei der ihm die Ärzte einen chirurgischen Eingang zur Luftröhre geöffnet hatten, war die Verbindung zu den oberen Atemwegen unterbrochen worden. An seiner Atmung hörte sie, dass die Trachealkanüle Sekret gesammelt hatte. Es musste bald abgesaugt werden. Kurz schaute sie zur geschlossenen Tür und lauschte, ob es auf dem Flur ruhig blieb.

Anna nahm einen Schluck aus dem halb vollen Weißweinglas auf dem Couchtisch, aus dem sie am Abend getrunken hatte. Sie spürte, wie sie etwas Kratziges die Kehle hinunterspülte. Als sie das Glas wieder absetzte, sah sie, dass einige tote Mücken darin schwammen.

«Mami, ich kann nicht schlafen.»

Paul war im Türrahmen aufgetaucht und lehnte sich dagegen. Er hatte sein Laken hinter sich hergezogen und blinzelte durch verknautschte Augen. Anna riss sich sofort zusammen.

«Was ist los?» Sie dirigierte ihren Jüngsten zu sich auf das Sofa und passte auf, dass er mit seinem Laken nicht an dem kleinen Tischchen mit den Familienfotos hängen blieb. Zu spät. Der letzte Zipfel wickelte sich um den dreibeinigen Fuß und brachte die ganze Platte zum Zittern. Onkel Max und Oma Inge wackelten samt ihrem silbernen Rahmen, und auch das Foto von Fritz' und Pauls Sprung in das Außenbecken des Holthusenbades vibrierte gefährlich. Doch alle Bilderrahmen blieben stehen – bis auf den von Malte. Das Foto darin zeigte ihn glücklich und erhitzt in seinem Ruderboot auf der Außenalster.

Es kippte um und fiel vom Tisch.

Sein saurer Schweißgeruch überlagerte das Desinfektionsmittel. Mecki nahm seine Hand, in der ein intravenöser Zugang mit Dreiwegehahn klemmte, und strich sich mit seinen Fingern zärtlich über die Lippen. Sie schloss die Augen und beugte sich zu seinem Ohr hinunter. Kaum hörbar flüsterte sie ihm zu:

«Nimm die Klage deiner Tage, schnall sie auf den Rücken mir. Mach dein Leid zu meinem Kreuze, das ich trag auf Erden hier.»

Dann öffnete sie die Verpackung einer Einmalspritze und

steckte eine Kanüle auf. Sie zog eine Brechampulle aus der Tasche und stellte durch leichtes Klopfen sicher, dass sich kein Wirkstoff des Gilurytmals mehr im oberen Teil befand. Auf dieses Medikament gegen Herzrhythmusstörungen griff sie gern zurück. Wie bei dem jungen Mann, der mit Myeloischer Leukämie am Dialysegerät dahinsiechte und den sie vor fünf Tagen in ihre Obhut genommen hatte.

Nun brach sie den Kopf der Ampulle, vom Körper weg, mit einem Tupfer ab, nahm die Spritze zur Hand und führte die Kanüle bis zum Boden des leicht schräg gehaltenen Fläschchens. Langsam zog sie die fünfzig Milligramm auf, bis der Glasbehälter vollständig geleert war.

Plötzlich hörte sie, wie hinter ihr die Schiebetür des Intensivzimmers geöffnet wurde. Blitzschnell ließ Mecki die Spritze unter der Bettdecke des Mannes verschwinden und tat, als kontrollierte sie den Sitz seiner Trachealkanüle.

«Könnten Sie mir kurz helfen, Frau Kramer? Ich kriege die dreiundneunzig Kilo nebenan nicht alleine gewendet.»

Sie schaute sich nach Cornelia Knüpfer um, die im Türrahmen lehnte. Die einzige Kollegin, mit der sie sich im Team siezte.

«Wenn ich abgesaugt habe, komme ich rüber.» Mecki spürte ihren beschleunigten Puls. Die Knüpfer verschwand und schloss die Tür. Jetzt musste es schnell gehen. Sie zog die Spritze unter der Bettdecke hervor, drückte die Luft aus dem Kolben, entfernte die Nadel und setzte sie an den freien Zugang des Dreiwegehahns in der Hand des Mannes. Ohne noch einmal abzuwägen, ohne ihm noch einen Tag oder eine Nacht Aufschub zu gewähren, verabreichte sie ihm langsam die Injektionslösung, während das leise Glockengeläut der Sankt-Jacobi-Kirche aus der Innenstadt herüberklang, das sich mit jedem gespritzten

Milliliter zu einem ohrenbetäubenden Hosianna in ihrem Kopf aufschwang. Er hatte es gleich geschafft.

Sie entledigte sich der Einmalhandschuhe, die sie zusammen mit der Spritze und der Ampulle in den Abwurfbehälter für spitze Gegenstände warf. Der Mann verstarb alleine und ohne Familie exakt um 5:00 Uhr morgens.

Anna Ostersetzer stand am nächsten Morgen vor den verschlossenen Türen der Intensivstation im zweiten Stock der Karesis-Klinik. Gegen 10:00 Uhr klopfte sie nervös gegen die Scheibe des Empfangs. Das Glas des Kastens reichte bis zur Decke und verlieh ihm die Anmutung eines Bankschalters. Gestern, in ihrem Schock über Maltes schwere Kopfverletzung, hatte Anna das scheußliche Orange des Empfangs gar nicht wahrgenommen. Die Tür zum Raum dahinter stand einen Spaltbreit offen. Sie erkannte ein Gewusel aus hellblauen Pflegeuniformen und nahm an, dass es sich um das Schwesternzimmer handelte. Aber niemand hörte oder sah sie auf der anderen Seite der Scheibe stehen. Das Stationstelefon klingelte. Um sich abzulenken, zählte Anna mit. Nach sechs Malen verlor der Anrufer anscheinend die Geduld. Nervös knibbelte sie am Anhänger ihres Autoschlüssels.

Wieder sah Anna Malte in diesem Spezialbett vor sich, eine Seite des Schädels rasiert, ohne Bewusstsein. Die Jungs hatte sie nach dem Frühstück, bei dem sie sich bemüht hatte, Ruhe auszustrahlen, mit dem Auto zu ihrer besten Freundin Nina gefahren, die sich bis zum Nachmittag um die beiden kümmern wollte. Die Sommerferien der Kinder bedeuteten eine zusätzliche Herausforderung in dieser Katastrophe. Sie wie geplant in die Ferienbetreuung zu schicken, kam für Anna nicht infrage.

Warum kam denn niemand? Erneut klopfte Anna und rief laut Hallo. Es fiel ihr schwer, nicht plötzlich in allem ein böses Omen zu sehen – wie Maltes Bild, das in der Früh vom Tisch gefallen war. Oder wie der Moment eben im Auto, als sie einen Prospekt mit Fahrradhelmen unter dem Sitz gefunden hatte, in dem bereits einige Modelle angekreuzt waren. Anna hatte die Stirn auf das Lenkrad gelegt und war heulend sitzen geblieben. Der kurze Moment der Zuversicht, den sie am Morgen noch gespürt hatte, als sie das leichte Sommerkleid mit den blauen Kornblumen angezogen hatte, das Malte so mochte, war vorbei.

Eine Krankenschwester betrat den Empfang, ohne von Anna Notiz zu nehmen. Sie schien in der Ablage neben dem Telefon etwas zu suchen. Anna klopfte zum dritten Mal gegen die Scheibe. Die Frau dahinter erschrak.

«Ach du meine Güte», klang es dumpf aus dem Glaskasten. «Ich habe Sie gar nicht gesehen.» Der Schwester hing ein Stethoskop um den Hals. Die praktische Kurzhaarfrisur passte irgendwie zu ihrer drahtigen Figur. Anna schätzte die Frau auf Ende dreißig.

«Ostersetzer. Ich möchte zu meinem Mann.»

«Die Kollegen sind gerade mit der Körperpflege der Patienten beschäftigt», sagte die Schwester freundlich, aber bestimmt und schaute auf ihre Uhr. «Ich bin gar nicht mehr im Dienst.»

«Ich habe versucht anzurufen», sagte Anna.

«Morgens ist eigentlich immer schlecht. Zwischen 15:00 und 19:00 Uhr ist es am besten.»

«Mein Mann ist gestern erst eingeliefert worden. Er ist nicht bei Bewusstsein.» Anna spürte, wie schwer ihr diese Worte fielen. «Ich möchte … kann ich einen Arzt oder eine Ärztin sprechen?»

«Was sagten Sie, wie war Ihr Name?»

«Ostersetzer, Malte heißt mein Mann.»

Der Gesichtsausdruck der Frau wurde weicher. «Frau Ostersetzer. Moment. Bitte warten Sie.»

Während Anna nervös auf die Automatiktür mit dem orangen Schriftzeichen ITS2 starrte, überschlugen sich ihre Gedanken. Sie musste die Reise an die Nordsee stornieren. Sie konnten doch nicht nächste Woche in die Sommerferien fahren. Dabei liebten sie alle vier das Meer so sehr. Und hatten Malte und sie nicht beide eine Unfallversicherung abgeschlossen? Darum sollte sie sich auch kümmern. Und das Essen morgen Abend bei Wiebke musste sie absagen. Anna wusste, dass das alles total egal war, aber sie brauchte irgendeinen belanglosen Gedanken, der sie von ihrer Angst ablenkte. Endlich gab ein Klacken die Tür frei, die sich surrend öffnete. Anna betrat den Flur und sah zwei Krankenpfleger, wie sie ein leeres Bett in Richtung des Transportaufzugs schoben.

Plötzlich traten alle Geräusche in den Hintergrund, und Anna hörte nur noch ihren eigenen Puls. So, als würde sie den Kopf in der Badewanne unter Wasser tauchen.

Als sie realisierte, dass das Bett aus Maltes Zimmer gekommen war, wurde ihr schwarz vor Augen.

3 Soltau. Vor zehn Jahren.

Es nieselte mal wieder in der Lüneburger Heide, als Mecki um 7:30 Uhr in voller Regenmontur mit dem Fahrrad von zu Hause losfuhr. So wie gestern Nachmittag, als sie den Rentner mit seinem Kissen erstickt hatte. Die Dreiviertelstunde, die sie für die knapp vierzehn Kilometer von Wietzendorf bis nach Soltau ins Hermann-Löns-Krankenhaus benötigte, war die einzige Zeit des Tages, die ihr gehörte. Als ihr ein Spaziergänger mit seinem Dackel begegnete, musste sie schmunzeln. Das Tier erinnerte sie an ihre beste Freundin aus Kindertagen. Bis heute konnte sie die Bilder nicht vergessen, wie Susanne vom Rauhaardackel der Familie unter einen riesigen Rhododendronstrauch verschleppt worden war. Er hatte seinem kleinen Opfer den Oberkörper aufgerissen und das Innerste nach außen gekehrt. Manchmal schien es Mecki, als würde die Machtlosigkeit von damals sie noch heute antreiben, wie eine Schuld, die sie begleichen musste.

Heulend war sie auf allen vieren ins Dickicht gekrochen und hatte die einzelnen Teile ihrer verstümmelten Puppenfreundin geborgen. Und während sie mit einer groben Stopfnadel den Körper zusammenflickte, stellte sie sich vor, eines Tages eine berühmte Ärztin zu werden. Die Operation war erfolgreich. Wenn Susanne ihre bunten Kleider trug, sah man ihr die Verstümmelungen auf den ersten Blick kaum noch an. Trotzdem fragte man sich, was mit ihr nicht stimmte. Bei genauerer Betrachtung erkannte man schließlich ihr Dilemma: Das linke Bein war auf der rechten Seite angenäht worden – und umgekehrt. Anfängerfehler. Aber das Wichtigste war, Susanne hatte überlebt, und auch Meckis Tochter Vera hatte als kleines Mädchen noch mit ihr gespielt.

An diesem Morgen hatte Vera bereits eine halbe Stunde früher das Haus verlassen, um mit dem Bus zur Frühstunde nach Hermannsburg zu fahren. Sie besuchte die siebte Klasse des Gymnasiums und war eine mäßige Schülerin, die zu Hause aber früh lernte, dass das Abitur für sie alternativlos war. Dieter schlief noch. Seit fünf Jahren waren Mecki und der Verwaltungsangestellte, der bei der Stadt Munster im Bürgerbüro für Soziales arbeitete, ein Paar. Sie hatten sich im Festzelt auf dem Schützenfest in der benachbarten Garnisonstadt kennengelernt. Anschließend hatte Dieter vor Aufregung am Schießstand danebengeschossen und auch bei der Tombola kein Glück gehabt. Nach Bratwurst mit Pommes und einigen Kurzen am Imbiss hatte er dann in der Raupe endlich genügend Mut aufgebracht. Als das Verdeck geschlossen wurde, hatte er seinen Arm um Meckis Schultern gelegt. Seine Küsse schmeckten rot-weiß. Fünf Monate später war sie mit ihrer achtjährigen Tochter Vera bei ihm eingezogen.

Wie immer, wenn sie wie heute zur Frühschicht durch die Lüneburger Heide ins Krankenhaus radelte, hatte sie Dieter die Kaffeemaschine vorbereitet. Er liebte einen Hauch Zimt auf dem Kaffeepulver, wenn das heiße Wasser durch den Filter lief. Und er liebte sie, wie er ihr immer wieder versicherte. Zwei frische Rundstücke hatte Mecki ihm heute in das Körbchen auf dem Küchentisch gelegt.

Das machte sie selbst dann, wenn sie nach den Nachtschichten nach Hause kam und oftmals noch das benutzte Geschirr vom Abend auf dem Tisch stand, obwohl in der Spülmaschine genügend Platz gewesen wäre. Wie oft hatte sie sich darüber beschwert, wie wenig hatten Dieter und Vera etwas daran geändert?

Nun vertrieb der Regen ihren Ärger und die Restmüdigkeit. Mit jedem Kilometer, den sie auf dem Fahrradweg durch die Natur der Heidelandschaft zurücklegte, die im März noch weit vom prächtigen Lila des Spätsommers entfernt war, konnte sie immer besser durchatmen. Sie beneidete die Wiesen und Waldstücke, die nur den Jahreszeiten Rechenschaft ablegen mussten und sonst in Ruhe gelassen wurden. Das knospige Grün glänzte im Regen.

Eine halbe Stunde später betrat Mecki die Personalumkleide der Allgemeinmedizinischen Station des Hermann-Löns-Krankenhauses. Die Luft war feucht. Sie kippte das Fenster und hängte den Bügel mit ihren nassen Fahrradklamotten an den Griff. Sie war gerne vor den Kolleginnen fertig umgezogen und trank vor Dienstbeginn noch in Ruhe einen Kaffee. Der Enge der Garderobe und dem Gerede über Belangloses entfloh sie meistens rechtzeitig. Heute war sie zu spät.

«Was ein Scheißwetter. Guten Morgen, Mecki.» Brit betrat den Raum und legte ihren tropfenden Regenschirm ins Waschbecken. Schon als sie vor dreizehn Jahren gemeinsam die Schwesternschule in Soltau besucht hatten, war ihre Kollegin bei schlechtem Wetter immer mit dem Bus gekommen.

«Grüß dich.» Mecki schaute Brit nicht an. Auch eine Taktik, das Gespräch zu vermeiden.

«Hast du das gestern eigentlich noch mitbekommen?» Brit öffnete ihren Spind, der sich in einer Schrankreihe an der gegenüberliegenden Wand befand.

«Was?» Mecki tat beiläufig, obwohl ihr das Herz unter der hellblauen Arbeitskleidung bis zum Hals schlug.

«Ach nee, du warst ja schon weg. Der alte Herr Garstedt ist verstorben. Die Kollegen der Abendschicht haben ihn in seinem Bett gefunden. Er war schon kalt. Dörte hat mir gestern getextet.»

«Oh nein!» Mecki fand sich überzeugend. «Als ich das letzte Mal nach ihm geschaut habe, hat er sich noch für das extra Dessert bedankt, das ich ihm mittags besorgt hatte.» Ein Regentropfen lief ihr aus den kurzen Haaren, denen sie ihren Spitznamen verdankte. Der Tropfen blieb an den Wimpern hängen wie eine Träne. Sie wischte ihn weg.

«Ein Tod, wie man ihn sich wünscht. So hat er wenigstens nicht kämpfen müssen.» Brit zog sich für die Schicht um, während Mecki sich unwohl daran erinnerte, wie ihr der alte Mann gestern Nachmittag in seiner Verzweiflung seinen Ehering übers Ohr gezogen hatte.

«Ich will mir vor der Übergabe noch schnell einen Kaffee holen.» Auch wenn die Kollegin offensichtlich keinen Verdacht hegte, wollte Mecki die Umkleide trotzdem so schnell wie möglich verlassen. «Bis gleich.»

Das nächste Teammitglied erschien zum Dienst. Ulla Waldmann betrat den engen Raum und versperrte Mecki den Weg. Sie trug noch ihren Integralhelm auf dem Kopf. Das himmelblau verspiegelte Visier, auf das sie so stolz war, weil es dieselbe Farbe hatte wie ihre schwere Kawasaki, stand offen. Der Regen perlte ihre Motorradkombi hinunter und hinterließ kleine Pfützen auf dem Fußboden. Ulla wurde auch *die Gewichtheberin* genannt. Sie hatte mehr Kraft als einige der männlichen Pfleger und war die Spezialistin für Wenden und Umlagern. Zartere Kolleginnen waren froh, wenn Ulla in ihren Schichten arbeitete. Manche witzelten, ob sie unter ihrem Kasack einen Stützgürtel trug. Mecki beteiligte sich grundsätzlich nicht an solchen Lästereien. Auch sie war genervt, weil Ulla herumbosste und Arbeit delegierte, obwohl sie keine Teamleiterin war. Trotzdem behandelte Mecki die kräftige Frau mit Respekt – auch wenn sie umgekehrt nicht das Gleiche erwarten konnte.

«Hallo, Ulla.» Mecki wollte schnell an ihr vorbei auf den Flur hinaus.

«Ich wusste nicht, dass wir in derselben Schicht arbeiten.» Ihre Abneigung hätte Ulla gar nicht so sehr betonen müssen, man konnte sie allein an ihrem herablassenden Blick ablesen.

«Was ist denn mit deinem Ohr passiert?»

«Nur ein kleiner Schmiss. Da bin ich an der Tür vom Oberschrank im Stationszimmer hängen geblieben.» Souverän servierte Mecki ihre vorbereitete Antwort, schob sich an der Kollegin vorbei und verließ die Umkleide. Einfach nur raus hier. Ullas Stimme drang durch die geschlossene Tür. «Wem gehören denn diese Scheiß-Fahrradklamotten?» Es klang, als mache sie das Fenster wieder zu.

«Mensch, Ulla, musst du immer so unfreundlich zu Mecki sein?» Es war wirklich nett von Brit, sie so zu verteidigen.

«Ich mag sie auch nicht sonderlich», kam es hinterher. «Aber sie ist eine sehr gewissenhafte Kollegin.»

Zumindest wusste Mecki jetzt, woran sie bei Brit war. Sie blieb stehen und lauschte weiter. Spinde wurden auf- und zugemacht. Das Geräusch einer Spraydose ließ Mecki vermuten, dass Ulla sich wieder mit ihrem nach künstlicher Mango riechenden Deo einnebelte.

«Hast du schon gehört? Der alte Herr mit dem Blasenkarzinom ist gestern gestorben.» Brit brachte die Neuigkeit des Tages weiter unters Volk. Das Fenster wurde wieder gekippt.

«Ist ja ein Ding.» Ulla klang ehrlich überrascht. «Ich hätte ihm mindestens noch zwei Wochen gegeben.» Ein Schlüsselbund fiel zu Boden. «Hatte nicht Mecki gestern Dienst?» Ulla sprach gepresst, vermutlich bückte sie sich gerade nach dem Schlüssel.

Wie kam sie bloß auf diese Frage? Mecki tat so, als würde sie die Taschen ihres Kasacks durchsuchen, als ihr ein Assistenzarzt und eine Intensivkrankenschwester in lila Pflegeuniform einen guten Morgen wünschten. Sie hörte, dass die beiden im Gespräch über Beatmungsmaschinen waren, von denen das Personal auf dieser Station wenig Ahnung hatte.

«Das ist jetzt schon der dritte PAT in kurzer Zeit, der geht, wenn diese Frau Dienst hat.» Ullas Lachen dröhnte durch die geschlossene Tür. Mecki schluckte trocken. Mit der geplatzten Bauchraumarterie der Patientin, die Mecki vor einigen Wochen auf dem Transport im Fahrstuhl verstorben war, hatte sie nichts zu tun gehabt. Außerdem war Fabian dabei gewesen. Trotzdem machten Ullas Mutmaßungen, auch wenn sie nur im Spaß geäußert wurden, Mecki nervös. Der Kaffee musste noch ein bisschen warten.

«Wie hieß noch dieser Typ … der mit den fiesen Füßen?» Ulla ließ nicht locker.

«Wen meinst du?», fragte Brit.

«Den Blinddarm.»

«Der Kfz-Mechaniker? Keine Ahnung.»

Mecki wurde heiß und kalt. Es war unmöglich, dass irgendjemand etwas davon mitbekommen hatte. Sie war beim Spritzen des Insulins alleine mit dem Mann gewesen. Der Arzt, der die Leichenschau durchgeführt hatte, hatte wegen des allgemeinen Gesundheitszustandes des Alkoholikers nicht für eine Sekunde an Herzversagen als Todesursache gezweifelt. Niemandem war die Einstichstelle zwischen den Zehen aufgefallen. Mecki hatte sich sicher gefühlt. Vielleicht zu sicher?

4 Hamburg. Vor vierzehn Tagen.

Jemand rief ihren Namen. Um Anna herum war es dunkel. «Frau Ostersetzer? Können Sie mich hören?» Sie spürte leichte Klapse im Gesicht. Anna öffnete die Augen und kniff sie sofort wieder zusammen, weil die Leuchtstoffröhren an der Decke blendeten. Sie hob den Kopf, setzte sich mithilfe einer Krankenschwester langsam auf der Liege auf und zog sich das Papierlaken vom verschwitzten Rückenteil ihres Kleides.

«Frau Ostersetzer?» Ein Mann saß ihr gegenüber. «Dr. Johannes Petzold. Ich bin der Chefarzt dieser Station.» Er lächelte aufmunternd und deutete auf die Blutdruckmanschette in seiner Hand. «Sie sind uns eben im Flur umgekippt.»

Anna schaute ihn verwundert an und nahm ein Glas Wasser von der Krankenschwester entgegen, bevor diese von einer Kollegin zum Umlagern eines Patienten gerufen wurde und das Stationszimmer verließ.

«Was ist mit meinem Mann?» Anna bemerkte das Zittern in ihrer Stimme und trank einen Schluck. «Was ist mit ihm passiert?» Tränen liefen ihr das Gesicht hinunter, die sie trotzig mit dem Handrücken abwischte.

Der Arzt schaute sie überrascht an. «Was soll mit ihm passiert sein? Sein Zustand ist unverändert.»

«Das leere Bett, das eben aus seinem Zimmer geschoben wurde. Ich dachte …» Langsam wurde ihr bewusst, dass sie sich in ihrer Panik das Worst-Case-Szenario zusammengereimt hatte. Sie hörte sich im Geiste mit Malte streiten, weil der sich immer darüber aufregte, dass sie oft vom Schlimmsten ausging, statt die Situation erst zu analysieren und in Ruhe nach einer Lösung zu suchen.

Dr. Petzold schien in diesem Moment wohl zu begreifen, warum sie ohnmächtig geworden war. «Frau Ostersetzer, der Zimmernachbar Ihres Mannes ist heute Nacht verstorben. Wir haben lange gekämpft, aber … Organversagen nach einer Sepsis.» Sein Lächeln drückte Bedauern aus, obwohl er eine solche Nachricht bestimmt schon hundertmal hatte weitergeben müssen. Dabei hatte sie den Verstorbenen überhaupt nicht gekannt.

«Der Tod gehört, ganz besonders auf dieser Station, leider zu unserem Beruf.» Der Arzt blickte kurz durch die geöffnete Tür auf den Flur hinaus. Anna war gestern schon aufgefallen, wie straff organisiert hier alles ablief und wie trotz aller Hektik jeder ruhig seiner Arbeit nachging.

«Befund und Konstitution des verstorbenen älteren Herrn sind nicht mit denen Ihres Mannes zu vergleichen. Er ist Sportler, stimmt's?»

Sie nickte. Wollte er sie nur beruhigen, oder gab es wirklich Anlass zur Hoffnung? Sie wiederholte die Frage, die ihr gestern nicht beantwortet worden war. «Ich hatte den Eindruck, dass Ihre Kollegen mir nicht die ganze Wahrheit sagen wollten.» Sie schaute dem Arzt in die Augen.

«Sie meinen, wie schlimm seine Verletzung ist?»

«Ja.»

«Es tut mir leid, dass wir zu diesem Zeitpunkt tatsächlich nicht mehr sagen können. Bei Hirnverletzungen ist das so eine

Sache, zumal wir Ihren Mann sehr stark sedieren. Wir haben erst Klarheit, wenn wir ihn aus dem künstlichen Koma holen.»

«Darüber, ob er sich noch bewegen kann?»

«Zum Beispiel.»

«Sprechen?»

«Auch. Hören Sie, ich will offen zu Ihnen sein. Der Hirndruck ...» Er schaute konzentriert auf die Tabellen vor sich auf dem Computerbildschirm. «Also, bei gesunden Menschen liegt der Wert zwischen fünf und zehn mmHg. Das ist die Einheit, in der wir messen. Ihr Mann hatte am Morgen immer noch einen Wert von über vierzig. Wir sprechen also von einem *sehr* erhöhten Wert. Und das bei gesetzter Drainage, die den Druck verringern soll.»

Sie schwieg.

«Aufgrund der Schwere seiner Verletzungen kann er von einer Störung der Ziel- und Feinmotorik, Schwierigkeiten beim Gehen und Stehen, bis hin zu einer Aphasie, also einem Verlust des Sprechvermögens, einige gravierende Einschränkungen zurückbehalten. Aber er wird diesen Unfall überleben. Davon können wir zum jetzigen Zeitpunkt ausgehen.»

Anna nickte stumm. Sie hatte um Ehrlichkeit gebeten und sie von Dr. Petzold erhalten.

«Ich habe was für Sie. Moment.» Er stand auf und ging hinüber zu einem kleinen Schränkchen, aus dem er eine abschließbare Kassette hervorholte.

«Eine Kollegin aus der Nachtschicht hat den Ehering Ihres Mannes gefunden. Erinnern Sie sich? In der Hektik der Notoperation war er gestern verloren gegangen.» Dr. Petzold überreichte Anna Maltes Ehering und bat sie, den Empfang mit einer Unterschrift auf einem Formular zu quittieren. Sie musste schlucken. Noch nie hatte er den Ring abgenommen, nicht einmal beim Rudern. Zu groß war seine Angst, ihn zu verlieren. Anna nahm ihn in die Hand. Der kleine Rubin im Inneren der Ringschiene schimmerte im Deckenlicht wie ein Tropfen Blut. Als Symbol, das Herz des Partners immer bei sich tragen zu wollen, hatten sie die Steine neben die Gravur ihrer Namen und des Hochzeitstages einsetzen lassen. Es war seine Idee gewesen. Sie ballte eine Faust. In guten wie in schlechten Zeiten. Malte würde es schaffen, mit ihrer Hilfe und der Unterstützung der Jungs. Heute Abend würde sie mit Fritz und Paul sprechen. Die Kinder hatten ein Recht zu erfahren, was passiert war. Sie würde es behutsam anstellen, ohne dass sie ihnen unnötig Angst machte.

«Kann ich zu ihm?»

«Frau Ostersetzer, wir alle wissen, wie wichtig die Nähe von Familie für unsere Komapatienten ist.» Der Arzt zögerte. «Aber um diese Uhrzeit sind wir sehr beschäftigt. Die Patienten werden umgelagert, gewaschen, wir wechseln Zugänge, Schläuche und Tuben für die Beatmung. Vielleicht ist es besser, wenn Sie etwas später wiederkommen?» Er sagte das sehr freundlich, und Anna bekam ja den Trubel mit, von dem er sprach. Wie aufs Stichwort betrat eine weitere Krankenschwester das Stationszimmer, nahm die Blutdruckmanschette, mit der Dr. Petzold den Wert bei Anna gemessen hatte, und verschwand wieder.

Anna sah den Arzt an und schüttelte wortlos den Kopf.

«In Ordnung.» Er lächelte verständnisvoll. «Jemand gibt Ihnen gleich einen Kittel.» Sie mochte seine klare, aber freundliche Art.

«Herr Doktor?» Eine junge Schwester, indisch oder pakistanisch, vermutete Anna, schaute kurz zur Tür herein. «Die Rollvene in der 04 macht Astrid Probleme. Sie hat jetzt dreimal danebengestochen. Ich bekomme das aber auch nicht hin.»

«Ich komme.» Die Schwester ging, Dr. Petzold erhob sich.

«Sie entschuldigen mich, Frau Ostersetzer. Benisha kommt gleich zurück und bringt Sie zu Ihrem Mann.»

Kurze Zeit später saß Anna auf einem Stuhl an Maltes Bett. Sie trug einen sterilen Kittel über ihrem Kleid und hatte sich die Hände desinfizieren müssen. Das Mobiltelefon lag ausgeschaltet in ihrer Handtasche, da es sonst die empfindlichen Geräte hätte stören können, wie ihr die Schwester erklärt hatte. Anna schätzte Benisha auf höchstens Mitte zwanzig. Ihre langen schwarzen Haare trug sie zu einem straff geflochtenen dicken Zopf, der über den halben Rücken baumelte und am Ende mit einem kleinen Schleifchen passend zur Farbe ihrer Berufsbekleidung verziert war. Ihr Blick, den sie durch eine knallrote runde Brille schärfte, wirkte munter und freundlich. Anna bemerkte, wie ihre eigene Anspannung durch die unaufgeregten Erklärungen und die Empathie der jungen Frau etwas nachließ. In verständlichen Worten erklärte sie Anna die Funktionen der einzelnen Geräte an Maltes Bett. Anna spürte, wie sie ihr die Angst vor den Kontrolltönen und Blinklichtern zu nehmen versuchte.

«Glauben Sie auch, dass mein Mann …»

«Schsch.» Benisha legte einen Finger auf ihre Lippen und unterbrach sie freundlich. «Wir reden vor unseren Komapatienten nicht über Prognosen. Es hat schon welche gegeben, die konnten sich nach dem Aufwachen an private Gespräche des Klinikpersonals erinnern. Könnte manchmal peinlich werden.» Sie kicherte leise, wobei sie die Zugänge und Schlauchverbindungen kontrollierte, die in allerlei Apparate führten. «Der Blasenkatheter sieht gut aus und auch die Nasensonde für die künstliche Ernährung. Prima.» Zufrieden verabschiedete sie sich. «Bitte nicht länger als zehn Minuten.» Die Schwester schob ihre Brille zurück auf die Nase und verließ das Zimmer.

Endlich. Anna war mit Malte allein. Er sah friedlich aus, wie er halb aufrecht in seinem Bett saß, mit den über Nacht gewachsenen Bartstoppeln. Sie versuchte, das Drumherum auszublenden, und konzentrierte sich ganz auf ihren Mann. Er, der vor Kraft gestrotzt hatte und dessen Lachen so ansteckend war, lag hilflos vor ihr wie ein Kind. «Ich liebe dich», flüsterte sie und küsste seine linke Hand, in der ein abgeklebter Zugang steckte.

Kurz bevor Malte und Anna ein Paar wurden, hatte er ihr gestanden, dass er vor ihr noch nie einer Frau sein Herz geschenkt hatte. Sie musste lachen, weil das damals so kitschig geklungen hatte und sie Malte die gefühlvollen Worte als Masche auslegte. Aber beim Blick in seine Augen hatte sie kapiert, dass er es tatsächlich ernst meinte. In jener Nacht hatte er sie gebeten, gut auf sein Herz aufzupassen.

Und jetzt meldete sich ebendieses Herz in regelmäßigen Pieptönen, so als wollte es ihr sagen, dass noch nicht alles verloren war. Der wiederkehrende Ton hielt den leisen Funken Hoffnung in ihr lebendig und erinnerte sie an das Versprechen, das sie Malte gegeben hatte. Sie streichelte seine Hand, als ihr der blasse feine Streifen an seinem Finger auffiel, wo sonst der Ehering saß, den sie noch immer sicher in ihrer Faust verwahrte. Wohin damit, ohne ihn zu verlieren? Auch wenn sich Anna gegen jede Form von Symbolik wehrte, wollte sie das Omen eines verlorenen Rings nicht heraufbeschwören. Sie zog ihren eigenen

Ehering ab, steckte Maltes auf und setzte ihren zum Blockieren davor. Dann schaute sie auf den doppelten Ehering an ihrem Finger und erschrak. Ihre Hand sah aus wie die einer Witwe.

5 Hamburg. Montag.

Nach der morgendlichen Teambesprechung des LKA 4 betrat Hauptkommissarin Franka Erdmann das Büro ihres Chefs Martin Suttmann. «Du wolltest mich sprechen?» Erst jetzt bemerkte sie die Staatsanwältin Monika Moro, die an dem kleinen Besprechungstisch vor dem Fenster saß und mit rot geschminktem Mund an einer Tasse Kaffee nippte. Dabei hinterließ sie einen dicken Lippenstiftabdruck am Rand.

«Guten Morgen, Frau Erdmann. Schön, dass Sie dazukommen konnten.» Moro lächelte knapp, und Franka fragte sich, wann man aufstehen musste, um schon früh am Morgen ein solch perfektes Make-up zu tragen. Auch die Frisur saß. Wie immer war das leichte Businesskostüm der Staatsanwältin faltenfrei.

Moros Handy klingelte, und obwohl sie dieses Treffen anberaumt hatte, nahm sie ein privates Gespräch entgegen. Franka hörte nicht wirklich zu. Sie ertappte sich vielmehr dabei, wie sie unbewusst ihr zerknittertes Leinenhemd und den lockeren Sommerrock glatt strich. Dazu trug sie Sneaker, die weder farblich noch vom Style her zu ihrem restlichen Outfit passten. Tatsächlich hatte sie zwei Tage vor ihrem neunundfünfzigsten Geburtstag ganz andere Probleme. Die Hitze des Sommers machte ihr jedes Jahr mehr zu schaffen. Moro beendete ihr Telefonat, drehte an ihrem rechten Perlenohrring und öffnete die Akte vor sich auf dem Tisch.

«Frau Erdmann. Ich habe es Ihrem Chef bereits kurz erläutert. Es geht um die Anschuldigung einer jungen Witwe gegen die Karesis-Klinik in der HafenCity. Die Frau behauptet, man habe gestern ihren Mann getötet, der zwei Wochen lang auf der Intensivstation gelegen hat.»

«Und? Hat man?»

«Der Totenschein ist auf *Tod durch Schädelverletzung infolge eines Sturzes* ausgestellt.»

Die Staatsanwältin schob eine Kopie des Dokuments über den Tisch zu Franka, die das Blatt kurz überflog. «Der Mann war erst neununddreißig Jahre alt?»

Moro nickte. «Er hatte einen Fahrradunfall. Schwere Schädelverletzung. Künstliches Koma. Als er vorgestern von den Ärzten und Ärztinnen aufgeweckt wurde, war er ein Pflegefall. Unter anderem konnte er nicht mehr sprechen, Aphasie.»

«Aber jetzt ist er tot. Wie kommt die Frau darauf, dass ihr Mann ermordet wurde?»

«Wie du dir sicher denken kannst, haben wir dich hergebeten, um genau das herauszufinden», antwortete Martin, der sich ungeniert ein zu langes Haar aus der Nase zupfte. Wie immer, wenn er das tat, wandte Franka den Blick angewidert von ihm ab. Vielleicht verpasste sie deshalb den Moment, sich gegen eine Ermittlung ausgerechnet in einem Krankenhaus zur Wehr zu setzen. Nicht erst seit Armins Tod im letzten Jahr bereitete ihr ein solcher Ort Unbehagen. Nur ihm zuliebe war sie mehr als ein Mal über ihren Schatten gesprungen, um ihn in der Klinik zu besuchen.

Moro riss Franka aus ihren Gedanken und legte nach. «Die Witwe, eine Anna Ostersetzer, sechsunddreißig Jahre alt, aus Hamburg-St. Georg, ist von Mord überzeugt.»

Franka lehnte sich überrascht zurück. «Gleich Mord? Nicht vielleicht ein Behandlungsfehler? Könnte ja auch sein, wenn sie nicht glaubt, dass ihr Mann aufgrund der schweren Schädelverletzung gestorben ist. Mord ist mal eine Hausnummer.»

Moro nickte. «Der Mann hat ihr angeblich gesagt, dass er Angst hat.»

«Ich denke, der konnte nicht mehr sprechen?»

«Frau Ostersetzer, vielmehr ihr Anwalt, hat angegeben, dass sich das Paar mit Augenzeichen verständigt hat.»

«Aha», sagte Franka verwundert.

Moro hob abwehrend die Hände. «Fragen Sie mich nicht, ich habe das auch nicht verstanden.»

«Auf dem Totenschein steht ganz klar die Todesursache, die das Krankenhaus angegeben hat.» Franka reichte Moro die Kopie der Sterbeurkunde zurück. «Es gibt für die Staatsanwaltschaft also eigentlich keinen Grund zur Sicherstellung des Verstorbenen zur Klärung der Todesursache. Trotzdem nehmen Sie die Untersuchung auf?»

«Frau Erdmann, wenn Angehörige behaupten, dass eine unnatürliche Todesursache oder ein Ärztefehler vorliegt, dann müssen wir von Amts wegen ein Todesermittlungsverfahren einleiten und eine Obduktion durch die Rechtsmedizin anordnen. Da ist es jetzt erst einmal egal, ob ich vielleicht denke, die Frau halluziniert nur.»

Martin schaltete sich ein. «Meistens führen die Krankenhäuser selber eine Obduktion durch, um genau solche Vorwürfe zu entkräften.»

«Untersuchungen im eigenen Interesse. Nennt man das objektiv?» Franka verzog irritiert das Gesicht.

«Genau das ist der Punkt. Wissen Sie, wir veranlassen lieber eine rechtsmedizinische Untersuchung zu viel, als dass ein Tötungsdelikt unerkannt bleibt», erklärte Moro mit einem Blick auf ihr Handy. Anscheinend erwartete sie noch einen Anruf.

«Sie sagten, die Witwe lässt sich juristisch vertreten?»

«Durch Dr. David Bergmann. Sie erinnern sich vielleicht. Das ist der Rechtsanwalt, der vor zwei Jahren die Stadt Hamburg verklagt hat, weil sein Mandant bei einer Demo von einem Polizisten berufsunfähig geprügelt wurde. Bergmann hat damals ungewöhnlich stark die Öffentlichkeit gesucht und den Fall gewonnen.»

Franka und Martin schwiegen beide. Anscheinend erinnerte auch er sich mit Unbehagen an das krasse Fehlverhalten eines Einsatzbeamten, der erst vom Dienst suspendiert und nach dem Urteil aus dem Staatsdienst entlassen worden war.

«Die Leiche von Malte Ostersetzer ist gestern der Rechtsmedizin in Hamburg-Eppendorf überstellt worden. Ich warte eigentlich …»

Moros Handy klingelte. Mit einem Blick auf die Kennung begrüßte sie den Anrufer. «Ich habe gerade über Sie gesprochen, Herr Dr. Dörfler. Ich grüße Sie.» Moro lachte herzlich und strich sich – affektiert, wie Franka fand – eine Haarsträhne hinter das Ohr. Franka war fasziniert von dem Charme, den die Staatsanwältin versprühen konnte, wenn es nötig wurde. Sie selbst war kein Fan von Moro. Gleiches galt umgekehrt, davon war Franka überzeugt.

«Moment, ich stelle Sie auf laut.» Moro schaltete den Lautsprecher ihres Smartphones ein und legte das Gerät in die Mitte des Besprechungstischs. «Ich sitze hier im Präsidium mit Herrn Suttmann und Frau Erdmann zusammen. Haben Sie schon Ergebnisse?»

Dörflers Stimme klang hell und wach in die Runde. «Moin. Ich mache es kurz. Wir haben Propranolol und Penbutolol in Blut und Urin gefunden. Die Gewebeproben sind auch eindeutig. Das Zeug ist postmortal noch gut nachweisbar. Die Stoffe gehören zur Familie der Betablocker.»

«Dem Mann ist also ein Blutdrucksenker verabreicht worden?» Franka zog überrascht die Augenbrauen zusammen.

«Ja. Ich habe seinen Medikamentenplan aus der Klinik angefordert. Da steht alles Mögliche drauf, nur nicht dieses Zeug.»

«Vielleicht hat jemand die Medikamente oder den Patienten verwechselt», warf Franka ein. «Bis jetzt könnte das immer noch als Behandlungsfehler durchgehen, oder?» Sie schaute von Moro zu ihrem Chef. «Ich hab mal gelesen, dass dadurch in Deutschland fünfmal mehr Menschen sterben als bei Verkehrsunfällen.»

«Sicher. Das könnte angehen, Frau Erdmann», klang Dörflers Stimme aus dem Lautsprecher. «Das Herz-Kreislauf-System des Mannes war durch die Benzodiazepine und Analgetika, die ihn fast zwei Wochen im künstlichen Koma gehalten haben, sowieso schon extrem runtergefahren. Wenn Sie so einem dann noch einen heftigen Betablocker verabreichen, der für Leute mit Herzinsuffizienz oder koronarer Herzkrankheit bestimmt ist, na, dann gute Nacht, Marie.»

«Zeitpunkt des Todes?», wollte Franka wissen.

«Haben wir aus den Papieren der Klinik übernommen. In der Nacht von vorgestern auf gestern um 2:20 Uhr. So genau, wie das in der Intensiveinheit aufgezeichnet wird, können wir das in der Rechtsmedizin gar nicht bestimmen. Aber unsere Toxikologen haben die Wirkstoffe und deren Abbauprodukte analysiert. Wir machen so die Metabolisierung im Körper erkennbar. Der Todeszeitpunkt dürfte korrekt sein, auch wenn wir von der Rechtsmedizin das nur auf ungefähr eine Stunde eingrenzen können.»

Franka beugte sich zum Telefon, das auf dem Tisch lag. «Wie lange braucht das Zeug, bis es wirkt?»

«Unterschiedlich. Aber gehen Sie mal von fünf bis zehn Minuten aus. Von meiner Seite war es das jetzt erst mal.»

«Danke, Herr Doktor.» Moro klackerte ungeduldig mit ihren dezent lackierten Nägeln auf den Tisch. «Bitte schicken Sie Ihren Bericht nicht nur an die üblichen Verdächtigen, sondern auch an Frau Erdmann. Danke.»

«Alles klar, wird aber noch ein bisschen dauern. Schönen Tag Ihnen allen.» Dörfler legte auf.

«Ich hatte es befürchtet. Muss das wirklich sein?», protestierte Franka müde.

Moros Blick zu Martin wirkte auf sie wie der einer Mutter, die den Vater stumm aufforderte, dem Kind eine unangenehme Wahrheit zu verklickern. Martin räusperte sich. «Franka, wir haben gedacht, du wärst die Richtige, um in diesem Fall mal in alle Richtungen zu denken. Du bist im Moment in keine aktuelle Ermittlung eingebunden.»

«Was ist mit Baumann, Jung oder ... Hoffmann?»

«Baumann ist krank, wie du vergessen hast, und die beiden anderen recherchieren wegen dieser Schutzgelderpressung in Rahlstedt.» Wie gut Martin seinen Laden im Griff hatte, fiel Franka in solchen Momenten immer wieder auf.

«Ausgerechnet ich? Im Krankenhaus?»

«Du sollst ja nicht operiert werden.»

«Frau Erdmann. Sie haben Dr. Dörfler doch gehört.» Moro schaltete sich ein. Wie immer, dachte Franka, waren es am Ende die Frauen, die ein Machtwort sprachen. «Finden Sie heraus, ob der Tod des Mannes ein Versehen oder Absicht war. Reden Sie mit der Witwe, hören Sie sich im Krankenhaus um. Herrgott, Sie wissen doch, wie man untersucht, ob es einen begründeten Verdacht für eine Straftat gibt.»

Franka verstand. Widerstand war zwecklos. Aus der Nummer kam sie nicht raus. Sie hatte das dringende Gefühl, eine Zigarette rauchen zu müssen.

«Na dann», sagte sie resigniert. «Ich nehme an, ich kann einen der Kollegen mitnehmen?»

Martin wirkte zufrieden. «Wen du willst.»

6 Soltau. Vor zehn Jahren.

Gegen 10:00 Uhr beschriftete Mecki im Stationszimmer Blutproben, die sie kurz zuvor bei zwei Patienten entnommen hatte. Sie musste sich sehr konzentrieren, denn immer noch ging ihr Ullas Spruch von heute Morgen nicht aus dem Kopf. Konnte die Kollegin ihr wirklich gefährlich werden, oder war das einfach nur ein dämlicher Kommentar? Unaufmerksam verschrieb sich Mecki beim Namen eines Patienten. Wie ärgerlich. Sie benötigte ein neues Klebeetikett. Nein, niemand hatte sie bei einer ihrer Erlösungen beobachtet, und bis auf die Verwunderung von Frau Dr. Darkow über den hohen Verbrauch von Gilurytmal vor einigen Wochen hatte auch niemand einen Verdacht geschöpft. Und gegen Mecki schon gar nicht. Sie war eine verlässliche Kraft, die seit ihrem Abschluss zur Krankenschwester vor zehn Jahren hier arbeitete. Fast durchgehend war sie auf der Inneren beschäftigt gewesen, wo in erster Linie Operationen des Bauchraums vorgenommen wurden. Sie liebte ihre Arbeit, auch wenn sie eigentlich Ärztin hatte werden wollen. Aber kurz vor der Geburt ihrer Tochter Vera hatte Mecki das Gymnasium verlassen müssen. Sie war noch minderjährig gewesen, als das Kind geboren wurde. Es nicht auszutragen, war für ihre Eltern keine Option gewesen – für Mecki schon. Der Traum eines Medizinstudiums war geplatzt. Aber die Ausbildung zur Krankenschwester hatte ihr Spaß gemacht, zumal sie ihr gar nicht so weit weg von ihrem eigentlichen Berufswunsch erschienen war. Auch Kevin hatte damals eine Lehre gemacht. Er wurde Schlosser und hatte Mecki bei ihrem ersten Mal versprochen, gut aufzupassen. Sie war naiv genug gewesen, ihm zu vertrauen.

Mecki hatte ihre dreijährige Lehre auf einer Pflegeschule hier im Heidekreis als Jahrgangsbeste abgeschlossen. In der Sparkasse am Weiher eine Ausbildung zur Bankkauffrau zu machen, wie ihr Vater es gerne gesehen hätte, war zum Glück daran gescheitert, dass man *eine wie sie* dort nicht haben wollte. Das hatte so zwar nie jemand gesagt, aber sie konnte in diesem Fall zwischen den Zeilen lesen.

Im kleinen Siedlungshaus ihrer Eltern in Wietzendorf, fast fünfzehn Kilometer von Soltau entfernt, war Mecki in ein extra für sie ausgebautes Zimmer im Keller gezogen. Sie war damals über die Unterstützung froh gewesen und hatte daher ohne Murren ihr Jugendzimmer im Erdgeschoss für das Kinderzimmer des Babys geräumt. Eine Wickelkommode, ein Bettchen, ein kleiner Schrank und ein Sessel, auf dem Susanne mit den verkehrt herum angenähten Puppenbeinen saß. Irgendwann hatte sich Mecki sogar auf Vera gefreut, aber im Haus ihrer Eltern blieb sie doch immer die Tochter, deren eigenes Kind wie ihre Schwester aufwuchs. Das Sagen im Haus hatte der Vater, der gar nicht wirklich viel sagte, aber alles bestimmte. Und er hatte nicht viele Worte gebraucht, um ihr die Schande zu verdeutlichen, die sie über die Familie gebracht hatte. Den Erzeuger des Kindes durfte Mecki nicht mehr wiedersehen. Aber Kevin zahlte, zumindest dafür hatte Meckis Vater gesorgt.

Die Blutproben waren fertig beschriftet. Im krankenhauseigenen Labor sollten sie unter anderem auf Entzündungsparameter und Bauchspeicheldrüsenwerte untersucht werden. Sie tütete die kleinen Plastikröhrchen ein und verpackte sie für die Abholung in einer Transportbox.

«Mecki, sind Sie gleich fertig?» Frau Dr. Darkow betrat das Stationszimmer. «Sie können doch immer so gut mit Angehörigen.»

Mecki stellte die Transportbox mit den Blutproben auf den Rollwagen für das Labor. «Wie jetzt?»

Darkow nahm sich eine Einwegspritze und eine Kanüle aus dem Schrank. «Ich habe gerade mit der Witwe und den Kindern des alten Herrn gesprochen. Sie wissen schon, der Alte mit dem Blasenkarzinom, der gestern Nachmittag verstorben ist. Die Frau hat sich ganz rührend nach Ihnen erkundigt. Sitzt draußen auf dem Flur. Vielleicht kondolieren Sie auch mal persönlich.» Die Ärztin drückte Mecki aufmunternd den Arm. «Sie finden in solchen Situationen doch immer die richtigen Worte.» Damit verließ Frau Dr. Darkow das Stationszimmer.

Unwohl blickte Mecki auf den Flur hinaus, wo die Ehefrau um ihren verstorbenen Mann trauerte.

Als Mecki das Stationszimmer verließ, hallte das Weinen der alten Frau Garstedt über den Flur, die gebeugt auf einem der Stühle im Wartebereich saß und von ihren erwachsenen Kindern getröstet wurde. Ihre tiefe Verzweiflung erwischte Mecki völlig unvermittelt.

«Mein ganzes Leben, meine ganze Liebe», stieß die Witwe unter Tränen hervor. Sie schüttelte ungläubig den Kopf und vergrub ihr Gesicht in zittrigen Händen.

«Schsch, Mutti.» Die Tochter, Mecki schätzte sie auf Mitte fünfzig, saß auf dem Stuhl neben ihrer Mutter und legte ihr ungelenk einen Arm um die Schulter. «Bitte sei nicht so verzweifelt. Das hätte Vati ganz sicher nicht gewollt.» Doch die alte Frau weinte und weinte.

Ein Anblick, den Mecki kaum ertragen konnte. Sie wandte den Blick ab. Am liebsten hätte sie auf dem Absatz kehrtgemacht und wäre in Richtung der Toiletten verschwunden, aber ausgerechnet in diesem Moment trat Frau Dr. Darkow aus einem der Zimmer. Sie nickte Mecki aufmunternd zu.

Schon während der Lehre war Mecki ihren Ausbildern durch ein hohes Maß an Empathie aufgefallen. In jedem ihrer Ausbildungsberichte war das als besondere Bemerkung festgehalten worden. Sie hatte einfach nie eine große Scheu vor dem Tod gehabt. Mecki wusste auch nicht, woher das rührte, aber das Finale am Lebensende, wie es ihre Mutter immer nannte, hatte sie nie geängstigt.

Entschlossen ging sie auf die Witwe zu und kniete sich zu deren Füßen. Mecki nickte sanft und signalisierte mit einem warmen Lächeln, dass die Trauer der Frau bei ihr willkommen war. Die alte Dame drückte Meckis Hände.

«Von Ihnen hat er immer in den höchsten Tönen gesprochen, mein Kind. Danke, für alles, was Sie für meinen Mann getan haben.»

Mecki schluckte den Kloß im Hals tief hinunter. Die Hilflosigkeit der Angehörigen führte ihr immer vor Augen, welchen Schmerz sie verursacht hatte.

Das Klappern eines Geschirrwagens, den Ulla über den Flur schob, riss Mecki aus ihren Gedanken. Und auch wenn sie der Kollegin den Rücken zuwandte, glaubte sie Ullas bohrenden Blick zu spüren.

7 Hamburg. Montag.

Zwei Stunden nach der Besprechung mit der Staatsanwältin in Martin Suttmanns Büro lehnte Franka auf dem Parkplatz des Polizeipräsidiums an ihrem alten Nissan. Während sie auf Alpay wartete, zündete sie sich eine Zigarette an. Wenn sie es recht betrachtete, rauchte sie gar nicht so viel, wie alle behaupteten. Bei den vielen Kippen, die sie lange vor dem Filter ausdrücken musste, weil wieder irgendjemand etwas von ihr wollte, kam sie auf nicht mehr als ein Päckchen pro Tag. Dafür benötigte sie aber zwei Schachteln. Den Konsum ihrer geliebten Energydrinks hatte Franka bereits vor zwei Monaten drastisch heruntergeschraubt. Es war nicht leicht gewesen, sich von ihren Muntermachern zu verabschieden. Aber das Sodbrennen, das sie vor drei Monaten durch die viele Kohlensäure plötzlich entwickelt hatte, war seitdem deutlich zurückgegangen. Franka öffnete die Beifahrertür ihres Wagens und schwang dabei ihre Umhängetasche lässig auf den Sitz. Anscheinend zu lässig, wie sie feststellte, denn die Tasche kippte bei dieser Aktion um und ergoss ihren Inhalt in den Fußraum. Sie hörte, wie ihr Handy zwischen Sitz und Mittelkonsole rutschte. Das Geräusch war ihr bestens vertraut. Genervt bückte sie sich in den Wagen und schob die Hand tastend unter den Beifahrersitz. Sie zog nicht nur leere Zigarettenschachteln und eine letzte zerdrückte Getränkedose hervor, sondern auch den alten

Stadtplan, von dem sie geglaubt hatte, auch ihn längst entsorgt zu haben. Danach bekam sie endlich ihr Handy zu fassen, mit dem sie schon seit Jahren durch die Stadt navigierte, wenn sie sich mal nicht auskannte. Franka nahm den zerknitterten Faltplan zur Hand. Auf der Rückseite fand sie die Informationen zum Druck. Es war die dritte Auflage aus dem Jahr 1997. Wenn sie sich richtig erinnerte, war ungefähr zur selben Zeit die Idee zur Entstehung der Hamburger HafenCity vorgestellt worden. Dort, wo die Elbphilharmonie, neben dem Hamburger Michel, schnell zu einem weiteren Wahrzeichen der Hansestadt geworden war, hatten sich Architekten auch an futuristisch aussehenden Wohnungsbauten versucht. Auf einem ehemaligen Werftgelände war vor einigen Jahren die moderne Klinik der Karesis-Gruppe gebaut worden. Es gab bereits ein älteres Haus in Altona, das schon vor längerer Zeit an seine Belastungsgrenze gestoßen war.

Und nun behauptete also eine junge Witwe, dass man ihren Mann dort getötet hatte. War an den Vorwürfen etwas dran? Oder war sie durch den Tod ihres Mannes lediglich etwas hysterisch, wie es die Staatsanwältin hatte durchblicken lassen? Was, wenn der Vorwurf der Ehefrau berechtigt war? Es wäre nicht der erste Patientenmord in einem deutschen Krankenhaus.

Franka blätterte spaßeshalber durch den zerfledderten Stadtplan, der fast schon musealen Charakter besaß. Wie sich die Stadt in den letzten dreißig Jahren verändert hatte. Eine Metropole im Wandel, dachte Franka und ertappte sich bei dem Gedanken, dass auch Alpay in gewisser Weise für Veränderung stand. Er war zwar nicht der einzige junge Kollege beim LKA, trotzdem hatte Franka seine Entwicklung der letzten Monate mit besonderem Interesse verfolgt. Sie freute sich sogar ein bisschen, dass es die Dienstplanung ermöglichte, ihn zur Befragung von Anna Ostersetzer mitzunehmen.

Alpay hatte vergeblich versucht, Franka anzurufen, um ihr mitzuteilen, dass er sich um zehn Minuten verspäten würde. Aber vermutlich hatte sie ihr Handy mal wieder tief in ihrer Umhängetasche vergraben und hörte die Fanfare nicht, die sie als Klingelton für ihn eingerichtet hatte. Alpay hatte erst den Abschlussbericht zur Verhaftung eines mutmaßlichen Drogendealers fertigstellen müssen, den er Sybille bis zum Mittag versprochen hatte. Franka hatte im letzten Jahr dafür gesorgt, dass die Polizeikommissarin und Mutter einer siebenjährigen Tochter aktiver in den Ermittlungsalltag des LKA eingebunden wurde.

Die Beamten des Hamburger Landeskriminalamtes ermittelten immer wieder in unterschiedlichen Teamkonstellationen, aber irgendwie hatte sich seit sechs Monaten keine erneute Zusammenarbeit zwischen Alpay und Franka ergeben. Daher freute er sich umso mehr, dass sie ihn bei der anstehenden Befragung einer jungen Witwe dabeihaben wollte.

Anfangs hatte er gedacht, er würde sich nie an Frankas spröde Art gewöhnen, doch mittlerweile hatte er sie als ihre Form von Aufrichtigkeit begriffen. Nicht jeder konnte mit so viel Ehrlichkeit umgehen. Während andere Kollegen in der Behörde für Alpay schwer einzuschätzen waren, wusste er bei Franka immer, woran er war. Sie sagte, was sie dachte. Selten hatte er sie faule Kompromisse eingehen sehen. Irgendwie, und bei dem Gedanken musste er schmunzeln, war Franka, wie manch männlicher Kollege gerne gewesen wäre. Aber für so viel Rückgrat fehlten den meisten Kollegen die Eier.

Alpay trat aus dem Haupteingang des Präsidiums. Schon aus

der Entfernung sah er Franka rauchend an ihrem Auto lehnen. Er ging zu ihr hinüber.

«Aber wir fahren jetzt nicht mit deinem Schrottmobil? Die Karre stinkt nach Rauch.»

«Ist ja gut.» Sie warf etwas ins Auto, das wie ein alter Stadtplan aussah.

«Als ob man sich in einen Aschenbecher setzt.» Es machte ihm ein bisschen Spaß, sie zu ärgern.

«Manchmal glaube ich, es war ein Fehler, dir das Du anzubieten, Herr Eloğlu.» Sie drückte den Knopf der Beifahrertür herunter und warf sie ins Schloss.

«Hat die Karre überhaupt noch TÜV? Nee, komm, Franka. Der Dienstwagen hat Klimaanlage.»

Alpay ging hinüber zu der schwarzen 5er-Klasse und öffnete die Türverriegelung per Fernbedienung.

«Was willst du eigentlich? Ich habe meinen Wagen doch schon abgeschlossen.» Sicherheitshalber zog Franka noch einmal am Türgriff. Irgendwie erinnerte Alpay das an den Kontrollzwang seiner Mutter – was er aber lieber für sich behielt.

Nach wenigen Kilometern hatte die Klimaanlage das Innere der Limousine angenehm heruntergekühlt, und Alpay war von Franka über den Tod von Malte Ostersetzer in Kenntnis gesetzt worden.

«Und warum zuerst zur Witwe?» Er schaute kurz zur Kollegin auf dem Beifahrersitz hinüber. «Mit dem Ergebnis von Dörfler ist doch klar, dass der Karesis-Klinik mindestens ein massiver Fehler unterlaufen ist.» Er fuhr zügig die Sierichstraße stadteinwärts, die Hamburgs nördliche Stadtteile mit der Innenstadt verband. Sie war eine der wenigen Straßen Europas, die zu bestimmten Tageszeiten die Fahrtrichtung wechselte. Bis ihnen der Verkehr entgegenkommen würde, blieben Alpay nur noch wenige Minuten.

«Bevor wir mit irgendjemandem im Krankenhaus sprechen», Franka band sich ihre Haare notdürftig zu einem neuen Zopf zusammen, «möchte ich zuerst einmal wissen, wie die Witwe überhaupt darauf kommt, dass ihr Mann absichtlich getötet wurde. Also bitte noch kein Wort über die rechtsmedizinischen Ergebnisse. Offiziell ist Dr. Dörfler noch dabei.»

«Fährst du irgendeine Taktik?»

«Nein.» Überrascht sah sie ihn von der Seite an. «Wäre ein bisschen früh. Aber du kannst dir vielleicht denken, dass diese Info bei der ersten Befragung nicht unbedingt von Vorteil wäre.»

Rechts von ihnen tauchte die Außenalster durch das Grün der Bäume am Ufer auf. Mit ihren weißen Segelbooten und bunten Stand-up-Paddlern bot sie ein perfektes Postkartenmotiv.

«Nie im Leben würde ich ohne Not ins Krankenhaus gehen», sagte Franka unvermittelt. «Man liest ja immer wieder von Behandlungsfehlern und irgendwelchen Keimen, die schlimmer sind als die Krankheit, wegen der man in die Klinik muss.» Frankas Redeanteil auf Dienstfahrten, daran erinnerte sich Alpay, war für gewöhnlich auf ein Minimum reduziert. Allem Anschein nach beschäftigte die Kollegin das Thema sehr.

Sie erreichten den Stadtteil St. Georg, und Alpay steuerte den Wagen langsam durch die Koppel, eine Straße in unmittelbarer Nähe des Hamburger Hauptbahnhofs und der Außenalster. Alpay mochte das Viertel. Er schätzte den bunten Mix aus alternativen Klamottenläden, Cafés und Restaurants. Hier hielt sich die Gentrifizierung noch einigermaßen in Grenzen. Die Mitte des Hansaplatzes mit dem großen Brunnen erschien ihm wie eine Demarkationslinie, die den angesagten Teil St. Georgs bis hinunter zur Alster vom Areal zum Steindamm hin abgrenzte, wo immer wieder Prostitution, Drogendelikte und Kleinkriminalität für Schlagzeilen sorgten.

In einer Nebenstraße zur Langen Reihe, dem Herzen des Stadtteils, fand Alpay einen Parkplatz. Kurz bevor er den Motor ausstellte, klingelte sein Handy über die Freisprechanlage. Während er die Tür des Dienstwagens bereits öffnete, nahm er das Gespräch noch schnell entgegen, ohne auf die Kennung im Display der Mittelkonsole zu achten.

«Hallo?»

«Hänschen, bist du das?» Die Stimme seiner Mutter knisterte aus den Boxen.

Franka stieg aus dem Auto. Vermutlich zog sie mal wieder die Augenbrauen hoch, wie sie es oft tat, wenn sie sich über irgendetwas wunderte.

«Mama, das ist jetzt ganz schlecht. Seid ihr zurück aus den Ferien?»

«Seit gestern. Ich hatte dir doch gewhatsappt.»

«Mama … du, es ist gerade schlecht.» Alpay versuchte vergebens, sein Telefon aus der Bluetooth-Verbindung der Freisprechanlage zu entkoppeln.

«Warum gehst du dann ans Telefon, wenn du keine Zeit hast und mich abwürgst?» Siggi klang beleidigt. «Nur ganz schnell, Alpay. Du weißt, dass dein Vater morgen endlich einen Termin zur Darmspiegelung hat.»

«Ja.»

«Kannst du uns danach abholen? Ich will nicht selber fahren, wenn Metin müde von der Narkose neben mir auf dem Beifahrersitz hockt.»

«Mama …»

«Ich weiß, der Dienst …»

«Was ist mit Tante Ceyda oder einem seiner Fußballjungs?»

«Ginge auch, aber du wärst mir lieber. Und nach Metins Narkose will ich auch kein Taxi nehmen.»

«Okay. Ich klär das mal ab und melde mich später.»

«Danke, mein Schatz. Und lass dich nicht wieder von dem alten Besen ärgern.» Sie legte auf. Alpay schaute zu Franka hinüber, die mittlerweile vor dem Schaufenster eines Secondhandladens stand und rauchte.

«Hänschen?» Sie drehte sich grinsend zu ihm um. «Deine Mutter nennt dich nicht wirklich *Hänschen*? Wo kommt das denn her?»

Er atmete ergeben durch. «Ich heiße Alpay Hans Eloğlu.»

«Hans?» Franka musste husten. «Entschuldige, krieg das jetzt nicht in den falschen Hals, aber … du siehst so gar nicht aus wie ein *Hans*.»

«Die Familie meiner Mutter ist deutsch. Sie hat mich mit zweitem Namen nach ihrem Vater benannt.»

«Ich wusste gar nicht, dass du einen deutschen Opa hast.»

«Du hast auch nie gefragt.»

«Du hast auch nie erzählt.»

Nach wenigen Metern am Hauseingang der Ostersetzers angekommen, bewunderte Franka den aufwendig sanierten Stuck über dem Eingang des Altbaus. Alpay klingelte.

«Bitte ganz nach oben», klang eine Frauenstimme durch die Sprechanlage. Die verspiegelte Fahrstuhlkabine mit den dezenten Deckenstrahlern stammte ganz offensichtlich nicht aus demselben Jahrhundert wie das Haus. Alpay nutzte die Gelegenheit, den Sitz seiner Haare zu kontrollieren. Er musste dringend mal wieder zum Friseur.

«Du hast so viel Gel in der Frisur, da *kann* nichts verrutschen. Das sieht aus wie immer», stellte Franka fest. Für seinen Geschmack etwas zu spöttisch. Hielt sie ihn etwa für eitel? Ihre Blicke trafen sich im Spiegel. Mit verschränkten Armen lehnte sie hinter ihm an der Kabinenwand. Sie roch nach kaltem Rauch und rollte mit den Augen. «Aber du hast ein bisschen zugenommen. Steht dir.» Der Lift hielt im Dachgeschoss. Alpay wusste, dass Franka es liebte, ihn zu verunsichern. Dabei lief er jeden zweiten Tag um die Alster und ging regelmäßig zum Betriebssport. Er war fit und trainiert, das musste auch Franka klar sein. Kein Vergleich zu ihr, die sich den letzten Rest ihrer Kondition mit den vielen Zigaretten versaute. Er grinste sie an und schwieg. Der beste Weg, ihr zu zeigen, dass er sich von ihr nicht mehr provozieren ließ.

8 Soltau. Vor zehn Jahren.

Endlich! Zwei Stunden nach der Konfrontation mit der trauernden Frau Garstedt fand Mecki zum ersten Mal die Gelegenheit, auf der Toilette des medizinischen Personals kurz durchzuatmen. Sie schloss die Kabinentür, klappte den Toilettendeckel herunter und setzte sich. Die Begegnung mit der Witwe hatte sie aufgewühlt, und sie war das flaue Gefühl im Magen nicht wieder losgeworden. Ja, sie hatte ein schlechtes Gewissen. Aber sie wusste auch, dass sie es nicht ertragen hätte, den Mann noch länger leiden zu sehen. Sie hatte ihm geholfen. War sie nicht damals auf der Schwesternschule genau dafür angetreten?

Menschen zu helfen, brachte ihr Befriedigung – aber sie zu erlösen, brachte die Erfüllung. Freude, das war Mecki mit den Jahren bewusst geworden, empfand sie eigentlich nur auf Station. Das Kümmern um Menschen, die ihre Hilfe benötigten, brachte Sinn in ihr Leben. Die Hilflosigkeit anderer machte ihre eigene Schwäche vergessen.

Nach den Auseinandersetzungen mit ihren Eltern über die Erziehung ihrer Tochter Vera, bei denen sie sich nur selten durchsetzen konnte, fiel der Ärger augenblicklich von Mecki ab, wenn sie mit der Arbeit begann. Wenn Patienten entlassen wurden und sich beim Pflegepersonal bedankten. Wenn ihr alte Damen über die Wange streichelten und Pralinen schenkten. Wenn Eltern sie bei der Entlassung ihrer genesenen Kinder anstrahlten, weil Mecki ihnen in den sorgenvollen Stunden Mut zugesprochen hatte. Ihr ging es immer um die Patienten. Sie selbst war sich nicht wichtig. Das hatte ihr zu Hause niemand beigebracht. Auch nicht, im Leben etwas erreichen zu wollen.

Ehrfurchtsvoll hatte sie zu Beginn ihrer Ausbildung auf die Intensivpflegekräfte geschaut, die sich in einer zweijährigen Fortbildung zu Fachkrankenpflegern hatten weiterbilden lassen. Sie waren unter den Pflegekräften besonders hoch angesehen. Als Zweiundzwanzigjährige, Mecki hatte bereits zwei Jahre als Krankenschwester gearbeitet, unternahm auch sie den Versuch, sich fortzubilden. Doch ihr Vater war damals überraschend mit nur vierundfünfzig Jahren verstorben. Mecki konnte sich nicht mehr um ihre Zusatzqualifikation kümmern, denn ihre Mutter schien ohne den Mann an ihrer Seite völlig hilflos und auch als Betreuung für Vera war auf sie kein Verlass mehr.

Ihr Vater war in einem Wohnmobil in die Notaufnahme des HLK eingeliefert worden, wie das Hermann-Löns-Krankenhaus im Landkreis genannt wurde. Er hatte auf einem Parkplatz in der Nähe von Fallingbostel einen Herzinfarkt erlitten, der ihn nach Aussage der Besitzerin des Wohnmobils in dem Moment erwischte, als er in sie eindrang. Er blieb der Frau die achtzig Euro schuldig, die sie normalerweise in ihrem Liebesmobil für ihre Dienste berechnete. Nach drei Tagen auf der Intensivstation verstarb er. Die Sprachlosigkeit der Familie setzte sich zwischen Mecki und ihrer Mutter fort. Denn nie wieder, so hatte es die Mutter unmissverständlich angeordnet, wurde über die Umstände von Vaters Tod gesprochen. Die Mutter war anschließend in eine tiefe Depression geraten. Ganz automatisch hatte Mecki daraufhin versucht, die Rolle als Versorgerin zu übernehmen – immerhin war sie das ja in gewisser Weise von der Arbeit gewohnt. Aber ihre Mutter lehnte jede Entscheidung, jeden Vorschlag der Tochter mit fadenscheinigen Begründungen ab. Noch offener als früher gab sie Mecki zu verstehen, wie sehr sie ihre Tochter für die Situation der gesamten Familie verantwortlich machte. Das Getuschel der Leute, die drei Generationen unter einem Dach. Den Lebensabend hatten sich ihre Eltern ganz sicher anders vorgestellt. Sosehr ihre Mutter ihre Enkelin Vera liebte, so sehr verachtete sie ihre Tochter, das war Mecki früh klar geworden.

Nach dem Ableben des Vaters hatte Mecki insgeheim aufgeatmet. Seine dominante Art, ihr Leben zu kontrollieren und zu bestimmen, hatte sich mit seiner Einäscherung quasi in Luft aufgelöst. Sie dachte daran, wie sie durch seinen Tod gelernt hatte, dass Sterben auch Erlösung bedeuten konnte.

In diesem Moment betrat jemand den Toilettenraum. Die Kabine neben Mecki wurde abgeschlossen, und es roch plötzlich leicht nach künstlicher Mango. Ganz offensichtlich war es Ulla, die nebenan den Toilettendeckel aufklappte und sich nur einen kurzen Moment später mit einem Seufzer auf die Brille setzte.

Als Mecki hörte, wie die Kollegin ein Stück Toilettenpapier von der Rolle abriss, kam ihr eine Idee.

9 Hamburg. Montag.

«Erdmann, LKA Hamburg. Guten Tag, Frau Ostersetzer. Wir hatten telefoniert. Das ist mein Kollege Herr Eloğlu.»

«Bitte.» Die Frau trat zur Seite und bat in den offenen Wohnbereich eines ausgebauten Dachgeschosses. Dabei warf sie einen fast entschuldigenden Blick auf die vielen Schuhe der Kinder. «Die Jungs sind mit einer Freundin von mir unterwegs.» Anna Ostersetzer lief barfuß über das helle Parkett. Sie war schlank und trug ein leichtes Sommerkleid. Die braunen Haare hatte sie in einem einfachen Knoten zusammengesteckt. Franka mochte ihren natürlichen Look.

Am modernen Tresen, der das großzügige Wohnzimmer optisch von der Küche trennte, stand zu Frankas Überraschung ein großer blonder Mann in dunkelblauem Anzug von einem Barhocker auf. Seine Füße steckten barfuß in schwarzen Loafern. Sie schätzte ihn auf Anfang vierzig. Eine Aktentasche aus feinem Leder lag auf der Arbeitsplatte. Franka war lange genug bei der Polizei, um zu ahnen, wer da vor ihnen stand.

«Bergmann, guten Tag. Ich bin der Anwalt von Frau Ostersetzer.» Wie Franka bemerkte, schien auch Alpay von der Anwesenheit des Juristen überrascht zu sein. Hier ging es weder um eine Vernehmung, noch wurde Anna Ostersetzer einer Straftat bezichtigt. Die Polizei wollte sich bei diesem Termin lediglich einen ersten Überblick verschaffen.

«Erdmann, mein Kollege Herr Eloğlu.»

Bergmanns Händedruck war auffallend kräftig. Am Handgelenk trug er eine Armbanduhr mit breitem Metallarmband und mintgrünem Ziffernblatt. Vermutlich ein teures Schweizer Fabrikat. Warum auch nicht, dachte Franka. Er war ein erfolgreicher Anwalt. Sein Blick war offen, und der Mann wirkte auf eine sympathische Art lässig. Franka erinnerte sich aber daran, dass Moro ihn als knallharten Juristen beschrieben hatte.

«Möchten Sie etwas trinken? Ein Wasser vielleicht?» Anna öffnete einen Kühlschrank, der Franka in seinen Dimensionen an die Rechtsmedizin erinnerte. Allerdings klemmten in Eppendorf keine Postkarten und Familienfotos unter bunten Magneten an den Türen.

«Warte, ich mach das.» Bergmann holte wie selbstverständlich zwei Gläser aus dem Regal. Die beiden duzten sich? Franka tauschte einen überraschten Blick mit Alpay.

«Sie kennen sich also? Ich meine, privat?»

«Malte ist mein bester Freund.» Der Jurist schluckte betroffen. Wahrscheinlich wurde ihm die ab jetzt gültige Vergangenheitsform bewusst. «Wir sind schon zusammen zur Schule gegangen. Malte war wie mein Bruder.»

«Herr Dr. Bergmann hat sogar zusammen mit meinem Mann einige Semester Architektur studiert.» Anna nahm ihm die Gläser ab und schenkte Wasser ein. «Ich habe Malte und Herrn Dr. Bergmann damals an der TU in Braunschweig kennengelernt.»

Sie reichte Franka und Alpay die Getränke. Auch wenn Bergmann Anna ein aufmunterndes Lächeln schenkte, wirkte der Mann traurig und tief bewegt. Er lehnte sich an einen der eingebauten Küchenschränke und machte keine Anstalten, das Gespräch zu übernehmen.

«Frau Ostersetzer», begann Franka ohne Umschweife und blieb stehen, während Alpay sich auf einen den Barhocker setzte. «Zuerst möchte ich Ihnen unser aufrichtiges Beileid aussprechen.»

«Danke.»

«Ihr Mann ist vor zwei Tagen in der Karesis-Klinik verstorben. Laut Krankenhausunterlagen, die der Staatsanwaltschaft vorliegen, wurde als Todesursache seine schwere Schädelverletzung angegeben.»

Franka signalisierte Alpay mit einem unauffälligen Blick, dass er das Gespräch übernehmen solle. Es interessierte sie, wie sich seine Befragungstechniken im letzten halben Jahr entwickelt hatten. Er nahm einen Schluck Wasser aus seinem Glas und räusperte sich.

«Bitte erklären Sie uns doch, warum Sie davon überzeugt sind, dass Ihr Mann mit Vorsatz getötet wurde. Einen möglichen Behandlungsfehler haben Sie anscheinend nicht in Betracht gezogen.»

«Er hatte Angst.»

«Die hätte ich auch gehabt, Frau Ostersetzer, wenn ich in einem Intensivbett aufgewacht wäre und gemerkt hätte, dass ich …» Alpay schien nach den passenden Worten zu suchen.

«… behindert wäre?» Anna Ostersetzers Stimme hatte etwas Schneidendes. Sie schaute Alpay herausfordernd an. «Vielleicht sehe ich nicht so aus, aber bei mir müssen Sie nicht um den heißen Brei herumreden, Herr Eloğlu.»

Franka bewunderte insgeheim die Stärke, die diese Frau gerade an den Tag legte.

«Ich weiß, dass mein Mann nicht an einer Schädelverletzung gestorben ist.» Tränen liefen Anna über die Wange, und es war schwer zu sagen, ob aus Trauer oder vor Wut, weil ihr niemand zu glauben schien. Sie war also von einem Tötungsdelikt überzeugt. Aber ohne Beweise ließ sich kein Täter überführen. «Mein Mann hatte Angst», wiederholte Anna. «Das hat er mir gesagt.»

«Laut Befund der Klinik konnte er nicht sprechen.» Alpay leerte sein Glas.

«Wir haben uns nonverbal verständigt. Nur mit den Augen, die konnte er noch bewegen.»

«Das haben wir in der Begründung von Herrn Dr. Bergmann gelesen. Aber … wie darf ich mir das denn vorstellen?» Auch wenn Alpay es neutral formulierte, spiegelte sein Gesichtsausdruck doch eine gewisse Skepsis, sein Ton klang zweifelnd. Er ließ seine persönliche Meinung durchblicken, ob bewusst oder unbewusst. Das würde Franka später mit ihm besprechen müssen. Auch Bergmann schien Alpays Unterton nicht entgangen zu sein. Der Anwalt positionierte sich nun neben seiner Mandantin.

«Mein Mann und ich hatten schon vor unserer Hochzeit eine eigene Art der Kommunikation. Das hat aus einer Laune heraus angefangen. Völliger Quatsch eigentlich. Zweimal im gleichen Rhythmus die Lider auf und zu: Ich liebe dich. Augenrollen im Uhrzeigersinn und dreimal schnell die Augen zu: Ich will nach Hause. Solche Sachen eben.»

«Als Sie ihn das letzte Mal gesehen haben, was hat Ihr Mann da zu Ihnen *gesagt*?» Alpay setzte gestisch Anführungszeichen in die Luft.

«Ich habe Angst. Die bringt mich um.»

«So genau war Ihre Kommunikation?», hakte Alpay ungläubig nach. «Ich meine, das ist ja sehr konkret. Könnte er vielleicht auch etwas anderes gemeint haben?»

«Was sollte das gewesen sein?» Anna schüttelte den Kopf. Ihre Augen verengten sich, was Franka nicht entging. Aber Alpay hielt dagegen.

«Heißt das also, dass Sie jedes Wort oder jedes Thema mit den Augen besprechen konnten, wie ein Morsealphabet?»

«Nein», sagte die Frau schließlich und atmete durch.

«Nein?» Alpay schaute Franka mit einem Blick an, der eindeutig *Siehst du* sagte.

«Was soll das hier eigentlich werden?» Bergmann ging dazwischen. «Meine Mandantin sagte Ihnen doch, dass ihr Mann in der Lage war, diese Zeichen zu geben. Mir gefällt die Art und Weise Ihrer Befragung nicht.»

Franka musste leider zugeben, dass der Mann recht hatte. Doch bevor sie Alpay aus der Schusslinie ziehen konnte, befriedete die Witwe die Situation.

«Ist schon gut, David.» Sie wandte sich wieder an Alpay. «Mein Mann und ich hatten bestimmte Codes entwickelt. Vielleicht klingt *Code* besser als *Sprache*.»

«Aha, nun ist es also ein Code.»

«Hören Sie, die Augenbewegung für *Ich habe Angst* war ein stehender Begriff zwischen Malte und mir. Mein Mann hatte ein sehr angespanntes Verhältnis zu seiner Mutter. Die Frau ist wirklich nicht ganz einfach.» Anna Ostersetzer schaute zum besten Freund ihres Mannes, der ihr bestätigend zunickte. «*Ich habe Angst* haben wir zum Beispiel benutzt, wenn wir uns mal wieder vor einem ihrer übertriebenen Gute-Laune-Auftritte gefürchtet haben, obwohl ihr eigentlich was quersaß. Aber das war immer als Witz gemeint. Niemand konnte doch ahnen, dass er mir das eines Tages in einer Notsituation zu verstehen geben würde.»

Alpay schwieg.

Anna Ostersetzer verschränkte die Arme vor der Brust. «Soll ich Ihnen das jetzt etwa demonstrieren?» Der leicht provozierende Unterton vermittelte Franka, dass die Frau sich nicht einreden lassen wollte, sie fantasiere.

«Wenn Sie mich schon so fragen, ja.»

«Moment mal.» Bergmann ging erneut dazwischen. «Als Freund der Familie weiß ich genau, was die beiden alles nonverbal mit den Augen besprechen konnten. Und als Jurist glaube ich an Fakten. Das ist doch lächerlich, was Sie hier veranstalten.» Er blieb ruhig, aber bestimmt.

Alpays Art verärgerte auch Franka. Sie vermisste die Neutralität, die ein solches Gespräch erforderte. Hier ging es darum zu prüfen, ob die Witwe nur den Tod ihres Mannes nicht akzeptieren wollte, wie es die Staatsanwältin hatte durchblicken lassen. Oder hatte Frau Ostersetzer recht? Dann ging in der Klinik vielleicht jemand um, der schon bald den nächsten Patienten töten würde.

Auch weil Franka fürchtete, Alpay könne einem Juristen wie Bergmann nicht gewachsen sein, übernahm sie das Gespräch.

«Frau Ostersetzer. Ich kann nur ahnen, wie es Ihnen im Moment geht. Für meinen Kollegen und mich ist es aber wichtig zu erfahren …»

«Ob ich recht habe oder verrückt bin?» Anna atmete durch. «Gut.» Sie rollte die Augen gegen den Uhrzeigersinn und schloss einmal langsam die Lider. «Das bedeutet *Ich habe Angst.*» Sie blickte Franka an. «Und das hier …» Sie blinkte dreimal mit den Augen und hielt die Lider am Ende geschlossen. «*Die bringt mich um.* Was wir gerne mal benutzt haben, wenn meine Schwiegermutter bei ihren Besuchen zu viel Sitzfleisch entwickelt hat.»

«Danke, Frau Ostersetzer. Das war sehr anschaulich, wie ich finde. Sagen Sie, haben Sie mit jemandem in der Klinik über die Angst Ihres Mannes reden können?»

«Mit Dr. Petzold, dem Chefarzt. Es war aber offensichtlich, dass er mir nicht geglaubt hat. Er wurde dann von Frau Dr. Menkowitz zu einem Notfall gerufen.»

Während die junge Frau sich auf die Unterlippe biss, um gegen ihre Tränen anzukämpfen, fing Franka Alpays genervten Blick auf. Sie war ihm in die Parade gefahren und konnte sich vorstellen, dass er sich auf den Schlips getreten fühlte. Sie würde ihm später erklären, warum sie ihn ausgebremst hatte.

Anna Ostersetzer hatte sich wacker geschlagen. Aber jetzt brachen plötzlich alle Dämme. Ob vor Erleichterung, dass Franka ihren Verdacht nicht so leichtfertig abtat wie Alpay, oder ob einfach ihre Reserven aufgebraucht waren, konnte Franka nicht sagen. Jedenfalls half keine Umarmung von Bergmann und keine Küchenrolle. Von einem Weinkrampf geschüttelt ging Anna hinüber zum Sofa, und Franka signalisierte Alpay den Aufbruch. Die Reaktion der völlig aufgelösten Witwe fasste sie trotz der Erfahrung ihrer fast dreißig Dienstjahre an.

«Herzlichen Dank bis hierher, Herr Dr. Bergmann», sagte sie, als der Anwalt sie zur Tür begleitete.

«Ergebnisse aus der Rechtsmedizin liegen noch nicht vor?» Bergmann konnte von einer Sekunde auf die andere umschalten. Vielleicht war er deswegen als Anwalt so erfolgreich.

«Tut mir leid. Herr Ostersetzer ist ja erst gestern Nachmittag abgeholt worden.»

Franka wollte vermeiden, dass Bergmann noch heute zivilrechtliche Schritte gegen die Klinik einleitete. Die Vorstellung, bei der ersten Befragung der dortigen Verantwortlichen bereits auf verhärtete Fronten zu stoßen, war alles andere als erstrebenswert. Noch schlimmer war für Franka allerdings der Gedanke, dass Bergmann die Öffentlichkeit suchen könnte, wie er es vor zwei Jahren bei seinem Prozess gegen die Stadt Hamburg getan hatte. Es gab also mehrere Gründe, die ihre kleine Notlüge rechtfertigten.

«Als Anwalt von Frau Ostersetzer wird man Ihnen den rechtsmedizinischen Befund schicken, sobald die Ergebnisse vorliegen. Herr Ostersetzer ist leider nicht der Einzige in der Hansestadt, dessen Todesursache geklärt werden muss.»

Egal, wie sympathisch Franka der Jurist auch war, ihre Taktik würde sie seinetwegen ganz bestimmt nicht ändern.

10 Soltau. Vor zehn Jahren.

Während Mecki eine Fünfhundert-Milliliter-Infusion mit Elektrolyten und Salzen für eine zweiundvierzigjährige Frau vorbereitete, die nach einer Unterleibsoperation seit gestern hier auf Station lag, unterhielt sie sich mit einer jungen Schwesternschülerin. Die Siebzehnjährige hockte vor einem Metallschrank und sortierte Verbandmaterial.

«Und, gefällt es dir bei uns?»

Bevor das Mädchen antworten konnte, betrat Ulla in Begleitung von Dr. Brodmann das Schwesternzimmer. Er arbeitete seit fast zwanzig Jahren im HLK und war seit einem halben Jahr Chefarzt der Allgemeinmedizinischen Abteilung. Jeder hier hatte ihm den Posten gegönnt. Mecki mochte den Mann seit ihrer Ausbildung. Die *Gewichtheberin*, wie Mecki Ulla seit der Lästerei vor einem Monat wie ihre Kollegen nun auch nannte, schleimte sich beim Doktor ein. Falls es irgendwo einen Patienten gab, der so schwer war wie ein Findling in der Lüneburger Heide, sollte er nicht zögern, sie zu rufen. Zu Meckis Erstaunen belohnte der Arzt Ullas Anbiederung mit einem Lächeln, das Ulla anstachelte, sich auf Kosten der armen Schwesternschülerin weiter vor dem Chefarzt zu profilieren.

«Meine Güte, das habe ich dir doch schon zweimal erklärt.» Sie nahm dem Mädchen ruppig das Verbandmaterial aus der Hand. «Die Kompressen dort oben rein, Tupfer und Tamponaden eins drunter, und die Verbandwatte gehört hier gar nicht rein, sondern da drüben in den Schrank.» Sie sortierte das Zeug in Windeseile an seinen Platz. «Wenn man nicht alles alleine macht.»

Mecki sah sich selbst zu Beginn ihrer Ausbildung Verbandmaterial sortieren. Die Schwesternschülerin tat ihr leid. Sie hatte erst wenige Worte mit ihr gewechselt, aber das junge Mädchen schien ihr schüchtern und verschlossen zu sein.

Ulla sah Beifall heischend zu Dr. Brodmann hinüber, der mit einem «Ulla, wenn wir Sie nicht hätten» in Meckis Gunst ins Bodenlose sank. Der Mann hatte doch studiert, so doof konnte niemand sein, das Treiben dieser Krankenschwester nicht zu durchschauen! In Meckis Augen war die Kollegin eine faule Sau, die nur in den Turbo schaltete, wenn sie bei Vorgesetzten Bonuspunkte sammeln konnte oder auf ihrer dicken Maschine auf der Landstraße überholte. Ansonsten spielte sie gerne Menschen gegeneinander aus. Mecki traute sich aber nicht, gegen Ulla aufzubegehren, die Kollegin hatte sie sowieso schon auf dem Kieker.

Brodmann wurde von einem Pfleger zu einem Schwächeanfall gerufen, und Ulla griff nach ihrer PET-Flasche, auf die sie in dicken Edding-Buchstaben ihren Namen geschrieben hatte. Sie nahm einen kräftigen Schluck, lehnte sich lässig an die Fensterbank und schaute zu der Schwesternschülerin herab, die immer noch vor dem Schrank mit dem Verbandmaterial kniete. «Hey, wie heißt du überhaupt?»

«Ashana.»

«Schöner Name.» Ulla grinste. «Und, Ashana? Möchtest du hier später mal arbeiten?»

Das Mädchen lächelte unbeholfen. Mecki hängte derweil

den Infusionsbeutel an einen Ständer und öffnete das Lüftungsventil. Die kleine Abdeckkappe, die den sterilen Anschluss schützte, bis er an einen intravenösen Zugang beim Patienten angeschlossen wurde, ließ sie noch aufgesteckt. Mecki wollte mit dem Infusionsständer das Schwesternzimmer verlassen. Aber Ulla hatte andere Pläne.

«Ashana, bist du so lieb und bringst die Infusion zu Saskia? Das ist die rothaarige Kollegin mit der Brille. Die wartet schon in 302.»

«Na klar.» Ashana rollte den Ständer aus dem Schwesternzimmer.

Jetzt war Mecki mit Ulla allein. In eine ähnliche Situation hatte Ulla sie bereits vor zwei Wochen gebracht, als sie den Nothalt des Fahrstuhls bedient und Mecki zwischen Erdgeschoss und erstem Stock in der Kabine verhört hatte.

Mecki knüllte das Verpackungsmaterial des Infusionssystems zusammen und warf es in den Mülleimer für Kunststoffverpackungen. Ihre Hände wurden feucht.

«Also. Wie viele waren es?»

Mecki schaute Ulla nicht an, sondern räumte weiter auf. Auch wenn sie überzeugt war, dass Ulla nichts gegen sie in der Hand hatte, beschleunigte sich ihr Puls. Sie hörte, wie die Kollegin in einen Apfel biss und kauend weitersprach. «Du hast mir noch keine Antwort darauf gegeben.»

Die Tür ging auf. Mecki fuhr vor Schreck zusammen. Frau Dr. Darkow betrat das Schwesternzimmer und holte Verbandmaterial.

«Meine Güte, sind Sie schreckhaft, Mecki. Wird wohl mal wieder Zeit für Urlaub außerhalb der Lüneburger Heide, was?» Die Ärztin verließ den Raum mit einigen Kompressen.

«Ich weiß, warum deine Nerven so blank liegen.»

«Bitte lass mich in Ruhe.»

Ulla kaute und lächelte.

«Was habe ich dir eigentlich getan?», fragte Mecki. Wie sie selbst fand, mit dem nötigen Grad Unschuld in der Stimme.

«Die Frage ist, was hast du den *anderen* getan?»

Mecki wusste, dass sie Ullas Blick standhalten musste, sonst hatte sie auf der Stelle verloren.

«Wie viele waren es, Mecki? Mehr als die Frau im Fahrstuhl, der Mechaniker und der von Krebs zerfressene Herr Garstedt vor einem Monat?» Ulla leckte sich den Saft des Apfels von der Hand. Am liebsten hätte Mecki gefragt, ob Ulla noch ganz dicht wäre. Die Frau im Fahrstuhl war an einem geplatzten Bauchaortenaneurysma gestorben. Mecki konnte sich den Namen gut merken, weil Dr. Brodmann ihnen nach der Obduktion erzählt hatte, dass bei Albert Einstein dieselbe Todesursache festgestellt worden war. Sie erinnerte sich auch mit Grauen an das Blut, das die Frau auf dem Weg zur Magenspiegelung plötzlich gespuckt hatte. Der Fahrstuhl hatte danach wie in einem Horrorfilm ausgesehen.

«Du spinnst doch, Ulla.» Sie schnappte sich eine Waschlösung aus dem Schrank und frische Handtücher. «Wenn du nicht aufhörst, mich hier ständig fertigzumachen …»

«Was dann?» Ulla fixierte Mecki böse und steckte sich den Apfelgriebs in den Mund – mit Stiel. Wie eklig! Mecki lief der Schweiß den Rücken hinunter.

«Ich weiß, dass du es warst, Mädchen. Ich beobachte dich schon seit einer ganzen Weile.»

Mecki nahm all ihren Mut zusammen. «Pass auf, Ulla. Du kannst gerne zur Klinikleitung gehen und deinen absurden

Verdacht gegen mich äußern. Oder du lässt mich mit deinem Schwachsinn endlich in Ruhe.»

Sie wollte das Stationszimmer schon verlassen, aber in der Tür drehte sie sich noch einmal um. Sollte sie wieder schweigen oder hatte sie endlich die Schnauze voll? Ihre Stimme zitterte. «*Ich* bin Krankenschwester geworden, weil ich Menschen helfen möchte. Verstehst du? Außer deine Arbeit von den Kollegen machen zu lassen und dich bei den Ärzten einzuschleimen, ist mir nicht ganz klar, warum *du* hier arbeitest.» Aufgewühlt, aber zufrieden mit sich verließ Mecki das Zimmer. Auch wenn sie nicht wusste, ob ihre Gegenwehr überhaupt etwas bringen würde, konnte sie sich dieses Mobbing nicht mehr länger gefallen lassen. Sie musste eine Grenze ziehen, sonst wäre sie verloren.

11 Hamburg. Montag.

Nein, Alpay. So was kannst du nicht bringen.» Auch wenn sich Franka über ihren jungen Kollegen geärgert hatte, blieb sie ruhig. Sie setzte sich zu ihm auf die kleine Bierbank vor dem Kiosk in der Langen Reihe und öffnete eine Wasserflasche. Dem Impuls, einen Energydrink zu kaufen, hatte sie erfolgreich widerstanden. «Anna Ostersetzer ist in gewisser Weise Opfer und keine Verdächtige.»

«Was denn? Ich habe lediglich nachgehakt, was die angebliche Verständigung zwischen ihr und ihrem Mann angeht.» Alpays Rechtfertigung klang halb gar. Er pustete in seinen Kaffee.

«Kann ja sein, dass du die ganze Sache für gaga hältst, aber an so einem frühen Punkt musst du immer neutral bleiben, zumindest nach außen. Wir waren gerade erst dabei, uns ihre Geschichte anzuhören, Vertrauen aufzubauen. Wir wollen, dass sie mit uns spricht, dass sie eine mögliche Skepsis uns gegenüber ablegt. Und da gibst du der Frau deutlich zu verstehen, dass du ihr nicht glaubst. Ihrem Anwalt ist das natürlich auch aufgefallen. Junge, Pokerface.» Sie zündete sich eine Zigarette an und nahm einen Schluck von ihrem Wasser.

Alpay holte kurz Luft, schluckte aber ganz offensichtlich seine Verteidigung hinunter, so kam es ihr jedenfalls vor. Für Franka war die Sache damit erledigt. Studium hin oder her,

Alpay war eben doch erst ein halbes Jahr beim LKA und hatte noch nicht viel Erfahrung.

Sie linste auf ihre Armbanduhr und stellte überrascht fest, dass es schon 13:00 Uhr war. «So. Und jetzt noch mal auf Anfang.» Sie hielt ihr Gesicht in die Sonne. «Du meinst also, dieses Ding mit den Augen ist Schwachsinn.»

«Jupp.»

«Aber die Frau ist so davon überzeugt, dass die Staatsanwaltschaft den Toten in die Rechtsmedizin überführt. Und Dr. Dörfler findet in Ostersetzers Organen tatsächlich etwas, das da nicht hingehört.»

«Vielleicht Zufall.»

«Der Betablocker in seinem Organismus ist ein Zufall?» Franka schaute Alpay skeptisch von der Seite an.

«Ich meine, vielleicht hat das eine nichts mit dem anderen zu tun. Könnte doch sein, dass die Frau einfach nervlich am Ende ist. Verständlicherweise. Unter Schock deutete sie das Zwinkern ihres Mannes als Botschaft. Aber vielleicht war das auch einfach nur irgendeine Reaktion auf die vielen Medikamente, mit denen er vollgepumpt war.»

Franka ließ sich seine Ausführungen durch den Kopf gehen. «Also nicht Vorsatz, sondern Versehen?»

Alpay nickte. «Kann doch auch sein, dass jemand dem armen Kerl irrtümlich ein falsches Medikament verabreicht hat.»

Franka unternahm einen weiteren Versuch, die Theorie eines Vorsatzes zu belegen. «Und Bergmann? Auch der Anwalt glaubt der Frau. Er kannte dieses Verständigungsding zwischen ihr und ihrem verstorbenen Mann.»

Alpay zuckte unbeeindruckt mit den Schultern. «Er ist der beste Kumpel des Opfers. Bergmann wirkte ja selbst ziemlich angefasst. Ich weiß jetzt nicht, ob der objektiv beurteilen kann, was Malte Ostersetzer angeblich gesagt haben *könnte.*»

Sie schwiegen einen kurzen Moment.

«Sorry, Franka. Ich wollte die Frau vorhin echt nicht unter Druck setzen.»

Sie nickte und war insgeheim erleichtert, dass er sich einsichtig zeigte. Fehler einzugestehen, war in ihren Augen eine seltene Stärke.

«Kann ich dich was fragen?», unterbrach Alpay die Stille zwischen ihnen.

«Sicher.»

«Warum hast du der Witwe nichts von Dörflers Gutachten gesagt? Ich meine, zumindest am Ende des Gesprächs wäre das doch okay gewesen.»

«Sie hat nicht danach gefragt.»

«Aber Bergmann hat.» Er schaute sie irritiert an.

«Ich traue ihm zu, dass er dann richtig Alarm schlägt. Und bis wir mit der Klinikleitung gesprochen haben, möchte ich dort keine schlafenden Hunde wecken.»

Und noch einen Grund gab es für Franka, diese Information im Moment noch zurückzuhalten. Eine Art Prüfung. Und zwar nicht nur für die Klinikleitung, sondern für Alpay. Franka war gespannt, ob er ihre Taktik dahinter durchschauen würde. Es wurde Zeit, seine psychologischen Fähigkeiten zu schärfen.

Sie kramte ihr Handy aus der Umhängetasche und wischte die Tabakkrümel an ihrer Bluse ab. Dann rief sie Sybille im Dezernat an. Sie bat darum, in der Klinik einen Termin mit den richtigen Ansprechpartnern zu verabreden.

«Ganz ehrlich?» Franka steckte das Telefon wieder ein und lehnte sich an die warme Hauswand. «Als mir die Staatsanwältin heute Morgen von der ganzen Sache erzählt hat, war ich wenig begeistert. Aber jetzt …» Sie linste über den Rand ihrer Sonnenbrille und schaute ihn direkt an. «Bei dieser Geschichte ist nur eins klar: Malte Ostersetzer ist ganz sicher nicht an den Folgen seines Fahrradunfalls gestorben.»

12 Soltau. Vor zehn Jahren.

Du bist zu schnell! Mann, ey!», motzte Vera und riss Mecki aus ihren Gedanken. Vier Tage nachdem sie sich gegen Ulla im Krankenhaus zur Wehr gesetzt hatte, beschäftigte sie immer noch der Gedanke, ob die Kollegin vielleicht doch irgendwelche Beweise gegen sie gesammelt hatte. Auch wenn sie nicht wusste, welche das hätten sein können. Über die soeben wieder aufkeimende Sorge hatte sie doch tatsächlich ihre Tochter vergessen, die auf ihrem verrosteten und mittlerweile zu klein gewordenen Fahrrad weit hinter ihr zurückgefallen war. Sie fuhren Richtung Wietzendorfer Moor, wo Vera einmal die Woche Reitunterricht erhielt. Doch ihr Interesse an Pferden sank in letzter Zeit im selben Maße, wie ihre Neugier für Jungs zunahm, wie Mecki vor einiger Zeit alarmiert festgestellt hatte.

Unweigerlich musste sie an den einen Abend vor fast vierzehn Jahren zurückdenken, der ihr ganzes Leben auf den Kopf gestellt hatte. Mecki war gerade erst siebzehn, als sie zum ersten Mal an der Bar der Dorfdisco in Bispingen gestanden hatte und ihre bereits warm gewordene Cola durch einen platt gekauten Strohhalm nuckelte. Kleine Schlucke, die sie erst ansaugte, um sie anschließend wieder ins Glas zurücklaufen zu lassen. Auf diese Weise hatte sie mit einem einzigen Getränk den ganzen Abend in der Dorfdisco verbringen können. Sie war fasziniert gewesen vom Stroboskoplicht, das über die schwarz-weißen

Linoleumkaros im Beat der Musik zuckte. Genau wie Kevin, als er ihr das Höschen unter ihrem Rock herunterschob und zum Höhepunkt kam. Er hatte versprochen aufzupassen.

Mecki wäre eine gute Ärztin geworden, davon war sie überzeugt. Sie hatte sich damit abfinden müssen, dass alles anders gekommen war. Aber manchmal stieß ihr sauer auf, dass sie sich als Schwester in einem Wald-und-Wiesen-Krankenhaus ausbeuten lassen musste. Während der vielen Streite mit ihrer Tochter, in den Nächten, in denen sie mit Veras Stiefvater schweigend vor dem Fernseher saß, in den Momenten, in denen sie in der Klinik gemobbt wurde, wünschte sie sich, alles einfach hinter sich zu lassen. Nur in diesen wenigen Momenten war sie ehrlich zu sich selbst, denn das tat weh.

«Mensch, bist du bescheuert?» Vera keifte, als sie ihre Mutter endlich eingeholt hatte. Sie trug ihren Reithelm auf dem Kopf und hielt eine Gerte in der Hand. Die Reitstiefel, die Dieter für seine Stieftochter secondhand gekauft hatte, schlackerten an den Waden. Dafür saß Veras Polohemd umso straffer, besonders um die Brust herum.

«Das ist so kacke immer mit dem Drecksfahrrad.» Vera schlug vor Wut mit der Gerte auf das Hinterrad.

«Wir schauen mal nach einem neuen. Was meinst du?» Mecki war um Deeskalation bemüht. Eigentlich wie immer, seit die Pubertät bei ihnen eingezogen war.

«Ich will ein Mofa.»

«Du bist erst dreizehn.»

«Fuck. Ich will ein Mofa, Mecki!»

Sie fuhren einige Meter schweigend nebeneinander. Die Zeit war so schnell vergangen, dachte Mecki, als sie auf den kleinen Puppensitz an Veras Fahrradlenker schaute. Bis vor wenigen

Monaten hatte dort noch Meckis alte Puppe mit den verkehrt herum angenähten Beinen gesessen. Und jetzt? Wollte ihr kleines Mädchen ein Mofa.

«Mann, ey. So ein Dreck!»

«Vera, du musst noch zwei Jahre warten. Mofa darf man erst ab fünfzehn fahren. Und wenn es so weit ist, sollten wir noch mal drüber reden. Sagt auch Dieter.»

«Hä? Was hat *der* mir denn zu sagen? Ist der jetzt mein Vater, oder was?» Plötzlich war Veras altes Fahrrad schnell genug, um damit genervt an ihrer Mutter vorbeizuziehen. Wie gut, dachte Mecki, dass Dieter das nicht mit angehört hatte. Obwohl er nicht ihr leiblicher Vater war, behandelte er Vera wie sein eigenes Kind.

Vera war an einer Gabelung des Radwegs stehen geblieben, wo es für sie ins Wietzendorfer Moor abging. Mecki wollte weiter zu einem kleinen Hof im Ortsteil Reddingen, auf dem man schon im April frische Gurken, Kohlrabi und Radieschen kaufen konnte.

«Heute Abend gibt es Gemüsepfanne mit Blumenkohl», sagte sie, obwohl sie wusste, dass Vera das nicht die Bohne interessierte. Sie checkte die Uhrzeit. 16:30 Uhr, genau pünktlich.

«Hast du mal zwanzig Euro?» Egal, was Vera auch sagte, sie klang seit geraumer Zeit immer schlecht gelaunt.

«Was ist denn mit deinem Taschengeld?»

«Was soll damit sein? Der April ist fast zu Ende, verdammt.»

Mecki wusste, dass es falsch war, jetzt nachzugeben. Vera musste lernen, mit der durchaus angemessenen monatlichen Summe zu haushalten. Aber wenn sie ihren Plan noch heute in die Tat umsetzen wollte, durfte sie jetzt keine Zeit durch eine unnötige Diskussion verlieren. Also öffnete sie ihr Portemonnaie.

13 Hamburg. Montag.

Erst zum Nachmittag erhielten Alpay und Franka eine, wie sie es genannt hatte, *Audienz* bei der Krankenhausleitung. Auch er ärgerte sich darüber, dass man sie in einer solch wichtigen Angelegenheit auf den Nachmittag geschoben hatte. Die Gruppe der Karesis-Kliniken war der zweitgrößte Anbieter für ambulante Patientenversorgung in Europa. Franka hatte gegoogelt und vorgelesen. Allein in Deutschland verfügte Karesis über zweiundfünfzig Krankenhäuser und versorgte vier Millionen Patienten, davon circa drei Millionen ambulant. In Hamburg betrieb die Gruppe neben dem Standort HafenCity noch ein Haus in Altona.

«Darf ich Ihnen nicht vielleicht einen Kaffee anbieten? Der Herr Professor ist immer noch im Haus unterwegs.» Marita Michelhausen, ihr Name stand an der Bürotür, kontrollierte mit einem Griff ihre Hochsteckfrisur. Zu Rock und weißer Hemdbluse trug sie eine lange Goldkette um den kurzen Hals, an der ein doppeltes M hing. Wie Marilyn Monroe, die Alpays Mutter verehrte. Aber die Sekretärin hätte in einem direkten Vergleich mit der Schauspielerin in allen Punkten verloren.

«Den Kaffee sehr gerne mit Milch. Bitte.»

Die Sekretärin schaute fragend zu Franka, die abwesend auf einem Stuhl vor dem Schreibtisch saß und sich seit Betreten des Büros im Hintergrund hielt, wie Alpay aufgefallen war.

«Franka?»

«Kaffee?»

«Danke, für mich nicht.» Sie trommelte ungeduldig mit den Fingern auf der Stuhllehne und schaute auf die Uhr ihres Smartphones. Ganz offensichtlich dauerte ihr die Warterei zu lange.

«Hören Sie», Franka schien sich zu erinnern, warum sie eigentlich hier waren, und zu vergessen, dass sie Alpay den Termin übertragen hatte. «Wir warten jetzt seit fünfundzwanzig Minuten auf den Herrn Professor. Es ist fast 17:00 Uhr.» Frankas Anspannung war für Alpay kaum zu übersehen. Er wusste, dass sie im Fall Ostersetzer einen absichtlich herbeigeführten Tod für möglich hielt – und die daraus resultierende Gefahr für weitere Patienten.

Der Feierabend rückte näher. Aber während Meckis Kolleginnen nichts mehr herbeisehnten als die Übergabe ihrer Verantwortung an das nächste Pflegeteam, schaute sie selbst ein letztes Mal nach ihren Schützlingen. Sie kontrollierte nicht nur die Vitalparameter, den korrekten Sitz der Zugänge in Armbeugen und Handrücken, sondern auch die Tropfgeschwindigkeit der intravenös verabreichten Medikamente. Es folgte ein prüfender Blick auf die Patientenblätter der beiden Patientinnen in der 02. Sie wollte ihrem Ruf als Verlässlichste unter den Verlässlichen gerecht werden. Auch hier in Altona, wo sie seit vier Tagen aushalf, obwohl sie eigentlich ein festes Mitglied im Pflegepool der HafenCity war.

Der Pflegenotstand sorgte immer wieder dafür, dass sich die Krankenhausleitungen beider Karesis-Kliniken gegenseitig Mitarbeiter ausliehen. Und dieses Mal hatte es erneut Mecki getroffen. Vielleicht weil man wusste, dass es ihr nichts ausmachte? Denn tatsächlich gefiel ihr die Abwechslung sogar.

Als sie nun das Zimmer einer neununddreißigjährigen Krebspatientin verließ, der man am Morgen einen Teil des Darms entfernt hatte, stöhnte die Frau plötzlich leise auf. Anscheinend hatte das Sedativum nachgelassen. Die Dosierung erfolgte über den diensthabenden Anästhesisten. Das Schicksal der jungen Frau, die seit zwölf Jahren immer wieder gegen diese heimtückische Krankheit kämpfte, ging Mecki unter die Haut. So wie die Schreie, die manchmal aus den Zimmern hallten. Auch nach den vielen Jahren im Dienst waren solche Momente schwer auszuhalten. Oder war Mecki seit ihren Anfängen in Soltau einfach nur dünnhäutiger geworden?

Abgemagert, blass, die Lippen rissig, hatte man dieser Patientin nun also auch noch einen Teil des Darms entfernt. Vor Jahren hatte ihre nicht enden wollende Krankengeschichte mit einem früh erkannten und besiegten Mammakarzinom begonnen. Aber der Krebs war zurückgekehrt. Wie ein unbeliebter Stammgast, der nur für einen Moment auscheckte, um sich nach kurzer Reise in einem anderen Zimmer wieder einzunisten. Das letzte Mal hatte er sich so breitgemacht wie nie zuvor. In Meckis Augen konnte die Medizin auch grausam sein. Niemand der Ärzte vermochte eine Prognose abzugeben. Vielleicht waren sie auch einfach nur zu feige gewesen – bis auf Mecki.

Sie ging zurück zur Patientin, setzte sich auf die Bettkante und streichelte ihr sanft die Wange. «Schsch. Haben Sie nur einen Moment Geduld.» Die Frau schloss die Augen, das Gesicht zog sich vor Schmerz zusammen. Sollte Mecki überhaupt noch einen Arzt rufen oder selbst Hilfestellung geben? Hier in Altona, wo sie doch nur aushalf? Ihre letzte Erlösung lag bereits zwei Wochen zurück. Als sie sich an den Alten mit der Sepsis erinnerte, war ihre Entscheidung gefallen. Diese Frau litt so sehr, dass Mecki sich ein Abwägen nicht mehr erlauben konnte. Sie strich ihr sanft über die Wange und sah die Ampulle Suxamethonium auf dem kleinen Rollwagen liegen, die für die Bettnachbarin bestimmt gewesen war. Das Medikament, das bei einer Intubation für die Lähmung der Atemmuskulatur sorgte, war der Frau am Morgen doch nicht verabreicht worden. Ihre Lungenfunktion hatte sich durch die zunehmende Sauerstoffsättigung des Blutes erholt. Aber niemand hatte das Medikament danach zurück in den Medikamentenschrank gelegt, geschweige denn, es aus der Entnahmeliste wieder gestrichen. Sie griff nach der Ampulle. Die Zimmertür stand offen. Auf dem Flur herrschte der übliche Betrieb. Wie selbstverständlich zog Mecki das Medikament auf.

«Nimm die Klage deiner Tage, schnall sie auf den Rücken mir. Mach dein Leid zu meinem Kreuze, das ich trag auf Erden hier.»

Dann ging alles ganz schnell.

Professor Dr. med. Henning D. Friedhoff betrat das Vorzimmer zu seinem Büro in der HafenCity, gefolgt von einer Frau in sportlich-elegantem Businessdress. Auch Alpays Geduld war mittlerweile am Ende.

«Entschuldigung, dass ich Sie habe warten lassen.» Friedhoff war genau der Typ Mann, den jemand wie Alpays Vater als «beeindruckend» bezeichnete. Für Alpay war er erst mal nur ein großer, leicht untersetzter Mann mit Hornimitatbrille und Siegelring am kleinen Finger. Ohne weiße Hose, weißes Polohemd und offenen Kittel wäre der Mediziner mit seinen zurückgegelten Haaren auch als Investmentbanker oder Makler durchgegangen. Er schätzte Friedhoff auf Mitte fünfzig.

«Das ist Frau Gurte Amrein, die kaufmännische Geschäftsführerin unserer Klinik.» Friedhoff deutete auf die Frau zu seiner Rechten. Sie war ungefähr im gleichen Alter wie der Professor, die Haare kurz frisiert.

Frau Amrein nickte distanziert.

«Eloğlu. Meine Kollegin Frau Erdmann.»

Friedhoff öffnete die Tür zu seinem geräumigen Eckbüro, und Alpay staunte. Diesen fantastischen Blick aus dem vierten Stock über die Elbe auf die Stadt hatte er so nicht erwartet. Von hier, wo der Strom längst ausgebremst war, erkannte man noch deutlich das Panorama der Hansestadt mitsamt der Hamburger St.-Michaelis-Kirche im Hintergrund. Davor thronte glitzernd das neue Konzerthaus der Stadt, die Elbphilharmonie. Alpay mochte, wie sich das Rot des Backsteinsockels vom Blau des Sommerhimmels abhob. Neben Professor Friedhoffs Schreibtisch stand eine moderne Sitzgruppe aus schwarzem Leder, daneben ein großer Besprechungstisch mit acht Stühlen vor einer Front bodentiefer Fenster, an den Friedhoff sie dirigierte.

Der Arzt begann das Gespräch mit einem Aussetzer. «Frau … ähm …»

Für Alpay war der Professor sofort unten durch, weil er Frankas Nachnamen zwischen Vorzimmer und seinem Büro bereits vergessen hatte.

«Erdmann, Hauptkommissarin, LKA Hamburg.»

«Entschuldigen Sie.»

«Kein Problem. Mein Name steht ja auch nicht auf meiner Brust, Herr Professor …», sie beugte sich zum eingestickten Namen auf seinem Kittel, «… Friedhoff.» Der Professor und seine Kollegin lachten, aber die gaben sich nur locker, davon war Alpay überzeugt. «Sie wissen, warum wir hier sind?»

Mitten in Meckis Übergabe an Pfleger Manuel schrillte plötzlich ein Alarm aus dem Computer im Stationszimmer. Die Werte der Krebspatientin in Zimmer 02 waren bedrohlich gesunken. Was den Kollegen schockte, erzeugte bei Mecki eine sanfte Euphorie. Oder war es ein Triumphgefühl? Denn sie wusste, dass nicht nur eine Fingermanschette verrutscht war. Sie hoffte inständig, dass es die Frau mit dem Darmkrebs gleich geschafft hatte. Mecki brauchte nicht erst einen Blick auf den Monitor zu werfen. Sie wusste, dass die Patientin in diesem Moment erstickte, weil das Medikament ihre Lungenfunktion lähmte.

«Oh nein. Ich war doch noch eben bei ihr?» Mecki war überzeugt, dass ihr gespieltes Entsetzen echt wirkte.

«Scheiße.» Manuel sprang auf und verließ den Raum. Zufrieden schaute sie ihm hinterher, wobei sie den diensthabenden Anästhesisten am Stationszimmer vorbeihetzen sah. Er rief irgendwelche Anweisungen, die sie nicht verstand, die sie aber interessierten, denn dieser Moment war fragil. Die Patientin hatte sich zwar auf dem Weg gemacht, doch noch war sie nicht am Ziel.

Statt mit dem Lift nach unten in die Umkleide zu fahren und sich anschließend mit Vera zu treffen, die aus Soltau zu einem ihrer seltenen Besuche in Hamburg war, ging Mecki den Flur entlang. Sie blieb angespannt vor Zimmer 02 stehen, in dem die Kollegen und Kolleginnen ahnungslos gegen die Dosis Suxamethonium kämpften, die Mecki der Frau gespritzt hatte.

«Scheiße, die rutscht uns weg», sagte der Arzt. «Was ist denn mit der Lunge?» Ihm fiel der hohe Kaliumwert im Blut auf, anscheinend ohne dass er misstrauisch wurde.

«Intubieren. Schnell.» Er verlangte zusätzlich nach Glucose und versuchte, dadurch den immer weiter sinkenden Kreislauf zu unterstützen. Das Herz der Patientin flatterte. Mecki wischte sich die feuchten Handflächen an ihrem Kasack ab.

«Wo bleibt der Defi?» Der Arzt wurde hektisch. Eine Pflegerin schob eilig den Notfallwagen mit dem Defibrillator an Mecki vorbei ins Zimmer. Sie konnte doch jetzt nicht einfach irgendwo an der Alster ihre Freizeit genießen. Vorher musste sie wissen, ob ihre Erlösung von Erfolg gekrönt sein würde. Hilflos sah sie mit an, wie der Arzt der Patientin das Klinikhemd aufriss und ihr die Elektroden für den Defibrillator auf die Brust klebte. Mecki ballte ihre Hände so sehr zu Fäusten, dass sich ihre Fingernägel schmerzend in ihre Handballen bohrten. Der Arzt folgte den elektronischen Ansagen des Geräts. Er wollte das flatternde Herz zurück in seinen Rhythmus zwingen. Man hörte das ansteigende Ladegeräusch der benötigten eintausend Volt für den ersten Schlag. Endlich. Der Dauerton eines Herzstillstands ertönte. Mecki schluckte. Den Kampf um das Leben der Frau mit ansehen zu müssen, machte sie fertig. Der Arzt setzte die Paddles auf die Brust der Frau und löste den elektrischen Schock aus. Der Oberkörper der Patientin zuckte unter dem Stromstoß kurz zusammen. Die Flatline war stärker. Hoffentlich wurde Meckis sorgenvolles Gesicht von den Kollegen als Angst um den Tod der Frau missverstanden. Dabei zeigte es in Wahrheit ihr Entsetzen, dass ihre Erlösung scheitern könnte. Die Frau war bei Bewusstsein gewesen, als Mecki ihr das Suxamethonium verabreicht hatte. Auch aus diesem Grund durfte sie nicht zurückkommen. Inständig flehte Mecki, dass die

Frau schneller wäre als der Schlag, der sie in ihren vom Krebs zerfressenen Körper zurückholen sollte. Der Defibrillator lud erneut. Die Paddles ließen den Körper zum zweiten Mal zusammenzucken, aber das Herz widerstand dem erzwungenen Impuls. Lasst sie doch in Frieden gehen!, hätte Mecki das Team am liebsten angeschrien. Aber auch als der Arzt die Spannung des Defibrillators auf zweitausend Volt erhöhte, schwieg sie.

«Weg vom Bett!» Der Arzt schaute sich kurz um. Dann folgte der dritte Schlag, so hart, so brutal, dass sich der Oberkörper der Frau regelrecht aufbäumte, bevor er schlaff zurück auf die Matratze fiel. *Bumbum, bumbum*, echote es in Meckis Ohr. Doch es war die Angst, die ihr eigenes Herz schneller klopfen ließ. Darüber schob sich schrill der Ton der Flatline. Die Patientin war am Ziel angekommen.

Mecki begann, vor Glück zu weinen.

«Nicht jetzt, Herrgott!» Friedhoff herrschte Marita Michelhausen an, die mit Alpays Kaffee ins Büro ihres Chefs in der HafenCity eintrat. Er war also doch nicht so entspannt, wie er vorgab. Die Frau erschrak. Einer von zwei Keksen fiel von der Untertasse auf den Fußboden.

«Entschuldigen Sie, Herr Professor. Aber Herr Eloğlu hatte einen Kaffee bestellt.» Marita Michelhausen reichte Alpay die Tasse, wobei sie auf den Keks trat, der unter ihrer Sohle zerbröselte. Sie vermied den direkten Augenkontakt in die Runde. Als die Sekretärin die Krümel vom Teppich aufsammeln wollte, erlöste Amrein sie.

«Danke, Marita, aber das können Sie später wegmachen.» Die Frau tat Alpay irgendwie leid. Hier herrschte trotz des freundlichen Geplänkels eine merkwürdige Atmosphäre.

Er konzentrierte sich wieder auf die Befragung. «Herr Professor. Laut Totenschein, ausgestellt in der Nacht von vorgestern auf gestern um 2:20 Uhr in Ihrem Haus, ist Herr Ostersetzer durch eine Schädelverletzung infolge eines Sturzes gestorben.»

«Korrekt. Hat die Rechtsmedizin etwas anderes ergeben?» Friedhoff wirkte erstaunt. Alpay geriet gleich bei seiner ersten Frage aus dem Takt. Was sollte er tun? Durfte er eigenmächtig Frankas Taktik über den Haufen werfen und vielleicht doch von Dörflers Gutachten sprechen? Ihn beschlich das Gefühl, der Situation nicht ganz gewachsen zu sein. Hilfe suchend schaute er zu Franka, die sich mit einem freundlichen Lächeln an Friedhoff wandte.

«Leider ist Herr Dr. Dörfler noch nicht so weit.»

Der Professor verzog keine Miene. «Jens war schon während des Studiums nicht der Schnellste.»

Interessant, dachte Alpay. Die Männer kannten sich also von der Uni. Gut, dass Franka sich eingeschaltet hatte. Er reichte Friedhoff die Kopie des Totenscheins. «Die Unterschrift des Arztes kann ich leider nicht lesen.»

«Das war Frau Dr. Menkowitz. Sie hatte in der Nacht Dienst. Eine gewissenhafte Kollegin, die die Leichenschau vorgenommen hat.»

«Ohne Obduktion?» Alpay wunderte sich.

«Wir hatten ihn erst einige Stunden zuvor aus dem künstlichen Koma geholt. Der Mann war schwer verletzt. Wie verlieren immer wieder Patienten, auch in diesem Stadium. Das Team hat noch versucht, Herrn Ostersetzer zu reanimieren. Aber das Herz hat einfach ausgesetzt.» Er gab sich betroffen, doch Alpay blieb unbeeindruckt.

«Die Witwe zweifelt an der Todesursache.»

«Ich bitte Sie», empörte sich die kaufmännische Leiterin. «Ein abscheulicher Vorwurf. Das ist allen Beteiligten hoffentlich klar.»

Anscheinend übernahm Amrein die Rolle des Bad Cops, während Friedhoff sich bemühte, moderater zu klingen: «Sie können sich vorstellen, dass keine Klinik sich derartige Negativschlagzeilen leisten kann.»

«Was Frau Ostersetzer da betreibt, ist Rufschädigung. Statt vernünftig mit uns zu reden, hetzt sie uns die Staatsanwaltschaft auf den Hals.» Amreins Stimme klang Alpays Empfinden nach etwas gepresst. «Das ist alles andere als hanseatischer Stil.»

Er hätte zu gern gewusst, was der Schmerz einer Witwe mit hanseatischem Stil zu tun haben sollte, verkniff sich aber die Frage. Amrein stand auf, kontrollierte den Sitz ihrer Bluse und trat an eines der Fenster. Sie schaute hinaus. Alpay konnte die Frau nicht einschätzen. Hielt sie die Spannung am Tisch nicht aus, oder wollte sie durch ihr Aufstehen ein nahes Ende der Unterhaltung signalisieren? Und war sie wirklich so empathielos? Sie hatte bis jetzt nicht einmal ihr Bedauern über den Tod des zweifachen Familienvaters geäußert. Ätzend. Alpay fiel kein anderes Wort für ihr Verhalten ein. Er hoffte, dass sein Gesicht, anders als bei der Befragung von Anna Ostersetzer, nicht verriet, was er dachte.

«Und ehrlich gesagt begreife ich nicht», Amrein drehte sich wieder zu ihnen um und verschränkte die Arme vor der Brust, «wie aus heiterem Himmel eine rechtsmedizinische Untersuchung losgetreten werden kann.»

Zog die Frau eine Show ab, um Alpay und Franka einzuschüchtern? Alpay hatte angenommen, dass sie in ihrer Position als kaufmännische Leiterin eines Krankenhauses doch wissen musste, dass die Überstellung der Leiche in die Rechtsmedizin eine von der Staatsanwaltschaft beauftragte Routineuntersuchung war.

Und plötzlich kam ihm ein Gedanke. Franka hatte vorhin entschieden, das rechtsmedizinische Gutachten über den Tod von Malte Ostersetzer zurückzuhalten. Jetzt ahnte er, was sie vielleicht wirklich damit bezweckte: Obwohl Friedhoff und Amrein im Moment noch davon ausgehen konnten, dass die von der Krankenhausärztin bescheinigte Todesursache durch die Rechtsmedizin bestätigt werden würde, reagierten die beiden überzogen. Zu einem Zeitpunkt, an dem die Klinik besonnen um Aufklärung hätte bemüht sein können, gingen ihre beiden Chefs in die Vorwärtsverteidigung. Warum?

«Ich gebe Ihnen absolut recht, Frau Amrein. Das wirkt alles wie aus heiterem Himmel», schaltete sich Franka nun ein, die auf ihrem Stuhl wippte, was sie in angespannten Situationen gerne tat. «Fakt ist aber, es wäre nicht der erste Patientenmord. Die aufgedeckten Fälle der letzten Jahre haben sicherlich nicht nur den Blick der Polizei auf das Krankenhaus als Tatort geschärft.»

Mit Interesse verfolgte Alpay Amreins kurzen Blickwechsel mit Professor Friedhoff, der ihr stumm zunickte. Was ging hier vor?

«Glauben Sie, bei uns nimmt sich einfach jemand ein Medikament aus dem Schrank und lässt es heimlich in seiner Tasche verschwinden? Gerade wir haben viel dafür getan, dass solche Taten nicht so leicht passieren können.» Amrein war um das Image ihres Arbeitgebers bemüht. «Wir haben zum Beispiel Stationsapotheker eingestellt, die sich um die Lagerung und Ausgabe von Tabletten und Ampullen kümmern. Jede Ausgabe wird registriert.»

«Wie funktioniert das genau?» Alpay schlug eine neue Seite in seiner Kladde auf.

«Früher bedeutete die Medikamentengabe eine Menge an handschriftlichem Papierkram. Da konnte leicht was hintenüberfallen.»

«Sie meinen, vergessen werden?» Alpay schaute nicht von seinen Notizen hoch.

«Auch. In erster Linie konnte man sich leichter bedienen.»

«Und jetzt?»

«Ist alles in der digitalen Patientendokumentation erfasst. Auf der Intensivstation müssen Pflegekräfte und Ärzte die Einzelgabe von Medikamenten auf der Patientenkurve unterschreiben. Die Perfusoren, die kontinuierlich laufen, werden pro Schicht kontrolliert und müssen mit Namenskürzel quittiert werden.»

Friedhoff räusperte sich. «Ich kann verstehen, dass Frau Ostersetzer bei all dem, was sie in den letzten zwei Wochen durchgemacht hat, unter Schock steht.» Er spielte weiter den Good Cop. «Wissen Sie, wir geben jeden Tag alles, um Leben zu retten. Aber Angehörige vergessen leicht, dass wir Ärzte unseren Kampf leider auch manchmal verlieren.»

«Im letzten Jahr haben wir über vierhunderttausend Todesfälle in deutschen Krankenhäusern verzeichnet.» Wenn es um Zahlen ging, hatte die kaufmännische Geschäftsleiterin ihre Hausaufgaben gemacht. «Leider.» Ihre Anteilnahme wirkte allerdings kalkuliert.

«Wir haben hier immer wieder Fälle, in denen uns Angehörige in ihrer Verzweiflung Behandlungsfehler unterstellen.» Friedhoff hingegen menschelte gut, aber er überzeugte Alpay trotzdem nicht. Das Gutachten aus der Rechtsmedizin sagte etwas anderes, und er war gespannt, ob Franka die Bombe noch platzen ließ.

«Herr Professor, meine Kollegin und ich würden gerne zuerst mit den Mitarbeitern der Nachtschicht sprechen, in der Herr Ostersetzer ums Leben gekommen ist. Selbstverständlich auch mit Frau Dr. Menkowitz.» Alpay entging der erneute Blick nicht, den Friedhoff und Amrein wechselten.

«Ich frage mich schon die ganze Zeit ...» Amrein wandte sich mit einem arroganten Lächeln an Alpay und Franka. «Auf welcher juristischen Grundlage führen wir eigentlich dieses Gespräch?» Sie schaute auf ihre dünne goldene Armbanduhr. «Die Witwe eines Patienten erhebt haltlose Anschuldigungen gegen unser Haus. Und solange Ihr Dr. Dörfler noch keine Ergebnisse präsentiert, ist diese ganze Diskussion doch obsolet.»

«Keine Diskussion, die zur Klärung einer Todesursache dient, ist überflüssig.» Alpay machte die Abgebrühtheit dieser Frau fassungslos.

Franka schaltete sich ein. «Mein Kollege hat recht, und um Ihre Frage nach der juristischen Grundlage zu beantworten, Frau Amrein: Im Moment ermitteln mein Kollege und ich wegen fahrlässiger Tötung. Noch.»

Amrein lachte schrill auf. Friedhoff hingegen stutzte. Jetzt wusste Alpay, dass Franka alle auf das Finale vorbereitete.

«Dann liegt das Gutachten also doch schon vor? Hatten Sie nicht eben gesagt, der Kollege in der Rechtsmedizin ist noch nicht so weit?»

«Habe ich das?» Franka spielte die Zerknirschte. «Entschuldigen Sie, das muss ein totales Missverständnis gewesen sein.» Sie wirkte so zerstreut-unschuldig bei ihrer Lüge, dass selbst Alpay darauf reingefallen wäre. Franka erhob sich von ihrem

Stuhl. «Herr Professor, Frau Amrein, bitte stellen Sie uns eine Liste all Ihrer Mitarbeiter zusammen, die in der besagten Nacht auf der ITS2 Dienst hatten.»

«Moment mal.» Amrein versuchte, Franka auszubremsen. Doch die ließ sich nicht beirren, was Alpay mit Genugtuung beobachtete.

«Morgen früh beginnen Herr Eloğlu und ich mit der Befragung.» Sie wandte sich explizit an Friedhoff. «Und was das Arbeitstempo von Dr. Dörfler angeht, Herr Professor: Ihr Kollege aus Eppendorf mag vielleicht langsam sein, und glauben Sie mir, niemand verzweifelt daran so oft wie ich. Aber der Mann ist einer der besten Rechtsmediziner unseres Landes. Malte Ostersetzer wurde vorgestern Nacht ein Betablocker hier in Ihrer Klinik verabreicht, der nicht auf seiner Medikamentenliste stand. Das toxikologische Gutachten ergab Rückstände von Propranolol und Penbutolol in Blut und Urin.»

Zufrieden nahm Franka sich den Keks von Alpays Untertasse. «Und ob Sie nun davon begeistert sind oder nicht, Herr Eloğlu und ich werden klären, wer Malte Ostersetzer das Zeug verabreicht hat.»

14 Soltau. Vor zehn Jahren.

Mit zwei Satteltaschen voller Knollen und jungem Salat verließ Mecki um 17:00 Uhr den Gemüsehof in Reddingen. Niemand erwartete sie zu Hause. Dieter hatte heute ein Treffen der Freiwilligen Feuerwehr, und Vera würde vor 20:00 Uhr nicht vom Reiterhof zurück sein. Mecki hatte geplant, heute die längere Strecke über die forstwirtschaftlichen Wege zu nehmen. Sie kannte sich aus in der Gegend, in der es Ende April würzig nach feuchtem Holz und Pilzen roch. Pfifferlinge und Maronen ließen sich zwar erst im September ernten, aber jetzt wuchsen bereits die ersten Morcheln auf dem natürlichen Rindenmulch des Waldes. Wie oft war sie mit den Eltern in die Pilze gegangen, als der Vater noch lebte. Sie liebte die Heideregion mit ihren Wäldern.

Mecki wusste, dass sie auf dem kleinen Sandweg zwischen Buchen und Fichten höchstens Füchsen und Eichhörnchen begegnete, niemandem, der sich später an sie erinnern würde. Selbst die kleine Waldhütte, in der sie früher gerne Rast gemacht hatten, lag einsam und halb verfallen auf einer Lichtung. Auch wenn sie langsam fuhr und den Unebenheiten des Weges geübt auswich, rutschte ihr auf einigen sandigen Abschnitten immer mal wieder kurz der Hinterreifen weg. Doch sie balancierte geschickt vorbei an Waldwiesen voller Frühlingsblüten und Wacholder.

Der Sandweg endete direkt an der Landstraße zwischen Rippenhof-Becklingen und Soltau. Mecki schaute auf die Uhr. Es war 17:25 Uhr, als sie ihr Fahrrad im Dickicht der Lichtung versteckte und zu Fuß Richtung Straße weiterlief. Sie schulterte ihre Satteltaschen und checkte die Uhrzeit. Um 17:30 Uhr, exakt im Zeitplan, erreichte sie die Böschung der Landstraße in Fahrtrichtung Soltau und versteckte sich im frischen Grün. Mecki lauschte und schaute aus ihrem Versteck in der Senke über den Asphalt. Nur wenige Autos waren in großen Abständen in beiden Richtungen unterwegs. Die meisten Bewohner dieser Gegend benutzten die besser ausgebaute Bundesstraße. Ein Lkw aus Richtung Soltau näherte sich, und als er an ihrem Versteck vorbeidonnerte, spürte sie nicht nur den Fahrtwind im Gesicht, sondern roch auch noch eine schwere Wolke Diesel, die für einen kurzen Moment den harzigen Fichtenduft aus ihrer Nase verdrängte. Dann folgte Ruhe. Die Vögel zwitscherten. Sollte sie ihren Plan wirklich durchziehen? Sollte sie wirklich handeln? Nein, sie *musste*. Anders würde sie niemals Ruhe finden, das war ihr klar. Mecki atmete tief ein, so als würde sie ihre Lungen mit Mut füllen. Irgendwo über ihr hämmerte ein Specht sein neues Zuhause in einen Baum. Und dann. Endlich. Aus der Entfernung schob sich das feine Surren unter die Geräusche des Waldes, auf das sie die ganze Zeit gewartet hatte. Mit jedem heranrasenden Meter ging es mehr und mehr in ein spitzes Heulen über, das Meckis Puls beschleunigte. Genau dafür war sie hier in Deckung gegangen! Konzentriert linste sie aus ihrem Versteck, öffnete die Satteltasche und griff nach dem Blumenkohl, den sie extra obenauf gelegt hatte. Das Heulen wurde beim Beschleunigen zu Beginn der langen Geraden auf der Landstraße lauter. Angespannt fokussierte Mecki den immer größer werdenden Punkt, der die langsam sinkende Sonne reflektierte – und da war es. Das schwere Motorrad schoss aus der Reflexion hervor, und Mecki erkannte das hellblau verspiegelte Visier des Motorradhelms. Nur noch wenige Meter! Blitzschnell kroch sie aus dem Dickicht. Ein letztes Mal der Blick zur Uhr. 17:45 Uhr. Ulla blieben noch exakt fünfzehn Minuten bis zum Beginn ihrer Abendschicht im HLK Soltau, doch sie hatte absolut keine Chance, als Mecki den Blumenkohl kurz vor dem Vorderreifen über die Fahrbahn schleuderte. Ulla verriss den Lenker. Ungebremst knallte sie mit ihrem schweren Motorrad gegen einen Baum. Ihr Körper flog wie ein Geschoss durch das Unterholz und wirkte dabei wie eine leblose Stuntpuppe, die auf ihrem Flug eine kleine Schneise ins trockene Dickicht des Waldes schlug. Das Motorrad wurde durch die Wucht des Aufpralls auf die gegenüberliegende Straßenseite katapultiert. Bei seinem Flug in den Graben jaulte es ein letztes Mal auf, bevor der Krach in den friedlichen Geräuschen der Natur erstarb.

Die Vögel zwitscherten, und der Frühlingswind rauschte sachte in den Bäumen. Mecki weinte. Aber nicht aus Mitleid oder vor Angst. Sondern weil sie zum ersten Mal das tiefe Gefühl der Erlösung in sich selbst spürte.

15 Hamburg. Montag.

Es war bereits 18:15 Uhr, als Franka und Alpay nach der Befragung der Krankenhausleitung die Karesis-Klinik verließen.

«Defensiv sieht jedenfalls anders aus.» Franka konnte nicht glauben, wie wenig kooperativ man sich eben gezeigt hatte. «Malte Ostersetzer ist an einem Medikament verstorben, das nicht zu seiner Medikation gehörte, und statt zu überlegen, ob sich das Personal bei der Medikamentengabe in der Nacht vielleicht verhauen haben könnte, von Vorsatz will ich noch nicht mal sprechen, sorgen sich Professor Friedhoff und sein kaufmännischer Eisklotz zuallererst um das Image der Klinik.» Sie schüttelte ungläubig den Kopf. «Bin ich im falschen Film, oder was?»

Sie hatte ihre Zigaretten aus der Tasche gekramt und zündete sich eine an. Ihre Rauchutensilien legte sie anschließend zusammen mit ihrer Tasche auf das Dach des Dienstwagens.

«Kann ich dich was fragen, Franka?»

«Klar.»

«Das war ein Test, oder? Du hast mich heimlich auf den Prüfstand gestellt.»

Er war gut. Alpay Eloğlu war verdammt gut, dachte Franka. Denn neben seinem natürlichen Jagdinstinkt entwickelte er langsam ein psychologisches Gespür.

«Du wolltest die Reaktion der beiden Chefs testen, bevor die wussten, was tatsächlich bei denen auf Station passiert ist. Warum?»

Sie schaute ihn offen er. Ihr gefiel seine Bereitschaft zu lernen. «Manchmal erhält man durch das Zurückhalten von Informationen unbeeinflusste Reaktionen. In diesem Fall die der beiden Klinikleiter. Obwohl Amrein und Friedhoff zu diesem Zeitpunkt noch davon ausgehen konnten, dass Ostersetzer durch die Folgen seines Unfalls verstorben war, mauern die beiden. Die Frage ist also, *wieso*?»

Alpay zuckte mit den Schultern.

«Vielleicht sind Amrein und Friedhoff bereits sensibilisiert», setzte Franka nach.

«Sensibilisiert?»

«Mal angenommen, Ostersetzer ist nicht der erste Patient, der nicht aufgrund seiner Krankheit verstorben ist …»

Alpay blies die Wangen auf, der Groschen war ganz offensichtlich gefallen.

«Wäre doch theoretisch möglich.» Sie zog ihr Handy aus der Tasche und wählte Dr. Dörflers Nummer. Wie fast immer sprang seine Mailbox an.

«Erdmann. Guten Abend, Herr Doktor. Wäre nett, wenn Sie mich mal im Fall Ostersetzer zurückrufen könnten. Es geht um Professor Henning D. Friedhoff. Und vielleicht ergeben sich auch noch Fragen zur Todesursache des Architekten. Schönen Abend.» Sie legte auf und steckte das Telefon zurück in ihre Umhängetasche auf dem Autodach.

«Nach der Bemerkung von Professor Friedhoff über Dörflers Arbeitstempo nehme ich nicht an, dass die beiden Best Buddys sind.» Sie blickte irritiert zu Alpay, der nachdenklich eine Textnachricht auf seinem Smartphone las. «Alles klar bei dir?»

«Ich hab total vergessen, meine Mutter zurückzurufen.» Er lächelte schief. «Sag mal, Franka … Ich müsste morgen Vormittag mal kurz für eine halbe Stunde was Privates erledigen. Wäre das okay? Mein Vater hat eine Koloskopie. Meine Mutter begleitet ihn zwar …, aber ich wollte die beiden danach schnell nach Hause fahren.»

«Natürlich. Das geht klar!» Franka nahm Vorsorgeuntersuchungen sehr ernst. Nicht erst, seitdem sie einen guten Freund verloren hatte, der vielleicht noch hätte leben können, wenn er früher über seinen Schatten gesprungen und zum Arzt gegangen wäre. «Dann kommt Sybille zur Befragung mit in die Klinik.»

«Danke.» Er klang erleichtert.

Franka klemmte sich die Zigarette zwischen die Zähne und band sich ihre Haare mal wieder zu einem neuen Zopf zusammen. «Ich muss die ganze Zeit daran denken, was Amrein eben gesagt hat.»

Alpay schob seine Sonnenbrille ins Haar und schaute sie abwartend an.

«Na, dass hier niemand einfach an einen Medikamentenschrank geht und sich still und heimlich irgendein Mittelchen in den Kittel stecken kann.»

«Ja, und?»

«Ich hatte den Betablocker noch gar nicht erwähnt, den die Rechtsmedizin in Ostersetzers Blut gefunden hat.» Franka nahm die Zigarette wieder zwischen die Finger und schnippte die Asche ab, die sich im Wind auflöste und davonflog. «Wieso geht die Frau von einem Medikament aus, das Ostersetzer getötet haben könnte? Warum nicht zum Beispiel von Luft in der Vene? Embolien kommen immer mal vor. Jemand hätte auch das Beatmungsgerät abschalten können. Wer sich auskennt, kann das vielleicht auch machen, ohne dass der Signalton das Personal alarmiert.»

«Aber geht man in solchen Fällen nicht erst einmal automatisch von einem Medikament als Todesursache aus?» Alpay schien ihrem Gedankengang skeptisch gegenüberzustehen.

«Also, ich nicht. Es sei denn, ich habe das dumpfe Gefühl, dass in meinem Krankenhaus irgendwas schiefläuft.» Franka schaute die Fassade der Klinik empor, wo sie die Chefetage vermutete. «Ich will die Medikamentenlisten aus dieser Stationsapotheke sehen. Am besten auch noch die Patientenakten. Sybille soll sich um die Beschlüsse bei der Staatsanwaltschaft kümmern.»

«Bin gespannt, wie sich das mit der ärztlichen Schweigepflicht verträgt.» Alpay machte sich eine Notiz in seiner Kladde.

«Hier geht es vielleicht darum, weitere Straftaten im Krankenhaus zu verhindern. Ich bin keine Juristin, aber ich denke mal, die Schweigepflicht wird dahinter zurücktreten müssen.» Franka trat ihre Kippe aus und warf sie in einen Mülleimer. «Und morgen früh will ich als Erstes mit der Ärztin reden, die die äußere Leichenschau vorgenommen hat.» Franka öffnete die Beifahrertür, nahm ihre Tasche vom Dach und drehte sich noch einmal zum Haupteingang der Klinik um.

«Der Laden hat fast vierhundert Betten. Egal, ob nun Behandlungsfehler oder Mord. Irgendwas stimmt hier nicht.»

Alpay startete den Wagen und stellte die Klimaanlage aus. Dafür öffnete er das Schiebedach und alle Fenster.

«Also suchen wir die Nadel im Heuhaufen.» Er lenkte den

Wagen langsam über den Parkplatz Richtung Ausfahrt des Klinikgeländes.

«Tun wir das nicht am Anfang jeder neuen Ermittlung? Und in diesem Fall von *Nadel* zu sprechen, das entbehrt nicht einer gewissen Komik.»

Alpay fuhr in Schrittgeschwindigkeit auf den Ausgang des Klinikgeländes zu, als Marilyn Monroe plötzlich *I wanna be loved by you* über die Boxen der Freisprechanlage sang. Franka schaute Alpay überrascht an und konnte sich ein Grinsen nicht verkneifen. Ganz offensichtlich war das sein Telefon.

«Willst du nicht rangehen?»

«Nein.»

Bum-bum, butle-doodle-dum-bum, sang die Monroe.

«Hätte ich dir im Leben nicht zugetraut, Hans-Alpay.»

Sie las auf dem Display der Mittelkonsole, wer dran war: *Mama*. Anscheinend hatte Alpay nach dem Anruf seiner Mutter am Morgen ihrer Nummer diesen Song als Klingelton zugeordnet.

«Komm, Alpay, geh ran. Hat vielleicht mit deinem Vater zu tun.»

Er atmete durch und nahm das Gespräch entgegen. «Sorry, Mama.» Alpay klang ehrlich zerknirscht.

«Als du gesagt hast, du rufst zurück, welches Jahr hast du da gemeint?»

«Ich hab's verpennt. Ich war den ganzen Tag unterwegs.»

«Irgendwas ist ja immer, seit du beim LKA bist.»

Franka schaute aus dem Fenster und erinnerte sich an ihre eigenen Diskussionen mit enttäuschten Freunden und Familie. Dieser Beruf war nichts für Menschen, die sich ein funktionierendes Sozialleben wünschten.

«Mama, ich sitze im Dienstwagen und telefoniere über die Freisprechanlage. Frau Erdmann sitzt neben mir.»

Franka verstand das als Warnung an seine Mutter, die wenig von Franka zu halten schien. Auch wenn sie heute Vormittag in St. Georg so getan hatte, als würde sie die Auslage des Secondhandladens betrachten, hatte sie sehr wohl gehört, dass Alpays Mutter sie einen Besen genannt hatte.

Es knisterte durch die Boxen. Vielleicht räusperte sich Frau Eloğlu auch nur verlegen.

«Guten Tag, Frau Erdmann. Ich … also, ich habe ja schon viel von Ihnen gehört.»

Ganz offensichtlich, dachte Franka. «Guten Tag, Frau Eloğlu. Schön, Sie auf diesem Wege mal kennenzulernen.»

«Mama. Das mit morgen geht klar. Habe ich gerade mit Frau Erdmann abgeklärt. Ich hole euch nach Papas Untersuchung ab.»

«Keine Umstände, Junge. Ich warte ganz sicher nicht den ganzen Tag, bis du dich bequemst zurückzurufen. Ceyda fährt uns.» Franka konnte hören, dass Frau Eloğlu richtig sauer war.

«Sag Ceyda wieder ab. Ich mach das. Dann muss sie nicht von Lokstedt durch die ganze Stadt bis zum Rödingsmarkt gurken.»

«Was soll sie denn am Rödingsmarkt?»

«Geht Papa nicht zu Dr. Neumann?»

«Alpay, der Mann ist Allgemeinmediziner. Der macht doch keine Darmspiegelung. Dr. Neumann hat Papa in die Gastroenterologie in der Karesis-Klinik überwiesen.»

Alpay trat auf die Bremse. Franka rutschte die Tasche vom Schoß. Durch das geöffnete Schiebedach regneten plötzlich ihre Zigaretten und das Feuerzeug ins Innere des Wagens. Die Sachen hatte sie wohl auf dem Dach liegen lassen.

Alpay schaute überfordert zu Franka.

«Bist du noch dran, Alpay?» Siggis Stimme tönte über die Freisprechanlage.

«Mama, du musst das sofort wieder absagen!»

Alpays Mutter lachte am anderen Ende der Leitung. «Im Leben nicht. Ich bin froh, dass Metin sich diesen Termin noch vor unserem Urlaub besorgt hat.»

«Mama ...» Alpay suchte nach den richtigen Worten. Franka konnte verstehen, dass Alpay nicht wohl bei dem Gedanken war, dass sein Vater ausgerechnet in diesem Krankenhaus in Narkose versetzt werden sollte. Aber Dienstgeheimnis war Dienstgeheimnis.

«Ich kann dir das jetzt nicht erklären, aber ich möchte, dass Papa seine Untersuchung in der HafenCity absagt und woanders machen lässt.»

«Sag mal, spinnst du? Und außerdem, was soll Papa denn in der HafenCity, wenn wir in Ottensen wohnen? Die Karesis-Gruppe betreibt auch ein Haus hier in Altona. Dort ist der Termin.»

Alpay atmete erleichtert aus. Und auch Franka musste zugeben, dass sie für einen kurzen Moment unruhig gewesen war. «Okay. Ich seh schon, du hast alles im Griff.»

«Aber sicher, Junge. Dann hab mal einen schönen Abend. Ich rufe Ceyda an. Wenn es um die Familie geht, ist sie ja sehr hilfsbereit.»

«Bist du sauer auf mich?»

«Nein, Alpay. Nur enttäuscht.»

Treffer, versenkt. Franka grinste innerlich. Die Frau wusste, wie schlechtes Gewissen geht.

«Wiederhören, Frau Erdmann. Tut mir ja nun leid, dass wir uns ... auf diese Weise kennenlernen mussten.»

«Schönen Abend für Sie», wünschte Franka. Dann knackte es durch die Boxen. Frau Eloğlu hatte aufgelegt. Alpay fuhr langsam wieder an und bog auf die Hauptstraße ein. Franka überlegte, ob sie in Bezug auf Alpays Privatkram irgendetwas sagen sollte. Doch da er schwieg, hielt auch sie die Klappe. Sie saßen still nebeneinander im Wagen, was ihr ganz recht war. Er nahm die Route über die neu gebaute Elbspange Richtung Innenstadt, und Franka genoss den Fahrtwind durch die geöffneten Fenster. Im Rückspiegel der Beifahrertür spiegelte sich die Sonne, die der immer kleiner werdenden Silhouette der Karesis-Klinik eine brennende Aura verlieh. Was für ein theatralisches Bild, dachte Franka, um sich gleich darauf zu fragen, ob es in diesem Krankenhaus womöglich eine tickende Zeitbombe gab. Und wenn ja, wer würde dann das nächste Opfer sein? Sie mussten der Sache schnell auf den Grund gehen.

16 Soltau. Vor zehn Jahren.

In einer merkwürdigen Mischung aus Schock und Erleichterung starrte Mecki aus ihrem Versteck im Gebüsch zu der Stelle, wo Ulla mit ihrem Motorrad gegen den Baum gerast war. Hatte sie wirklich diesen Unfall verursacht? Anders als im Hermann-Löns-Krankenhaus, wo sie hoffnungslosen Patienten half, hatte sie Ulla aus dem Weg geräumt, um sich selbst zu befreien – und nun war sie fassungslos, dass ihr dieses Meisterstück gelungen war. Die Kollegin hatte absolut keine Chance gehabt, dem Blumenkohl auszuweichen.

Der Gestank von auslaufendem Benzin wehte Mecki in die Nase. Dass das giftige Zeug wahrscheinlich gerade im Erdreich versickerte und vielleicht Wildtieren schadete, weckte ihr schlechtes Gewissen.

In einiger Entfernung näherte sich ein Auto. Mecki rannte über die Straße zu der Stelle hinüber, wo Ulla in den Wald geschleudert worden war. Auf dem feuchten Laub rutschte sie die leichte Böschung hinunter und fiel genau vor dem Baum auf die Knie, gegen den die schwere Kawasaki geknallt war. Nur etwas zerbrochenes Glas, vermutlich vom Scheinwerfer, und ein paar abgeplatzte blaue Metallsplitter lagen am Fuße der Eiche, deren aufgerissene Rinde von der Wucht des Aufpralls zeugte. Mecki hoffte sehr, dass die Stelle im Holz kein Einfallstor für den Borkenkäfer werden würde. Hatte er sich einmal unter der Rinde eingenistet, war das Todesurteil für den Baum gefällt. Aber wo war Ulla? Und warum war Mecki eigentlich über die Straße gerannt? Die Frau war tot. Kein Motorradfahrer überlebte einen ungebremsten Auffahrunfall mit einer solchen Geschwindigkeit. Und trotzdem wollte Mecki Gewissheit. Mit einem Ohr lauschte sie dem wenigen Verkehr der Landstraße und war erleichtert, dass niemand der Vorbeifahrenden die Unglücksstelle bemerkte. Zu tief lag das Motorrad auf der anderen Straßenseite im Graben.

Der Specht bewies Ausdauer, noch immer hackte er unermüdlich irgendwo in den Wipfeln sein neues Zuhause in einen Stamm. Einige Meter von Mecki entfernt, aus dem dichten trockenen Unterholz, blitzte immer wieder ein Leuchten durch die Zweige, als wollte es sichergehen, dass Mecki es nicht übersah. Auf allen vieren kroch sie auf einer circa zwanzig Meter langen Schneise, die Ullas Körper auf seinem Flug in das Unterholz geschlagen hatte, darauf zu.

Schon aus einigen Metern Entfernung erkannte Mecki den auf dem Rücken liegenden seltsam verdrehten Körper. Die Sonne tanzte durch die Schatten der Äste auf Ullas verspiegeltem Visier. Der rechte Unterschenkel war in einem unmöglichen Winkel abgeknickt. Das Kniegelenk musste beim Aufprall zertrümmert worden sein. Die ausgekugelte Schulter war selbst unter der dicken Motorradkombination gut zu erkennen. Die linke Hand fehlte und war im trockenen Laub nicht gleich auszumachen. Durch die Wucht des Aufpralls konnte der Körperteil aber auch weit in den Wald hinein katapultiert worden sein. Der Stumpf oberhalb des Gelenks blutete stark. Fasziniert betrachtete Mecki den freigelegten Knochen. Nicht geschockt. Fasziniert. Weil ihr bei Ulla jeglicher Impuls fehlte, diese Wunde so schnell wie möglich zu versorgen. Sie wusste genau, wie man mit einem Druckverband die beiden Arterien an der Innenseite des Unterarms abbinden musste. Als zufällige Ersthelferin bei einem Motorradunfall hätte sie sofort gehandelt und diese furchtbare Blutung gestillt. Sie war Krankenschwester geworden, weil sie Menschen helfen wollte.

Nur Ulla hätte sie jegliche medizinische Versorgung verweigert.

Moment. Mecki stutzte. Hatte sich gerade Ullas Brustkorb unter dem schweren Leder bewegt? Sie kroch etwas näher an den Körper heran, der sich durch die Wucht des Aufpralls wenige Zentimeter in den trockenen Waldboden geschoben hatte. Nein, der Brustkorb bewegte sich nicht. Oder doch? Verdammt. Mecki beugte sich vorsichtig über die Frau in der Motorradkluft, bis sie sich selbst im verspiegelten Visier des Helms erkannte. Mecki erschrak vor ihrem eigenen, durch die gebogene Scheibe zur Fratze verzogenen Gesicht, das ihr böse entgegenblickte. Sie schluckte. Doch ihr für einen Moment aufkeimendes schlechtes Gewissen drückte sie weg. Nein, sie hatte Ulla zum Schweigen bringen müssen, um sich selbst zu schützen. Ullas Tod war nicht verhandelbar gewesen.

Zu Meckis Erleichterung bewegte sich der Brustkorb bei näherer Betrachtung nicht.

Entschlossen klappte sie das Visier des Helms auf. Blut war Ulla aus Mund und Nase getreten und lief in dünnen Rinnsalen über beide Wangen, bevor es im dicken Schaumstoff des Helms versickerte. Doch plötzlich zuckten Ullas Augenlider, die sie blinzelnd gegen die Sonne öffnete. Panisch krabbelte Mecki ein Stück zurück. Das konnte doch nicht wahr sein! Hatte die Frau einen verdammten Schutzengel als Beifahrer? Ulla stöhnte. Was sollte sie tun, wenn Ulla gar nicht sterben würde? Nein, das war keine Option, ihre inneren Verletzungen waren zu stark. Jetzt bloß die Ruhe bewahren, dachte Mecki und spürte unter ihrem rechten Knie einen harten Gegenstand. Ein Stück Holz? Als sie drei Finger aus dem Laub herausschauen sah, wusste Mecki, worauf sie da kniete. Jetzt nur nicht panisch werden. Sie durfte ihren Plan nicht gefährden. Die Frau war mit knapp hundert Sachen ungebremst gegen eine Eiche gerast. Ihr fehlte eine Hand. Sie blutete aus Mund und Nase. Es konnte nicht mehr lange dauern.

Ullas Stöhnen wurde bereits schwächer. Mecki kannte die Laute, die Sterbende auf dem Weg zwischen hier und dort von sich gaben. Manche hielten erbittert am Leben fest und kämpften. Andere wiederum ließen los und mussten trotzdem noch warten. Ulla versuchte zu sprechen, doch außer einem Schwall frischen Blutes kam nichts aus ihrem Mund. Es erschien Mecki ein bisschen so, als würde Ulla mit einem letzten zuckenden Lächeln verkünden, dass sie mit ihrem Verdacht gegen Mecki recht gehabt hatte.

Ihre Atmung war so schwach, dass der Brustkorb das schwere Leder ihrer Motorradkombi nicht mehr bewegte. Endlich schloss sie die Augen, bereit für ihren letzten Weg. Wie viele verunglückte Motorradfahrer Mecki in der Klinik hatte sterben sehen, zählte sie schon lange nicht mehr. Wie die meisten anderen hatte auch Ulla sich vermutlich das Genick gebrochen. Der Specht hämmerte unbeeindruckt irgendwo über ihnen weiter sein Nest in einen Baum. Mit einer starken Halsmuskulatur und besonderen Knöchelchen im Nasenbein bereitete ihm sein Hausbau vermutlich nicht einmal Kopfschmerzen.

Und während Mecki sich ganz nah zu Ulla hinunterbeugte, flüsterte sie ihr zu:

«Nimm die Klage deiner Tage, schnall sie auf den Rücken mir. Mach dein Leid zu meinem Kreuze, das ich trag auf Erden hier.»

Dann schloss Mecki das Visier. Sie würde warten, bis Ulla den Kampf um ihr Leben verloren hatte.

17 Hamburg. Montag.

Malte lachte laut. Er saß Anna am Esstisch gegenüber, dabei war er seit zwei Tagen tot.

«Du irrst dich, Süße. Sie glauben dir nicht. Auch die Polizei glaubt dir nicht.»

Es war einer dieser Träume, die man als solche durchschaute, während man sie erlebte. Das passierte Anna nicht zum ersten Mal.

«Mami?»

Leise klang eine Kinderstimme zu Anna hindurch.

«Mami. Es gibt Essen. Mami, schläfst du noch? Mami?»

Sie schreckte auf und sah plötzlich Pauls Nase ganz dicht vor ihrem Gesicht. Sie spürte seinen Atem, der nach gegrilltem Fleisch roch. Er hatte ihr ein Augenlid hochgezogen, um zu gucken, ob sie noch schlief. Sie versuchte, sich zu sortieren, als es an der offenen Schlafzimmertür klopfte und David seinen Kopf hineinsteckte.

«Ich wollte nur sehen, ob du wach bist. Essen ist fertig.» Er lächelte ihr aufmunternd zu, bevor er mit Paul das Zimmer wieder verließ. Essen? Wie lange hatte Anna denn geschlafen? Der Wecker, der neben der Packung Schlaftabletten auf dem Nachttisch lag, zeigte 20:30 Uhr. Sie rappelte sich auf und ging ins Bad.

Kurz darauf trug Anna das leichte Sommerkleid mit den Kornblumen. Für die Kinder gelang es ihr, sich zusammenzureißen. Als sie den Wohnraum betrat, saßen David und Judith mit Fritz und Paul am gedeckten Esstisch und versuchten, den Eindruck eines normalen Abendessens herzustellen. Die Kerzen in den bunten Windlichtern brannten, ein kleiner Strauß frischer Blumen stand auf dem Tisch.

«Wie schön, dass du wach bist.» Judith stand auf, um Anna ein Glas Wein einzuschenken. Sie mochte die pragmatische Bankerin, die erst seit einem Vierteljahr mit David zusammen war. Auch wenn Anna keinen Bissen herunterbekommen würde, freute sie sich über die Geste der beiden. Sie wollte keine Spielverderberin sein und atmete gegen ihren flauen Magen an.

«So, meine Herren. Ihr seid längst durch mit Essen.» David strubbelte Paul durch seine braunen Locken, die er vom Vater geerbt hatte. «Abmarsch, Zähneputzen.»

Die Jungs wollten protestieren, doch als Judith sich vom Tisch erhob und ihre Hilfe beim Zubettgehen anbot, liefen sie sogar voraus. Auch diese Frau hatte eine Art Rattenfängertalent, wie Malte einmal schmunzelnd Davids Frauenauswahl zusammengefasst hatte. Vielleicht schaffte Judith ja, was keiner Frau vor ihr gelungen war: David zu halten.

«Hat sich die Polizei gemeldet?», fragte Anna ihn.

«Wegen der Obduktion?»

Sie nickte. «Die Beamtin sagte heute Morgen, vielleicht am Nachmittag. Jetzt ist es Abend.»

Malte nahm die Flasche Weißwein aus dem Kühler und goss sich den letzten Rest ein. «Ich hake da mal nach.»

«Ich bin doch nicht bescheuert!» Anna vergrub ihr Gesicht in beiden Händen. Dann fuhr sie sich durchs Haar. «Ganz sicher war der Fahrradunfall *nicht* der Grund für Maltes Tod. Er hatte panische Angst.»

David nickte. Dann hielt er inne und schaute Anna über die flackernden Windlichter hinweg an. Sie wusste, dass er ihr glaubte. Glänzten seine Augen feucht? Ach, David, guter alter David. Auf ihn war immer Verlass.

Ohne einen Ton zu sagen, stand er auf und holte eine neue Flasche Weißwein aus dem Kühlschrank. Vielleicht wollte er auch nur nicht, dass Anna ihn weinen sah.

Sie hatte Malte und David zeitgleich während ihres Architekturstudiums an der TU Braunschweig kennengelernt. Über fünfzehn Jahre war das jetzt her, und immer noch kam es ihr so vor, als habe sie erst gestern vier Semester unter den Jungs studiert. Nach einer kurzen Flirterei mit David hatte es dann plötzlich zwischen Anna und Malte gefunkt. Damals, als er vor dem Hauptgebäude der Hochschule aus Versehen sein Fahrrad an ihres angeschlossen hatte. Wie sich später herausgestellt hatte, war die Aktion geplant gewesen. Und irgendwie hatte sie dieses Fahrradschloss schnell symbolisch gesehen. Anna und Malte würde nichts und niemand auseinanderbringen, davon war sie damals überzeugt gewesen. Was für ein bitterer Trugschluss.

Seit ihrer Studentenzeit gehörte David wie ein Fixstern zu Maltes und Annas Kosmos, an dem man sich orientieren konnte, wenn man drohte die Richtung zu verlieren.

Kurz nachdem die beiden ein Paar geworden waren, hatte David begriffen, dass er wahrscheinlich ein besserer Jurist als Architekt werden würde. Nach sechs Semestern schmiss er das Studium, faltete seine Pappmöbel wieder zusammen und kehrte Braunschweig den Rücken. Sie hatten damals alle gewitzelt, ob er vielleicht auch noch erkennen würde, dass er am liebsten Arzt werden wollte. So wie sein Vater, der als niedergelassener

Kardiologe in Rissen arbeitete. Aber nach dem Studium in Heidelberg wurde er tatsächlich ein erfolgreicher Anwalt.

David kam mit der neuen Flasche Weißwein an den Tisch zurück und schenkte ihnen nach. Verstohlen wischte er sich mit dem Handrücken eine Träne aus dem Gesicht.

«Tut mir leid, Anna.» Er konnte die Tränen nicht länger zurückhalten. Sie stand von ihrem Platz auf, ging zu ihm hinüber und nahm ihn fest in den Arm. Er weinte, wie sie ihn noch nie hatte weinen sehen.

«Ich vermisse ihn so höllisch.»

Seine Trauer rührte Anna. In diesem Moment erkannte sie zum ersten Mal, was Malte tatsächlich für David bedeutet hatte.

«Sorry.» Er atmete durch. «Judith hat noch Eis mitgebracht, aber kein Wort zu den Jungs.» Er weinte und lachte zur selben Zeit. Der abrupte Themenwechsel war so durchschaubar, dass auch Anna lachen musste und sich zurück auf ihren Stuhl setzte.

«David, wir müssen alles dafür tun, dass Maltes Tod aufgeklärt wird. Wer auch immer dafür verantwortlich ist, muss zur Rechenschaft und aus dem Verkehr gezogen werden!»

18 Soltau. Vor zehn Jahren.

Am Morgen nach Ullas Tod betrat Mecki die Garderobe im Hermann-Löns-Krankenhaus betont ruhig. Auf dem Weg zur Arbeit hatte sie noch eine spontane Stippvisite in der kleinen Feldsteinkirche eingelegt. Die Ruhe im Inneren hatte sie wie so oft als eine Umarmung empfunden. Wenn sie Glück hatte, ließ sich das Gefühl über den Tag konservieren. Aus einem Impuls heraus hatte sie für fünfzig Cent eine Opferkerze gekauft und angezündet. Sie wollte wirklich, dass Ulla ihren Frieden fand – so wie Mecki durch Ullas Tod.

Während sie nun ihre Privatklamotten gegen die Arbeitskleidung tauschte, machte sich eine positive Aufregung breit, die sich mit der Vorfreude auf die weihnachtliche Bescherung vergleichen ließ. Heimlich schielte Mecki zu Ullas Spind hinüber, von dem sie wusste, dass auf ihm nie wieder ein Integralhelm mit hellblau verspiegeltem Visier liegen würde. Ebenso wenig würde es hier drinnen jemals wieder nach künstlicher Mango riechen. Motorradunfälle erregten in der Region kein großes Aufsehen mehr. Die Landstraßen waren in regelmäßigen Abständen mit langsam verwitternden Holzkreuzen und vertrockneten Blumensträußen dekoriert. Jetzt würde auf Höhe des Kilometersteins zwölf, zwischen Rippenhof-Becklingen und Soltau, noch eins hinzukommen. Vielleicht in Himmelblau, Ullas Lieblingsfarbe.

Auf der Station begrüßte Mecki einige Kollegen der Frühschicht. Frau Dr. Darkow, die im Stationszimmer an der Wand lehnte und einen Kaffee trank, sah verheult aus. Mecki gab sich unbedarft.

«Guten Morgen.»

«Hallo, Mecki. Haben Sie's schon gehört?»

«Ist was passiert? Etwa mit Frau Rösner aus der 04?» Ergriffen legte sie die Hand auf die linke Brust, als würde es ihr das Herz brechen, wenn die fünfzigjährige Verkäuferin eine einfache Blinddarmoperation nicht überlebt hätte.

Frau Dr. Darkow schüttelte den Kopf. «Ulla. Sie hatte einen Motorrad…» Weiter kam die Ärztin nicht, presste stattdessen die Lippen aufeinander.

«Ulla? Aber was ist denn passiert?» Sie wollte es hören. Jemand sollte es aussprechen. Mecki genoss den Moment.

«Sie ist auf der Landstraße gegen einen Baum gerast. Dabei war sie so eine erfahrene Motorradfahrerin. Wahrscheinlich ist sie einem Tier ausgewichen. Die Polizei nimmt an, mit hundert Sachen. Genickbruch.»

Mecki war überrascht. Erst jetzt, als Frau Dr. Darkow es aussprach, als sie das Entsetzen im Gesicht der Ärztin sah, wurde Ullas Tod für sie zur fassbaren Realität. In ihr jubilierte es. Eine Heerschar blond gelockter Engel rückte auf der Empore zusammen und spielte auf polierten Trompeten ein Hosianna. Sie schloss die Augen und genoss den Moment, setzte dabei allerdings ein Gesicht auf, als würde ihr die Nachricht den Boden unter den Füßen wegziehen.

«Nein. Das ist ja furchtbar», hörte sie sich sagen und versuchte, sich dabei nicht von den Fanfaren in ihrem Kopf aus dem Konzept bringen zu lassen. «Wann?»

«Gestern am frühen Abend. Auf dem Weg zur Arbeit.» Dr. Darkow wischte sich eine Träne aus dem Auge.

Die Kaffeemaschine des Stationszimmers gluckste. In Meckis Ohren klang es wie ein triumphierendes Lachen.

Hinter ihr betrat Brit den Raum. Auch sie hatte die Nachricht offensichtlich schon gehört, denn ihre Augen waren feuerrot.

«Grüß dich.» Sie nickte Mecki knapp zu. Bildete sie sich das ein, oder wich die Kollegin tatsächlich ihrem Blick aus?

Während die Ärztin und Brit hofften, dass die arme Ulla nicht lange hatte leiden müssen, erinnerte Mecki sich daran, wie Ulla diese Welt verlassen hatte. Ihr Stöhnen wäre jedem durch Mark und Bein gegangen, doch in Mecki hatte es ein Gefühl der Erleichterung ausgelöst.

Brit goss sich einen Kaffee ein. Als sich Mecki einen Becher aus dem Regal nahm, stellte Brit die Kanne schnell zurück auf die Heizplatte der Maschine. Was war das denn? Hatte sie Mecki etwa gerade ignoriert? Ein düsterer Gedanke verdrängte die Freude über Ullas Tod. Während sie sich nun selbst einen Kaffee einschenkte, fragte sie sich, ob Ulla vor ihrem Unfall mit Brit über ihren Verdacht gesprochen hatte.

Sie nippte an ihrem Kaffee und beobachtete dabei die Kollegin über den Rand des Bechers. Im Gespräch mit Frau Dr. Darkow drehte sie ihr immer mehr den Rücken zu. Noch nie war sie Mecki gegenüber so abweisend gewesen. Wusste sie Bescheid?

Brit hatte gerade beschlossen, dass sie Dr. Brodmann eine gemeinsame Kranzspende des Kollegiums vorschlagen wollte, da wandte sich die Ärztin an Mecki.

«Ach, apropos. Der Chef möchte Sie in seinem Büro sprechen.»

Mecki überspielte ihre Überraschung. «Hat er gesagt, worum es geht?»

«Keine Ahnung.» Darkow tauschte sich weiter mit Brit darüber aus, in welcher Form die Kollegen Ullas Familie kondolieren könnten, aber Mecki hörte gar nicht richtig zu.

Unwohl erinnerte sie sich an das gute Verhältnis zwischen dem Chefarzt und Ulla. Wurde sie langsam paranoid? Hatte Ulla nicht nur Brit, sondern vielleicht auch noch ihrem Chef ihren Verdacht gegen Mecki mitgeteilt? Mit einem Schluck Kaffee versuchte sie, ihr Unbehagen hinunterzuspülen. Vergeblich.

19 Hamburg. Dienstag.

Es war exakt 9:30 Uhr. Nach der täglichen Besprechung der gesamten Abteilung 4 für Deliktorientierte Ermittlungen stand Franka nur noch mit Alpay, Martin Suttmann und Sybille Wischmeier auf dem Flur vor dem Aquarium, wie der große Konferenzraum im Erdgeschoss des Präsidiums unter den Kollegen genannt wurde.

«Ob es Mord war, wie Anna Ostersetzer gestern in der Befragung behauptet hat?» Franka schaute ihren Chef an und spielte mit dem Einwegfeuerzeug in ihrer Hand. Die kleine Gruppe ging gemeinsam in Richtung der Fahrstühle. «Wirklich, Martin. Ich habe keine Ahnung. Ich weiß nur, dass sich die Klinikleitung gestern Nachmittag alles andere als kooperativ gezeigt hat.»

«Um die Listen aus der Stationsapotheke hast du dich gekümmert?», erkundigte Alpay sich bei Sybille, während die bereits auf dem Handy durch ihren E-Mail-Verlauf scrollte.

«Gestern Abend schon. Aber Moro konnte nur einen Antrag auf gerichtlichen Beschlagnahmebeschluss nach § 98 StPO stellen.»

«Kannst du mir das übersetzen?»

«Datenschutz. So ein Antrag ist nur dann verhältnismäßig, wenn er sich lediglich auf die Unterlagen aus der Patientenakte bezieht, die notwendig zur Weiterführung der Ermittlungen sind.»

«Das heißt, wir kriegen nicht die gesamte Akte, sondern nur das Blatt der betreffenden Nacht?»

Franka schaltete sich ein. «Und vermutlich auch nur eine vom Krankenhaus anonymisierte Kopie, schätze ich mal.»

Sybille nickte und steckte ihr Handy wieder ein. «Ich glaube aber nicht, dass gestern Abend noch jemand in der Klinik meine Mail mit den Beschlüssen gelesen hat.»

«Wenn Ostersetzer mit Vorsatz getötet wurde, kommt jeder als Täter in Betracht, der Zugang zu dieser Station hatte. Sehe ich das richtig?» Alpay schaute von Sybille zu Franka.

«Im Moment gibt es drei Möglichkeiten.» Franka blieb stehen. «Korrigiert mich, wenn ich etwas vergesse. Erstens: Malte Ostersetzer ist versehentlich ein Betablocker verabreicht worden, also Behandlungsfehler. Zweitens: Der Mann ist absichtlich von jemandem aus der Schicht getötet worden, also in dem Fall Mord. Genauso wie drittens, jemand von außen hat den Mann gezielt umgebracht. In dem Fall beackern wir nicht nur die Klinik, sondern auch sein privates Umfeld.» Sie schaute in die Runde.

«Es gibt auch ein Viertens», schob Alpay hinterher. «Jemand kommt von außen und sucht sich *zufällig* Malte Ostersetzer aus. Dann sehen wir aber richtig alt aus.»

Gut kombiniert, musste Franka zugeben.

«Leute. Wollen wir nicht erst einmal die Befragung der Klinikmitarbeiter abwarten?» Martin Suttmann betätigte den Rufknopf der drei Fahrstühle.

«Alpay hat recht. Zum jetzigen Zeitpunkt kann es jeder gewesen sein, der diese Station betreten hat.» Franka hängte sich ihre Tasche über die Schulter. «Neben der Befragung der Klinik bitte parallel das Umfeld des Opfers unter die Lupe nehmen.

Der Mann war Architekt. Was weiß ich, vielleicht ist der mal jemandem bei einem wichtigen Projekt auf die Füße getreten.»

«Das kann ich mit Marcel übernehmen.» Sybille machte sich eine Notiz. «Das Büro heißt Zöllner & Partner. Die haben unter anderem dieses riesige neue Bürogebäude am Gänsemarkt gebaut.»

Suttmann tippte mit dem Zeigefinger an seine Nase und überprüfte mal wieder die Länge seiner Nasenhaare. Er wirkte skeptisch. «Glaubt ihr im Ernst, dass sich da jemand mitten in der Nacht von außen auf Station schleicht?»

«Was ich glaube, spielt hier keine Rolle. Ich will aber in dieser Sache keine Zeit verlieren, Martin.» Franka drehte sich zu Sybille. «Bitte als Erstes mit Ostersetzers Kollegen sprechen. Ich will, dass wir in alle Richtungen ermitteln.»

«Tatsache ist», Alpay wandte sich an Suttmann, «wir haben einen verstorbenen Intensivpatienten, dessen Witwe durch ihren Anwalt eine rechtsmedizinische Untersuchung durchgedrückt hat, bei der dann, Zufall oder nicht, eine andere Todesursache herausgekommen ist, als das Krankenhaus behauptet.»

«Also ermittelt ihr erst mal weiter wegen fahrlässiger Tötung gegen unbekannt. Richtig?» Martin schaute von Alpay zu Franka.

Sie nickte. «Ich hoffe inständig, dass es sich um einen Behandlungsfehler handelt. Die Vorstellung, dass wir sämtliche Friedhöfe der Hansestadt und in der näheren Umgebung umgraben müssen, ist wirklich gruselig.»

Zwar hatte Martin den Fahrstuhl gerufen, aber weder die Taste noch das Display leuchteten, wie Franka jetzt auffiel. Sie drückte ein weiteres Mal den Rufknopf. «Martin, sollten sich tatsächlich Exhumierungen ergeben, brauche ich mehr Leute.»

Warum kam denn dieser Lift nicht? Franka drückte wieder ungeduldig den Knopf, als Sybille das Schild entdeckte. Die Fahrstuhlanlage war zwischen 9:00 und 12:00 Uhr außer Betrieb. «Ich merke schon, das wird mein Tag.»

Franka folgte Sybille zur Treppe. Mit Alpay im Nacken hinauf in den dritten Stock, na, danke auch. Bei ihrem Glück heute würde er sich bestimmt nicht mit Sprüchen zu ihrer Kondition zurückhalten.

«Leute, ich habe ganz vergessen, dass ich noch mal telefonieren muss.» Martin Suttmann, der am Fuße der Treppe stehen geblieben war, winkte ihnen mit dem Handy in seiner Hand. «Haltet mich auf dem Laufenden. Ach, Franka, ist morgen eigentlich irgendetwas geplant?»

«Nein», sagte sie knapp und wünschte sich, dass Martin einfach die Klappe gehalten hätte. Morgen war ihr Geburtstag. Inzwischen musste doch auch der Letzte im Präsidium kapiert haben, wie sehr sie das Älterwerden hasste. Ihr ging es dabei weniger um neue Falten und graue Haare, für Eitelkeit ließ ihr der Arbeitsalltag sowieso keine Zeit. Vielmehr ärgerte sie die Tatsache, dass es immer noch Männer gab, die sich fit genug für den Dienst fühlten, Kolleginnen gleichen Alters aber die Diensttauglichkeit bereits absprachen. Dass mit zweierlei Maß gemessen wurde, machte Franka wütend.

«Gut. Dann erledige ich jetzt mal meinen Anruf.» Suttmann verschwand in Richtung der Konferenzräume. Franka war überzeugt, dass die Aktion eine Ausrede war, um vor den Kollegen nicht die Treppe in den dritten Stock hochsteigen zu müssen. Über seine Diensttauglichkeit verlor nie jemand ein Wort.

«Hier steht», Sybille hielt tatsächlich beim Gehen den Blick auf das Telefon gerichtet, ohne sich am Treppengeländer festhalten zu müssen, «dass Prüfer von gesetzlichen Krankenkassen im letzten Jahr fast neunzehntausend Behandlungsfehler in Krankenhäusern nachgewiesen haben, durch die Patienten zu Tode gekommen sind.» Sie verzog entsetzt das Gesicht. «Ich weiß nicht, ob ich das wirklich wissen will.»

«Dürfte wie immer nur die Spitze des Eisbergs sein», war sich Alpay sicher. «Die Dunkelziffer will man erst recht nicht erfahren.»

«Auch wenn es momentan vier verschiedene Möglichkeiten für den Tod von Malte Ostersetzer zu geben scheint …» Franka blieb auf einem Treppenabsatz stehen. «Jetzt mal ehrlich, Leute, und mal abgesehen von der Statistik in Bezug auf die vielen Behandlungsfehler: Fallen euch nicht auch die schrecklichen Fälle von Krankenhaustötungen der letzten Jahre ein? Wenn wir Pech haben, ist Ostersetzer nur die Spitze dieses Eisbergs. Und wenn wir nicht schnell genug sind …» Franka winkte ab. Das wollte sie sich gar nicht erst vorstellen.

20 Soltau. Vor zehn Jahren.

Mecki saß mit feuchten Händen vor dem Chefarzt ihrer Station. Was wollte er von ihr? Dr. Brodmann telefonierte mit der Polizei in Soltau, die für letzte Fragen zur verunglückten Krankenschwester bei ihm angerufen hatte. Doch aus seinen kurzen Antworten wurde Mecki nicht schlau. Im Gegenteil, sie verunsicherten sie weiter. Antwortete er bewusst so kryptisch, damit sie nicht heraushören konnte, dass man sie bereits verdächtigte? Hatte er der Polizei vielleicht schon mitgeteilt, dass Ullas Mörderin in diesem Moment direkt vor seinem Schreibtisch saß? Ihr wurde heiß und kalt. Brodmann beendete das Gespräch und schaute sie ernst an.

«Mecki …» Er schloss die Augen und legte den Kopf in den Nacken, dann räusperte er sich. «Furchtbar, wirklich furchtbar. Eigentlich wollte ich schon eine ganze Weile mit Ihnen sprechen, aber … Sie wissen ja, was einem hier alles dazwischenkommen kann.»

Worauf wollte er hinaus, und wie sollte sie seinen Tonfall deuten?

«Sie haben oft mit der armen Ulla zusammengearbeitet, richtig?»

Sie nickte.

«Ich weiß von der Kollegin, dass Sie beide keine Freundinnen waren, Mecki.» Er schaute sie ernst an. Ihr trat der

Schweiß auf die Stirn. Komm zum Punkt, dachte sie ungeduldig.

«Ich möchte Ullas furchtbaren Tod zum Anlass nehmen», sagte er nach einer Weile des Schweigens, «Sie etwas zu fragen.»

Sein Ton kam ihr unterkühlt vor, und sie hatte plötzlich das Gefühl, als hätte jemand hinter ihr die Kirchentür geöffnet und sie nackt dem Luftzug ausgesetzt. Sie fror.

Brodmann stand auf, ging zum kleinen Waschbecken neben der Tür, wo er sich eine Handcreme von der Ablage unter dem Spiegel nahm und einen winzigen Klecks auf seinen Handrücken drückte. «Mecki, ich bitte Sie, mir ehrlich zu antworten.»

Plötzlich fielen ihr einige der Menschen ein, denen sie hier im Krankenhaus *geholfen* hatte. Die Krebspatientin, dem alten Mann mit dem Blasenkarzinom, dem stinkenden Elektriker. Sie hielt die Ungewissheit kaum aus. Was wollte Brodmann von ihr?

«Wissen Sie, Mecki», er verrieb die Creme zwischen seinen Händen, «das Leben kann so schnell zu Ende sein.» Um zu demonstrieren, wie schnell, schnippte er mit den Fingern. Doch seine fettigen Kuppen rutschten geräuschlos auseinander. Sie selbst wischte ihre feuchten Hände unauffällig an ihrem Kasack ab. Worauf lief das hier hinaus?

«Ich habe mich gefragt, ob Sie … Ach, was soll's. Hören Sie, Mecki, auch wenn das heute ein trauriger Tag ist, aber ich hatte mir vorher schon für heute vorgenommen, endlich mit Ihnen zu sprechen. Sie sind hier eine unserer besten Kräfte. Ich weiß, dass Sie mal einen Versuch unternommen haben, eine Weiterbildung zur Intensivpflegekraft zu machen. Ich glaube, Sie haben das damals abgebrochen, weil Ihr Vater gestorben ist. Richtig?»

Während sie die Frage ihres Chefs bejahte, spielten die Trompeten in ihrem Kopf zum zweiten Satz auf. Mecki konnte nicht glauben, dass Brodmann ihr gerade einen roten Teppich ausrollte. Endlich hatte auch er ihre Qualitäten erkannt und begriffen, dass sie eine der Besten war. Sie hatte mehr Fachwissen angehäuft als manch junger Assistenzarzt, der ihr erklären wollte, wie man am besten mit Patienten umging.

«Wie würden Sie die Möglichkeit finden, in einer der modernsten Kliniken Norddeutschlands eine modular aufgebaute Fachqualifikation zu erwerben?» Er lächelte sie offen an. «Wenn Sie fleißig sind, haben Sie das Zertifikat in zwei Jahren in der Tasche.» Brodmann setzte sich wieder in seinen Bürostuhl und lächelte sanft. Er war bemüht, mit seinen fettigen Händen keinen Gegenstand auf seinem Schreibtisch zu berühren. «Ich würde mich persönlich dafür einsetzen, dass das HLK Sie in Ihrer Weiterbildung unterstützt.»

Mecki war sprachlos. Die Angst wich schlagartig einer unbändigen Freude. Statt sie an die Polizei auszuliefern, beförderte er sie?

«Herr Doktor. Ich weiß gar nicht, was ich sagen soll.» Am liebsten hätte sie den Mann über seinen Schreibtisch hinweg umarmt.

Er lächelte. «Überlegen Sie es sich in Ruhe, Mecki. Denn das wird kein Spaziergang. Weder vom Lernstoff noch, was die zeitliche Belastung angeht. Die praktischen Inhalte werden berufsbegleitend im Karesis-Bildungszentrum in Hamburg vermittelt. Ich kenne den medizinischen Leiter Professor Friedhoff sehr gut und könnte dafür sorgen, dass es zeitnah klappt.»

Sie war wirklich baff. Ihr Chef schenkte ihr einen Neuanfang? Wie eine Art neues Leben?

In diesem Moment hatte sie das Gefühl, dass die Sonne direkt durch die bleigefassten Kirchenfenster auf das Taufbecken der kleinen Feldsteinkirche fiel, vor dem sie sich stehen sah. Vorsichtig hielt sie ihren Kopf darüber, um in die Gemeinschaft derer aufgenommen zu werden, die zu Höherem berufen wurden.

Das Becken war gefüllt mit goldenem Wasser, das ihr sachte über den Kopf gegossen wurde und bei dem eine fremde Stimme ihre ganz persönliche Tauffomel sprach:

«Nimm die Klage deiner Tage, schnall sie auf den Rücken mir. Mach dein Leid zu meinem Kreuze, das ich trag auf Erden hier.»

21 Hamburg. Dienstag.

Gegen 10:00 Uhr betrat Anna nervös Davids Kanzlei am Ballindamm. Er hatte wie versprochen noch gestern Abend eine Mail an die Staatsanwaltschaft Hamburg geschrieben und das Sektionsgutachten über Malte angefordert, das er inzwischen per Mail erhalten hatte.

David holte Anna im Vorzimmer ab und wandte sich an seine Assistentin Frau Reeders. «Bitte keine Anrufe durchstellen.» Anna nahm in einem der Clubsessel vor dem Fenster Platz. Doch die beeindruckende Aussicht aus dem fünften Stock über die Hamburger Binnenalster, hinüber zum Hotel Vier Jahreszeiten, konnte sie nicht davon ablenken, dass ihr das Herz bis zum Hals schlug. David nahm einige bedruckte Seiten Papier aus einer Ablage seines Schreibtischs.

«Ich will dich nicht länger auf die Folter spannen, Anna. Die Rechtsmedizin hat einen Betablocker in Maltes Blut gefunden. Das Zeug stand nicht auf seiner Medikamentenliste. Du hattest recht.»

Statt verzweifelt zusammenzubrechen, empfand sie eine merkwürdige Form von Erleichterung. So als hätte sich jemand von ihrem Brustkorb erhoben, dessen Gewicht ihr zuvor das Atmen unmöglich gemacht hatte. Zwei lange Tage und Nächte hatte sie gedacht, ersticken zu müssen, weil ihr niemand außer David geglaubt hatte. Mit jeder abwehrenden Reaktion des

Krankenhauses, mit jedem skeptischen Blick des jungen Polizisten bei ihrer gestrigen Befragung hatte sie gewusst, dass man sie für eine überspannte Witwe hielt, die den Tod ihres Mannes nicht akzeptieren wollte.

«Anna?»

Sie schaute aus dem Fenster und spürte plötzlich Davids Hand in ihrer. Zum ersten Mal bemerkte sie, wie weich seine Hände waren. Ganz anders als Maltes Pranken, die immer irgendwo aufgerissen waren und im Winter so spröde wurden wie Elefantenfüße, sahen Davids Hände aus wie die eines Pianisten. Sie musste lächeln, als ihr die kleinen Hornhautpolster einfielen, die sich in Maltes Handinnenflächen durch das jahrelange Rudern gebildet hatten. Sie lehnte sich zurück und strich über das raue Leder des Sessels. Wie selbstverständlich nahm sie David das Gutachten aus der Hand.

«Das halte ich für keine gute Idee, Anna. Tu das nicht.»

«Weißt du, ich konnte nicht schlafen, weil ich Angst hatte, dass er mich in meinen Albträumen auslacht. Vermutlich halten mich alle für irre.» Sie schwieg einen kurzen Moment und starrte auf das Gutachten. «Und jetzt halte ich den Beweis in der Hand, dass ich die ganze Zeit recht hatte. Natürlich werde ich diesen verdammten Bericht lesen.»

Sie schaute David direkt in seine hellblauen Augen. Trotz der wunderbaren Farbe fehlte ihnen das Strahlen.

Eine Stunde nachdem Franka zu Fuß in den dritten Stock des Präsidiums gelaufen war, stieg sie zusammen mit Alpay vor der Karesis-Klinik aus dem Dienstwagen.

«Ich bin gespannt, ob sich Friedhoff und Amrein heute kooperativer verhalten, wenn wir ihre Leute befragen.» Sie warf die Beifahrertür ins Schloss und schaute zum Krankenhaus hinüber. Der zweckmäßige Bau war freundlich und mit viel Glas gestaltet. Vermutlich sollte die Architektur Offenheit und Transparenz vermitteln. An der Seite des Gebäudes befand sich laut Beschilderung die Notaufnahme. Etwas weiter konnte Franka die Zufahrt zum Untergeschoss erkennen, wo sich der Eingang für das Klinikpersonal und die Zufahrt für Versorgungsfahrzeuge befanden. Der in diesem Moment von unten auftauchende Leichenwagen erinnerte sie brutal daran, dass der Ort, der Heilung versprach, auch Risiken bereithielt. Sie schluckte, als der Wagen mit den gerafften Gardinen vor den Fenstern in einiger Entfernung abbog und das Klinikgelände über eine Nebenzufahrt verließ.

«Scheiße. Wenn wir es bei Ostersetzer wirklich mit Vorsatz zu tun haben, dann kann in jedem dieser Transporte ein neues Opfer liegen.» Zügig gingen sie auf den Haupteingang zu.

«Furchtbar, wenn man daran denkt, dass man in der Hoffnung hierherkommt, schnell wieder gesund zu werden.» Alpay betrat das Gebäude durch die große Schiebetür.

Franka blieb vor dem Eingang stehen und schaute noch einmal die Fassade empor. Vielleicht war hinter einem dieser Fenster gerade jemand dabei, eine weitere Tat zu begehen. Waren sie hier wirklich einer großen Sache auf der Spur, oder würden sie nach der anstehenden Befragung des Klinikpersonals erleichtert ins Präsidium zurückfahren, weil jemand einen schrecklichen Irrtum eingestanden hatte? Die Sorge, etwas zu übersehen, das weitere Patienten das Leben kosten könnte, machte Franka nervös.

Anna blätterte immer noch in dem neunseitigen Sektionsprotokoll ihres Mannes, unterschrieben von einem Dr. Jens Dörfler. Die absurde Erleichterung über das Ergebnis der Rechtsmedizin, die sie für einen kurzen Moment verspürt hatte, wich mit jedem Absatz des Gutachtens einer unfassbaren Wut. Auch wenn Anna die ungefilterte Wahrheit schockierte, abstieß und beängstigte, wollte und musste sie sie erfahren.

Die Untersuchungen gliederten sich in eine Äußere und eine Innere Besichtigung *des Leichnams eines neununddreißigjährigen Mannes*. Malte war zum Aktenzeichen 2423/HMB der Staatsanwaltschaft Hamburg geworden. Sie spürte eine neue Welle des Zorns in sich aufsteigen. Der Bericht konzentrierte sich auf die Sektion des Kopfes, der Brust- und Bauchhöhle, der Hals- und Brustorgane, der Bauchorgane und des Skelettsystems und der Weichteile. Wie eine Checkliste beim TÜV, dachte sie bitter, hatte der Rechtsmediziner seine Untersuchung Punkt für Punkt abgehakt. Über den Mann, den sie liebte, in einer solchen wissenschaftlichen und distanzierten Art und Weise zu lesen, brachte Anna noch mehr auf.

Auf der vorletzten Seite stand es zum wiederholten Mal: *Todesursache: Verdacht auf Intoxikation durch Betablocker. Todesart: nicht natürlich.*

Anna ließ das Gutachten in ihren Schoß sinken. Wie gern hätte sie angefangen zu weinen, aber sie konnte einfach nicht.

«Weißt du, das Allerschlimmste an der Nacht ist der nächste Morgen», sagte sie und reichte David das Gutachten zurück. «Noch bevor ich die Augen öffne, habe ich Angst vor der leeren Matratze auf seiner Seite.»

Sie stutzte kurz und musste daran denken, wie sie am Morgen nach Maltes Unfall die Intensivstation betreten hatte. Plötzlich sah sie sich vor über zwei Wochen an der Stationstür stehen und die Klingel mehrmals betätigen. Oh Gott …

Sie sprang aus ihrem Ledersessel auf.

«Was ist los, Anna?»

Doch statt David zu antworten, ging sie in seinem Büro auf und ab. Klar und deutlich erinnerte sie sich an die Schwester hinter der Scheibe, die vor Anna erschrak, dann aber den Summer der Tür drückte. Anna sah wieder das Bett vor sich, das aus Maltes Zimmer geschoben wurde. Wie sie kurz ohnmächtig geworden war, weil sie glaubte, dass er tot sei. Wie ihr der Arzt erklärte, dass Malte noch lebte, aber dass sein Zimmernachbar in dieser Nacht gestorben war. Ein alter Mann. An einer Sepsis. Wenn sich Anna richtig erinnerte, war er der ehemalige Präses der Handelskammer.

«Du bist ganz blass. Sag doch was.» David hatte ihr Verhalten anscheinend ziemlich verunsichert.

«Warte, Moment, ich hab's gleich.» Sie versuchte, die Versatzstücke in ihrer Erinnerung zu sortieren. «Ich habe bei Malte am Bett gesessen und die Krankenschwester nach was Medizinischem gefragt, aber die hat mich freundlich ausgebremst.»

«Ich verstehe kein Wort.»

«Man soll vor Komapatienten nicht über ihre Befunde reden, denn es kann vorkommen, dass die das mitbekommen. Die Schwester hat mir erzählt, dass es Fälle gab, da haben sich Komapatienten nach dem Aufwachen an Privatgespräche des Pflegepersonals erinnert.»

David nickte. «Davon habe ich auch schon gehört. Aber worauf willst du hinaus, Anna?»

«Okay. Aber du musst mir versprechen, dass du mich nicht einweisen lässt.»

Er hob die Finger der rechten Hand zum Schwur.

«Du erinnerst dich, dass zwei Wochen vor Maltes Tod sein Zimmernachbar gestorben ist. Der alte Herr mit der Sepsis.»

David bejahte das, schien aber immer noch nicht zu wissen, worauf sie abzielte.

«Könnte es nicht sein, dass Malte im Koma mitbekommen hat, wie sein Zimmernachbar getötet wurde?»

David schüttelte fassungslos den Kopf.

«Das Krankenhaus hat versucht, das zu vertuschen.»

«Anna!»

«Warte, ich bin noch nicht fertig. Und als Malte wach wurde, fing er an, sich daran zu erinnern! Deswegen sein *Ich habe Angst. Die bringt mich um.*»

«Anna, nee … irgendwie …» Das ging David dann offensichtlich doch zu weit.

«Vielleicht hat die Täterin gemerkt, dass Malte den Mord an seinem Zimmernachbarn mitbekommen hat. Deswegen musste er sterben.»

David schaute sie ungläubig an, doch Anna ließ sich nicht beirren.

«David. Wir müssen den alten Mann exhumieren lassen!»

Franka und Alpay wurden bereits von Marita Michelhausen im Vorzimmer des Professors erwartet, dieses Mal allerdings ohne ein Lächeln. Franka war fast erleichtert, dass Alpays Charme beim zweiten Besuch nicht funktionierte.

Laut einer E-Mail der Klinikleitung hatte man das medizinische Personal der Intensivstation, das Malte Ostersetzer in seiner Todesnacht versorgt hatte, für den Morgen zur Befragung durch die Polizei einbestellt. Dabei handelte es sich um drei

Pflegerinnen und die Ärztin Dr. Dorothea Menkowitz, die den Totenschein ausgestellt hatte.

Die Zurückhaltung der Vorzimmerdame verriet ihre miese Stimmung. Franka war sicher, dass man die Kriminalpolizei so schnell wie möglich wieder loswerden wollte. Und um das zu unterstreichen, wurden ihnen weder Kaffee noch Mandelplätzchen angeboten. Kein freundliches Wort, kein Bedauern über den Tod des Patienten wurde hier im Vorzimmer zum Ausdruck gebracht. Der Wind hatte sich ganz offensichtlich gedreht. Gestern hatte man sich zumindest noch bemüht, den Schein zu wahren.

Marita Michelhausen steckte sich ihren Kugelschreiber vom rechten hinter das linke Ohr. «Der Herr Professor möchte Sie noch einmal sprechen, bevor Sie mit der Befragung unserer Mitarbeiterinnen beginnen.» Sie griff zum Telefonhörer. «Die Herrschaften sind jetzt hier.» Sie legte auf und deutete reserviert auf die Tür zum Chefbüro. «Bitte.» Sie blieb sitzen.

Professor Friedhoff stand am Fenster und schaute hinaus auf die Elbe, als Franka und Alpay das Büro betraten. Die kaufmännische Leiterin Amrein saß mit einem Arzt im weißen Kittel am Konferenztisch. Franka schätzte ihn auf Ende vierzig. Der akkurat ausrasierte Scheitel seines frischen Haarschnitts erweckte den Eindruck, dass er auch sonst keine Ungenauigkeiten duldete.

«Ich grüße Sie, Frau Erdmann.» Die kaufmännische Leiterin musste Kreide gefressen haben. Nachdem Gurte Amrein gestern nicht eine Miene verzogen hatte, stand sie nun auf und begrüßte Franka und Alpay mit Handschlag. Lächelnd wirkte sie gar nicht mehr so unsympathisch. Aber trotzdem war Franka auf der Hut.

«Das ist Dr. Johannes Petzold. Er ist der Chefarzt der ITS2. Wir dachten, vielleicht wäre es hilfreich, wenn er uns unterstützt.» Amrein und Friedhoff setzten sich zu beiden Seiten des Chefarztes, als würden sie ihm von rechts und links Schützenhilfe geben wollen.

«Guten Morgen. Sie glauben gar nicht, wie geschockt ich über diesen Vorfall bin. Ehrlich gesagt, das muss ein tragischer Irrtum sein. Anders kann ich mir das überhaupt nicht erklären.» Der Chefarzt spielte mit einer Art Geschenkband, das er zwischen seinen Fingern zu einer kleinen Schnecke aufdrehte, nur um es anschließend wieder auseinanderzuziehen und von vorne zu beginnen. War er nervös, weil hier jemand absichtlich gemordet hatte?

Auf Franka wirkte seine Aussage manipulativ, so als wollte der Arzt damit einen Behandlungsfehler nahelegen.

«Ich verstehe Ihre Überraschung nicht, Herr Dr. Petzold.» Sie gab sich keinerlei Mühe mehr, freundlich zu klingen. «Meines Wissens nach wurden Sie von Anna Ostersetzer über die Ängste ihres Mannes informiert. Sie haben der Frau nicht geglaubt.»

Er zuckte überrascht zusammen. Anscheinend hielt er Franka für blöd, was sie im Allgemeinen ziemlich sauer machte.

«Ich wurde zu einem Notfall gerufen.»

«Das sagte Frau Ostersetzer auch. Aber Sie haben ihr trotzdem nicht geglaubt. Ist das richtig?»

Die Blicke, die Petzold mit der Klinikleitung wechselte, machten auf Franka nicht unbedingt den Eindruck, als wäre man hier um Aufklärung bemüht.

«Hören Sie, ich bin seit einundzwanzig Jahren Mediziner. Was meinen Sie, wie viele Menschen ich treffe, die den Tod eines geliebten Angehörigen nicht akzeptieren können.»

«Herr Dr. Petzold, mein Kollege und ich sind medizinische Laien», sagte Franka. «Wie kann jemandem ein Medikament verabreicht werden, das er gar nicht benötigt?»

«Nun, sagen wir es mal so … Unachtsamkeit ist menschlich. Einmal nicht aufgepasst …» Er zog das Band zwischen seinen Fingern weit auseinander. «Während der betreffenden Nachtschicht war eine Menge los auf der ITS2. Wir haben gegen 1:30 Uhr einen vierfachen Bypass aus dem Operationssaal auf Station bekommen. Aber das können Ihnen die Kolleginnen, die im Dienst waren, viel besser erzählen.»

«Beate Haseldorf wartet schon», grätschte Amrein freundlich dazwischen. «Frau Haseldorf hat eigentlich heute ihren freien Tag und ist extra reingekommen. Daher würde ich jetzt auch gerne beginnen. Um 12:30 Uhr habe ich schon den nächsten Termin.»

Franka begriff, dass die Klinikleitung davon ausging, den Befragungen der Mitarbeiterinnen durch die Polizei beizuwohnen.

«Wie ich Professor Friedhoff und Ihnen bereits gestern sagte», sie gab sich keine Mühe, ihre Genervtheit zu verbergen, «ermitteln mein Kollege und ich im Moment wegen des Verdachts der fahrlässigen Tötung, der die Aufnahme von Ermittlungen gegen unbekannt rechtfertigt. Das ist eine polizeiliche Ermittlung, keine der Klinik.»

«Ja, aber …» Professor Friedhoff versuchte zu intervenieren, doch Franka würgte ihn ab.

«Ich weiß nicht, ob Sie alle die Sache absichtlich herunterspielen wollen. Vielleicht ist das auch ein Stück weit Ihr Job. Aber Sie sollten sich im Klaren darüber sein, dass das hier eine ernste Angelegenheit ist.»

Die drei Klinikmitarbeiter schwiegen. Was genau hatten sie sich eigentlich davon versprochen, bei der Befragung dabei zu sein? Wollten sie in irgendeiner Weise Einfluss auf die Fragen nehmen? Wollten sie die Angestellten durch ihre Anwesenheit einschüchtern?

«Gibt es hier einen Besprechungsraum, in dem wir ungestört reden können? Ich würde den Termin sonst ins Präsidium verlegen.» Alpay machte klar, was die Alternative war. Franka gefiel seine Entschlossenheit.

«Herr Professor Friedhoff», Franka verlor die Geduld, «nutzen Sie doch die Zeit, um uns einen Überblick über die Stationsapotheke anzufertigen. Meines Wissens nach hat das LKA bereits gestern Abend bei Ihnen angefragt.»

Sie hatte genug von den Spielchen der Klinikleitung. Es wurde Zeit, die Zügel anzuziehen.

22 Hamburg. Dienstag.

Zwanzig Minuten später hatte man Franka und Alpay für die Befragung der Mitarbeiterinnen einen Konferenzraum auf der Chefetage der Klinik zugewiesen.

Nervös nahm Beate Haseldorf ihnen gegenüber Platz. Die Krankenschwester war nach eigener Aussage Ende dreißig. Eine leicht untersetzte Frau ohne Make-up. Ihre Haut war erstaunlich blass für einen Sommer, in dem ganz Hamburg das Leben nach draußen verlegt hatte. Zu einer weiten dunkelblauen Leinenhose kombinierte die Frau eine rosa Hemdbluse, die unter den Armen bereits großflächig durchgeschwitzt war. Ihre nackten Füße steckten in Gesundheitssandalen mit Korksohle.

«Frau Haseldorf. Ich nehme an, Sie wissen, worum es geht», sagte Franka einleitend. Alpay hatte seine Kladde vor sich liegen, um sich Notizen zu machen.

Haseldorf nickte. «Professor Friedhoff hat uns bereits gestern informiert und um Stillschweigen vor den anderen Kollegen gebeten.»

«Ich muss Sie vor dieser Befragung als Erstes darüber belehren, dass Sie nach Paragraf 55 der Strafprozessordnung die Auskünfte auf Fragen verweigern können, mit denen Sie sich selbst einer Straftat belasten.»

«Sie verdächtigen *mich*? Herr Ostersetzer war überhaupt nicht mein Patient in dieser Nacht. Den hat Cornelia betreut, also Frau Knüpfer.» Haseldorf wischte sich mit dem unteren Zipfel ihrer Hemdbluse den Schweiß aus dem Gesicht und war sich wohl nicht bewusst, dass Franka ihren Bauchnabel aufblitzen sah.

«Wir verdächtigen erst einmal niemanden, sondern verschaffen uns einen ersten Überblick.» Franka fuhr ruhig und sachlich fort, während Alpay nicht von seinen Notizen aufsah. «Frau Haseldorf, Ihr Chef sagte uns, dass in der betreffenden Nacht ziemlich viel los war auf Station?»

«Ja.»

«Eine stressige Schicht also?» Franka versuchte, sich mit einem verständnisvollen Lächeln auf die Seite der Frau zu schlagen, die sich räusperte.

«Vor drei Tagen begann mein Dienst um 20:00 Uhr mit der Übergabe der Patienten vom Kollegen der Abendschicht. Ich habe mir die Alarmgrenzen im Monitor eingestellt, falls die Werte abfallen, und dann mit der Arbeit begonnen. Ich glaube, so kurz vor 2:00 Uhr habe ich noch bei einem meiner Patienten aus hygienischen Gründen einen Systemwechsel gemacht. Nach drei Tagen müssen wir alle Infusionen und Leitungen der Perfusoren austauschen. Das sind unsere automatischen Spritzenpumpen.»

«Wie viele Patienten lagen insgesamt auf der ITS2?»

Haseldorf überlegte kurz. «Ich glaube, wir hatten in der Nacht volles Haus, also zwölf Betten.» Sie schaute erst auf ihre Finger, so, als wollte sie die Länge ihrer Nägel kontrollieren, bevor sie die Patienten daran abzählte. «Oder? Moment, ich glaube, der Schlaganfall ist einen Tag vorher auf Normalstation gekommen.» Sie kaute nachdenklich auf ihrer Unterlippe herum. «Sorry, ich habe drei Nachtdienste hinter mir und musste gestern gleich für eine erkrankte Kollegin übernehmen. Da kriegt man manchmal was durcheinander.»

«Medikamente auch?» Alpay schaute von seinen Notizen auf, und Franka konnte nicht fassen, dass er nicht einfach mal die Klappe hielt.

«Wir müssen die Patienten alle zwei Stunden umlagern, also auf die andere Seite drehen.» Benisha Pashwan schaute Franka durch ihr rotes Brillengestell aus dunklen wachen Augen an. «Meistens wechseln wir die Bettwäsche nur tagsüber, um die Patienten nicht im Schlaf zu stören, aber bei einer Sechzigjährigen musste ich eine neue Unterlage einziehen, weil ein Katheter ausgelaufen war.»

«Das haben Sie sicher nicht alleine gemacht?»

«Nein. Beate hat mir geholfen, Frau Haseldorf. Der Patientin hatten die Ärzte am Morgen ein Glioblastom entfernt. So einen Hirntumor.» Benisha lächelte hilflos und wandte sich an Alpay. «Na ja … das gibt der Frau vielleicht noch einen Aufschub. Sie war ansprechbar. Sonst haben wir hier ja selten die Chance, unsere Fälle kennenzulernen.»

Während die Frau sprach, Franka schätzte sie auf Mitte zwanzig, drehte sie ihren stramm geflochtenen Zopf um ihren Zeigefinger. Ihr war anzusehen, wie sehr sie die Schicksale auf der Station noch anfassten.

«Um wie viele Patienten kümmern Sie sich in einer Nacht?»

«Normalerweise versorgt jeder von uns drei. Aber vorgestern hatte sich Herr Yassin krankgemeldet. Und Frau Kramer ist vor fünf Tagen in ein anderes Haus der Karesis-Gruppe abgezogen worden. Die war gar nicht hier, als Herr Ostersetzer verstarb. Also hatte jeder von uns in dieser Nacht vier Patienten.» Sie nahm ihre Brille ab und putzte sie mit dem unteren Ende ihres Kasacks.

«Wie, *abgezogen*?» Franka hakte irritiert nach.

«Letzte Woche waren wir hier nicht voll belegt, aber es gab einen Personalengpass auf der ITS in Altona.»

Franka bemerkte den Ruck, der durch Alpay ging. Überrascht schaltete er sich ein. «Und dann schieben Sie das Personal zwischen Altona und der HafenCity hin und her?»

«Selten. Aber bei personellen Engpässen kann das innerhalb der Klinikgruppe vorkommen, ja.»

«Und das ist arbeitsrechtlich einfach so machbar?»

«Kommt natürlich auf Ihren Arbeitsvertrag an. Aber bei mir zum Beispiel ist nur der Bereich und die Vergütungsgruppe eingegrenzt. Auch Arbeitsleistung und Zeiten sind festgelegt. Es finden sich darin aber keine Abreden über den Beschäftigungsort.»

Franka bemerkte, dass Alpay aufgehört hatte mitzuschreiben. Vermutlich machte er sich insgeheim Sorgen um seinen Vater. Sie fand das übertrieben, denn alle Pflegekräfte, die für den Tod von Malte Ostersetzer verantwortlich sein konnten, waren ja immer noch hier in der HafenCity eingesetzt, und diese Frau Kramer war bereits vor fünf Tagen auf die Intensivstation nach Altona geschickt worden. Sie schied im Fall Ostersetzer als Verdächtige aus.

Franka trat nun an das Fenster des Konferenzraums, während sie sehnsüchtig das Einwegfeuerzeug in ihrer Rocktasche befühlte. «Das heißt also, wenn personeller Notstand auf Station herrscht, kann man nur beten, dass kein Notfall dazukommt?»

«Ja, das haben Sie gut erfasst.» Benisha Pashwan hielt ihren geflochtenen Zopf in der Hand.

«Aber laut Ihrem Chefarzt Dr. Petzold gab es vor drei Nächten einen?»

«Nein. Zwei. Eigentlich drei Notfälle, wenn Sie die Reanimation von Herrn Ostersetzer mitzählen. Wir haben einmal den frisch operierten Mann mit den Bypässen auf Station bekommen ...»

«Um welche Uhrzeit war das ungefähr?», unterbrach Franka sie freundlich. Sie mochte die junge Frau, die auf den ersten Blick so schüchtern wirkte, offensichtlich aber ziemlich taff war.

«Um Ihnen die Uhrzeiten der Notfälle genau sagen zu können, müsste ich in die elektronischen Patientenakten schauen.» Sie hatte ihren Zopf komplett um die Hand gewickelt und blickte nachdenklich über den Rand ihrer Brille zur Zimmerdecke. «Ich glaube aber, der Bypass kam gegen 1:30 Uhr. Der Putzdienst war jedenfalls gerade fertig. Alles andere passierte dann Schlag auf Schlag.»

«Wenn ich das richtig verstanden habe, Frau Knüpfer, haben Sie Frau Pashwan geholfen, als der Mann aus dem OP zu Ihnen auf die Intensivstation kam?» Franka lächelte, obwohl es sie wahnsinnig machte, dass Cornelia Knüpfer die Schnallen ihrer Umhängetasche auf ihrem Schoß immer wieder nervös auf- und zumachte. Die Frau war altersmäßig schlecht zu schätzen. Vielleicht lag es aber auch einfach nur an der strengen Frisur, die sie zu einer straffen Banane am Hinterkopf zusammengesteckt hatte.

Knüpfer schaute aus dem Fenster und überlegte, und Franka fragte sich, was der Frau in diesem Moment wirklich durch den Kopf ging. War sie eine extrem gute Schauspielerin oder hatte sie tatsächlich keine Ahnung, wie das Medikament in den Körper des Toten gelangt war?

«Meine Patienten waren weitestgehend ruhig in der Nacht, da konnte ich bei den Kolleginnen mit anfassen.»

«Herr Ostersetzer schlief?»

Knüpfer nickte. «Ich hatte zuvor noch seinen LiquoGuard kontrolliert. Das Gerät hat kontinuierlich Flüssigkeit abgelassen. Also, aus dem Kopf.»

Sie stellte endlich ihre Tasche neben sich auf dem Boden ab. Dann wandte sie sich entschlossen an Franka. «Hören Sie, ja, der Mann war in der Nacht mein Patient, aber Sie glauben doch wohl nicht im Ernst, dass ich ihm einen Betablocker gespritzt habe. Ich bin doch nicht irre.»

Franka war nicht überrascht, dass die Frau in die Offensive ging. Der Druck, unter dem sie als verantwortliche Pflegekraft in seiner Todesnacht stand, war offensichtlich.

«Frau Knüpfer», setzte Franka neu an, «Sie waren für Herrn Ostersetzer zuständig. Weil er in dieser Nacht ruhig war, haben Sie den Kolleginnen geholfen, wie Sie selber sagen. Irgendwie muss das Mittel aber in seinen Körper gekommen sein.»

«Ich wiederhole mich gern: Ich habe ihm das Zeug nicht gespritzt, okay?»

«Ihre Kollegin Frau Pashwan sprach von *drei* Notfällen in der Nacht.» Franka nippte an ihrem warmen Mineralwasser.

Knüpfer räusperte sich. «Die Kolleginnen waren noch dabei, den frisch operierten Bypass an die Perfusoren anzuschließen, da sprang der Alarm in der Kanzel an. Einer von Beates Patienten war nebenan aus dem Bett gefallen, als ich vom Klo kam. Also, vielmehr, der saß schon auf dem Besucherstuhl, als wir das Zimmer betreten haben. Muss so gegen 1:50 Uhr gewesen sein, denke ich. Der Putzdienst ging gerade über den Flur, als ich vom Klo kam.»

«Wie kann jemand so einfach aus dem Bett fallen?»

«Na ja ... wenn jemand schlecht mit Hypnotikum eingestellt ist, also Schlafmittel. Frau Dr. Menkowitz halt ...» Die Krankenschwester verzog das Gesicht wie bei einem müden Witz. Franka war überzeugt, dass Cornelia Knüpfer ihr absichtlich den unterschwelligen Vorwurf gegen die Ärztin servierte, so süffisant, wie sie dabei lächelte. Franka tat ihr den Gefallen und hakte nach.

«Das heißt?»

Knüpfer zierte sich. Für Frankas Geschmack eine Spur zu übertrieben.

«Wir bei der Polizei haben auch so eine Art Arztgeheimnis. Wir nennen das allerdings *Aussagen vertraulich behandeln.*»

«Also gut. Hinter vorgehaltener Hand behaupten einige, dass Frau Dr. Menkowitz selbst ihre beste Patientin ist.»

Franka glaubte, das Spiel der Krankenschwester zu durchschauen. Vermutlich ließ sie sich ihre Informationen absichtlich aus der Nase ziehen, um hinterher vor sich selbst nicht als Nestbeschmutzerin dazustehen.

«Was meinen Sie damit?»

«Na ja, einige von uns haben schon mal beobachtet, wie sie während der Schicht was eingeworfen hat.»

«Und was?»

«Beruhigungsmittel.»

«Aha.» Franka war erstaunt. Irgendwie waren Ärzte in ihrer allgemeinen Wahrnehmung zwar keine Götter in Weiß, aber doch irgendwie integer. «Und Sie selbst, haben Sie das auch schon mal beobachtet?»

«Ja.»

«Vielleicht nimmt sie einfach nur Zink?»

«Ich habe mal zufällig einen leeren Blister Tavor in ihrem Kasack gefunden.»

«Könnte das nicht Restmüll von Patienten gewesen sein?»

«Wir sind darauf konditioniert, jede Verpackung, jeden Tupfer, jeden Blister sofort zu entsorgen. Die Seitentaschen unserer Arbeitskleidung sind klein, wissen Sie.» Knüpfer lächelte wieder in sich hinein. «Man nennt Frau Dr. Menkowitz auch Dr. Pille.»

Metin Eloğlu kam von der Besuchertoilette in den Wartebereich zurück, den sich die Gastroenterologische Abteilung mit der Intensivstation der Karesis-Klinik Altona teilte.

«Ich dachte schon, ich müsste nachschauen kommen.» Sigrid legte erleichtert die Illustrierte zurück in das Zeitungsregal, das neben einem mannshohen Gummibaum stand. «Alles in Ordnung?»

«Falscher Alarm.» Metin setzte sich neben seine Frau und wirkte erschöpft. Seitdem sie beide die Station betreten hatten, rannte er aus reiner Nervosität ständig auf die Toilette.

«Mach dich nicht kirre. Du hast dich bei der Vorbereitung genau an die Anweisungen gehalten.» Siggi behielt ihre Meinung für sich, dass Metin sich dabei angestellt hatte wie ein bockiger Junge. Das Abführmittel hatte er mit einem solchen Gezeter heruntergewürgt, dass sie irgendwann sogar lachen musste.

«Was machen die Kopfschmerzen?» Sie griff nach Metins Hand und drückte sie mitfühlend.

«Geht so. Ich habe so ein Ziehen hier in der Brust.» Er streckte sich, wobei er unwohl ausatmete und sich den linken Arm rieb.

Siggi tätschelte ihm aufmunternd die Wange. Metin benahm sich, als würde er auf eine schlimme Operation warten. Dabei ging es hier lediglich um eine Routineuntersuchung. Sie war überzeugt, dass sich hinter seiner Abwehr gegen die Untersuchung in Wirklichkeit die Angst vor einem ernsten Befund versteckte.

Ihr Handy kündigte den Eingang einer WhatsApp-Nachricht an. Sie öffnete den Familienchat der Eloğlus und las vor, was Alpay geschrieben hatte.

«*Lieber Baba. Ich denke an dich! Melde dich, wenn du's hinter dir hast.* Komm, Metin, wir machen mal ein Foto von uns.» Er protestierte kurz, legte dann aber doch einen Arm um seine Frau, die ein Selfie von ihnen schoss und es mit dem Daumen-hoch-Emoji an ihren Sohn verschickte. Der Batteriemodus ihres Handys blinkte schon wieder.

Ein kleines blondes Mädchen schob mit einem Puppenwagen an ihnen vorbei. Siggi schätzte das Kind in dem blauen Leinenkleidchen auf höchstens fünf oder sechs Jahre. Bei jedem zweiten Schritt machte die Kleine einen Hopser. Das große Panoramafenster des Wartebereichs schien ihre Neugier geweckt zu haben. Sie lehnte sich dagegen, presste die Nase an die Scheibe und schaute hinunter auf die Gleise, die vom Altonaer Bahnhof zur S-Bahn-Station Bahrenfeld führten.

«Ist die nicht niedlich?» Siggi war ganz verzückt. Wenn Alpay nur endlich mal wieder eine Freundin finden würde, die sich zudem auch noch Kinder wünschte, dachte sie. Das kleine Mädchen schaute neugierig durch den Wartebereich, bis ihr Blick an Metin hängen blieb, der ihr freundlich zuwinkte. Ohne Scheu steuerte die Kleine auf ihn zu, blieb vor ihm stehen, schuckelte ihren Puppenwagen und stützte dabei die andere Hand lässig in die Hüfte. Sie schaute von Metin zu Siggi und wieder zurück zu Metin.

«Ist einer von euch krank?» Sie wirkte ehrlich besorgt.

«Das hoffe ich mal nicht.» Metin lachte. «Du bist ja 'ne Süße.»

Auch Siggi war völlig verzaubert. Sie beugte sich zu der Kleinen vor. «Wie heißt du denn?»

«Ida.»

«Und wo sind deine Eltern, Ida?» Siggi schaute sich vergeblich nach einem Erziehungsberechtigten um.

«So ein Kind kann man doch nicht einfach vergessen», sagte Metin und wandte sich an die Kleine. «Was machst du denn hier ganz alleine?»

«Meine Puppe ist krank. Wir haben einen Termin.»

Das Mädchen setzte sich wie selbstverständlich auf den freien Platz neben Siggi, wobei sie tief in den Schalensitz nach hinten rutschte und mit den Füßen in der Luft baumelte.

«Was fehlt ihr denn?» Siggi versuchte, in den Puppenwagen zu luschern, aber außer verfilzter blonder Haare war der Rest des Puppenkörpers unter einer karierten Decke verschwunden, die einem Geschirrhandtuch ähnelte.

Ida zuckte mit den Schultern, baumelte weiter mit den Füßen und stöhnte gespielt genervt. «Warum dauert denn das so lange? Ich bin privat versichert.»

Die Kleine war wirklich köstlich – und auch sie beide wurden langsam ungeduldig. Siggi und Metin mussten sich das Lachen verkneifen, als Ida das Geschirrhandtuch in dem kleinen Kinderwagen zurückschlug und ihre ziemlich ramponierte Puppenfreundin hervorzog.

«Da hast du aber ein liebes Puppenkind.» Die Puppe hatte ihre besten Tage längst hinter sich. Nicht nur das Haar war schrecklich verfilzt, sondern die verblasste Farbe des Mundes war bereits mit wenig Sorgfalt mit einem Filzstift nachgemalt worden. Eins der Klappaugen fehlte. Dafür wirkte ihr gelber Hosenanzug recht neu, und die kleinen Puppenschuhe waren aus echtem Leder gefertigt, wie Siggi mit sicherem Blick erkannte.

Eine Frau betrat suchend den Wartebereich. «Mensch, Ida! Hier steckst du!»

Siggi ahnte, welcher Stein der jungen Mutter in diesem Moment vom Herzen fiel. Sie selbst hatte Alpay als kleinen Jungen einmal in einem Kaufhaus verloren und schreckliche Ängste ausgestanden, bis sie ihn unter einem Kleiderkarussell mit Daunenjacken gefunden hatte.

«Was machst du denn für Sachen?»

«Susanne und ich warten auf den Arzt.» Das Kind zeigte auf ihre Puppe.

«Komm, sag Auf Wiedersehen zu den Leuten. Wir müssen uns noch bei der Omi verabschieden und dann zum Bahnhof.»

«Ich muss aufs Klo.» Das Mädchen rutschte von seinem Sitz. Die Puppe fiel von seinem Schoß und verlor dabei einen Schuh. Siggi stutzte. Irgendwas stimmte nicht mit dem nackten Puppenfuß. Der große Zeh zeigte nach außen. Waren die Beine verkehrt herum angenäht?

«Herr Eloğlu?»

«Das bin ich.» Metin winkte einer Krankenschwester, die den Wartebereich betreten hatte und sich suchend nach ihm umschaute. Endlich, dachte Siggi. Sie hatten lange genug gewartet.

Die junge Mutter verabschiedete sich freundlich, schnappte ihre kleine Tochter und schob sie und den Puppenwagen eilig in Richtung der Toiletten.

«Tut mir leid, dass Sie warten mussten. Ich bin Hannah und bringe Sie jetzt zu Ihrer Untersuchung.»

Kurz darauf wartete Siggi auf einen der beiden Fahrstühle im Treppenhaus und schaute nach links zur Gastroenterologischen Station, wo Metin in einem der Untersuchungszimmer auf seine Darmspiegelung vorbereitet wurde. Bevor er dort verschwand, hatte sie ihm einen Kuss gegeben und ihm Mut gemacht. Nun war sie mit Metins Schwester Ceyda zum Kaffee verabredet. Die Einkaufsstraße in Altona war vom Krankenhaus schnell zu Fuß zu erreichen und bot mehr Abwechslung als das Zeitungsregal neben dem Gummibaum im Warteraum der Klinik. Weil auf Alpay kein Verlass gewesen war, hatte sich Ceyda netterweise bereit erklärt, Metin nach seiner Untersuchung nach Hause zu fahren. In einer knappen Stunde würden sie ihn zusammen hier wieder abholen.

Siggi drückte noch einmal auf den bereits leuchtenden Rufknopf der Fahrstuhlanlage, da hörte sie hinter sich ein quietschendes Kinderlachen.

«Omi!» Die helle Stimme kam ihr bekannt vor, und als sie sich danach umdrehte, musste sie unwillkürlich lächeln. Eine Krankenschwester, die aus der Tür zur Intensivstation getreten war, hielt die kleine Ida auf dem Arm und drückte ihr einen Kuss auf die Wange. Die Mutter des Mädchens reichte der Krankenschwester zur Verabschiedung die Hand.

«Sorry, Mecki. Aber Ida und ich müssen zum Bahnhof.»

«Gut, Vera. Melde dich, wenn ihr in Soltau angekommen seid.»

Franka stellte ihren rechten Fuß auf die Parkbank vor der Klinik und machte Streckübungen, wobei sie leicht im Standbein wippte. «Also rein *zufällig* will Cornelia Knüpfer den leeren Blister bei dieser Frau Dr. Menkowitz im Kittel gefunden haben?» Sie schnaubte und blies dabei den Rauch ihrer Zigarette durch die Nase. «Verkauft die mich für blöd? Du findest doch nicht *zufällig* irgendwas im Kittel einer Ärztin. Da musst du schon gezielt danach gesucht haben.»

Alpay schaute von seiner Kladde auf. «Die schien richtig drauf zu warten, dass du ihr die Info über die Ärztin aus der Nase ziehst.»

Franka nickte. «Es machte fast den Anschein, als wollte sie Frau Doktor in den Fokus rücken. Vielleicht um von sich selber abzulenken.»

Sie setzte sich neben Alpay auf die Bank, der in seinen Notizen einige Seiten zurückblätterte. Schließlich tippte er mit dem Finger auf einen Eintrag vom gestrigen Tag. «Hier. Bei dem Namen bin ich vorhin schon hellhörig geworden. Laut Anna Ostersetzer war auch diese Frau Dr. Menkowitz im Dienst, als ihr Mann aus dem Koma erwacht ist.»

«Dann … war die Ärztin nur wenige Stunden später schon wieder in der Nachtschicht unterwegs?» Franka schnippte ihre Asche von der Zigarette. Der Schichtdienst im LKA war ja schon eine Belastung, aber das hier klang nach Tortur.

«Ich frage mich, was bringt Leute dazu, in so einem Beruf zu arbeiten?» Alpay schaute sie an.

«Warum arbeitest du beim LKA?» Sie klemmte ihre Zigarette zwischen die Zähne und band sich ihren Zopf neu zusammen.

«Weil ich den Job liebe.»

«Da hast du die Antwort.»

«Frau Haseldorf …», Alpay blätterte in seinen Gesprächsaufzeichnungen wieder nach vorne, «hatte bereits drei Nachtschichten hinter sich, bevor sie für eine erkrankte Kollegin einspringen musste. Das ist doch abartig.»

«Abartig ist aber nicht die Pflegekraft, sondern ein System, das so eine physische und psychische Belastung zulässt.» Franka erinnerte sich in diesem Zusammenhang an die Intensivpflegekraft, die man vor fünf Tagen aus der HafenCity nach Altona abgezogen hatte. «Da hast du dich vorhin aber mal kurz erschreckt, was?» Sie grinste.

«Du meinst, als Frau Pashwan von dieser Frau Kramer erzählt hat? Nur im ersten Moment», gab Alpay zu. «Ich meine, wenn die Frau gar nicht hier gearbeitet hat, kommt sie ja als Verursacherin von Ostersetzers Tod nicht infrage.»

Frankas Handy klingelte.

«Sybille. Was gibt's?»

«Wie du wolltest, habe ich den Chef von Malte Ostersetzer kontaktiert. Bernd Zöllner von Zöllner & Partner. Der war total von der Rolle wegen Ostersetzers Tod.»

Franka schaltete den Lautsprecher ihres Handys ein.

«Laut seinen Angaben war Ostersetzer einer der besten Architekten des Büros. Er war tatsächlich kurz davor, Partner zu werden. Und jetzt pass auf: Vor ungefähr drei Monaten hat Ostersetzer beim Bau eines Bürogebäudes in Langenhorn, den nicht er, sondern ein Kollege betreut hat, durch Zufall eine Katastrophe verhindert. Dem verantwortlichen Architekten ist daraufhin gekündigt worden. Markus Arndt heißt der Typ, fünfundvierzig Jahre alt. Der war wegen so einer dubiosen Abrechnungssache zu seinen Gunsten bereits angezählt. Angeblich kam es nach seiner Kündigung zu unschönen Szenen im

Büro. Der Kollege hat Ostersetzer wohl vor Zeugen massiv bedroht.»

Alpay zog scharf Luft durch die Zähne.

«Den Kontakt von Markus Arndt schicke ich dir. Ich fasse gerade das Gespräch mit seinem Ex-Chef zusammen. Ich denke mal, den Mann willst du selber befragen, oder?»

«Ja, danke, Sybille.» Franka legte auf und wandte sich an Alpay. «Was meinst du?»

Er rieb sich das Kinn. «Glaubst du wirklich, jemand schleicht sich mitten in der Nacht auf eine Intensivstation, um einen ehemaligen Kollegen umzubringen? Und dann noch aus Rache für einen Fehler, den man selbst begangen hat?»

«Menschen tun noch ganz andere Dinge, Alpay. Und Rache ist eines der stärksten Motive für Gewaltverbrechen.»

23 Hamburg. Dienstag.

Hältst du mich jetzt für verrückt wegen der Exhumierung?» Anna stellte ihr Glas zurück auf den Tisch und versuchte, in Davids Gesicht zu lesen. Sie saßen auf der Terrasse des Hotels Vier Jahreszeiten, die sich nicht weit von seiner Kanzlei auf einem schwimmenden Ponton auf der Binnenalster befand. Er schob das Besteck auf seinem Lunchteller zusammen und hatte sich noch immer nicht abschließend zu ihrer Frage geäußert.

«David, sei ehrlich. Bitte.» Malte war erst seit drei Tagen tot, aber sein rechtsmedizinischer Befund hatte Anna eine Form von Klarheit zurückgebracht, die sie selbst verwunderte.

«Hältst du es für möglich, dass Malte sterben musste, weil er die Tötung seines Zimmernachbarn mitbekommen hat? Ja oder nein?» Sie beobachtete, wie David einem Alsterdampfer nachschaute, der durch das Wasser glitt und den Anleger am Jungfernstieg ansteuerte.

«Weißt du, Anna, das ist ganz schön um die Ecke gedacht. Das muss man erst einmal sacken lassen.»

«Ich weiß, wie absurd das klingt. Darum geht es jetzt aber nicht. Ich will wissen, ob meine Vermutung im Bereich des Möglichen liegt.»

«Ich bin kein Mediziner.»

«Aber Jurist.»

Er schwieg. Sie ahnte, dass er versuchte, die Pros und Cons in seinem Kopf gegeneinander abzuwägen.

«Okay, Anna.» Endlich schaute er sie direkt an. «Vorausgesetzt, Komapatienten können in einzelnen Fällen wirklich etwas mitbekommen, vielleicht sogar so einen Mord, der um sie herum verübt wird, … ja, dann könnte Malte wirklich Angst um sein Leben gehabt haben.»

Sie atmete erleichtert durch.

David griff ihre Hand und hielt sie fest. «Gut. Ich werde die Staatsanwaltschaft auffordern, Maltes Zimmernachbarn zu exhumieren. Aber vorher muss ich meine Hausaufgaben machen. Meine Begründung muss gut untermauert sein.»

Sie nickte erleichtert.

«Ich muss mich in das Thema einarbeiten und belegen können, warum Malte berechtigte Angst um sein Leben haben konnte.» Er wischte sich mit dem Handrücken eine Träne aus dem Gesicht. «Ich will, verdammt noch mal, dass wir die Person kriegen, die meinen besten Freund getötet hat.»

Anna stand kurz auf, beugte sich über den Tisch und gab David einen Kuss auf die Wange. Es tat so gut, ihn auf ihrer Seite zu wissen. «Danke.»

Malte war tot. Ab jetzt ging es nicht mehr nur darum, den oder die Schuldige zu finden, sondern weitere Opfer zu verhindern.

Hinter dem Sankt-Trinitatis-Altar schien die Mittagssonne durch die vier riesigen bunten Mosaikfenster in die Hamburger Sankt-Jacobi-Kirche. Die weiß gestrichene Backsteinhalle schien unter dem Klang der fast viertausend Orgelpfeifen förmlich zu vibrieren. Die tiefen Töne des Präludiums von Bach, das der Organist laut Hinweisschild übte, stürzten von der Empore hinunter in die Kirche. Sie fluteten den Innenraum, erklommen die acht Rundpfeiler des Hauptschiffs, schwangen sich hinauf bis in die Kreuzrippen des Deckengewölbes und schienen Mecki davonzutragen.

Ihre Hände flach neben sich ruhend, den Kopf in den Nacken gelegt, saß sie auf einer der Kirchenbänke im seitlichen Chorgestühl, nahe dem geschwungenen Aufgang zur Kanzel. Sie genoss die Musik und die Erleichterung, ihr Versprechen gegenüber der Krebspatientin gehalten zu haben.

Seitdem Mecki vor zehn Jahren von Dr. Brodmann für ihre Weiterbildung zur Intensivkrankenschwester nach Hamburg geschickt worden war, war ihr diese Kirche zum Ort der Einkehr geworden. Statt in die kleine Kapelle in der Lüneburger Heide zog es sie nun in die Sankt-Jacobi-Kirche an der Steinstraße in der Hamburger Innenstadt. Manchmal hatte Mecki sogar das Gefühl, dass sie für eine immer größere Anzahl an Erlösungen eine größere Kirche benötigte, auch wenn sie längst aufgehört hatte zu zählen. Waren es zwanzig oder dreißig? Oder noch mehr? Irgendwann zwischen dem Beginn ihrer Weiterbildung in der Karesis-Klinik und dem Start als Intensivpflegekraft in der HafenCity vor sieben Jahren hatte Mecki den Überblick über ihre Barmherzigkeit verloren – genauso wie den Zweifel, ob das, was sie tat, auch richtig war. Einzig das Gefühl, als Berufene Gutes zu tun, bestimmte ihr Handeln.

Sie ließ den Blick hinauf zum sogenannten Pfingstfenster schweifen und erinnerte sich daran, wie sie vor Jahren die Abbildung der Purpurhändlerin Lydia zum ersten Mal in dem bunten Glas entdeckt hatte. Die rechte Hand vor dem Gesicht, wie eine ehrerbietende Geste, die man vor einer Verbeugung tat, zollte die Figur im Mosaik ihren Respekt für Meckis Leistung. Davon war sie überzeugt. Und so war die Purpurhändlerin über die Jahre zur guten Freundin geworden. Eine Freundin, die Mecki im wahren Leben nie gehabt hatte. Wie ein Familienmitglied, das stolz auf einen war, ohne Bedingungen daran zu knüpfen. Lydia ließ sie einfach sein, was sie war: ein Mensch, der das Leid anderer beendete, weil Barmherzigkeit in ihrer Welt keine bloße Floskel bedeutete. Das Mitleid, das sie ab und zu gegenüber den Hinterbliebenen empfand, war nicht zu vergleichen mit der Verpflichtung, das Siechtum ihrer Angehörigen zu beenden. Und auch wenn man für das, was sie tat, zugegebenermaßen eine gewisse Stärke brauchte, war Mecki doch tief innen genauso fragil wie Lydia. Gefertigt aus Glas, zusammengehalten von einem dünnen Band aus Blei.

Jede bunte Scheibe des Fensterbildes in der Sankt-Jacobi-Kirche wirkte auf Mecki wie ein Mosaikstein ihres eigenen Lebens. Oft genug hatte sie hier gesessen und darüber nachgedacht. Der hellgrüne Hintergrund stand für Meckis Kindheit und Jugend in der Enge des kleinen Siedlungshauses. Die zu Lydias Füßen in einer Reuse gefangenen Fische riefen ihr die eigene Sprachlosigkeit und die Unfähigkeit, sich zu wehren, in Erinnerung. Die zwei blassen Figuren aus milchigem Rosé, die mahnend hinter der Freundin auftauchten, versinnbildlichten die einzigen Menschen in Meckis Leben. Vermutlich stiegen Vera und Ida in diesem Moment in Soltau aus dem Zug. Noch heute konnte Mecki nicht begreifen, wie sich die Geschichte trotz aller Mahnungen hatte wiederholen können. Sie fragte sich des Öfteren, ob die heute dreiundzwanzigjährige Vera ihre Mutter vielleicht absichtlich hatte bestrafen wollen, als auch sie mit siebzehn Jahren schwanger geworden war.

Nachdem Dr. Brodmann für Meckis Weiterbildung in Hamburg gesorgt hatte, war sie ins kalte Wasser gesprungen und hatte die Chance in der Hansestadt genutzt. Hatte sie sich Jahre zuvor noch vom Tod des Vaters von einer beruflichen Veränderung abhalten lassen, so verzichtete sie dieses Mal trotz Dieters Erpressungsversuche nicht darauf. Die Beziehung ging in die Brüche. Zu Höherem berufen, ging Mecki nach Hamburg und die dreizehnjährige Vera zurück zu Meckis Mutter. Als Ida vier Jahre später geboren wurde, zog Vera in den Keller in das ehemalige Zimmer ihrer Mutter.

Nach zwei Jahren hatte Mecki als Beste ihres Jahrgangs die Ausbildung bei Karesis beendet. Heute mündeten die seltenen Besuche von Vera jedes Mal in einem förmlichen Handschlag zur Verabschiedung.

Ein Registerwechsel zischte aus den Orgelpfeifen und transportierte Mecki mit den Höhen der Musik in die Abgründe ihrer Familie. Der letzte Akkord verhallte donnernd im Kreuzgewölbe.

Sie lächelte bitter und schaute auf die Uhr. Es wurde Zeit, ins Krankenhaus nach Altona zurückzuradeln. Gedämpft hörte man von draußen bereits wieder den Verkehr auf der Steinstraße. Die Eingangstür des Hauptportals quietschte. Passanten betraten die Kirche, jemand hustete sich zurück auf den Weg in den warmen Nachmittag. Die Wirklichkeit hatte Mecki wieder. Die Sonne schien durch das lilafarbene Kleid der Purpurhändlerin und fiel bis zum Taufbecken hinunter, wie eine veilchenfarbene Gasse oder ein Teppichläufer. Auf Mecki wirkte das Bild wie die Einladung, an das Becken aus Sandstein heranzutreten.

Doch sie wandte sich ab. Sie war weder bereit für die Taufe noch für das fünfte Gebot. *Du sollst nicht töten* galt nicht für sie. Mecki war überzeugt, dass schon sehr bald wieder jemand auf ihre Hilfe angewiesen sein würde. Sie verließ die Kirche und befolgte ihr eigenes Evangelium.

«Aber womit sollte ich mich denn belasten?» Die Anästhesistin Dorothea Menkowitz reagierte überrascht, nachdem Alpay sie über ihre Rechte belehrt hatte. «Selbstverständlich beantworte ich Ihre Fragen.» Die Frau, die Alpay und Franka am Konferenztisch in der HafenCity gegenübersaß, wirkte selbstsicher und freundlich. Ganz anders, als Alpay sich eine Ärztin vorgestellt hatte, die laut Cornelia Knüpfers Andeutungen Beruhigungspillen einwarf. Durch die Befragungen der Intensivkräfte am Vormittag hatte Alpay sich bereits einen Einblick in deren verantwortungsvollen Arbeitsalltag verschaffen können. Es würde ihn nicht wundern, wenn hier jemand zu härteren Substanzen greifen würde. Menkowitz war hager, fast eine Spur zu dünn, um gesund auszusehen. Der auf halber Stirn etwas schief abgeschnittene Pony wirkte wie ein Selbstversuch. Ebenso die Haarfarbe, eine Art Aubergine. Die Haut unter ihren Augen war fein wie Pergamentpapier und schimmerte bläulich. Das Alter der Frau war schlecht zu schätzen. Zwischen Ende vierzig und Ende fünfzig hätte Alpay nichts überrascht. Schichtdienst machte alt, das sah er an Franka. Und er wusste, dass auch er eines Tages nicht mehr mit dem vielen Sport dagegen ankäme.

«Sie hatten also Rufdienst in dieser Nacht?»

«Das wäre schön.» Menkowitz schaute ihn freundlich an. «Dann läge man gemütlich zu Hause in seinem eigenen Bett. Und wenn man Glück hat, lässt einen die Klinik in Ruhe. Nein. Ich war im Bereitschaftsdienst. Dafür gibt es hier ein Zimmer, in dem man sich langmachen kann. Hat das Personal auf Intensiv ein Problem, sind wir sofort da.»

«Sie waren die einzige Ärztin?»

Menkowitz nickte. «Nur tagsüber sind wir zwei.»

«Von den Schwestern wissen wir, dass vorgestern Nacht alle Betten belegt waren.»

Die Ärztin atmete durch, legte kurz ihren Kopf in den Nacken, wobei zwei Halswirbel leise knackten, und erzählte den Ablauf der Nacht aus ihrer Sicht. Demnach war sie als verantwortliche Ärztin gegen 1:30 Uhr gerufen worden, als der Bypass von unten aus dem OP auf die Station gekommen war. Menkowitz war dann zwischen den Zimmern des frisch operierten Mannes und des Patienten, der kurz darauf aus seinem Bett fiel, mit den Kolleginnen hin und her gelaufen. Schließlich wurde das Team der Nachtschicht durch einen Warnton in Malte Ostersetzers Zimmer gerufen. Dieser Notfall hatte die Konzentration aller Beteiligten bei seiner Wiederbelebung gefordert.

«Das Gefühl einer erfolgreichen Reanimation ist unbeschreiblich.» Menkowitz schaute Alpay direkt in die Augen. «Sie sind so konzentriert auf die medizinischen Abläufe, dass Ihnen erst beim Wiedereinsetzen des Herzschlages bewusst wird, was Sie da eigentlich gerade gemacht haben, was das für ein besonderer Moment ist.» Sie schwieg eine Weile. «Aber für die Leere in einem, wenn es nicht klappt …» Sie ließ den Satz unvollendet und zuckte mit den Schultern. «Ich bin seit achtzehn Jahren Ärztin, seit Eröffnung dieses Hauses in der HafenCity vor vier Jahren Oberärztin auf der ITS2. So viel können Sie gar nicht an der Elbe spazieren gehen, als dass Sie das alles verarbeitet bekommen.»

Die Frau machte durchaus einen reflektierten Eindruck. Aber Alpay wusste auch, dass man in Menschen nicht hineinschauen konnte. Vielleicht hatte Cornelia Knüpfer doch recht und die Ärztin half sich tatsächlich mit Beruhigungsmitteln, solche Momente besser zu verkraften.

«Frau Dr. Menkowitz, Sie haben Herrn Ostersetzers Totenschein auf *Tod durch Schädelverletzung infolge eines Sturzes* ausgestellt. Laut dem rechtsmedizinischen Gutachten starb Herr Ostersetzer aber durch einen Betablocker.»

«Ja. Das habe ich schon gehört. Flurfunk. Und jetzt versuchen Sie herauszufinden, wer ihm das Medikament verabreicht hat?»

«Als Erstes versuchen wir herauszufinden, wie Sie sich so irren konnten.»

Die Ärztin zuckte zusammen. Hatte sie im Ernst geglaubt, mit einer Gegenfrage über ihren Fehler hinweggehen zu können? Sie verschränkte die Arme vor der Brust.

«Sie waren bereits im Dienst, als Herr Ostersetzer aus dem Koma erwacht ist. Statt sich auszuruhen, sind Sie einige Stunden später schon wieder die verantwortliche Ärztin der Nachtschicht. Da fragt man sich natürlich, ob man da nicht auch …»

«Hören Sie», unterbrach Menkowitz ihn harsch, «wenn Sie mir irgendeine Fahrlässigkeit unterstellen wollen, dann verbitte ich mir das. Ich habe den Totenschein ausgestellt, als der Kreislaufstillstand durch das Nulllinien-EKG bestätigt war. Für mich gab es keinerlei Anzeichen für ein Fremdverschulden.» Sie öffnete eine der kleinen Mineralwasserflaschen auf dem Tisch. «Der Tod auf einer Intensivstation ist für uns leider nichts Ungewöhnliches. Und auch wenn Herr Ostersetzer nicht mehr im Koma lag, war sein Zustand doch immer noch sehr kritisch.» Sie nahm einen kräftigen Schluck direkt aus der Flasche und stellte sie zurück auf den Tisch. «Ich habe die äußere Leichenschau gewissenhaft vorgenommen. Für mich gab es keinerlei

Verdacht für das, was das rechtsmedizinische Gutachten jetzt besagt.»

Wie immer versuchte Alpay in solchen Momenten, im Gesicht seines Gegenübers zu lesen – vergeblich. Menkowitz zeigte keine Reaktion. Weder wirkte sie besonders nervös noch übermäßig cool.

«Die Rechtsmedizin hat zumindest die von Ihnen festgestellte Todeszeit übernommen, 2:20 Uhr.»

«Wie ich schon sagte, Herr Eloğlu, wir haben bei Herrn Ostersetzer eine Reanimation unternommen. Aber nach zwanzig Minuten setzte keine Spontanatmung und keine Herztätigkeit ein. Wir brechen die Reanimation dann ab.»

Alpay warf einen Blick in seine Kladde. «Auf der Intensivstation müssen Pflegekräfte und Ärzte die Einzelgabe von Medikamenten auf der Patientenkurve unterschreiben. Eigentlich müssten wir doch aufgrund der registrierten Medikamentenausgaben sehen können, wer sich den Betablocker vorgestern Nacht aushändigen ließ.»

Menkowitz schien irritiert.

«Ihre Stationsapotheken sind doch dafür ein guter Kontrollmechanismus. Oder etwa nicht?»

«In der Theorie schon.»

«In der Praxis nicht?» Franka schien ähnlich überrascht zu sein wie Alpay.

«Das ist ja keine Apotheke im klassischen Sinn, wo Sie hingehen und Ihnen der Apotheker ein Medikament auf Rezept aushändigt.»

«Sondern?» Alpay ahnte, dass er sich falsche Vorstellungen gemacht hatte.

«Im Schwesternzimmer stehen Schränke. Da gibt es einmal

den für die akuten Bedarfsmedikamente, und dann haben wir einen extra Aufbewahrungsort für die Betäubungsmittel.»

«Aber da kommt ja nicht jeder ran, nehme ich an.» Alpay schaute skeptisch.

«Den Schlüssel für den normalen Medikamentenschrank hat die Tageskoordinatorin. Die müssen Sie theoretisch fragen, wenn Sie etwas entnehmen wollen. Aber Sie haben ja wahrscheinlich schon mitbekommen, wie schnell wir hier Entscheidungen treffen müssen. Die Tür zum Schrank steht meistens offen. Sie tragen ein, was Sie entnommen haben, und zeichnen ab. Oder eben nicht.»

«Wie, und das kontrolliert keiner?»

«Die Listen werden nur dahingehend abgeglichen, ob die Entnahmen mit dem Bestand übereinstimmen.»

«Das würde bedeuten, dass jedes entnommene und abgezeichnete Medikament nicht auch ordnungsgemäß verabreicht werden muss. Rein theoretisch könnte es gebunkert und woanders eingesetzt werden?»

Menkowitz nickte.

«Und was sind dann die Aufgaben eines Stationsapothekers?»

«Insgesamt kümmern sich in der gesamten Klinik zwei Männer und eine Frau um die Medikamentenschränke auf den Stationen. Alle drei Monate werden da Überprüfungen durchgeführt. Aber bei den Gebrauchsmedikamenten wird lediglich der Bestand kontrolliert und ob der Schrank sauber und richtig sortiert wurde.»

Alpay konnte nicht glauben, was Menkowitz ihnen relativ unbeeindruckt schilderte. Dann waren die von Gurte Amrein als Kontrollinstanz bezeichneten Stationsapotheken reine Augenwischerei?

«Was ich damit sagen will: Letztlich kann sich jeder hier bedienen.» Menkowitz wandte sich an Franka. «Frau Erdmann, Sie zum Beispiel. Wenn wir Ihnen einen weißen Kittel anziehen und Sie gehen mit der nötigen Autorität über die Station ins Schwesternzimmer und nehmen sich etwas aus unserem Medikamentenschrank … vermutlich würde Sie kein Mensch anhalten und fragen.»

«Das ist nicht Ihr Ernst.» Franka schien das ebenso wenig glauben zu können wie Alpay.

«Ich weiß, dass Sie meine Angaben vertraulich behandeln.» Die Ärztin schaute ihn direkt an.

Irgendwie schien ihre bereitwillige Auskunft wie eine Befreiung. Nicht ein Mal hatte Menkowitz gezögert, nicht ein Mal taktisch geantwortet. So, als hätte sie nur darauf gewartet, endlich jemandem über die Verhältnisse auf ihrer Station berichten zu können. Oder war Alpay voreingenommen, weil Cornelia Knüpfer behauptet hatte, Menkowitz würde Beruhigungsmittel einnehmen?

«Sie sagten, Sie arbeiten seit vier Jahren hier, Frau Doktor?», schaltete sich Franka in Alpays Befragung ein. Er wusste, dass sie auf etwas Besonderes hinauswollte, sonst hätte sie sich weiter im Hintergrund gehalten.

«Ja.»

«Und die Arbeit macht Ihnen Spaß?»

Alpay war gespannt, was Franka vorhatte.

«Ob mir die Arbeit Spaß macht?» Menkowitz lächelte bitter. «Wenn man zu den knapp zwanzig Prozent deutscher Klinikärzte gehört, die über sechzig Stunden die Woche arbeiten? Regelmäßig sterben Ihnen die Patienten weg, obwohl Sie alles getan haben, um deren Leben zu retten.» Sie schüttelte den

Kopf. «Nein. Wenn Sie zwischen den Schichten, ohne Ruhezeiten einhalten zu können, hin und her wechseln müssen, Dienste tauschen, um Urlaube und eine dünne Personaldecke aufzufangen, dann geht es Ihnen irgendwann nicht mehr um Spaß.»

«Sondern?», hakte Franka nach.

«Um Durchkommen ohne Verluste.»

«Mit den Kollegen verstehen Sie sich gut?»

Diese Frage schien Menkowitz zu irritieren, und plötzlich meinte Alpay zu wissen, was Franka vorhatte. Auch wenn Menkowitz keine Ahnung hatte, dass sie von Cornelia Knüpfer als regelmäßige Konsumentin von Beruhigungstabletten geoutet worden war, würde die Ärztin vielleicht ihrerseits jemanden aus der Gruppe anschwärzen.

«Ich meinte, die Stimmung unter den Kollegen würden Sie als gut bezeichnen? Sie haben in der besagten Nacht mit drei statt vier Intensivschwestern Dienst getan. Dazu die drei Notfälle. Da muss man sich schon gut verstehen, um so ein Pensum zu bewältigen.»

«Unsere Mitarbeiter sind Profis. Die haben natürlich alle eine intensivmedizinische Fachweiterbildung absolviert.»

«Keine Spannungen untereinander?» Franka zog das Tempo der Befragung an.

«Wissen Sie, fast in jeder Klinik finden Sie so ein unterschwelliges Konkurrenzding zwischen Pflegepersonal und Ärzten», sagte Menkowitz. «Einige Pflegekräfte halten sich für die besseren Ärzte.»

«Gibt es auch Ärzte, die einige Pfleger für … sagen wir einmal, weniger *fähig* halten als andere?»

Menkowitz hielt vor ihrer Antwort kurz inne. «Das würde ich so nicht verallgemeinern. Aber in einigen Fällen ist die Kooperation zwischen Ärzten und Pflegepersonal stark optimierungsbedürftig.» Sie wählte ihre Worte mit Bedacht.

«In *einigen* Fällen, sagen Sie. Haben Sie dabei jemand Speziellen im Sinn?»

Menkowitz schloss die Augen und legte den Kopf wieder in den Nacken. Die Befragung schien sie anzustrengen, zumal ihr auch der Nachtdienst in den Knochen stecken musste.

Die Ärztin straffte sich. «Sie würden es ja sowieso erfahren. Also, letzten Monat hat sich Cornelia Knüpfer bei der Gabe eines Medikaments in der Dosierung vergriffen. Der Patient kollabierte und wäre uns ohne das beherzte Eingreifen von Frau Kramer fast gestorben.»

Kurze Zeit später folgte Franka Alpay über den Parkplatz der Klinik. «Frau Knüpfer und Dr. Menkowitz haben irgendein Ding am Laufen. Das ist doch kein Zufall, dass die sich gegenseitig in ein schlechtes Licht rücken.»

Alpay entriegelte den Dienstwagen. «Und diese sogenannten Stationsapotheken sind ja wohl ein Witz, oder?»

«Wenn du mich fragst, reine Kosmetik nach außen.» Franka scrollte auf ihrem Handy durch die E-Mails. Sybille hatte ihr mittlerweile den Kontakt des Ex-Kollegen von Malte Ostersetzer geschickt, der ihm in der Firma gedroht hatte.

Alpay schnaubte verächtlich. «Dann fragt man sich natürlich, was übertüncht die kaufmännische Leiterin, wenn sie gestern so ein Gewese um ihre Stationsapotheken gemacht hat.» Er setzte sich ins Auto, öffnete das elektrische Schiebedach und schaute zu Franka hinauf. «Wir hätten mal fragen sollen, wie lange so ein Betablocker überhaupt braucht, um zu wirken.»

«Zwischen fünf und zehn Minuten.»

Alpay zog überrascht die Stirn zusammen.

«Kleiner Tipp, Browserfenster öffnen.» Franka winkte mit ihrem Handy in der Hand, wobei ihr einfiel, dass sie seit gestern Abend immer noch auf Dörflers Rückruf wartete.

«Gib mir mal bitte deine Kladde.» Sie steckte das Handy wieder ein und griff durch das geöffnete Schiebedach ins Auto.

Alpay reichte ihr verwundert sein Notizbuch. «Meine Klaue kannst du eh nicht lesen.»

Franka schlug eine unbeschriebene Seite auf und begann, mit wenigen Strichen eine Skizze anzufertigen.

«Diese Zeit zwischen Spritze und Alarm. Diese fünf bis zehn Minuten ...» Sie versuchte, einen fiktiven Raumplan einer Intensivstation mit sechs Zimmern aufzumalen, während sie nachdachte. Manchmal half ihr schon bloßes Herumkrickeln, um ihre Gedanken zu sortieren.

«Alpay, finde heraus, wie die Zimmer nummeriert sind. Dazu bitte dokumentieren, welcher Patient auf welchem Zimmer und in welchem Bett gelegen hat. Die Station war vor drei Tagen voll belegt. Wir brauchen einen exakten Grundriss. Wo sind Treppenhäuser, Fahrstühle? Das alles bitte auf eine Dokumentationswand im Präsidium übertragen. Und was ist eigentlich mit den Listen aus der Stationsapotheke?»

«Bis jetzt habe ich noch nichts von Sybille gehört.»

«Das gibt's doch nicht!» Franka schlug mit der flachen Hand auf das Autodach. «Ruf sie an und sag ihr, dass sie jetzt gerne ungemütlich werden kann, notfalls beschlagnahmen. Ich glaube nicht, dass es die Klinik darauf ankommen lässt. Selbst wenn man problemlos Medikamente bunkern kann, ich will, dass wir diese verdammten Listen überprüfen. Vor allen Dingen interessiert mich, was in den fünf bis zehn Minuten auf der Station los war, bis zu dem Moment, wo Ostersetzers Alarm angesprungen ist. Die Zeit hätte für jede Mitarbeiterin gereicht, um dem Mann das Zeug zu spritzen, das Zimmer zu verlassen und sich wieder unter die Kolleginnen zu mischen, die mit den Notfällen beschäftigt waren.»

Durch das geöffnete Schiebedach schaute Alpay wieder zu ihr hinauf. «Ich ruf jetzt erst mal Sybille an, dass die wegen der Medikamentenlisten Druck macht. Was passiert mit dem ehemaligen Kollegen von Ostersetzer?»

«Kümmere ich mich jetzt drum.» Um in Ruhe telefonieren zu können, zündete sich Franka eine Kippe an und entfernte sich einige Meter vom Dienstwagen, als sie plötzlich Alpays Aufschrei hörte.

«Scheiße!»

Erschrocken drehte sie sich nach ihm um und lief zurück zum Wagen. Mit dem Handy am Ohr saß er im Auto und schlug mit der flachen Hand auf das Lenkrad ein. «Fuck, Fuck! Das gibt's doch nicht!»

Sie riss die Beifahrertür auf und schaute in den Wagen.

«Was ist los?»

«Meine Tante ist auf der Mailbox.» Franka erkannte die Panik in Alpays Gesicht. «Wegen der Befragungen stand mein Handy auf lautlos.»

Fassungslos hielt er Franka das Display seines Smartphones entgegen. Es zeigte vierzehn Anrufe in Abwesenheit.

«Meine Tante Ceyda hat von Altona aus angerufen. Mein Vater liegt auf der Intensivstation.»

24 Hamburg. Dienstag.

Ceyda steckte das Taschentuch in ihre Handtasche zurück, aus der sie mit zitternden Händen eine kleine Puderdose hervorholte. Unsicher klappte sie den Deckel auf und zu und schob die Dose unbenutzt in ihre Handtasche zurück. Die Angst um ihren *kleinen* Bruder, zu dem die Vierundsechzigjährige ein enges Verhältnis hatte, war offensichtlich. Sie hatte Alpay angerufen, weil seine Mutter nach dem schweren Herzinfarkt des Vaters nicht dazu in der Lage gewesen war. Die Ärzte hatten Siggi ein leichtes Beruhigungsmittel verabreicht. Mittlerweile war es früher Nachmittag geworden.

«Ich habe deine Anrufe nicht gesehen, Ceyda», verteidigte sich Alpay. «Bei Befragungen stell ich das Handy immer lautlos.» Er hatte sich einigermaßen von seinem Schock erholt und setzte sich im Warteraum der Gastroenterologischen Abteilung neben seine Tante. Verbotenerweise hatte Franka das Blaulicht auf das Dach des Dienstwagens gesetzt, und Alpay hatte die knapp zehn Kilometer von der HafenCity nach Altona in Rekordzeit zurückgelegt. Sie war danach alleine ins Präsidium gefahren.

«Kann ich zu ihm?»

«Onun dinlenmeye ihtiyacı var.» Immer wenn Ceyda ins Türkische verfiel, war das ein Zeichen dafür, dass sie aufgebracht war. Sicher, sein Vater brauchte Ruhe, aber Alpay war noch immer nicht ganz klar, in welchem Zustand er sich befand.

«Schwebt er in Lebensgefahr?»

Ceyda fummelte wieder nervös in ihrer Handtasche herum, als würde sie darin nach einer Antwort suchen.

«Mensch, jetzt rede doch.»

Sie hielt inne, schaute ihn an und schlug sich die Hand vor den Mund. Alpay schluckte. Stand es so schlimm um Metin?

Ceydas große dunkle Augen wurden wässrig. «Sie haben ihn drei Stunden operiert, Alpay. Vier Bypässe hat er bekommen. Wenn ich das richtig verstanden habe, wurden die aus seinen eigenen Venen genäht.» Eine Träne lief ihr über die Wange.

«Packt er das?»

Ceyda mied seinen Blick. «Die nächsten Tage sind entscheidend, sagt der Arzt.»

«Und Mama?»

«Die sitzt an seinem Bett. Völlig fertig, kannst du dir natürlich denken.»

Sie zog ein Taschentuch aus der Handtasche und versuchte, ihre Tränen zu trocknen. Alpay strich ihr beruhigend über den Rücken, auch wenn er am liebsten selbst getröstet worden wäre.

«Ich verstehe das nicht», sagte er. «So eine Darmspiegelung ist doch Routine. Ich hätte schlimmstenfalls mit der Entfernung von Polypen gerechnet, aber ganz sicher nicht mit einer Bypass-Operation.»

«Die Untersuchung selbst lief ja auch völlig normal.» Ceyda steckte das Taschentuch zurück in ihre Handtasche. «Iki tane polip bulundu. Die Polypen waren wohl tatsächlich für seine Beschwerden verantwortlich, nimmt der Arzt an. Aber als Metin aus der Narkose aufgewacht ist und Siggi ihm beim Anziehen geholfen hat, hat's ihn voll erwischt. Gott sei Dank ist er hier im Krankenhaus umgefallen. Hätte ihn so ein Infarkt zu Hause getroffen …» Ceyda winkte ab. Auch Alpay war bewusst, dass sein Vater einen solch schweren Infarkt dort wohl nicht überlebt hätte.

«Dein Vater hatte tatsächlich Glück im Unglück.» Ihr Lächeln wirkte zum ersten Mal ein wenig erleichtert. Alpay nahm seine Tante in den Arm, wobei er von der Glastür der Gastroenterologischen Abteilung hinüber zum Eingang der Intensivstation schaute. Irgendwo dahinter saß seine Mutter am Bett des Vaters. Er würde es schaffen. Er musste es schaffen.

Ceyda löste sich aus Alpays Umarmung, lächelte aufmunternd und strich ihrem Neffen über die Wange. «Zumindest hatte er es nicht weit.» Sie faltete die Hände zum Gebet.

Das regelmäßige Piepen des Gerätes, das Metins Pulsfrequenz und Sauerstoffsättigung anzeigte, strahlte fast etwas Meditatives aus. Siggi, in Schutzkleidung mit Mundschutz und Haube, wartete darauf, dass er aus der Narkose erwachte. Sie streichelte seine Hand und spürte mit dem Nachlassen ihres leichten Beruhigungsmittels die Angst zurückkehren. Metins Zustand war stabil, auch wenn er laut Auskunft der Ärzte noch zwei bis drei Tage zur Beobachtung auf der Intensivstation verbringen musste.

Mit Schaudern erinnerte sie sich daran, wie sie ihm nach der Darmspiegelung beim Anziehen geholfen und er sich unvermittelt an die Brust gegriffen hatte. Wie ein gefällter Baum war er einfach nach vorne umgekippt. So schnell, dass Siggi ihn nicht hatte halten können. Panisch hatte sie nach Hilfe gerufen. Sofort war die Tür aufgeflogen und medizinisches Personal zur

Stelle gewesen. Ein Arzt hatte ihm das gerade erst zugeknöpfte Hemd einfach aufgerissen und mit der Herzdruckmassage begonnen. Bevor man Siggi aus dem Raum gebracht hatte, hatte sie noch deutlich gehört, wie eine Rippe brach.

Hilflos hatte sie im Nebenraum gewartet, dankbar für Ceydas Nähe, die nichts sagte, sondern ruhig neben ihr saß, während die Ärzte drüben konzentriert medizinische Anweisungen gaben. Das erleichterte *Er ist zurück!*, als Metins Herz wieder angefangen hatte zu schlagen, das hektische Treiben, als man ihn in den OP geschoben hatte. Wie in einer Krankenhausserie war es ihr vorgekommen, nur dass Metin und sie darin die Hauptrollen spielten.

Eine gefühlte Ewigkeit. Ein leerer Moment, der Platz für Erinnerungen ließ und in dem sie sich plötzlich wieder als junge Lehramtsstudentin mit ihrem Vater streiten hörte. «Ein Türke aus Anatolien, nur über meine Leiche!», hatte er gewettert. Aber die Widerstände von vor dreißig Jahren hatten Metin und Siggi nur noch enger zusammengeschweißt.

«Frau Eloğlu?»

Sie zuckte zusammen, als ihr jemand von hinten sanft die Hand auf die Schulter legte.

«Entschuldigen Sie bitte. Ich wollte Sie nicht erschrecken», sagte eine freundliche Schwester, die Siggi trotz des Mundschutzes sofort erkannte. Es war die Frau, die heute Mittag die kleine Ida auf dem Arm gehabt hatte.

«Ich bin Mecki. Ihr Mann ist bei mir in den besten Händen.»

Franka saß im Präsidium vor ihrem Computer und recherchierte im Netz. Aktuell beschäftigte sie sich mit einem Artikel über einen Arzt aus Hessen. Der Mann hatte absichtlich immer wieder Patienten in lebensbedrohliche Situationen gebracht, um sich mit medizinischen Rettungsaktionen vor seinen Kollegen zu profilieren. Leider hatten einige seine *Experimente* nicht überlebt. Zuvor hatte sie bereits über einen Fall in Bayern gelesen, bei dem es um vier getötete Senioren in einem Pflegeheim in Passau ging. Eine Schwesternschülerin war der vielen Arbeit nicht gewachsen gewesen. Laut der Statistik einer renommierten psychiatrischen Wissenschaftlerin nahm man an, dass auf eine aufgeklärte Tötung in Kliniken und Pflegeheimen zwei bis drei unaufgeklärte Fälle kamen. Wenn Franka diesen Zahlen Glauben schenken konnte, verstarb wahrscheinlich genau in diesem Moment jemand in einem der sechsunddreißig Krankenhäuser in Hamburg und Umgebung durch ungeklärte Umstände. Sie haute mit der flachen Hand auf ihre Schreibtischplatte. Verdammt.

«Alles okay bei dir?» Sybilles Stimme klang von nebenan aus dem Großraumbüro. «Ich bin gleich so weit.»

Bei Frankas Internetsuche begegneten ihr immer wieder ähnliche Motive. Es ging um die Überforderung des Klinikpersonals im Dienst, um private Probleme, um den Erlöserwillen, den vermeintlichen Glauben, Gutes zu tun, oder den Drang, sich vor den Kollegen zu profilieren. All diese belastenden Zustände hatte Franka heute auf ähnliche Weise in ihren Befragungen von Knüpfer, Pashwan, Haseldorf und Frau Dr. Menkowitz gespiegelt bekommen.

Hatte es die Polizei also auch im Fall Ostersetzer mit einer Serie zu tun, oder hatte sich medizinisches Personal bei der Medikamentengabe geirrt und versuchte nun, den Fehler zu vertuschen? Vielleicht tötete jemand auch spontan, willenlos und ohne große Planung? Und was war mit dem ehemaligen

Kollegen von Ostersetzer, den Franka vorhin telefonisch im Zug erreicht hatte? Markus Arndt befand sich auf der Rückreise von Berlin nach Hamburg. Sie hatte einen Termin für morgen früh mit ihm vereinbart. Auch wenn Franka unsicher war, ob der Mann wirklich etwas mit dem Tod des Architekten zu tun haben könnte, musste sie der Möglichkeit trotzdem nachgehen.

Sie lehnte sich in ihrem Bürostuhl zurück und betrachtete die reißerische Schlagzeile einer vier Jahre alten Meldung vor sich auf dem Computerbildschirm: *Der Todesengel von Bad Vilbel.* Darunter war das Foto eines Friedhofs zu sehen, auf dem die Polizei des Landkreises eine groß angelegte Exhumierungsaktion gestartet hatte. Nervös trommelte sie mit den Fingern auf ihrer Schreibtischunterlage. Franka wusste, wie viele Schlagzeilen und Ausgrabungen auf das LKA Hamburg zukommen konnten, wenn ihre Untersuchung den berechtigten Verdacht einer vorsätzlichen Tötung ergeben würde. Doch im Moment tappte sie noch völlig im Dunkeln. Sie setzte die Lesebrille ab, rieb sich die Augen und gähnte. Dabei war es erst später Nachmittag. Heimlich schielte sie hinunter zur geschlossenen Schreibtischschublade. Zwar hatte sie ihren Konsum von Energydrinks drastisch reduziert, aber für den Notfall lag noch immer eine Dose von dem Zeug darin. Je stärker Franka den Ermittlungsdruck spürte, desto größer wurde das Verlangen nach alten Gewohnheiten. Doch sie lenkte sich ab, indem sie ihr Handy checkte – immer noch keine Nachricht von Alpay. Dabei hatte sie ihn bereits vor über zwei Stunden in der Klinik in Altona abgesetzt. Schwer einzuschätzen, ob das ein gutes oder ein schlechtes Zeichen war. Ach, was soll's! Sie zog die Schublade auf, und die Dose kullerte nach vorne.

«Ich bin fertig. Kommst du?», rief Sybille von nebenan. Den

Energydrink bereits in der Hand, widerstand Franka dem Impuls, sich durch Riboflavin einen ordentlichen Kick zu verschaffen. Sie wusste, dass ihr das Zeug nicht guttat. Statt die Dose in die Schublade zurückzulegen, warf sie sie entschlossen in den Mülleimer. Dann ging sie nach nebenan, wo Sybille vor einem magnetischen Whiteboard stand.

«Hattest du dir das ungefähr so vorgestellt?» Die Kollegin drehte die rollbare Tafel zu Franka herum. Darauf war ein verkleinerter Maßstab der Intensivstation in der HafenCity zu sehen, so akkurat und sauber per Hand von Sybille aufgezeichnet, dass Franka näher herantreten musste, um zu erkennen, dass es sich bei der Skizze nicht um einen Computerausdruck handelte.

«Hast *du* das aufgemalt?»

«Willst du mich verarschen? Wenn du mir sagst, ich soll die Pläne aus der Klinik besorgen und auf die Tafel übertragen, dann kümmere ich mich darum. Hat ja lang genug gedauert.»

Sybille fasste kurz zusammen, wie sie telefonisch beim medizinischen Leiter Professor Friedhoff den Grundriss der ITS2 angefordert hatte. Darüber hinaus hatte sie ihm mit weiteren staatsanwaltschaftlichen Beschlüssen drohen müssen, als er die Herausgabe der anonymisierten Patientenunterlagen weiter hinauszögern wollte. Angeblich fehlte Personal, das die persönlichen Angaben der zwölf Patienten schwärzen konnte. Sybille war überzeugt, dass sie am anderen Ende der Leitung zwei Personen hatte atmen hören. Vermutlich hatte Gurte Amrein gelauscht. Nur eine Stunde später hatte man Sybille dann endlich die bereits gestern Abend angeforderten Medikamentenlisten aller vor drei Tagen behandelter Intensivpatienten zukommen lassen.

Franka tippte auf den aufgezeichneten Raumplan vor sich.

«Sind das die Fahrstühle?» Sie hatte etwas schwarzen Marker am Finger, und dem Treppenhaus fehlte eine Wand. Als Sybille einen Marker zur Hand nahm, verlor Franka die Geduld. «Mensch, das ist doch scheißegal, Sybille. Das ist doch nicht *Schöner Wohnen*. Jetzt zeichne einfach diese Kack-Wand da ein und gut ist. Bis du fertig bist, transportieren wir noch einen weiteren toten Patienten aus der HafenCity.»

Sybille schaute sie erschrocken an, und schon im selben Moment tat Franka der Anranzer leid. Sie hatte die Beherrschung verloren. Wie unprofessionell. «Das war nicht so gemeint, Sybille. Sorry. Mir geht nur gerade der Arsch auf Grundeis. Ich habe Schiss, dass in der HafenCity der nächste Patient in den Keller gefahren wird, um dann irgendwo bestattet zu werden, obwohl er eigentlich ein Fall für die Rechtsmedizin gewesen wäre.»

«Alles gut, Franka. Komm, lass uns weitermachen.» Während die meisten männlichen Kollegen Franka vermutlich den harschen Ton übel genommen hätten, konzentrierte sich Sybille wieder auf die Arbeit. Das mochte Franka an der Kollegin: Sie war hart im Nehmen.

Schließlich deutete Franka auf einen Magneten auf dem Whiteboard. «Und wer ist das jetzt?»

Um die Patienten bei der Rekonstruktion der Todesnacht von Malte Ostersetzer besser auseinanderhalten zu können, hatte Sybille nicht nur jedem einen fiktiven Namen zugeordnet, sondern alle Magneten mit Gesichtsbildern aus der Modebeilage einer Tageszeitung beklebt. So konnte man die gesamte Patientenkonstellation auf der ITS2 vor drei Tagen nachstellen.

«Das hier ist der Notfall, der um 1:30 Uhr aus dem OP auf die Intensivstation gebracht wurde. Wir nennen ihn mal Lukas. Er liegt hier auf Zimmer 01 zusammen mit Thomas, schwere innere Verletzungen. Ich tippe auf Autounfall.» Sybille nahm einen weiteren mit einem Porträtfoto beklebten Magneten und klemmte ihn Patient Lukas gegenüber. Sybilles Zeichnung erklärte sich Franka schon auf den ersten Blick, im Gegensatz zu den oft geklierten Skizzen einiger Kollegen.

Dann nahm sie einen Magneten zur Hand, auf dem ein Foto von Malte Ostersetzer klebte.

«Wo hast du das denn her?»

«Screenshot von seinem Facebook-Profilfoto. Ostersetzer lag in Zimmer 06 zusammen mit Thaddäus. Thaddäus wurde übrigens zeitgleich mit Thomas aus der 01 eingeliefert. Ich nehme an, die saßen im selben Auto.»

«Thomas, Lukas, Thaddäus ... hat das eigentlich einen Grund, dass du ausgerechnet die Namen der zwölf Apostel verwendest?»

«Nö.» Sybille grinste. «Muss ich unbewusst gemacht haben. Pfarrerstochter. Liegt anscheinend in meiner DNA. In der Nacht lag übrigens nicht eine einzige Frau auf der Station.»

Franka zerknüllte ihre leere Zigarettenschachtel und warf sie in den Mülleimer. «Wir Frauen sind einfach robuster.» Sie hustete.

Sybille trat einen Schritt vom Whiteboard zurück und betrachtete zufrieden ihr Werk, war aber noch nicht ganz fertig. Denn wie für die Patienten hatte sie auch für die Belegschaft personalisierte Magnete angefertigt. Die junge Benisha Pashwan, Cornelia Knüpfer, Beate Haseldorf und die Ärztin Dorothea Menkowitz warteten am unteren Ende des Whiteboards darauf, wie Schachfiguren über das Brett geschoben zu werden.

Franka räusperte sich. «Sieht aus wie ein Gesellschaftsspiel.

Statt *Mensch ärgere dich nicht* spielen wir hier allerdings *Fang den Mörder.*»

Mecki setzte sich müde auf das Bett, strich über das Laken und schloss die Augen. So fertig, so unendlich erledigt vom Tag, dass sie auf der Stelle hätte einschlafen können. Doch das dumpfe Geräusch seines EKGs, das den wahren Sound seines Herzens darunter überlagerte, bekam sie einfach nicht aus den Ohren. Tief in ihrer Brust spürte sie Metin Eloğlus Herzschlag. *Bumbum, bumbum* hallte es regelmäßig, aber doch unsicher in seiner Brust. Der Takt ohne Rauschen und Frequenzverschiebung, trocken ohne Echo. Ein Herz, das im Moment seiner Kapitulation gezwungen worden war weiterzuschlagen. Verstopft, ohne Durchlass, verplaquet, blockiert. Flatline. Er war auf dem Weg gewesen, wie sie sich alle auf den Weg machten, wenn ihre Zeit gekommen war. Doch ihm hatte man mit Armarterien und Venen aus den Beinen, die man als Bypass-Material vorbereitet hatte, einen Aufschub verschafft. Sie hatten sein Brustbein der Länge nach geöffnet und ihm verboten zu gehen. Er schwebte zwischen hier und dort und hatte kein Recht, über sich selbst zu entscheiden. Sie flickten die Bypässe an die Herzkranzgefäße, wie man ein blockiertes Manual einer schlecht gewarteten Orgel manipulierte, damit die Luft wieder durch die Pfeifen zischen konnte. Der Ton schräg, der Akkord misslang, und doch wurde er auf dem Weg korrigiert. *Bumbum, bumbum* schlug sein Herz den Takt.

«Verraten Sie mir, was Sie hier veranstalten?»

Mecki schreckte hoch und sprang sofort vom Bett des Patienten. Sie war schlagartig wach.

«Frau Kramer!» Der diensthabende Anästhesist kontrollierte sofort alle Schlauchsysteme und Perfusorverbindungen des Mannes, dem ein Ärzteteam vor Stunden einen vierfachen Bypass gelegt hatte. «Was ist denn los mit Ihnen? Herrgott, sind Sie verrückt geworden?»

Mecki konnte die Frage nicht beantworten, denn sie erinnerte sich nicht daran, sich überhaupt auf das Bett gesetzt zu haben.

«Ich weiß, welches Pensum Sie hier im Moment schieben», sagte der Arzt, «und wirklich, ich bin dankbar, dass Sie uns von den Kollegen aus der HafenCity geschickt worden sind, aber Sie haben sich doch freiwillig für die Doppelschicht gemeldet.»

«Entschuldigung.» Mecki wurde bei dieser Standpauke immer kleiner. Sie musste vorsichtiger sein. So ein Fehler durfte ihr nicht noch einmal passieren.

Der Arzt deutete auf das leere Bett im Zimmer. «Warum ist die zweite Einheit noch nicht fertig? Wir bekommen einen Pneumothorax aus dem OP.»

«Selbstverständlich, Herr Doktor.»

«Mensch, Frau Kramer. Ich kann hier wirklich keine Schlamperei gebrauchen. *Eine* polizeiliche Untersuchung reicht der Karesis-Gruppe.» Er zog seine Einmalhandschuhe aus und warf sie in den Mülleimer.

Mecki stutzte. «Was für eine polizeiliche Untersuchung?»

«Der Buschfunk ist also noch nicht zu Ihnen vorgedrungen? Drüben in der HafenCity hat eine Kollegin von Ihnen vor drei Tagen geschlampt. Schädelhirntrauma, nach künstlichem Koma erwacht, wenige Stunden später ist der Mann tot durch einen Betablocker.» Der Arzt hielt seine Hände unter den Desinfektionsmittelspender. «Nach dem rechtsmedizinischen Befund versucht die Polizei zu klären, ob Schlamperei oder Absicht vorliegt.» Er schien überrascht zu sein, dass sie noch nicht davon gehört hatte.

«Doch, doch. Hab davon gehört.» Mecki wollte nicht zugeben, dass sie keinen besonders guten Draht zu den Kolleginnen auf ihrer Station hatte. Er war auch nicht besonders schlecht. Man schätzte sie als Kollegin, das nahm Mecki zumindest an. Aber die anderen waren eben einfach bessere Teamplayerinnen als sie, so war es schon zu Soltauer Zeiten gewesen.

Was war da drüben passiert, dass es eine polizeiliche Ermittlung nach sich zog? Hatte jemand von den Kollegen oder Kolleginnen Mist gebaut? Vielleicht Frau Dr. Menkowitz, die mit ihren flatternden Händen ohne Tavor keinen intravenösen Zugang legen konnte? Oder die Knüpfer, die immer alles besser wusste? Die immer husch, husch, schnell alles erledigte, über keinen der Kollegen etwas Gutes zu berichten hatte und sich all das Schlechte für den Tratsch in der Kaffeepause aufhob? Immerhin hätte Cornelia vor einigen Wochen durch eine falsche Infusionslösung fast einen Patienten ins Jenseits befördert. Das war Mecki zum Glück noch rechtzeitig aufgefallen. Die diensthabende Ärztin und einige Kolleginnen hatten sich hinterher sogar bei ihr bedankt.

Nachdem der Arzt seine Hände noch einmal gründlich desinfiziert hatte, zog er neue Einweghandschuhe an und begutachtete die Wundversorgung der Bypass-OP. «Die Wunde sieht gut aus. Die Vitalfunktionen auch. Bevor Sie die Übergabe an die Kollegen der Nachtschicht vorbereiten, bitte vorher noch den Wundbehälter bei Herrn Eloğlu wechseln. Und dann Feierabend, Frau Kramer. Gehen Sie früh ins Bett. Dann sind Sie morgen wieder frisch.» Der Arzt verließ das Zimmer.

Meckis Puls raste. Es gab eine polizeiliche Untersuchung in

der HafenCity, und sie selbst hatte erst gestern in Altona dafür gesorgt, dass eine Patientin endlich erlöst wurde. War das nicht ein bisschen absurd? Als sie den Drainobag des Mannes mit zitternden Händen austauschte, schimmerte das abgesaugte Blut darin purpurfarben.

«Andreas in Zimmer 02 erhielt 5 Milligramm Novaminsulfon und 1,5 Milligramm Clonidin.» Franka lehnte rauchend im Türrahmen zum Großraumbüro. «Was das auch immer für ein Zeug sein mag, was ihm die Haseldorf da verabreicht hat.» Dann verglich sie noch einmal die Medikamentenliste in ihrer Hand mit der Zimmernummer auf dem Whiteboard, während Sybille dort ihre Angaben in ein Kästchen notierte.

Franka tippte mit dem Finger auf das Blatt Papier in ihrer Hand. «In dieser Spalte steht jetzt handschriftlich, was Patient Andreas zusätzlich an Einzelgaben in der Nacht verabreicht bekommen hat.» Sie versuchte, die Handschrift zu entziffern. «Was für eine Sauklaue. Das kann ja kein Mensch lesen.» Sie reichte Sybille das Blatt, die entnervt den Marker in die Ablage des Whiteboards warf. «Während da draußen jemand frei herumläuft, der vielleicht in diesem Moment den nächsten Patienten tötet, müssen wir uns mit diesem Kleinscheiß aufhalten.» Sybille entzifferte ungeduldig Silbe um Silbe. Für Franka gehörte dieser «Kleinscheiß», wie Sybille es nannte, zur entscheidenden Ermittlungsarbeit. Manchmal lag der Baustein, der zur Lösung eines Falls führte, genau in so einer Sisyphusarbeit.

«Wo steckt denn Marcel?», fragte Sybille.

«Im Feierabend, nehme ich an.» Von Frankas brennender Zigarette fiel etwas Asche auf den Linoleumboden, die sie unbemerkt unter ihrem Sneaker zertrat. «Aber wozu brauchst du Herrn Reuter? Ich dachte, du wolltest den Fall lösen.»

Sybille starrte zu konzentriert auf das Whiteboard, um auf Frankas Spruch zu reagieren, den sie im nächsten Moment auch schon wieder ein bisschen bereute. Jeder hatte hier seine Qualitäten.

Zu Frankas Überraschung betrat Alpay das Büro, und sie versuchte, in seinem Gesicht zu lesen, konnte ihm aber nicht ansehen, wie es um seinen Vater stand.

«Wie geht es ihm?» Franka setzte die Lesebrille ab.

«Vier Bypässe, drei Stunden OP. Er liegt jetzt auf Intensiv. Die Ärzte sagen, dass die nächsten Tage entscheidend sind. Der Infarkt war schwer.»

«Das tut mir leid. Er schafft das. Ich bin sicher.» Franka wusste, dass ihr Versuch, Alpay Mut zuzusprechen, irgendwie hilflos klang. «Und deine Mutter?»

«Hat mich weggeschickt. Ich kann jetzt eh nichts machen, sagt sie. Meine Tante ist bei ihr und gibt Bescheid, wenn mein Vater aufwacht.» Er zog seine Kladde aus der Hosentasche und setzte sich an seinen Schreibtisch. Wollte er jetzt noch arbeiten?

«Alpay, es ist gleich 19:00 Uhr. Macht das heute noch Sinn?»

«Ganz ehrlich, Leute, ich brauche Ablenkung. Was mir jetzt am meisten hilft, das ist Arbeit, nicht eure Besorgnis. Ich weiß das echt zu schätzen, aber …», er weckte seinen Computerbildschirm aus dem Schlafmodus, «ich würde gerne die Gesprächsprotokolle von heute Morgen anfertigen und auch die der Befragung mit der Ärztin, solange ich das noch einigermaßen im Kopf habe.»

Er deutete auf das Whiteboard. «Die ITS in der HafenCity?»

«Wir ackern uns durch die Medikamentenlisten.» Sybille stöhnte mehr, als dass sie vom Erfolg überzeugt wirkte.

«Coole Skizze.»

Franka schätzte Alpays Einstellung und seine Professionalität, fragte sich aber, ob er sich nun wirklich konzentrieren konnte oder nur selbst überforderte. Außerdem musste sie auf der professionellen Ebene als seine Quasi-Vorgesetzte sicherstellen, dass seine privaten Sorgen die Qualität seiner Arbeit nicht einschränkten.

«Bist du sicher, dass du das noch heute erledigen willst? Oder kannst?» Sie wusste, dass ein kleiner Fehler, eine im Protokoll vergessene Aussage schwerwiegende Konsequenzen für eine Ermittlung haben konnten. Es war vielleicht nur eine Frage der Zeit, bis es weitere Opfer gab. Sie durften sich keinen Fehler leisten.

Alpay nickte nachdrücklich, ohne sich nach ihr umzudrehen. Eine gute Selbsteinschätzung zeichnete einen guten Beamten aus, und Franka wusste auch ohne Augenkontakt, dass Alpay diese besaß und sie ihm vertrauen konnte.

«Ist echt ’ne coole Idee mit den Fotos.» Alpay nahm den Magneten mit dem Gesicht von Benisha Pashwan vom Whiteboard. «Wo habt ihr die denn her?»

«Bei Pashwan und Haseldorf habe ich Screenshots der Profilfotos bei Facebook gemacht.» Sybille lächelte stolz. «Menkowitz findet man bei Google. Knüpfer auch.»

«Ob aus Versehen oder mit Absicht», Franka schob sich die Lesebrille zurück auf die Nase, «falls es eine von diesen Frauen gewesen ist, helfen uns vielleicht die Personalakten. Ich will sofort Einsicht.»

25 Hamburg. Dienstag.

Es donnerte in der Ferne. Mecki konnte den Regen schon riechen, so sehr hatte er die Luft bereits abgekühlt.

Auf ihrem Fahrrad kämpfte sie gegen den stärker werdenden Wind aus Richtung Landungsbrücken. In ihrem Kopf gegen die Erinnerungslücke. Eigentlich hatte Mecki keine Angst vor Gewitter, doch was sich in diesem Moment über ihrem Kopf zusammenbraute, fühlte sich nicht gut an. Ebenso wenig, wie vorhin das Ende ihrer Abendschicht, als sie vom Arzt auf dem Bett des Intensivpatienten erwischt worden war. Wie konnte sie sich im Ernst auf die Matratze gesetzt haben? Sie erinnerte sich nicht einmal an den Impuls.

Keine ihrer Kolleginnen aus der HafenCity hatte es also für nötig befunden, ihr von dem unnatürlichen Tod des jungen Familienvaters zu berichten oder von den polizeilichen Ermittlungen. Nicht einmal Benisha Pashwan, zu der Mecki eigentlich ein nettes Verhältnis pflegte, hatte sie informiert.

Was dem armen jungen Familienvater wohl in der Klinik zugestoßen war? Vielleicht hatte sich die Knüpfer wieder geirrt, und es war bisher noch niemandem aufgefallen. Mecki erinnerte sich gut an die Frau des Mannes, die jeden Tag verzweifelt an seinem Bett gesessen hatte. Oft im Wechsel mit seinem besten Freund. Ein netter Typ, der Mecki nach ihrer Arbeit und den stressigen Abläufen auf der ITS befragt hatte. Diejenigen, die wertschätzten, was Mecki und ihre Kolleginnen und Kollegen tagtäglich leisteten, die blieben ihr im Gedächtnis. Mühsam schob sie ihr Fahrrad auf die Elbpromenade, während hinter ihr eine U-Bahn über das Viadukt in Richtung Baumwall rauschte. Links über dem schwarzen Fluss thronte die Elbphilharmonie, in deren Glasfassade sich der Himmel gefährlich spiegelte.

Ein Donner grollte satt in der Ferne und schwoll ungewöhnlich lang an. Inständig hoffte Mecki, verschont zu bleiben. Nicht vom Regen. Nicht von dem Groll des Himmels, sondern von Lydias Evangelium.

Meckis Puls raste. Die Schiffe schaukelten im Sturm auf und ab und rissen dabei an den Tampen, mit denen man sie an den Pollern fest vertäut hatte. Bug und Heck schnellten abwechselnd in die Höhe, doch die Seile zwangen die Schiffe immer wieder zurück in Position. Wie ein kollabierender Mensch, den man am Bett an Händen und Füßen fixiert hatte, weil er im Todeskampf um sich schlug. Mecki musste an die Patienten denken, die sich nicht ohne Weiteres von ihr hatten erlösen lassen. Die an dem bisschen Leben noch gehangen hatten, das ohne Meckis Hilfe schon bald zur Qual geworden wäre.

Ein Blitz entlud sich über ihrem Kopf, und der darauffolgende metallische Knall schien einen Gedankenprozess in Gang zu setzen: Konnten die polizeilichen Untersuchungen zum Tod von Malte Ostersetzer, mit dem Mecki überhaupt nichts zu tun gehabt hatte, trotzdem zu einer Gefahr für sie selbst werden? War es möglich, dass der Fehler einer Kollegin, denn von dem ging Mecki im Fall Ostersetzer aus, ihre gesamten Erlösungen aufdeckte? Ihr stellten sich die Nackenhaare auf, als sie an die Krebspatientin dachte, deren Erlösung sie gestern in Altona arrangiert hatte. Was für ein absurder Umstand, was für ein

Aberwitz. Nein, das durfte sie nicht zulassen. Das war sie all den Patienten schuldig, die noch auf ihre Hilfe angewiesen waren.

Gleich morgen früh würde Mecki ihren Kolleginnen in der HafenCity auf den Zahn fühlen. Sie musste unbedingt herausfinden, was dort wirklich passiert war, bevor die Polizei es tat.

Für einen kurzen Moment hatte Anna am Strand von Blankenese die Realität ausblenden können. Die Abendstimmung im warmen Sand des Falkensteiner Ufers und der Weißwein hatten ein Übriges dazu beigetragen. Das spontane Picknick, mit dem David und Judith sie überrascht hatten, brachte sie alle auf andere Gedanken. Und besonders für die Jungs, die unten an der Elbe gegen David bolzten und dabei mit ihm rangelten, war der Ausflug eine willkommene Ablenkung. Es donnerte in der Ferne. Judith schaute besorgt in den Himmel, als sie die in Alufolie gewickelten Backkartoffeln in die Glut des kleinen Koffergrills schob. Aber Anna war sicher, dass sie vom Regen verschont bleiben würden.

Unten am Wasser winkte David, wo Fritz und Paul sich nun mit einem Ehepaar mittleren Alters unterhielten, die den Strand mit tragbaren Metalldetektoren absuchten. Anna lächelte. Sie kannte die Eigenschaft ihrer Jungs, auch Fremden Löcher in den Bauch zu fragen. Aber das Paar in Dreiviertelhosen und Trekkingsandalen schien den Kindern bereitwillig Auskunft zu geben. Ein riesiges Containerschiff schob sich langsam über die Elbe Richtung Nordsee. Immer wieder gerieten Menschen hier in Lebensgefahr, wenn sie dort vorne von der Landungsbrücke Wittenbergen zum Schwimmen in die Elbe sprangen. Schon ohne den Sog einer Schiffsschraube waren die Strömungen des Flusses gefährlich.

«Ich löse David mal ab.» Judith goss Anna noch etwas Weißwein nach. «Dann könnt ihr endlich in Ruhe reden.» Judith ging hinunter zum Wasser. Bis jetzt wusste Anna noch nicht, ob und wie sich David mit der Staatsanwaltschaft in Verbindung gesetzt hatte. Die Anwesenheit der Kinder machte manches offene Gespräch unmöglich. Gerade Fritz schnappte mittlerweile Dinge auf, die nicht für seine Ohren bestimmt waren. Anna beobachtete David, der sich mit einem Kuss bei Judith bedankte und vom Wasser zu ihr hinaufkam. Die Nähe der beiden ließ Anna ihren Ehering betrachten. Sie dachte daran, wie sie Malte als Zeichen der Hoffnung seinen Ring zurück an den Finger gesteckt hatte, nachdem er vor drei Tagen aus dem Koma erwacht war. Ob das medizinische Personal das gern gesehen hatte oder nicht, war ihr völlig egal gewesen. Sie nippte an ihrem Wein. Er schmeckte schal, obwohl die gekühlte Flasche in einer thermoisolierten Hülle steckte.

David setzte sich lächelnd auf die Picknickdecke. «Die Jungs haben ganz schön Energie.» Er kontrollierte die Glut im kleinen Koffergrill.

«Pass auf, David. Ich weiß nicht, wie weit du mit deinem Schriftsatz an die Staatsanwaltschaft bist, aber ich habe heute Nachmittag mal recherchiert.» Anna zog einige gefaltete DIN-A4-Blätter aus ihrer Tasche. «Ich bin seit drei Tagen Witwe, aber ich will mich nicht in so eine Scheiß-Opferrolle drängen lassen.» Statt zu weinen, atmete sie durch. «Ich kann nicht einfach herumsitzen. Ich muss was tun, verstehst du?» Sie reichte ihm die Fotokopien. «Du hast selbst gesagt, dass laut Strafprozessordnung eine Exhumierung in Verdachtsfällen möglich ist. Aber dass bei Maltes Zimmernachbarn gute Gründe vorliegen müssen.» Er überflog die Informationen in seiner Hand.

«Das sind wissenschaftliche Studien über Komapatienten.» Mit einem schnellen Blick vergewisserte sich Anna, dass ihre Jungs noch immer in gebührendem Abstand von der Faszination der Metallsucher abgelenkt waren. «Unter anderem ist in einem deutschen Fachblatt für Neurologie über eine Magnetresonanztomografie bei einer Komapatientin berichtet worden.» Anna legte die kleinen Steaks auf den heißen Rost, wo sie zischend vor sich hin brutzelten. «Die Ergebnisse waren in Fachkreisen eine Sensation. Trotz Quetschung und Blutung im Hirnstamm lieferten die Hörtests erstaunliche Ergebnisse. Zum Beispiel lösten Worte in der Hirnrinde einer Komapatientin eine Reaktion aus, was sie bei unter Narkose stehenden Patienten nicht tun. Ich muss immer wieder daran denken, wie die junge Krankenschwester mir sagte, dass das Personal am Bett der Patienten nie über Privates spricht.»

Plötzlich hielt David inne und griff sich an die Hosentaschen. Er befühlte mehrmals etwas panisch die Brusttasche seines Hemdes.

«Hast du was verloren?»

«Ich dachte … Sorry. Uff, da ist er ja.» Er zog seinen Autoschlüssel aus der Hosentasche. Und auch seine teure Schweizer Armbanduhr, die er wohl vor dem Sand hatte schützen wollen, legte er wieder an. Trotzdem wirkte er nicht wirklich beruhigt, wie Anna fand.

«Mami, komm mal!» Fritz winkte zu ihr hinüber.

«Gleich, mein Schatz!»

«Vielleicht kannst du dich bei deinem Schreiben an die Staatsanwaltschaft nicht nur auf Maltes Nachricht mit den Augen konzentrieren.» Sie kontrollierte das Fleisch auf dem Grill. David wirkte nachdenklich. Aber seine Zurückhaltung verunsicherte sie nicht. Im Gegenteil. «Ich habe mir noch mal Maltes medizinisches Gutachten angeschaut. Er war eigentlich auf dem Weg der Besserung. Ich will, dass die Klinik für seinen Tod zur Verantwortung gezogen wird, David. Und ich muss verhindern, dass es noch weitere Opfer gibt.»

26 Hamburg. Dienstag.

Franka unterdrückte ein Gähnen. «Dann bis morgen, Herr Dr. Dörfler, und danke für den Rückruf.» Sie legte auf. Anscheinend hatte auch der Rechtsmediziner einen langen Tag gehabt. Franka wandte sich an Alpay. «Ich nehme mal nicht an, dass du gesteigerten Wert darauf legst, mich morgen nach Eppendorf zu begleiten?» Ihre Frage war rhetorischer Natur. Nach einem halben Jahr beim LKA hatte er immer noch Probleme mit der Betrachtung von Toten, sogar auf Fotos. Sie wollte ihn nicht in Verlegenheit bringen und deutete auf die Magnettafel. «Okay, wo waren wir eben stehen geblieben?»

«Von wem Ostersetzer getötet wurde.» Sie hatte recht gehabt. Statt einer Antwort gab Alpay ihr den Magneten mit dem Gesicht von Benisha Pashwan, als es draußen so laut rumste, dass der Donner die Fensterelemente des Großraumbüros erzittern ließ. Ein heller Blitz erleuchtete das Whiteboard mit der Skizze der ITS2. Auch Alpay zuckte zusammen, und Franka fiel der Magnet aus der Hand. Wie in Zeitlupe kullerte Benisha Pashwan unter einen Aktenschrank.

«Mann, hab ich mich verjagt.» Alpay versuchte gar nicht erst, seinen Schreck zu überspielen. «Lass mal, ich mach das schon.» Er wirkte fast ein bisschen besorgt, als er sich für Franka bückte. Glaubte er etwa, sie war nicht mehr selbst in der Lage dazu? In ein paar Stunden würde sie zwar neunundfünfzig Jahre alt werden, aber sie bestand die verpflichtenden Gesundheitschecks der Polizei immer noch ohne größere Probleme.

Alpay reichte ihr Benisha Pashwan, die Franka zurück an die Stelle auf das Whiteboard setzte, wo die Frau zuletzt vor Malte Ostersetzers Tod auf Station gearbeitet hatte.

«Sieht aus wie das Hamburger U-Bahn-Netz.» Er deutete auf die Skizze und klopfte sich den Staub von den Händen. Franka musste ihm recht geben. Mit unterschiedlich farbigen Markern hatten sie die Wege der einzelnen Krankenschwestern eingezeichnet, wodurch eine Art Streckennetz mit Zeitangaben entstanden war.

«Laut Benisha Pashwan hat Beate Haseldorf, die sich eigentlich um die beiden Patienten in Zimmer 04 gekümmert hat, ihr beim Einziehen einer neuen Unterlage in der 03 geholfen, weil ein Katheter ausgelaufen war.»

«Dann fehlen also nur noch die Wege von Frau Dr. Pille an der Tafel.» Franka rieb sich die brennenden Augen. Sie konnte sich um diese Uhrzeit nicht mehr richtig konzentrieren. Aber Alpay nahm bereits das Gesprächsprotokoll von Frau Dr. Dorothea Menkowitz zur Hand, also riss Franka sich zusammen. Der junge Kollege schaffte das ja auch – trotz der Sorgen um seinen Vater.

«Menkowitz ist um 1:30 Uhr auf Station gerufen worden, als der frisch operierte Bypass versorgt wurde.» Alpay setzte sich auf seinen Schreibtischstuhl und rollte vor das Whiteboard. «Laut ihrer Aussage ist Menkowitz zwischen den Zimmern des Bypasses in der 01 und dem Patienten, der kurz darauf in der 02 aus seinem Bett fiel, mit den Kolleginnen Pashwan und Haseldorf hin und her gelaufen. Das war gegen 1:50 Uhr.»

Franka wählte einen orangen Marker für Frau Dr. Menkowitz aus. Sie zog eine Linie vom Eingang der ITS2 bis direkt in Zimmer 01, wo man den Herz-Patienten versorgte, den Sybille Lukas getauft hatte. An der Tafel notierte Franka 1:30 Uhr als Auftritt von Frau Dr. Menkowitz.

Alpay streckte sich auf seinem Stuhl. «Die Ärztin sagt am Ende ihrer Aussage, dass ein Fehler von Cornelia Knüpfer vor ein paar Wochen fast einen Mann das Leben gekostet hat. Ich meine, das ist mal 'ne Nummer.»

«Wir reden morgen noch mal mit der Frau.»

Franka konzentrierte sich auf die nun fertige Skizze an der Tafel. Darauf war der Aufenthaltsort einer jeden Schwester um 1:50 Uhr auf Station markiert, also zu der Zeit, ab der Malte Ostersetzer der Betablocker theoretisch verabreicht worden sein konnte.

«Nach dieser Skizze», sagte Franka, «scheidet Benisha Pashwan meines Erachtens als Verursacherin aus. Wäre sie von Zimmer 01, das sie betreut hat, über den knapp zwanzig Meter langen Flur zu Malte Ostersetzer in die 06 gegangen, wäre sie garantiert einer der anderen Frauen begegnet.»

Alpay wirkte wenig überzeugt. «Warum sollte sie da nicht über den Flur gehen?»

«Weil Schwesternzimmer, Wäschekammer, Kanzel, alle Räume, die die Pflegekräfte in der Nacht aufsuchen müssen, am entgegengesetzten Ende des Flures liegen. Nämlich hier.» Franka deutete auf die betreffenden Stationszimmer. «Pashwan hatte mit keinem der Patienten auf dem unteren Teil des Flures zu tun und hat auch dort keiner Kollegin geholfen.»

«Okay …» Alpay wirkte noch zögerlich. «Aber wenn die Wirkung des Betablockers kürzer gebraucht hat und später als 1:50 Uhr verabreicht wurde?»

«Dann wäre zum Beispiel Beate Haseldorf raus, die kurz vor 2:00 Uhr bei einem ihrer Patienten aus hygienischen Gründen einen Systemwechsel vorgenommen hat.» Franka versuchte, in dem Gewirr aus bunten Wegstrecken, Notizen der Medikamentengaben mit Uhrzeiten und den Aussagen der Frauen in den Protokollen den Überblick zu behalten. «Alle Infusions- und Perfusorleitungen auszutauschen, wird eine Weile gedauert haben.» Sie erinnerte an Haseldorfs Beobachtung. Danach war Cornelia Knüpfer, die sich in Zimmer 06 um Malte Ostersetzer und Patient Thaddäus gekümmert hatte, um 1:50 Uhr von der Toilette zurückgekommen. Wo sie ihrer eigenen Angabe nach auf dem Flur dem Putzdienst begegnet war.

Franka starrte auf das Whiteboard. Irgendetwas stimmte hier nicht in der Chronologie. Aber auch die Lesebrille brachte nach vierzehn Stunden im Dienst keine Klarheit.

«Ach, was soll's.» Sie sprach mehr zu sich, ging entschlossen nach nebenan in ihr Büro und durchwühlte ihren Papierkorb.

«Kommst du klar?», hörte sie Alpay fragen, der sie irritiert von seinem Platz aus beobachtete. Irgendwie empfand sie die Situation, im Papiermüll nach dem Energydrink zu suchen, als ein kleines bisschen demütigend. Endlich hielt sie die Dose in der Hand.

«Ich denke, du trinkst den Scheiß nicht mehr?»

«Nur noch in Notfällen.»

«Nee, komm, Franka. Wir sind seit heute Morgen im Dienst. Ich kann jetzt auch nicht mehr.»

Sie starrte auf die Dose in ihrer Hand. Plötzlich kam sie sich vor wie ein Junkie kurz vor dem Rückfall. Kommentarlos legte sie die Dose zurück in die Schreibtischschublade und sah, wie Alpay nebenan seine Sachen zusammensuchte.

«Ich nehme an, dass du morgen als Erstes deinen Vater besuchen wirst?» Sie öffnete das Fenster in ihrem Büro. Der Regen hatte nachgelassen. Das Ende des Gewitters hatte sie gar nicht bemerkt, so konzentriert hatten sie sich mit den Wegen der Intensivpflegerinnen beschäftigt.

«Und du?» Alpay beantwortete ihre Frage mit einer Gegenfrage, während sie die frische Luft einatmete, die nach Laub und nassem Asphalt roch.

«Ich habe einen Termin mit Markus Arndt. Das ist der Ex-Kollege von Ostersetzer, dem gekündigt wurde. Ich kann Sybille mitnehmen.»

Alpay schaute zu ihr ins Büro, den Fahrradhelm unter dem Arm und den Rucksack auf dem Rücken. «Glaubst du wirklich, jemand Fremdes schleicht sich auf eine Intensivstation?»

«Bei fast dreißig Prozent aller Tötungsdelikte hatte das Opfer eine persönliche Beziehung zu Täter oder Täterin. Manchmal ist man überrascht.» Sie schloss das Fenster. «Danach fahre ich zu Dörfler.»

«Meine Mutter und ich dürfen meinen Vater erst nach der Visite besuchen, so gegen Mittag. Insofern …», er setzte seinen Helm auf, «bin ich morgen dabei.» Er lächelte kurz, drehte sich um und verließ ohne einen weiteren Kommentar das Büro. So, als wäre es die normalste Sache der Welt, dass er sie ausgerechnet in die Rechtsmedizin begleiten wollte. Der Junge arbeitete an sich, das gefiel ihr.

Franka checkte die Zeit auf dem Handy. 22:45 Uhr. Wenn sie ihren Geburtstag nicht im Präsidium beginnen wollte, musste sie sich jetzt auch auf den Weg nach Hause machen. Sie sammelte ihre Sachen zusammen und schaute noch einmal zu ihrem Schreibtisch hinüber, wo sie den Energydrink für den

Notfall gebunkert hatte. Nein, das ging doch so nicht weiter. Entschlossen holte sie die Dose aus der Schublade und knackte den Verschluss. Der süßliche Geruch zog ihr wunderbar vertraut in die Nase. Für gewöhnlich zündete sie sich dazu eine Zigarette an. Sie ging hinüber ins Großraumbüro und kippte den Inhalt ohne Zögern ins Waschbecken. Ihr neues Lebensjahr sollte mit einer klaren Entscheidung anfangen.

27 Hamburg. Mittwoch.

Am nächsten Morgen um 9:00 Uhr saß Mecki vor ihrem Dienst in Altona in der Kantine des Krankenhauses in der HafenCity und wartete. Sie biss von ihrem Wurstbrötchen ab, von dem sie zuvor die eingelegte Paprika entfernt hatte. Aufmerksam belauerte sie den Eingang und hielt nach einer der Pflegekräfte Ausschau, die in der Nacht vor vier Tagen auf Station gearbeitet hatten. Die Dienstpläne für heute hatte sie gestern Abend noch überprüft. Sie nahm einen Schluck Kaffee aus der Tasse und spürte an der Oberlippe die kleine abgeschlagene Stelle am Keramikrand.

Obwohl sie nur noch zwei Tage auf der Intensivstation in Altona aushelfen sollte und sie danach ohnehin wieder hier in der HafenCity wäre, ließ ihr diese ganze Sache einfach keine Ruhe. Der Gedanke, dass die polizeilichen Untersuchungen vielleicht auch zu einer Gefahr für sie selbst werden konnten, beunruhigte sie mehr, als es ihr lieb war.

Endlich – zusammen mit Beate Haseldorf betrat Cornelia Knüpfer die Kantine. Mecki nahm die beiden Frauen ins Visier, die sich vor der Selbstbedienungstheke anstellten. Auch wenn Mecki kein Wort von der Unterhaltung der beiden verstand, schienen sie keinen Plausch über das Wetter zu halten. Beate Haseldorf verschränkte demonstrativ die Arme vor der Brust und wirkte alles andere als entspannt. Und das lag ganz sicher nicht daran, dass sich die Knüpfer am Tresen mal wieder vordrängelte.

Während Franka auf dem Beifahrersitz des Dienstwagens das Fenster öffnete, fuhr Alpay vom Gelände des Präsidiums in Richtung Stadtpark. Auf dem Weg zur Befragung von Malte Ostersetzers ehemaligem Kollegen nahm er Kurs in Richtung Zentrum.

«Wie geht's deinem Vater heute Morgen?» Sie lehnte sich zurück und genoss die Sonne im Gesicht.

«Wohl ganz okay. Meine Mutter klang vorhin am Telefon jedenfalls ziemlich beruhigt. Er ist wieder bei Bewusstsein. Wird aber noch beatmet. Ich darf heute Mittag für zehn Minuten zu ihm.»

«Das freut mich. Wirst sehen, er kommt bestimmt schnell wieder auf die Beine.»

Ein *Pling* ihres Smartphones verriet den Eingang einer E-Mail, und Franka war wirklich überrascht, als sie die Nachricht der Staatsanwältin las. Sie wandte sich an Alpay. «Im Namen seiner Mandantin beantragt Dr. Bergmann die Exhumierung eines Zimmernachbarn von Ostersetzer. Moro will 'ne Einschätzung von mir, auf welcher Grundlage sie mit dem zuständigen Richter sprechen soll.»

Alpay nickte kurz. Auch er begriff, dass die Witwe nichts unversucht lassen würde, den Tod ihres Mannes aufzuklären.

Der warme Fahrtwind ließ Frankas Haare vor ihrem Gesicht tanzen. Doch statt sich nach dem Gewitter von gestern Abend über das schöne Geburtstagswetter zu freuen oder froh zu sein, dass Alpays Vater anscheinend auf dem Weg der Besserung war, ließ ihr dieser Fall jetzt erst recht keine Ruhe. Er triggerte ihren Jagdinstinkt, und sie fragte sich, ob eine von den Krankenschwestern dem Mann den Betablocker verabreicht hatte. Absichtlich oder aus Versehen? Oder war es am Ende ganz anders, und der Täter kam tatsächlich von außen? Dann passte Markus Arndt ins Bild. Malte Ostersetzer war schuld an der Kündigung des Kollegen, der ihm daraufhin offen gedroht hatte.

Auf dem Winterhuder Weg klappte Alpay seine Sonnenblende herunter. Franka schmunzelte still in sich hinein. Ihr größtes Geschenk heute Morgen war vielleicht die Tatsache, dass es ihr über die Jahre gelungen war, dass niemand im Dezernat ihren Geburtstag erwähnte. Selbst Martin Suttmann hatte die Klappe gehalten.

«Laut Sybilles Recherche», unterbrach Alpay sie in ihren Gedanken, «arbeitete Markus Arndt seit einundzwanzig Jahren als angestellter Architekt im selben Büro wie Ostersetzer. Der Mann ist jetzt fünfundvierzig Jahre alt. Dann hat er direkt nach seinem Studium dort begonnen?»

«Wahrscheinlich.»

«Ist das nicht ungewöhnlich?»

«Wieso? Ich bin noch viel länger bei der Polizei.»

«Ja, verbeamtet. Aber in der freien Wirtschaft? Ich habe genug Kumpels, die regelmäßig ihre Jobs wechseln.»

«Das muss Markus Arndt jetzt wohl auch.» Franka fuhr ihre Rückenlehne noch ein Stück zurück. «Der Chef des Architekturbüros hat Sybille erzählt, dass Ostersetzer vor einem Jahr Abrechnungsunstimmigkeiten bei einem großen Bauvorhaben von Arndt aufgefallen sind. Angeblich hatte er Baumaterialien zu einem viel zu hohen Preis abgerechnet. Zöllner nimmt an, dass Arndt dafür einen Kick-back von den Zulieferern erhalten hat.»

«Du meinst, Cash unter der Hand?»

Sie nickte. «Nachweisen konnte man ihm damals nichts. Trotzdem, Arndt war angezählt. Konnte aber erst gefeuert werden, als Ostersetzer vor ein paar Monaten auf einer seiner Baustellen eine Katastrophe verhindert hat.»

«Was war da genau los?» Alpay setzte seine Sonnenbrille auf.

«Das wird er uns hoffentlich gleich selbst erzählen.»

Kurz darauf parkten Alpay und Franka vor einem modernen Wohngebäude in der HafenCity. *Barken-Tower* hatte man in eine riesige Natursteinplatte neben dem verglasten Eingang graviert. Ein Concierge saß dahinter an einem Tresen aus poliertem Granit.

Sie schaute die Fassade empor. Auf großzügigen Balkonen und Terrassen standen mannshohe Bäume im Wind, der hier stetig durch die Häuserschluchten zog.

«Sein Rauswurf hat ihm wohl nicht geschadet. Das muss man sich auch erst mal leisten können.»

Von ihrem Platz aus beobachtete Mecki, wie Beate Haseldorf einen Joghurt aus dem Kühlregal nahm. Dabei fiel ihr der Fahrradhelm aus der Hand. Mecki musste oft herbe Kritik einstecken, weil sie auf dem Rad nur eine Mütze trug, obwohl auch sie genug Patienten erlebt hatte, die ihre Eitelkeit immer dann bereuten, wenn man ihnen eine Drainage in den Schädelknochen bohrte. Aber was sollte ihr schon passieren, solange Lydia schützend ihre Hände über sie hielt? Mecki war davon überzeugt, dass ihre Freundin im Glasfenster der Sankt-Jacobi-Kirche auf sie aufpasste. Den letzten Bissen ihres Brötchens spülte sie mit einem Schluck ihres lauwarmen Kaffees hinunter. Die beiden Kolleginnen, die nun an der Kasse bezahlten, ließ sie dabei nicht aus dem Blick.

Ob Knüpfer oder Haseldorf etwas mit dem Tod des jungen Architekten zu tun hatten? Die beiden schauten sich nach freien Plätzen in der gut besuchten Kantine um. Mecki wollte alles vermeiden, was so aussehen konnte, als würde sie das Gespräch mit den Kolleginnen suchen. Winken war also ausgeschlossen. Sie musste anders auf sich aufmerksam machen. Daher schaute sie auf ihr Handy, während sie mit dem Ellenbogen langsam ihre leere Tasse vom Tisch schob. Sie zerbrach auf dem Fußboden in grobe Stücke. Ihr Plan ging auf. Knüpfer und Haseldorf schauten zu ihr hinüber und steuerten auf sie zu.

«Hallo, Mecki.» Beate Haseldorf begrüßte sie überrascht. «Was machst du denn hier?»

Markus Arndt deutete auf den Schreibtisch, der im großzügigen Wohnzimmer vor einem Fenster stand. Teure Möbel, dachte Franka, jedenfalls, soweit sie das beurteilen konnte.

«Ich sitze an einer Planung. Aber bis zum nächsten Termin habe ich noch etwas Zeit.» Anscheinend verdiente hier jemand gutes Geld. Der Architekt machte einen freundlichen Eindruck. Für Mitte vierzig hatte sich der Mann gut gehalten. Zu dunkelblauer Chino trug er ein Polohemd und farblich passende Sneaker.

«Sie arbeiten jetzt in Berlin?»

«Nein. Ich mache nur die Planung für ein Einfamilienhaus in Teltow. Das liegt *bei* Berlin. Ich bin jetzt Freiberufler. Wollen wir uns nicht setzen?»

Er schob eine Aktentasche und eine große Papprolle auf dem Esstisch ein Stück zur Seite, vermutlich mit Bauzeichnungen, dachte Franka. Während sie Platz nahm, erkannte sie beim Blick aus dem Fenster einen der Dachzipfel der Elbphilharmonie. Alpay zückte seine Kladde.

«Am Telefon sagten Sie gestern, dass Sie mit mir über meine Zeit bei Zöllner & Partner sprechen wollten. Worum geht es denn konkret?»

«Um Ihre Kündigung», sagte Franka geradeheraus.

Arndt zog überrascht die Augenbrauen zusammen. «Die liegt bereits ein Vierteljahr zurück.»

«Sie waren dort einundzwanzig Jahre fest angestellt. Aus welchem Grund wurden Sie entlassen?»

Arndt lachte kurz auf und schaute von Franka zu Alpay und zurück zu Franka. «Wenn Sie über mein Beschäftigungsverhältnis bereits informiert sind, nehme ich an, dass die Frage nach dem Kündigungsgrund eine rhetorische ist.»

«Herr Arndt. Wie war Ihr Verhältnis zu Ihrem Kollegen Malte Ostersetzer?»

«Vielen Dank, Frau Knüpfer.» Auch nach den vielen gemeinsamen Schichten siezte sich Mecki noch mit Cornelia, die ihr beim Aufsammeln der Scherben behilflich gewesen war und nun mit Beate Haseldorf an ihrem Tisch saß.

«Was machst du denn hier? Ich denke, du bist noch zwei Tage drüben in Altona.» Beate zog den Aludeckel von ihrem Joghurtbecher. «Wird Zeit, dass du zurückkommst. Seit Tagen haben *wir* jetzt volles Haus.»

«Ich musste heute Morgen schnell in die Personalabteilung. Die haben meine Überstunden nicht richtig abgerechnet.» Mecki log gut vorbereitet. «Und wie läuft's bei euch?» Sie aß die eingelegte Paprika von ihrem sonst leeren Teller, nur um ihre

Frage beiläufiger erscheinen zu lassen. Dabei hasste sie nicht nur Paprika, sondern auch das Öl, in dem sie schwamm. Der kurze Blick zwischen Beate und der Knüpfer entging ihr dabei nicht.

«Mittelhochtief, würde ich sagen.» Beate kleckerte etwas Joghurt auf ihre Bluse, die vom Fahrradfahren wie immer unter den Achseln durchgeschwitzt war. «Erinnerst du dich an den jungen Architekten? Der mit der netten Frau und den zwei süßen Jungs.»

«Das Schädelhirntrauma?»

«Genau der.»

«Kurz nachdem wir den Mann aus dem Koma geholt hatten», mischte Cornelia Knüpfer sich ein und schlug ihren Kaffeelöffel hart am Rand der Tasse ab, «ist uns der Typ übern Jordan gegangen.»

«Das wusste ich nicht.» Markus Arndt lehnte sich in seinem Stuhl zurück. Franka war sich unsicher, ob seine Betroffenheit echt war. «Oh Mann. Wann ist er denn gestorben?»

«Vor drei Tagen.»

«Ich hatte natürlich von Maltes Fahrradunfall und der furchtbaren Schädelverletzung gehört. Hat eine Ex-Kollegin mir bei einer Lunchverabredung erzählt. Aber dass er jetzt an den Folgen gestorben ist …» Arndt stand auf, ging zu seinem Schreibtisch hinüber und goss sich ein Wasser ein. Tat er nur so unwissend oder hatte er wirklich keine Ahnung, dass jemand bei Ostersetzers Tod nachgeholfen hatte? «Auch für seine Frau und die Jungs tut mir das leid. Schrecklich.» Er leerte das Glas Wasser in einem Zug und setzte sich zurück an den Tisch. «Okay. Aber … warum sind Sie jetzt hier?»

«Herr Arndt, aus welchem Grund ist Ihnen bei Zöllner & Partner gekündigt worden?»

Er schwieg.

«Unseres Wissens nach war Herr Ostersetzer ausschlaggebend für Ihre Kündigung. Ist das richtig?»

Er nickte und stöhnte leise auf. Als er schließlich zu erzählen begann, schaute er an Franka vorbei. Ganz offensichtlich war ihm die Geschichte unangenehm.

«Bei der Bewehrungsabnahme auf einer meiner Baustellen ist Malte aufgefallen, dass zu wenig Stahlmatten in einigen Decken verlegt wurden. Bevor der Beton gegossen wird, gibt es immer eine Kontrolle. Ich hatte mich beim Stahl verrechnet.»

«Und so ein Fehler reicht, um gekündigt zu werden?»

«Bei Zöllner & Partner war es schon etwas länger … kein gutes Arbeitsverhältnis mehr.»

«Aha.»

Dass er zuvor schon einmal unter Verdacht gestanden hatte, Baumaterialien überteuert einzukaufen, um sich unter der Hand bezahlen zu lassen, behielt er für sich. Spätestens jetzt wusste Franka, dass sie dem Mann nicht trauen konnte.

«Hören Sie. Ich bin seit einem Vierteljahr aus der Firma raus.»

«Herr Arndt. Wir wissen, dass Sie Herrn Ostersetzer nach Ihrer Kündigung im Büro offen gedroht haben.»

Beate kratzte sich immer noch mit dem Löffel den Joghurt von der Bluse. «Mensch, Cornelia. Wie sich das anhört: *über den Jordan gegangen*. Ich finde das furchtbar, wie du redest.»

Die Knüpfer rollte mit den Augen, als solle sich Beate nicht so anstellen. Auch Mecki gefiel diese Verrohung der Sprache nicht, die meist ein Anzeichen dafür war, dass Kollegen die psychischen Belastungen im Dienst nicht gut aushielten.

«Der Tod des Mannes kam dann völlig überraschend?» Mecki wusste ja bereits seit gestern Abend von dem Betablocker, der Ostersetzer getötet hatte, aber sie wollte testen, was die beiden ihr gegenüber rausließen.

«Die Polizei ermittelt.» Die Knüpfer nahm einen Schluck Kaffee. «Die haben uns gestern alle einzeln befragt.»

«Verstehe. Dann war der Patient in der Rechtsmedizin?» Mecki fand, dass sie ihre Naivität wieder einmal gut spielte. Sie hatte die Erfahrung gemacht, dass es von Vorteil sein konnte, sich einfach dumm zu stellen. Bei manchen Menschen triggerte der Wille nach Überlegenheit deren Mitteilungsbedürfnis. Ihr war klar, dass die beiden Frauen den Mund nicht halten konnten.

Der Knüpfer platzte der Kragen. «Glotz mich nicht so an, Beate. Ich habe dir eben schon gesagt, ich hab dem Typen den Betablocker nicht verabreicht!»

Markus Arndt wurde nervös, das war offensichtlich. Franka und Alpay beobachteten ihn aufmerksam. «Das war doch nicht so gemeint. Mensch, ich war sauer. Aber mehr über mich selbst.»

«*Du Wichser, ich mach dich platt*?» Franka ließ den Mann nicht vom Haken. Sie machte eine Pause, aber der Architekt schwieg. «Herr Arndt, wo waren Sie in der Nacht von Samstag auf Sonntag?»

Er starrte sie aus großen Augen an. Offenbar begriff er erst jetzt, warum die Polizei mit ihm sprechen wollte. Er stützte die Ellenbogen auf den Tisch und vergrub sein Gesicht in beiden Händen.

«Das soll hoffentlich ein Witz sein, oder?» Er lachte auf, wirkte aber verunsichert. Franka verzog keine Miene. Und auch Alpay hatte sich auf seinem Stuhl zurückgelehnt und beobachtete den Mann, ohne eine Regung zu zeigen.

«Das ist doch völlig absurd. Sie glauben wirklich, dass ich drei Monate nach meiner Kündigung ins Krankenhaus gehe, um mich an Malte zu rächen? Im Gegenteil, ich sollte ihm dankbar sein, dass ich aus dieser Mühle bei Zöllner & Partner endlich raus bin. Ich genieße meine Selbstständigkeit sehr.»

Franka schaute ihn unbeeindruckt an. «Herr Arndt, ich frage Sie das jetzt noch einmal: Wo waren Sie am Sonntag gegen 1:30 Uhr?»

«Sag mal, bist du bescheuert, oder was?» Die Knüpfer wurde richtig sauer und ging Beate an. Mecki konnte nicht glauben, dass sich die beiden vor ihr und so öffentlich in der Kantine in die Haare bekamen. Ganz offensichtlich lagen die Nerven blank.

«Ostersetzer war dein Patient, Cornelia.»

«Was willst du denn damit sagen?»

«Na ja», gab Beate schnippisch zurück. «Bedank dich bei Mecki. Wäre ihr nicht vor ein paar Wochen aufgefallen, dass du dem Krebspatienten einen falschen Tropf gehängt hast …» Sie ließ den Satz unvollendet, was sie vermutlich für dramatischer hielt, jedenfalls sorgte das dafür, dass die Knüpfer richtig hochfuhr.

«Du bist so eine Scheißkuh, Beate. Vielleicht hast *du* ja vor drei Tagen den Betablocker gesetzt. Genug Zeit hättest du gehabt.» Cornelia wandte sich an Mecki, als suchte sie nach einer neuen Allianz im Kampf gegen Beate und deren Verdacht.

«Euch ist doch auch aufgefallen, dass wir eine ziemlich hohe Mortalität hier haben, oder etwa nicht?»

Mecki schluckte. Was wurde das denn jetzt plötzlich?

«Leute, kommt schon. Ich bin doch nicht die Einzige, die bemerkt haben muss, dass bei uns überdurchschnittlich viele Patienten im Versorgungsfahrstuhl nach unten gefahren werden.»

Plötzlich hatte Mecki einen unangenehmen Flashback und sah Ulla Waldmann mit am Tisch sitzen.

«Was meinst du?» Beate kapierte nicht, worauf die Knüpfer anspielte, und Mecki gab absichtlich weiter die Naive.

Cornelia schaute sich in der Kantine um, beugte sich vor und sprach nun etwas leiser. «Ich glaub schon etwas länger, dass bei uns jemand umgeht. Spätestens bei dem Alten bin ich hellhörig geworden. Ihr wisst schon, der ehemalige Präses der Handelskammer, der vor zwei Wochen angeblich an seiner Sepsis gestorben ist.»

«Der Mann hatte eine Herzfrequenz von fast einhundert Schlägen die Minute», wiegelte Mecki ab, obwohl ihr eigenes Herz in diesem Moment mindestens genauso schnell schlug. «Nein, Frau Knüpfer. Der Körper hatte eine Temperatur von fast vierzig Grad. Der kam einfach nicht mehr gegen die Sepsis an.»

«Das sehe ich anders, Frau Kramer. Der Mann war noch nicht so weit. Da bin ich sicher.»

«Und Ihre Frau kann das bezeugen?» Franka stand auf und lehnte sich gegen die Fensterbank, während Alpay die Angaben von Markus Arndt in seiner Kladde notierte.

«Wie meinen Sie das? Natürlich kann sie. Sie war ja dabei.»

In diesem Moment hörte Franka einen Schlüssel im Schloss

der Wohnungstür. Markus Arndt lächelte überrascht. «Aber vielleicht fragen Sie sie einfach selbst. Dann sparen Sie sich einen Anruf.»

Eine blonde Frau betrat hektisch die Wohnung, grüßte flüchtig und verschwand im hinteren Teil der Wohnung.

«Ich hab die Marketinganalysen vergessen», rief sie und kam umgehend zurück. Die Frau winkte mit einem dünnen Hefter in der Hand. «Bin schon wieder weg.»

«Mareike?»

«Hase, ich bin spät dran.»

«Das sind Frau Erdmann und Herr Eloğlu.»

«Ah … die Kunden wegen des Ladenumbaus? Das hier …», sie schaute sich fast ein wenig peinlich berührt im Wohnzimmer um und räumte die Papprolle vom Esstisch, «ist natürlich nur ein Provisorium, bis Markus ein tolles Büro gefunden hat.» Sie gab ihm einen Kuss.

«Erdmann, LKA Hamburg.» Franka deutete auf Alpay, der immer noch auf seinem Stuhl saß und freundlich nickte. «Das ist mein Kollege Herr Eloğlu.»

Der Frau war schlagartig die aufgesetzte gute Laune vergangen. «Ach ja. Mein Mann hat Ihren Anruf gestern erwähnt.»

Markus Arndt setzte an, seine Frau über den Grund des Polizeibesuchs aufzuklären, als Franka ihn ausbremste. Sie wollte verhindern, dass Arndt die Angaben seiner Frau in irgendeiner Weise beeinflusste.

«Frau Arndt. Es geht um die Frage, wo Ihr Mann vor drei Tagen war. Genauer gesagt, Samstagnacht gegen 1:30 Uhr.»

Mareike Arndt schaute ihren Mann überrascht an. «Hast du was verbrochen?»

Er zuckte mit den Schultern. Sie überlegte einen kurzen Moment und schmiegte sich zärtlich an ihn. Eine Geste, die Franka als zu mädchenhaft für ihr Alter empfand.

«Wir waren am Abend in der Elbphilharmonie. Brahms. Danach ein kleiner Imbiss unten in dem Bistro an der Elbterrasse und dann …» Sie schlug den Blick nieder. Während Markus Arndt unumwunden vor Alpay und Franka zugegeben hatte, mit seiner Frau Sex gehabt zu haben und danach neben ihr eingeschlafen zu sein, zierte sie sich, darüber Auskunft zu geben. «Wir sind zusammen eingeschlafen.»

«Bis zum nächsten Morgen», ergänzte ihr Mann.

«Nein, nein, ich war dann später noch mal auf der Toilette. Das war so gegen … 1:30 Uhr. Da lag mein Mann im Bett und schlief.»

Markus Arndt gab ihr einen Kuss auf die Stirn und wandte sich an Franka. «Sehen Sie …»

Franka wusste, dass sie gar nicht weiter nachzuhaken brauchte. «Danke, Herr Arndt. Das war's dann erst einmal.»

Ob sie den beiden glauben konnten? Sie war auf Alpays Meinung gespannt. Bevor sie die Wohnung verließen, warf Franka noch einen Blick aus dem Fenster. Nicht nur die Elbphilharmonie war von hier zu erkennen, sondern auch das Dach der Karesis-Klinik, in der Malte Ostersetzer gestorben war.

Cornelia Knüpfer schaute sich noch einmal konspirativ in der Kantine um. «Mensch, ich hab dem Architekten das Zeug nicht verabreicht. Ganz im Gegenteil. Ich habe neulich am Ende der Nachtschicht, in der der Alte mit der Sepsis gestorben ist, neben dem Abwurfbehälter eine kaputte Brechampulle Gilurytmal gefunden.»

Mecki spürte ihr Herz nicht nur rasen, sie hörte es auch.

Plötzlich erinnerte sie sich daran, wie sie dem Alten gerade das Mittel spritzen wollte, als plötzlich Cornelia Knüpfer Hilfe beim Umlagern eines Patienten benötigt hatte.

«War das nicht in der Nacht sogar Ihr Patient, Frau Kramer?»

Ich weiß, dass du es warst, Mädchen, hörte Mecki Ulla Waldmann zischen. *Ich beobachte dich schon seit einer ganzen Weile.*

Mecki versuchte, sich krampfhaft daran zu erinnern, ob sie beim Wegwerfen der Ampulle bereits ihre Handschuhe ausgezogen hatte. Oder befanden sich etwa ihre Fingerabdrücke darauf?

«Aber wenn ich das richtig abgespeichert habe», schob sich Knüpfers Stimme über Meckis Erinnerung, «wurde der Alte über die Perfusoren versorgt und hätte gar keine Injektionen bekommen dürfen. So wie Ostersetzer auch nicht.» Sie nahm einen Schluck aus ihrer Tasse. «Na ja. Das wird anhand der Unterlagen wohl noch festzustellen sein.»

War Mecki in besagter Nacht wirklich so fahrlässig gewesen und hatte die Brechampulle neben den Abwurfbehälter geworfen? Oder bluffte Knüpfer mit dieser Geschichte, um von sich selbst in Bezug auf Malte Ostersetzer abzulenken? Ihre Gedanken rasten.

«Haben Sie das gestern der Polizei erzählt?»

«Sind Sie bescheuert?»

«Warum denn nicht?» Beate Haseldorf schien die Welt nicht mehr zu verstehen.

«Glaubt ihr, ich bin 'ne Nestbeschmutzerin? Nachher denkt die Polizei noch dasselbe von mir wie Dr. Petzold.»

Dr. Petzold? Hatte die Frau etwa mit dem Chef gequatscht? Verdammt. Mecki wischte sich unauffällig den Schweiß von der

Stirn. *Bumbum, bumbum.* Ihr Herz schlug nun so laut wie das des türkischen Mannes, auf dessen Bett sie gestern Abend gesessen hatte.

«Wieso, was hat Dr. Petzold denn zu dir gesagt?», flüsterte Beate so geschockt, dass Mecki sie kaum noch verstehen konnte.

«Dass ich mich nur in den Vordergrund spielen will und so. Von wegen, ich will bestimmt Teamleiterin werden. Nee, nee. Ich lass mich nicht als Intrigantin hinstellen, die versucht, ihre Kolleginnen mieszumachen.» Knüpfer winkte ab.

«Wenn hier wirklich eine oder einer von uns ein bisschen aus der Spur gesprungen ist», sagte Beate Haseldorf an Mecki gewandt, «dann bist du ja fein raus.»

Mecki wusste, worauf Beate anspielte. Weil die Knüpfer die ungewöhnlich hohe Mortalitätsrate auf der ITS2 in Zusammenhang mit Malte Ostersetzers Tod brachte, Mecki an dem Tag aber in Altona war, kam sie als Täterin nicht in Betracht. Das war ein großer Vorteil oder, wie Mecki wusste, ein großartiger Zufall. Trotzdem, es löste nicht ihr grundsätzliches Problem. Cornelia Knüpfer dachte, dass hier jemand mit Vorsatz tötete. Mecki musste sie von dieser Idee abbringen.

«Sie wissen doch selbst, was in der Hektik alles für Fehler passieren können.» Mecki schaute die Knüpfer eindringlich an.

«Natürlich weiß ich das. Aber ich habe schon ganz lange so ein komisches Gefühl. Ich will das einfach nicht mehr länger runterschlucken.»

«Sagen Sie mal, Frau Knüpfer. Die Ampulle ... haben Sie die eigentlich noch?»

Mecki sah sich neben Ulla Waldmann knien, die nach ihrem Motorradunfall sterbend im Laub lag. In ihrer Erinnerung schob sie deren blau verspiegeltes Visier nach oben. Doch nicht Ullas Gesicht kam dahinter zum Vorschein, sondern das von Cornelia Knüpfer.

Egal, was die Knüpfer nun sagen würde: Mecki war gezwungen zu handeln.

28 Hamburg. Mittwoch.

Vielleicht dieses handbemalte Modell?» Der Bestatter Gerd Grindelmann junior im schwarzen Anzug sprach gedämpft. Auf seinem Computerbildschirm präsentierte er eine Urne, die mit einer Nebellandschaft mit Vogelschwingen bemalt war. «Grundfarbe und Verzierungen können selbstverständlich individuell zusammengestellt werden.»

Anna schaute hilflos zu David hinüber, der sie zu ihrem Termin im Beerdigungsinstitut begleitete, obwohl er normalerweise um 9:30 Uhr schon Mandanten empfing.

«Herr Ostersetzer war Architekt», versuchte David das kitschige Modell wohl diplomatisch auszusortieren. Fast hätte Anna gelacht, wenn ihr nicht schon den ganzen Morgen über schlecht gewesen wäre.

«Sie können sich natürlich in Ruhe entscheiden. Bis die Formalitäten erledigt sind, haben wir ja noch etwas Zeit.» Grindelmann junior versuchte ein aufmunterndes Lächeln, was die dunkle Vertäfelung seines Büros auch nicht aufhellte. Anna saß mit David vor einem klotzigen Schreibtisch aus Mahagoni und fragte sich, warum man Menschen, die sich in einer persönlichen Ausnahmesituation befanden, noch weiter herunterziehen musste.

«So ein klassisches Urnengrab …» Anna schüttelte den Kopf. «Ich weiß nicht.»

«Herr Dr. Bergmann, Sie sagten eingangs, dass der Leichnam von der Staatsanwaltschaft bereits freigegeben worden sei?»

«Gestern, ja.» David deutete auf die Dokumente, die er Grindelmann junior zu Beginn des Gespräches überreicht hatte.

«Den Verstorbenen holen wir selbstverständlich noch heute aus der Rechtsmedizin zu uns. Frau Ostersetzer, möchten Sie Ihren Mann vor der Kremation noch einmal aufgebahrt sehen? Wir haben einen sehr schönen Trauerraum zum Abschied eingerichtet.»

Anna verneinte. Das würde sie nicht schaffen. Sie wollte Malte lachend und fröhlich in Erinnerung behalten. Schon seine Zeit auf der Intensivstation trübte den Gedanken daran. Da brauchte sie nicht auch noch das Bild, wie er in einem dunklen altbackenen Beerdigungsinstitut zwischen Blumen und Kerzen lag. Womöglich noch mit gefalteten Händen. Sie drehte an ihrem Ehering, wie sie es oft tat, wenn sie nachdachte.

«Sagen Sie, mein Mann trägt noch seinen Ehering …»

Der Bestattungsunternehmer nickte wissend. So ein Umstand war vermutlich nicht neu für ihn. «Machen Sie sich bitte keine unnötigen Sorgen, Frau Ostersetzer. Selbstverständlich werden wir ihn vor der Einäscherung sichern und für Sie verwahren.»

Ihr Magen meldete sich erneut. «Entschuldigung, ein WC, wo finde ich das?»

Der Bestatter wies ihr den Weg zur Toilette am Trauerraum vorbei, in dem frischer Blumenschmuck auf einen Sarg wartete.

Sie betrat den kleinen Toilettenraum am Ende des Gangs. Auf dem Fensterbrett in Schulterhöhe stand eine Flasche Raumduft. Hier drinnen roch es nach künstlicher Vanille. Anna schaffte es gerade noch, Deckel und Brille der Toilette nach oben zu klappen, bevor sie sich übergab. Dabei schwirrte die Stimme des Beerdigungsunternehmers in ihrem Kopf. Sie musste Maltes Tod dem Standesamt melden, das Nachlassgericht kontaktieren und sein handschriftliches Testament einreichen, seine Versicherungen sollte sie auch nicht vergessen. Anna erbrach einen neuen Schwall. War ihr der Weißwein gestern Abend an der Elbe nicht bekommen, oder die Milch zum Frühstücksmüsli? Sie spuckte nur noch Magensaft. Danach wischte sie sich den Mund mit etwas Toilettenpapier ab.

Sie war gespannt, ob die Staatsanwaltschaft die Exhumierung von Maltes verstorbenem Zimmernachbarn veranlassen würde, nachdem David noch gestern Abend spät seinen aufwendigen Schriftsatz angefertigt und abgeschickt hatte. Die von Anna recherchierten medizinischen Untersuchungen zu Komapatienten hatte er dabei berücksichtigt, wie er ihr auf der Fahrt erzählt hatte.

Sie lehnte sich gegen die Tür des Toilettenraums, rieb sich die Schläfen und horchte in sich hinein. Der flaue Magen, der ihr schon seit einigen Tagen ihren seelischen Zustand vor Augen führte, gab endlich Ruhe. Dafür schnitten die Träger ihres BHs in ihre Haut. War er in der Wäsche eingelaufen? Sie zog ihn ein Stück vom Körper weg, spülte sich den Mund mit Wasser aus und richtete sich das Haar. Das Licht über dem Waschbecken leuchtete die Realität brutal aus: Anna Ostersetzer, sechsunddreißig Jahre alt, zwei Kinder, verwitwet. Schon wieder zwickte ihr BH, ihre Brüste spannten.

Und als sie sich selbst ein weiteres Mal im Spiegel begegnete, erinnerte sie sich an die letzte Nacht vor Maltes Unfall. Der Schmerz traf sie mit voller Wucht, ihr Herz krampfte sich zusammen. Nein, bitte nicht. Das durfte doch nicht wahr sein: Konnte es sein, dass sie schwanger war?

Alpay schob den Autoschlüssel ins Schloss, betätigte aber die Zündung noch nicht. Zuerst stellte er nach der Befragung von Markus Arndt sein Telefon wieder auf laut. Für den Fall, dass sich seine Mutter mit Neuigkeiten über seinen Vater meldete.

«Und?» Franka schnallte sich auf dem Beifahrersitz an.

«Keine neuen Nachrichten aus dem Krankenhaus.» Er steckte das Handy zurück in die Jacke. «Oder meintest du Markus Arndt?»

«Beides.»

«Nee, Franka. Der Typ ist raus. Eintrittskarten, EC-Beleg aus dem Restaurant, nicht zuletzt die Angabe seiner Frau, dass sie die Nacht zusammen verbracht haben.»

«Und dass Mareike Arndt ausgerechnet um die Tatzeit auf die Toilette gegangen sein will und ihren Mann schlafend im Bett bezeugen konnte, findest du nicht merkwürdig?»

Alpay schaute Franka verdutzt an. «Na ja, nee, irgendwie nicht. Alles in allem ist der Abend bei denen stimmig verlaufen.»

«Aber sie ist seine Ehefrau. Was machen Menschen nicht alles aus Liebe?»

«Franka. Mareike Arndt hat gesagt, dass ihr Mann zur Tatzeit neben ihr geschlafen hat.»

«Also Haken dran?» Sie schlug mit der flachen Hand kurz gegen die Verkleidung der Beifahrertür. «Das gibt's doch nicht! Seit drei Tagen puzzeln wir vor uns hin, und nichts ergibt einen Sinn.»

«Arndt hat jedenfalls ein wasserdichtes Alibi. Ich hab den

Gedanken, dass Ostersetzer von jemandem von außen getötet wurde, von Anfang an für ziemlich weit hergeholt gehalten. Wo soll denn so jemand auch einen Betablocker herbekommen?»

Franka schaute ihn an, als hätte er einen guten Punkt gemacht. «Okay. Dörfler wartet.»

Alpay startete nun endlich den Wagen, parkte aus und nahm die Route über den Sandtorkai Richtung Hamburg-Eppendorf. Er überspielte seine leichte Nervosität, die er wegen der Rechtsmedizin empfand. Immerhin, sie würden den Sektionssaal nicht betreten, nahm er an. Auch Franka schien angespannt, aber aus einem anderen Grund, das war Alpay bewusst.

«Du befürchtest, dass noch ein Patient ums Leben kommt, stimmt's?»

«Ja.»

«Aber wir wissen doch noch nicht einmal, ob Ostersetzer mit Absicht getötet wurde.»

Sie schwieg.

«Franka, wenn eine von den Intensivschwestern wirklich eine Serienmörderin ist, dann hält sie während unserer Ermittlungen sowieso die Füße still.»

Sie trommelte mit den Fingern auf ihrem Oberschenkel. Schließlich wandte sie sich wieder an Alpay. «Ich denke immer wieder über Exhumierungen nach.»

«So wie Anna Ostersetzer?»

Franka nickte.

«Du hast ja schon gestern nach der Teamsitzung zum Chef gesagt, dass du dann mehr Leute brauchst.»

«Aber im Moment könnte man das nicht ernsthaft begründen, Alpay. Trotzdem frage ich mich, ob wir uns nicht wirklich mal mit den Patienten beschäftigen sollten, die als Letztes *vor* Ostersetzer auf der Station verstorben sind.

Er pfiff durch die Zähne.

«Wir warten jetzt erst mal das Gespräch mit Dörfler ab, aber ich denke nicht daran aufzugeben, nur weil wir im Moment in Bezug auf Ostersetzer noch keinen Ansatzpunkt haben.»

Alpay lenkte den Dienstwagen am Hauptbahnhof vorbei. Er wusste, warum Franka so ungeduldig war. Je länger sie im Dunkeln tappten, desto geringer wurden die Chancen, einen solchen Fall aufzuklären. Sie lehnte sich in ihrem Sitz zurück, und er sah, dass sie die Augen schloss. Aber er wusste, sie schlief nicht, sondern dachte vermutlich nach.

Müde sah sie aus an ihrem Geburtstag. Franka hoffte, dass keiner in der Abteilung daran denken würde, das wusste er. Gestern hatte sie sogar aktiv dafür gesorgt, dass Martin Suttmann diesbezüglich die Klappe hielt. Und um die von ihm heute organisierte Überraschung nicht zu verderben, hatte sich auch Alpay am Morgen die Glückwünsche verkniffen. Es passte zu Franka, dass sie sich in die Ermittlungsarbeit verbiss, statt ihren Geburtstag an die große Glocke zu hängen.

«Vielleicht hast du recht.» Sie öffnete die Augen wieder und anschließend das Schiebedach. «Wenn Malte Ostersetzer wirklich Teil einer Tötungsserie wurde und eine von den Schwestern dafür verantwortlich ist, dann muckst die sich jetzt nicht. Trotzdem, Alpay: So jemand hört nicht einfach auf zu töten. Da bin ich sicher. Wenn wir zukünftige Todesfälle auf dieser Station verhindern wollen, müssen wir die zurückliegenden unter die Lupe nehmen.»

Mit jedem Tritt in die Pedale wurde Mecki klarer, was sie tun musste. Cornelia Knüpfer war eine Gefahr für sie. Die leise Angst, dass man im Zuge der Ostersetzer-Ermittlungen ihre Taten aufdecken könnte, war vorhin in der Kantine plötzlich zur realen Bedrohung geworden. Das war doch ein Aberwitz! Weil einer dummen Kollegin ein fataler Fehler mit dem Architekten unterlaufen war und deshalb plötzlich der Verdacht einer Tötungsserie im Raum stand, musste Mecki, koste es, was es wolle, diese verdammte Ampulle an sich bringen. Obwohl sie sich beim besten Willen nicht daran erinnerte, ob sie erst das Teil weggeworfen und dann ihre Handschuhe ausgezogen hatte oder umgekehrt. Selbst wenn keine Fingerabdrücke auf dem Glas waren, sie konnte das Risiko nicht eingehen.

Wie Cornelia Knüpfer vorhin erzählt hatte, bewahrte sie die Ampulle irgendwo bei sich zu Hause auf. Wo genau, hatte sich Mecki nicht getraut zu fragen. Knüpfer und Mecki waren Kolleginnen, mehr nicht. Sie wusste lediglich, dass die Frau geschieden war und mit zwei Katzen in der Neustadt wohnte, irgendwo am Fuße des Michels. Sie brauchte einen Plan, um an diese verdammte Ampulle zu kommen, und zwar schnell.

Mecki dachte so angestrengt nach, dass sie, ohne es zu merken, über eine rote Ampel fuhr. Hinter ihr hupte ein Auto, doch sie drehte sich nicht um. Wie zum Teufel sollte sie in die Wohnung der Knüpfer gelangen? Sie konnte ja schlecht spontan mit zwei Stück Kuchen in der Hand vor ihrer Wohnungstür aufkreuzen. *Hallo, Conny, ich war gerade in der Nähe. Pflaumenkuchen. Magst du den?* Und während die Kollegin in der Küche Kaffee aufsetzte, würde Mecki jede Schublade nach der Ampulle durchsuchen. Nein. Das funktionierte nicht.

Hatte sie Ulla damals in Soltau töten müssen, weil ihr die

Kollegin offen gedroht hatte, konnte die Knüpfer vielleicht sogar am Leben bleiben, solange Mecki nur in den Besitz des kleinen Glasfläschchens kam. Aber sie war bereit, im Notfall bis zum Äußersten zu gehen. Sie musste handeln, bevor es der Knüpfer egal war, dass man sie für eine Intrigantin hielt. Oder vielleicht hatte sogar sie selbst am Tod des Architekten Schuld. Dann würde Knüpfer die Ampulle auf jeden Fall der Polizei aushändigen und ihren Verdacht in Bezug auf die hohe Sterberate äußern. Mecki trat fester in die Pedale.

In den letzten Jahren hatte sie jedes Mal mit Beklemmungen die Berichterstattungen über Krankenhaustötungen in Deutschland verfolgt – und was die Polizei alles anstellte, um solche Fälle aufzuklären. Es waren nur wenige medizinische Pflegekräfte, die einen ganzen Berufsstand diskreditierten und diejenigen in Verruf brachten, die angetreten waren, Gutes zu tun. So wie Mecki. Sie hatte sich nie als Lebensretterin inszeniert. Nie Notfälle bei Patienten provoziert, um sich bei deren Rettung vor den Kollegen zu profilieren. Sie würde niemals jemandem schaden, um sich selbst in ein besseres Licht zu rücken. So etwas empfand Mecki als niederträchtig. Nein, sie war die Belastbare, die von allen am meisten Ahnung hatte. Eine, die Ärztin hätte werden können, wenn die Bestimmung nicht etwas anderes für sie bereitgehalten hätte: sie zu einer Erlöserin zu berufen, die sich erbarmte. Ihr war bewusst, dass sie, um auch weiterhin Patienten in ihrem aussichtslosen Kampf gegen den Tod helfen zu können, Opfer bringen musste: notfalls auch Cornelia.

Mecki erreichte die Klinik in Altona und schloss ihr Rad im Fahrradkarussell an. Gegen Mittag wurden die neuen Dienstpläne online gestellt. Die genaue Adresse der Knüpfer würde sie schon noch herausfinden. Sie starrte auf den Schlüsselbund in ihrer Hand. Wäre das etwa eine Möglichkeit? Sie überlegte. Es war riskant, aber nicht unmöglich. Die Umkleideschränke des medizinischen Personals zu öffnen, war einfacher, als einen Blumenkohl treffsicher vor ein knapp einhundert Stundenkilometer schnelles Motorrad zu schleudern.

Nimm die Klage deiner Tage, schnall sie auf den Rücken mir.
Mach dein Leid zu meinem Kreuze, das ich trag auf Erden hier.

Mecki war zu allem entschlossen.

29 Hamburg. Mittwoch.

Gemeinsam mit Franka betrat Alpay das Erdgeschoss der Rechtsmedizin in Hamburg-Eppendorf. Am liebsten hätte er gleich in den Flur gekotzt, als ihm der Geruch entgegenschlug. Selbst hier im Eingangsbereich stieg es ihm süßlich-faulig in die Nase. Er hatte einmal gelesen, dass der Ekel davor genetisch bedingt, sozusagen angeboren war. Also konnte er gar nichts dagegen tun?

Zum Glück musste er, wie erhofft, die Sektionshalle nicht betreten, sondern folgte Franka durch einen gekachelten Flur zu Dörflers Büro. Alpay hatte immer gewusst, dass er seinen ersten Besuch in der Rechtsmedizin in Eppendorf nicht auf ewig hinausschieben konnte. Es war an der Zeit, sich seinem Trauma zu stellen, und er war insgeheim froh, dass Franka an seiner Seite war. Auch wenn er das nie zugegeben hätte.

Alpay war fünf Jahre alt gewesen, als der Vater seiner Mutter verstarb. Von einem Tag auf den anderen war Opa Hans nicht mehr da gewesen. Frühstück, Garten, Liegestuhl, Zeitung, weg war er.

Oma Karin hatte darauf bestanden, ihren Mann so lange wie möglich im Haus aufzubahren. Und vielleicht wäre alles nur halb so schlimm gewesen, wenn sie Alpay nicht genötigt hätte, sich zwei Tage später im Schlafzimmer von seinem Opa zu verabschieden, als der Beerdigungsunternehmer bereits auf der

Auffahrt geparkt hatte. Aber nach achtundvierzig Stunden kamen auch die aufgestellten Lilien und gekippten Fenster nicht mehr gegen den Leichengeruch an. Opa war gelb angelaufen, und irgendwie hatte die Familie wohl den richtigen Moment seiner Leichenstarre verpasst, jedenfalls stand der Mund offen, ohne Zähne. Der widerwärtig süßliche Geruch im Raum hatte sich in Alpays olfaktorisches Gedächtnis eingebrannt, das war ihm erst in seiner Ausbildung klar geworden, als er am Fundort eines seit Monaten vermissten Mannes im Wald ermittelte. Jeder Fundort einer Leiche, jeder bebilderte Bericht aus der Rechtsmedizin katapultierte den erwachsenen Alpay zurück an das Totenbett seines gelb angelaufenen Opas.

Er wusste nicht, ob Franka in diesem Moment nur so unbeeindruckt tat oder ob sie sich über die Jahre an diese Ausdünstungen gewöhnt hatte. Eins zumindest war sicher: Als Raucherin war sie in dieser Hinsicht klar im Vorteil.

Mit angezogenen Knien hockte Anna zu Hause in ihrem Badezimmer auf dem geschlossenen Toilettendeckel und wartete auf das Ergebnis des Schwangerschaftstests. Ihre Periode würde erst nächste Woche einsetzen, oder vielleicht eben auch nicht, aber diese Übelkeit seit Tagen war ihr heute Morgen beim Blick in den Spiegel urplötzlich in diesem anderen Kontext erschienen. Der Test sollte die Gewissheit bringen – dass sie sich irrte.

Sie vermied den direkten Blick zum Waschtisch. Dort, wo immer noch Maltes Toilettenartikel standen, als würde er gleich zur Tür hereinkommen, um sich zu rasieren, lag auch das Stäbchen, das den Hormongehalt in ihrem Urin bestimmte. Bitte mach, dass das nicht wahr ist, dachte sie. Was für ein absurder Umstand. Ihr Mann war tot, aber das Leben ging weiter. Sein

Leben, in ihr. Sie war stark, aber stark genug für ein Leben als Alleinerziehende mit drei Kindern?

Nicht einmal David hatte sie bis jetzt von ihrem Verdacht erzählt. Bestürzt hatte sie nach dem Termin im Beerdigungsinstitut in seinem Auto neben ihm gesessen und geschwiegen. Sie konnte ihn nicht noch zusätzlich mit ihrer Sorge behelligen, bevor sie nicht selbst Gewissheit hatte. Anna hoffte immer noch, dass sie die Zeichen falsch deutete.

Die drei Minuten Wartezeit bis zum Ergebnis waren vorbei. Sie stand auf und bemerkte erst jetzt, dass sie immer noch die kleine Apothekentüte in der Hand hielt. Als würde sie sich daran festhalten, wie an einem Fünkchen Hoffnung. Bitter erinnerte sie sich daran, wie sehr sie die Schwangerschaften der Jungs herbeigesehnt hatte und wie Malte bei den Geburten vor Glück geweint hatte. Sie hatten sich beide so sehr eine Familie gewünscht, und jetzt stand sie hier als Witwe, die am Morgen die Urne für den Vater ihres ungeborenen Kindes ausgesucht hatte. Das Letzte, was sie in ihrem Ausnahmezustand brauchte, war eine Schwangerschaft. Sie benötigte ihre verbliebene Kraft, um Maltes wahre Todesumstände aufzuklären. Mit Davids Unterstützung hatten sie den Antrag auf Exhumierung von Maltes Zimmernachbarn bei der Staatsanwaltschaft gestellt. Die Wahrheit konnte ihren Kindern den Vater nicht zurückgeben, aber vielleicht weitere Opfer verhindern. Anna war fest entschlossen, sich nicht den Boden unter den Füßen wegziehen zu lassen. Weder von Maltes Tod noch von einer Schwangerschaft. Sie war bereit zu kämpfen. Zur Sicherheit hielt sie sich mit beiden Händen an der Waschtischplatte fest, bevor sie das Teststäbchen betrachtete. Sie schwankte. Aber sie blieb stehen. Anschließend griff sie zum Handy und wählte entschlossen Davids Nummer.

Dr. Jens Dörfler goss heißes Wasser in einen Porzellanfilter, der auf einer alten Thermoskanne stand. Vermutlich roch es wunderbar nach frischem Kaffee, aber Alpay hatte nicht nur im Eingangsbereich der Rechtsmedizin durch den Mund geatmet, sondern er tat es auch in Dörflers Büro. Von hier drinnen wirkten die vergitterten Fenster des Gelbklinkerbaus etwas absurd, da die Toten nachts ganz sicher nicht abhauen würden. Aber es ging wohl eher darum, dass niemand hineinkam, denn die Körper waren Beweisstücke, denen hoch spezialisierte Fachärzte ihre ungeklärte Todesursache zu entlocken versuchten.

«Die Leiche von Herrn Ostersetzer haben wir freigegeben. Kaffee ist gleich durch.»

«Wir haben gestern das Intensivpersonal bei Karesis befragt», sagte Franka. «Niemand will's gewesen sein. Aber es ist natürlich auch möglich, dass dem Mann das Zeug aus Versehen verabreicht wurde.» Sie lehnte sich gegen ein Regal mit Gläsern und chemischen Lösungen, die Alpay an seinen Chemieunterricht in der Schule erinnerten.

Dörfler nahm drei Keramikbecher aus einem Schrank und drückte Alpay einen davon in die Hand. Darauf war das verblasste Konterfei eines kräftig gebauten und verschwitzen Mannes zu sehen, der die Zähne fletschte und eine zertrümmerte Gitarre in den Händen hielt. Der Schriftzug *Meat Loaf* auf dem Becher sagte Alpay nichts. Wahrscheinlich brauchte jeder, der in der Rechtsmedizin arbeitete, die nötige Portion Galgenhumor.

«Klingt so, Frau Erdmann, als würden Sie beide nicht wirklich vorankommen.» Dörfler nahm den Filter von der Kanne und schenkte ihnen Kaffee ein.

«Das Einzige, was wir wohl ausschließen können, ist die Tötung von außen. Die Staatsanwaltschaft hat mich heute Morgen darüber informiert, dass die Witwe einen Antrag auf Exhumierung gestellt hat. Ein Zimmernachbar von Ostersetzer ist zwei Wochen vor ihm gestorben. Prinzipiell eine gute Idee, aber im Moment halten wir dafür zu wenig in den Händen.»

Dörfler setzte sich auf die Fensterbank, wo ihm ein Stapel medizinischer Fachliteratur gerade eben genug Platz ließ. «Wissen Sie, Frau Erdmann, Schätzungen zufolge kommen auf eintausend Intensivpatienten über hundert Irrtümer bei der Gabe von Medikamenten. Das sollten Sie bei Ihrer Abwägung bedenken, wenn Sie die Freilegung eines Leichnams beantragen. In fünf bis zehn Prozent aller Krankenhausbehandlungen passieren nämlich teils gravierende Fehler. Die meisten davon wären vermeidbar, wenn das Personal weniger Belastungen ausgesetzt wäre.» Er nahm einen Schluck aus seinem Becher. «Die Frage, ob Herr Ostersetzer durch ein Versehen oder mit Absicht getötet wurde, wird im Nachhinein nur schwer zu klären sein, fürchte ich. Bei den Fällen von Krankenhaustötungen, die mir bekannt sind, wurden die Täter meistens auf frischer Tat erwischt.»

Franka erinnerte sich an die Schlagzeile *Der Todesengel von Bad Vilbel.* Bei dem Bericht im Netz, den sie gestern bei ihrer Recherche gelesen hatte, war der Täter von einer Ärztin beim Spritzen einer heruntergekühlten Kochsalzlösung erwischt worden.

«Mir erscheint es daher viel wahrscheinlicher», fuhr Dörfler fort, «dass da jemandem ein fataler Fehler unterlaufen ist.» Er goss sich noch etwas Kaffee nach. «Was meinen Sie, wie viele Tote aus den Hamburger Krankenhäusern auf unseren Tischen landen, weil sich jemand bei der Medikation geirrt hat oder eine OP schiefgelaufen ist?» Er nahm einen Schluck aus seinem Becher. «Gestern Abend hatten wir eine Frau in der Sektion, die hatte man im Krankenhaus Hamburg-Süd nach einer Transplantation auf ein Mittel zur Immunsuppression umgestellt. Dachte man. Was die Frau stattdessen bekommen hatte, war ein Antibiotikum, das bei einer Lungenentzündung verabreicht wird. Es kam zu Komplikationen mit dem transplantierten Organ. Ich will damit nicht gesagt haben, dass Ostersetzer nicht vielleicht doch mit Absicht getötet worden ist», schob er schnell hinterher. «Aber bevor Sie exhumieren, möchte ich Ihnen die Faktenlage verdeutlichen.»

Mecki war alleine im Stationszimmer auf der ITS in Altona und sortierte zügig neues Verbandmaterial in den Schrank neben dem Waschbecken. Doch sie konnte nur an eins denken: die Ampulle in der Wohnung von Cornelia Knüpfer. Sie lauschte auf den Flur hinaus. Es war Punkt 12:00 Uhr. Die neuen Dienstpläne wurden online verschickt. Auch wenn es verboten war, mit einem empfangsbereiten Mobiltelefon in der Arbeitskleidung auf Station herumzulaufen, zog sie ihres hervor. Sie musste sich einen Überblick über Knüpfers neue Dienste verschaffen. Im Moment hatte man Mecki noch in keinster Weise als Täterin auf dem Zettel, aber das Blatt konnte sich schnell wenden. Sie öffnete den Anhang der Mail aus der HafenCity, die die Teamleiterin geschickt hatte.

«Wo sind die Dialysekatheter?» Ihr Kollege Jan betrat den Raum und machte sich gar nicht erst die Mühe, selbst danach zu suchen. Blitzschnell steckte Mecki ihr Handy zurück in die Hosentasche, doch sie schob es in der Hektik daran vorbei. Es fiel zu Boden, und direkt vor ihren Crocs leuchteten die Dienste der Belegschaft in der HafenCity auf. Im selben Moment schrillte der Alarm in der Kanzel. Mit dem Schuh bugsierte sie von Jan unbemerkt ihr Telefon unter den Unterschrank. Hoffentlich würde sie jetzt niemand anrufen.

Noch unerfahren im Job verunsicherte Jan der Alarm aus der Kanzel. Während man draußen auf dem Flur die Kollegen und Kolleginnen laufen hörte, war er sichtlich erleichtert, als ihm ein Blick auf den Monitor im Stationszimmer zeigte, dass es sich nicht um einen seiner Patienten handelte. Er hatte erst vor Kurzem seine intensivmedizinische Fortbildung abgeschlossen und gehörte zu denen, die noch an die Wunder der Medizin glaubten. Mecki belächelte ihn insgeheim. Sie kannte diese Typen, die sich etwas auf die Farbe ihrer Arbeitskleidung einbildeten, an der sie als Intensivpflegekraft zu erkennen waren. Der Alarm verstummte. Vermutlich nur eine verrutsche Fingermanschette. Jans Schreck würde wie bei allen mit den Jahren und der Anzahl der Fortbildungen nachlassen.

«Schau mal dort unten. Da sind die Dialysekatheter drin.» Sie zeigte auf einen Karton in einem Regal und hoffte inständig, dass ihr Telefon weiter ruhig bleiben würde. Nachdem Jan mit dem steril verpackten Katheter den Raum endlich wieder verlassen hatte, holte Mecki sofort ihr Telefon unter dem Schrank hervor. Hektisch scrollte sie durch Knüpfers aktuellen Schichtplan, der auf dem kleinen Display des Telefons gar nicht so einfach zu erkennen war. Sie vergrößerte die Datei, verrutschte in der Spalte und landete bei Benisha Pashwans Diensten. Ganz ruhig, sagte sie immer wieder zu sich selbst. Endlich fand sie die richtige Stelle mit Cornelias Namen. Aber Moment. Die Frau hatte ab morgen zwei Tage frei? Sie zog die Datei auf dem Display noch ein Stückchen weiter auf, und der Plan verschwand plötzlich. Sie hörte Stimmen auf dem Flur. Sofort steckte sie das Handy wieder ein.

Knüpfer hatte also zwei Tage Urlaub. Genug Zeit, um auf dumme Gedanken zu kommen. Und zu wenig Zeit für Mecki, einen ausgeklügelten Plan zu entwickeln. Sie war gezwungen zu handeln – heute.

Franka hatte darauf bestanden, zum frisch aufgebrühten Kaffee eine Zigarette zu rauchen, und so stand sie mit Dörfler und Alpay draußen vor dem Eingang zur Rechtsmedizin und zog an einem Filter. «Haben Sie mit Professor Friedhoff nur studiert oder auch mal mit ihm zusammengearbeitet?»

«Grundgütiger. Friedel, wie ihn seine Freunde nennen, war schon früh zu Höherem berufen. Kommt aus einer Professorendynastie. Kann zur Bürde werden – aber auch zur Trittleiter. Verstehen Sie mich nicht falsch, Frau Erdmann. Henning ist ein super Mediziner. Fleißig, gründlich, und ich glaube, er hat seinen Laden in der HafenCity gut im Griff.»

«Sie nennen ihn Henning, nicht Friedel …»

«Ihre Schlussfolgerung ist richtig.» Er schmunzelte. «Freunde sind wir keine.»

«Feinde?»

«Nein, Feinde sind wir auch nicht.» Dörfler schien kurz nachzudenken. «Sie dürfen nicht vergessen, wir haben hier auch regelmäßig Fälle aus Friedhoffs Klinik zur Untersuchung. Wir beide gehen kollegial miteinander um.»

«Aber er ist ein guter Arzt, sagen Sie?»

«Vor allem ist er ein guter Stratege. Ein Optimierer. Auf so einen Posten müssen Sie jemanden setzen, der was von Medizin *und* von Ökonomie versteht, obwohl er mit Gurte Amrein bereits eine taffe Kauffrau in der Leitung der Klinik hat.»

«Klingt nach Wirtschaftsunternehmen», stellte Alpay nüchtern fest.

«Ich nenne es *Medizinfabrik*.» Dörfler stieg durch die Rabatte und pflückte einige Zweige von einem Strauch. Er rieb sie zwischen den Händen und roch an seinen Handinnenflächen. «Rosmarin. Winterhart. Hat eine Kollegin für uns hier eingepflanzt.» Er pflückte einen weiteren Zweig und reichte ihn Alpay. «Riechen Sie mal, Herr Eloğlu. Da kommt die Nase auf andere Gedanken.» Er wandte sich an Franka. «Wissen Sie, den Krankenhäusern geht es, wie die Klinikgruppen selber sagen, um Optimierung von Prozessen und Abläufen. Dabei lassen sie gerne unerwähnt, dass sie die Fixkosten konstant gering halten wollen. Heruntergebrochen bedeutet das nichts anderes, als mehr Arbeit mit immer weniger Aufwand zu betreiben.»

«Zulasten der Patienten.» Alpay roch an dem Zweig in seiner Hand.

«Und auf Kosten der Pflegekräfte», sagte Franka und bemerkte, wie Alpay der Geruch des Rosmarins entspannte.

«Eigentlich verpflichtet der hippokratische Eid jeden Arzt, zum Wohle des Erkrankten zu handeln. Aber wenn das Wohl des Patienten nicht das Wohl der Klinikgesellschaft bedeutet …»

«Das hält doch kein Mensch auf Dauer aus.» Franka atmete beim Sprechen eine Rauchwolke aus.

Dörfler nickte. «Deswegen werfen auch immer mehr Ärzte irgendwann das Handtuch.»

«Oder greifen zu Beruhigungspillen?» Alpay schaute zu Franka, und sie wusste natürlich, dass er auf Frau Dr. Menkowitz anspielte, von der Cornelia Knüpfer behauptet hatte, sie würde was einwerfen.

Dörfler nahm den Ball auf. «Was meinen Sie, wie viele Kollegen am Krankenhausalltag zerbrochen sind? Nicht umsonst gibt's im Schwarzwald eine Einrichtung, die sich auf die Suchttherapie von Klinikärzten spezialisiert hat.»

«Nicht wirklich?» Franka war ehrlich entsetzt. «Es gibt Ärzte, die stehen zugedröhnt am OP-Tisch?» Sie ahnte, dass Alpay dabei an die Mediziner dachte, die seinem Vater gestern einen vierfachen Bypass gelegt hatten. Auch sie hoffte, dass die Operateure dabei einen klaren Kopf gehabt hatten.

«Laut Bundesärztekammer», sagte Dörfler, «sind sogar sieben oder acht Prozent der deutschen Klinikärzte von Sucht betroffen. Aber ich kann Sie beruhigen, Herr Eloğlu, auf die meisten Kollegen ist Verlass.»

Alpay lächelte zwar erleichtert, aber sie wusste, dass er sich trotzdem Sorgen machte. Auch wenn er sich den ganzen Vormittag professionell auf die Arbeit konzentriert hatte, kreisten seine Gedanken bestimmt um seinen Vater. Er begann, von einem auf das andere Bein zu treten. Sie sah auf ihr Handy. Es war schon nach 12:00 Uhr. Zeit, dass er sich selbst davon überzeugte, dass sein Vater auf der Intensivstation in Altona in guten Händen war.

Eine halbe Stunde später nahm Alpay seine erleichterte Mutter vor dem Stationsflur in den Arm. Franka wartete netterweise so lange unten auf ihn, wo sie sich in der Cafeteria ein Sandwich besorgen wollte.

«Papa hat den Eingriff prima überstanden, Alpay. Er wird zwar noch beatmet, aber nur bis heute Abend, sagen die Ärzte.»

Er spürte, wie die seit gestern an ihm zehrende Anspannung langsam von ihm abfiel. «Die gehen sogar davon aus, dass Papa schon in wenigen Tagen auf die Normalstation verlegt werden kann.» Siggi tätschelte ihrem Sohn die Wange, was Alpay normalerweise hasste, aber in diesem Moment tat ihm ihre mütterliche Geste irgendwie ganz gut.

«Ich hab doch gesagt, er schafft das. Der ist zäh, Mama.» Alpay hatte stark für seine Mutter sein wollen. Deswegen hatte er nicht zugegeben, wie sehr auch ihm seit gestern vor Sorge der Arsch auf Grundeis gegangen war.

«Schau mal, Alpay, da kommt Jan. Der nimmt dich mit. So darfst du nicht zu Papa ins Zimmer.» Siggi zuppelte an Alpays leichter Sommerjacke.

«Sie sind der Sohn?» Ein junger Typ mit tätowierten Unterarmen hielt die Tür zur Intensivstation auf. «Hi. Ich bin Jan. Ich nehm Sie gleich mit.»

Kurz darauf erhielt Alpay in einer Art Stationszimmer ein steriles Outfit. Personal ging ein und aus und versorgte sich mit medizinischem Bedarf oder klärte irgendwelche Fragen.

Alpay nahm Mundschutz und Handschuhe von Jan entgegen. Wenige Minuten später saß er schließlich auf einem Stuhl neben dem Bett seines Vaters. Metin hatte die Augen geschlossen. Dass er so hilflos dalag, ging Alpay unter die Haut. Die vielen Schläuche und Apparate waren für jemanden wie Alpay, der Kranksein und Krankenhäuser hasste, schwer auszuhalten.

Zum ersten Mal in seinem Leben erlebte er den Einsatz von Intensivpflegekräften aus nächster Nähe. Zu sehen, wie konzentriert das Personal hier arbeitete, beeindruckte ihn sehr.

Metin war intubiert, das Sprechen fast unmöglich.

«Mensch, Baba, was machst du denn für Sachen?» Eine bescheuerte Frage bei einem Mann, der gestern einen vierfachen Bypass bekommen hatte. Aber Alpay war so befangen, dass ihm nichts Besseres einfiel. Die Vitalparameter piepten in regelmäßigen Abständen. Metin öffnete blinzelnd die Augen. Alpay fiel ein Stein vom Herzen, als er ihn schließlich anschaute.

«Hast du Schmerzen?»

«Brustkorb.» Er krächzte kaum hörbar. Seine Atmung war flach. Schwach tastete er nach der Hand seines Sohnes und hielt sie fest.

«Mein küçük hergele.» Unter großer Anstrengung versuchte er zu sprechen. Er war kaum zu verstehen.

«Küçük hergele» hatte Metin Alpay seit zwanzig Jahren nicht mehr genannt. Es bedeutete so viel wie «mein kleiner Racker». Wie friedlich Metin aussah. Er war immer Alpays Tröster gewesen.

Metin Eloğlu hatte seinem Sohn von jeher gezeigt, dass er ihn liebte. Und was noch viel wichtiger war: Für einen Mann seiner Generation hatte er erstaunlich wenig Probleme damit gehabt, das auch auszusprechen. Und auch Alpay liebte seinen Vater.

Plötzlich beschlich ihn das unangenehme Gefühl, dass sie beobachtet wurden. Er drehte sich langsam zur Tür und erschrak. Hinter ihm stand eine Krankenschwester. Weder hatte er gehört, wie sie das Zimmer betreten, noch, wie sie die Tür hinter sich wieder geschlossen hatte.

«Ich wollte Sie nicht erschrecken. Entschuldigen Sie bitte.» Mecki öffnete eine sterile Verpackung. «Ich werde jetzt das Schlauchsystem für das Wundsekret bei Ihrem Vater wechseln.»

«Soll ich rausgehen?» Der junge Mann war schon halb von seinem Stuhl aufgestanden. Er wirkte verunsichert.

«Das ist nicht nötig.» Mecki kontrollierte die Werte auf dem Monitor über dem Bett. «Sieht doch alles ganz prima aus.» Doch wenn sie ehrlich war, empfand sie Mitleid mit diesem armen Mann, dessen Herz man gestern mit aller Gewalt zum Weiterschlagen gezwungen hatte. Solchen Menschen durfte die Chance auf Erlösung nicht genommen werden, nur weil Cornelia Knüpfer die vielen Sterbefälle auf der ITS2 in der HafenCity aufgefallen waren. Laut Dienstplan musste die Kollegin noch bis 17:00 Uhr drüben arbeiten, genau wie Mecki hier in Altona. Wenn Mecki erst nach Feierabend in die HafenCity hinüberfahren würde, wäre die Knüpfer schon längst weg. Und zu Hause konnte Mecki sie nicht abpassen, weil sie ja nicht wusste, wo die Kollegin genau wohnte. Verdammt.

Vorsichtig löste sie den benutzten Schlauch vom Drainagezugang aus blauem Kunststoff, den die Operateure dem Mann in die vernähte Wunde geschoben hatten. Ihr lief die Zeit davon. Sie musste an diese verdammte Ampulle kommen, die sich ganz offensichtlich bei der Kollegin zu Hause befand. Warum war sie nur so unvorsichtig gewesen, das Teil neben den Abwurfbehälter zu werfen?

Die durchnässte Tamponade des Patienten musste gewechselt werden. Kurz schaute sie auf die Uhr. Ihr blieben noch knappe vier Stunden bis zum Feierabend. Es half alles nichts. Auch wenn hier jede Arbeitskraft dringend benötigt wurde, musste sie ihre Schicht vorzeitig beenden. Sie brauchte Cornelias Adresse, und danach blieb ihr nichts anderes übrig, als die Wohnung der Kollegin zu durchsuchen. Vielleicht sollte sie Cornelia heimlich nach Hause folgen und ihr im Treppenhaus ein Anästhetikum durch die Klamotten in den Oberarm spritzen? Sie könnte es wie einen Raubüberfall aussehen lassen.

Mecki rutschte beim Wechsel des Schlauchsystems kurz ab, was ihr sonst nie passierte. Sie war unkonzentriert und ermahnte sich selbst, nicht die Nerven zu verlieren. Oder sollte sie der Knüpfer einfach die Wohnungsschlüssel abnehmen und sie irgendwo einsperren? Mecki war zu allem bereit. Hier ging es nicht nur um ihre Zukunft. Hier ging es in erster Linie um jeden, der auf ihre Hilfe angewiesen war.

So wie dieser Herzinfarktpatient vor ihr. Fast rührend, dachte sie, als sie sah, wie sein Sohn die Hand des Vaters hielt. Die eigene Hilflosigkeit zu spüren, überforderte ihn vermutlich. Mecki wusste nur zu gut, wie sich das anfühlte. Vielleicht hatte sie auch deswegen damals in Soltau begonnen, sich für ihre Patienten starkzumachen, indem sie sie erlöste.

«Bitte nicht mehr so lange.» Sie warf noch einen letzten prüfenden Blick auf die Monitore. Dann verließ sie das Zimmer. Sie wusste, was zu tun war.

Franka saß rauchend auf einer Bank neben dem Fahrradkarussell und versuchte, ein Stück Schinken zu erwischen, das ihr zwischen den Zähnen steckte. Ihr war schon vorher klar gewesen, dass sie ihre gesamte Mittagspause vor der Klinik verbringen würde. Aber sie war dankbar für die Zeit, in der sie den Stand der Ermittlung in alle Richtungen durchdenken konnte.

Eine Tat von außen? Der ehemalige Kollege von Malte Ostersetzer hatte ein Alibi und war raus. Natürlich hatte Alpay auch mit seinem Einwand recht gehabt, dass es für den Mann schwierig gewesen wäre, überhaupt an einen verschreibungspflichtigen Betablocker zu kommen. Und laut der Witwe gab es keine weiteren Feinde in seinem Umfeld.

Der Besuch in der Rechtsmedizin hatte ihr nicht nur das

Dilemma des deutschen Gesundheitswesens noch einmal nüchtern vor Augen geführt. Vielmehr hatte sie auch begriffen, wie hoch die Zahl der medizinischen Irrtümer und Behandlungsfehler in deutschen Kliniken sein konnte – wenn man auf Kosten des Personals wirtschaftete. Erst durch Dörflers Zahlen war ihr bewusst geworden, wie leicht es ein Täter oder eine Täterin hatte, vorsätzliche Taten hinter dieser so hohen Anzahl von Irrtümern zu verstecken. Ein, zwei weitere Tote mehr fielen in einer solchen Statistik vielleicht nicht weiter ins Gewicht?

Sie suchten also eine Täterin oder einen Täter aus der Mitte der Klinik.

Franka ließ den Fall Revue passieren: Vor drei Tagen wurde die Untersuchung in der HafenCity durch Ostersetzers Witwe und ihren Anwalt losgetreten. Laut Angaben der Frau sollte das Opfer vorher Angst um sein Leben gehabt haben. Die rechtsmedizinische Untersuchung wies ein Mittel nach, das nicht auf seiner Medikamentenliste stand. Zudem war es vor einigen Wochen schon einmal zu einem Zwischenfall auf dieser Station gekommen, als eine Intensivkrankenschwester einem Patienten ein falsches Medikament verabreicht hatte. Die Klinik mauerte, zeigte sich auffallend unkooperativ, einige Mitarbeiterinnen rückten sich gegenseitig in ein schlechtes Licht. Aber Beweise hatten Franka und Alpay noch keine, die Verdächtigenliste war noch nicht wesentlich kürzer geworden. Absicht oder Irrtum war noch völlig offen. Mist. Wie Franka es hasste, auf der Stelle zu treten.

Auch wenn der Anwalt der Witwe eine Exhumierung des Bettnachbarn beantragt hatte – was für den Beweis einer Serie noch nicht einmal ausreichend wäre –, würden sie mit dem Antrag beim Ermittlungsrichter nicht durchkommen. Bis jetzt hielt Franka nichts Verwertbares in den Händen, das einen solchen Beschluss rechtfertigte.

Es klingelte in ihrer Umhängetasche. Das Präsidium. Es dauerte eine Weile, bis sie das Handy in ihrem Taschenchaos gefunden hatte.

«Herr Reuter. Was gibt's?»

«Das hat ja ewig gedauert. Haben Sie keine Mailbox mehr?»

Franka erinnerte sich, wie sie gestern Abend kurz vor 0:00 Uhr ihren Anrufbeantworter deaktiviert hatte. Wer keine Nachricht zu ihrem Geburtstag hinterlassen konnte, den musste sie auch nicht zurückrufen.

«Ich wollte Ihnen nur kurz sagen, dass die angeforderten Personalakten von Pashwan, Knüpfer, Haseldorf und Frau Dr. Menkowitz im Präsidium eingetroffen sind.»

«Danke.»

«Moment, Frau Erdmann. Der Chef will Sie noch mal sprechen.» Reuter stellte den Anruf um, und während Franka mit Antonio Vivaldi auf Martin Suttmann wartete, wehte die Unterhaltung von zwei Klinikmitarbeitenden zu ihr herüber.

«Ihre Schicht ist doch noch gar nicht zu Ende.»

Franka drehte sich nach einem Mann im weißen Kittel um, der einer Frau dabei zuschaute, wie sie ihr Rad aus dem Fahrradkarussell hievte.

«Ich glaub, ich hab mir was eingefangen», sagte die Frau zu ihm. Sie umarmte sich, als würde sie frieren. «Bei dem Gewitter gestern Abend bin ich klitschnass geworden.»

«Franka? Martin hier.» Sie hörte sofort seine Ungeduld in der Stimme.

«Was gibt's?»

«Du schraubst jetzt seit vorgestern an diesem toten Patienten rum. Habt ihr mittlerweile irgendetwas Greifbares? Ich meine, wird deine Untersuchung zu einem Fall?»

«Wir sind dabei.» Franka schaute der Frau auf dem Fahrrad hinterher, die das Krankenhausgelände verließ.

«Für mich sieht das im Moment nach einer Zivilklage der Witwe gegen die Klinik aus. Nichts, wofür wir eine Sonderkommission bilden, in der man unnötig Polizeikräfte bindet.»

«Martin, die Staatsanwaltschaft hat mich heute Morgen über den Antrag der Witwe auf Exhumierung in dem Fall informiert.»

«Ich weiß.»

«Wie jetzt?» Er hatte sie kalt erwischt. «Und trotzdem sollen wir mittendrin aufhören, oder was?»

«Du hattest drei Tage Zeit, Franka, und hast nicht den leisesten Verdacht auf ein Gewaltverbrechen.»

«Martin, ich bin mittlerweile so weit, dass ich …»

«Franka, ich auch», unterbrach Suttmann sie. «Philip ist in Elternzeit, Baumanns Krankschreibung wurde heute Morgen verlängert, und Scharnke ist in dieser Drogengeschichte auf dem Kiez ein ganzes Stück weiter. Seine Soko braucht dringend Verstärkung.»

Sie schnaufte verächtlich. War das sein Ernst? Irgendetwas stimmte in der HafenCity-Klinik nicht, da war sie sich sicher, und der Chef bremste sie aus?

«Wir reden im Präsidium.»

Sie starrte fassungslos auf das Handy in ihrer Hand. Martin hatte einfach aufgelegt.

30 Hamburg. Mittwoch.

«Warum wolltest du mich sprechen?» Nur wenige Stunden nachdem David Anna vom Beerdigungsunternehmer nach Hause gefahren hatte, saß David auf einem der Barhocker an ihrem Küchentresen. Sie wusste nicht so recht, wie sie ihm die Neuigkeit mitteilen sollte. Sie selbst hatte ja schon Schwierigkeiten, das alles zu begreifen. Auch der zweite Test hatte bewiesen: Sie war eine Frau, die ein Kind von einem Mann erwartete, der vor drei Tagen getötet worden war. Immer wenn ihr bewusst wurde, dass Malte sie nie wieder in den Arm nehmen würde, krampfte sich alles in ihr zusammen. Der Schmerz war unbeschreiblich.

Unsicher nestelte sie an einem Geschirrhandtuch herum. «Hast du schon was wegen der Exhumierung gehört? Es ist bereits nach Mittag.»

Er verneinte. Die Staatsanwaltschaft hatte seinen Antrag ja erst heute Morgen auf dem Tisch gehabt. «Das hättest du mich aber auch am Telefon fragen können. Was ist los, Anna? Warum sollte ich herkommen?»

«Die Jungs und ich haben eine Urne ausgesucht. Soll ich sie dir mal zeigen?» Sie wischte sich eine Träne weg und schaute zu Fritz hinüber, der auf dem Sofa lag und in einem Comic blätterte. Paul kam aus seinem Zimmer und kippte eine Kiste mit Spielzeug aus. Anna wusste, dass David sie durchschaute. Er kannte sie einfach zu gut. Natürlich hätte sie ihm auch ein Foto von der Urne schicken können.

«Na, komm schon, Anna. Warum sitze ich hier?»

Sie hörte eine leichte Ungeduld in seiner Stimme. Sein Lächeln wirkte bemüht. Aber sie musste seine ehrliche Meinung hören. Maltes Tod war das Schlimmste, was ihr passieren konnte. Ausgerechnet jetzt ein Kind von ihm zu erwarten, war einfach zu viel, um es mit sich alleine auszumachen. Sie schaute zu den Kindern hinüber. Schließlich gab sie sich einen Ruck und schob David kommentarlos den positiven Schwangerschaftstest über den Küchentresen, kam sich aber schon im nächsten Moment total bescheuert vor. Es war zu spät. Natürlich realisierte er sofort, was da vor ihm lag. Er weitete die Augen und blies die Wangen auf. Ungläubig schüttelte er den Kopf.

«Ist nicht wahr …» Er sprach leise vor den Jungs.

«Ich habe gleich morgen früh einen Termin bei meiner Ärztin.» Sie wusste nicht warum, aber sie lachte plötzlich. Eine Übersprunghandlung vielleicht, aber die Absurdität der Sache war ja auch wirklich komisch.

«Was soll ich denn jetzt machen?», fragte sie, als sie sich wieder beruhigt hatte.

David schaute zu den Kindern hinüber und zog einen Zehneuroschein aus seinem Portemonnaie, den er Fritz in die Hand drückte. «Jungs, holt euch unten auf der Langen Reihe ein Eis, okay?» Er musste die Kinder nicht zweimal bitten, die daraufhin vorfreudig die Wohnung verließen. Anna ahnte, dass David das nur getan hatte, um ungestört mit ihr reden zu können.

Sie öffnete den Kühlschrank und schaute auf die angebrochene Flasche Weißwein in der Tür. Wenn sie sich ohnehin gegen das Kind entschied, wäre ein Glas okay. Sie goss sich einen Saft ein.

«Willst du wirklich meine Meinung hören?» David klang ernst. Sie nickte. Deswegen hatte sie ja in Ruhe mit ihm sprechen wollen.

«Ich könnte drum herumreden, Anna. Aber ich will ehrlich sein. Du hast zwei wunderbare Kinder. Der Ausnahmezustand beruhigt sich irgendwann. Spätestens, wenn Malte beigesetzt ist und der ganze Papierkram erledigt ist. Und dann …?»

Er hielt inne, so als traute er sich doch nicht, in letzter Konsequenz auszusprechen, was ihr natürlich auch schon durch den Kopf gespukt war.

«Ja, du hast Freunde», fuhr er fort, «und eine Familie, die im Notfall für dich da sein wird, auch wenn ihr keinen engen Kontakt habt. Doch seien wir mal ehrlich.» Er beugte sich auf seinem Hocker zu ihr vor und schaute sie eindringlich an. «Im Grunde stehst du alleine da, wenn das Kind auf die Welt kommt. Und wirtschaftlich? Diese Wohnung ist bis zur letzten Dachlatte belastet. Im Job sitzt du gerade erst wieder fest im Sattel. Aber mit einem weiteren Kind? Dabei hast du dir so viel erarbeitet, Anna.»

Sie begann zu weinen. Auch wenn ihr all diese Gründe gegen das Kind bewusst waren, laut von ihm ausgesprochen fühlten sie sich an wie ein Keulenschlag. Er stand auf, ging um den Küchentresen herum und nahm sie fest in den Arm. Wahrscheinlich hatte es mit den Hormonen ihrer Schwangerschaft zu tun oder damit, dass er ihr die Situation so klar vor Augen geführt und sich gegen das Kind ausgesprochen hatte, aber das erste Mal fühlte sich Davids Umarmung für Anna richtig unangenehm an.

Mecki steuerte im Untergeschoss der Karesis-Klinik in der HafenCity auf die Umkleide des medizinischen Personals zu. Sie war erstaunlich cool, obwohl ihr um 13:30 Uhr nur noch dreieinhalb Stunden Zeit blieben, ihren Plan in die Tat umzusetzen. Wahrscheinlich freute sich Cornelia Knüpfer oben auf Station bereits auf ihre zwei Tage Urlaub. Mecki ging an den beiden Versorgungsfahrstühlen vorbei, die hinauf auf die Stationen führten. In ihnen brachte man nicht nur frische Wäsche nach oben, sondern auch verstorbene Patienten nach unten in den Keller, wo man sie kühlte, bis das Beerdigungsinstitut sie abholte – oder die Rechtsmedizin wie im Fall Ostersetzer. Sie schob einen der Putzwagen zur Seite, der in den Gang gerollt war. Die Mitarbeitenden der Facility-Management-Firma, die für die Reinigung der Hamburger Karesis-Kliniken zuständig waren, bestückten hier unten ihre Putzwagen mit Desinfektions- und Reinigungsmitteln. Oft vergaßen sie aber, die Bremsen anzuziehen. Ein Overall der Putzfirma lag achtlos auf dem Fußboden.

Immer wieder begegnete Mecki hier unten anderem medizinischen Personal und grüßte freundlich. Sie achtete darauf, sich so zu benehmen wie immer, obwohl ihr Puls etwas schneller schlug. In diesem Krankenhaus arbeiteten knapp eintausendsechshundert Menschen in drei Schichten. Die Garderoben im Untergeschoss wurden vom gesamten Pflegepersonal aller Stationen dieses Gebäudekomplexes genutzt. Manchmal staunte Mecki, wenn sie hier unten Kollegen kennenlernte, die schon seit Jahren bei Karesis arbeiteten. Ihr als Einzelgängerin kam es entgegen, dass der Schichtdienst und die hohe Anzahl an Beschäftigten die Anonymität in der Klinik begünstigten.

Und für den Fall, dass sie jemanden treffen sollte, der von ihren Aushilfsdiensten in Altona wusste und sich über ihre Anwesenheit hier wunderte, war sie gewappnet. Von *Ich habe meine bequemen Crocs aus meinem Schrank holen wollen* bis zu *Ich habe mein Ladekabel vergessen* hatte sie jede Menge Ausreden parat. Ohne Zögern betrat sie die Umkleide, sah nur eine Kollegin aus dem Augenwinkel und ging zum Schrank von Cornelia Knüpfer im Mittelgang hinüber. Auch wenn Mecki in diesem Moment wieder einen Flashback erlebte und Ullas blauen Motorradhelm dort liegen sah, wo in Wirklichkeit Cornelia Knüpfers Schuhe mit den abgelaufenen Hacken standen, blieb sie weiter ruhig.

«Mecki?»

Regine, die auf der Inneren arbeitete, schaute hinter einem Schrank hervor.

«Grüß dich. Ich will nur schnell meine bequemen Crocs aus dem Schrank holen.» Mecki winkte der Kollegin zu und nahm das Schloss von Knüpfers Garderobenschrank ins Visier, während sie ihren eigenen öffnete und so tat, als suchte sie darin nach ihren Schuhen. Aber in Wirklichkeit wartete sie nur, bis Regine sich zur Schicht verabschiedete. Dann zog sie die Treuepunkte-Karte ihres Drogeriemarkts aus ihrer Geldbörse und schob sie zwischen Knüpfers Spindtür und den Rahmen des Garderobenschranks. Wie oft vergaßen sie hier unten ihre Schlüssel. Na, komm schon. Mecki spürte bereits, wie sich der Riegel im Inneren bewegte.

«Ich hab nicht den ganzen Tag Zeit.» Franka sprach genervt mit sich selbst. Im Erdgeschoss des Präsidiums wartete sie gemeinsam mit Alpay darauf, dass auch die letzten lahmen Kollegen aus dem Fahrstuhl ausstiegen. Auch wenn sie erleichtert war, dass Alpays Vater den heftigen Eingriff einigermaßen gut überstanden hatte, war sie immer noch wütend auf ihren Chef.

«Ist Suttmann eigentlich bescheuert?» Sie wandte sich an Alpay. «Er hat mich doch selbst vor zwei Tagen auf den Tod des Architekten angesetzt. Und nur weil ich bis jetzt noch keine Ergebnisse präsentieren kann oder Kollegen ausfallen, will er den Fall jetzt einstellen? Wo sind wir denn hier?»

Franka sah Monika Moro vor der gläsernen Eingangstür des Präsidiums telefonieren. Die hatte ihr gerade noch gefehlt.

«Jetzt wart's doch erst mal ab, Franka.» Sein Versuch, sie zu beruhigen, klang halb gar. Wahrscheinlich ahnte auch er, was Suttmann vorhatte.

Endlich konnten sie den Fahrstuhl betreten, und Franka reagierte sich an der Tür-zu-Taste ab, die sie mehrfach drückte. Doch zu spät: Moro eilte bereits die knapp zwanzig Meter auf die Fahrstühle zu. Franka schaute auf ihre bunten Sneaker hinunter und tat so, als würde sie die Frau gar nicht bemerken. Aber die Staatsanwältin war nicht nur schnell, sondern auch clever. Als die Türen sich schließen wollten, schob sie einen in Zellophan verpackten Blumenstrauß in die Lichtschranke.

«Ach, Frau Erdmann.» Sie wirkte überrascht, was Franka etwas merkwürdig fand, immerhin arbeitete sie hier. «Nehmen Sie mich mit?»

Der Blumenstrauß verunsicherte Franka für einen Moment. Wusste etwa ausgerechnet die Staatsanwältin über ihren Geburtstag Bescheid? Blumen in Plastikfolie zu verpacken, hatte sie schon immer abartig gefunden. Erleichtert registrierte sie, dass Moro nicht gratulierte, sondern den Knopf der zweiten Etage betätigte. Offensichtlich wollte sie zum Chef.

Die Kabine setzte sich geräuschlos in Bewegung.

«Wie weit sind Sie in der Untersuchung Ostersetzer?»

«Wir sind dran.»

«Sagen Ihre Kollegen auch immer, wenn sie mit den Ermittlungen auf der Stelle treten. Wir haben vor zwei Tagen zusammengesessen …»

Der Fahrstuhl fuhr. Niemand sagte ein Wort. Aber Franka hätte Moro am liebsten gefragt, ob sie bei dieser Art von Sticheleien eine persönliche Befriedigung empfand. Und ob sie an Suttmanns Überlegungen, die Untersuchung zu Ostersetzers Tod einzustellen, vielleicht sogar beteiligt gewesen war. Der Lift hielt in der zweiten Etage. Moro stieg aus, drehte sich aber noch einmal um.

«Haben Sie die Personalakten aus der Klinik schon eingesehen? Außerdem bat ich Sie um Einschätzung zum Fall Ostersetzer. Sie wissen, Dr. Bergmann hat einen Eintrag zur Exhumierung von Ostersetzers Zimmernachbarn gestellt.» Moro hielt den Blumenstrauß wieder in die Lichtschranke. Ihren Mund umspielte ein Lächeln, das irgendwie süffisant wirkte. Ganz offensichtlich hielt sie die Geschichte für absurd. Anders als Franka.

Plötzlich fuhren die Fahrstuhltüren wieder zusammen und klemmten das Blumenarrangement ein. Moro hatte den Strauß wohl so gehalten, dass er nicht mehr von der Lichtschranke erfasst worden war. Vielleicht wäre er noch zu retten gewesen, wenn sie nicht reflexartig daran gezogen hätte. Als sich die beiden Türelemente wieder öffneten, fielen einige große Hortensienköpfe aus dem aufgerissenen Zellophan direkt vor Frankas Sneakern auf den Boden. Die könnte sie eigentlich auch mal wieder in die Waschmaschine werfen, dachte sie.

Franka hatte mit Esoterik absolut nichts am Hut. Trotzdem musste sie beim Anblick der derangierten Blumen plötzlich an so etwas wie *bad karma* denken und war froh, dass ihr die Staatsanwältin zumindest nicht zum Geburtstag gratuliert hatte.

Es roch nach Bohnerwachs und Kurzgebratenem im Treppenhaus in der Ditmar-Koel-Straße 21. Hier im Portugiesenviertel, nur einen Steinwurf von den St.-Pauli-Landungsbrücken entfernt, wo Mecki gestern Abend in den Regen gekommen war, wohnte also Cornelia Knüpfer. Der vierte Schlüssel hatte endlich unten ins Schloss gepasst, bevor Mecki festgestellt hatte, dass die Haustür nur angelehnt war. Die Treppenstufen des heruntergekommenen Altbaus knarzten unter ihren Füßen. Als sie das fünfte und letzte Stockwerk erreichte, war sie trotz des vielen Fahrradfahrens ein wenig aus der Puste. Drei Wohnungseingangstüren und nirgends stand der Name *Knüpfer* an der Klingel. Hatte sie ihn auf dem Weg nach oben überlesen? Entweder hatten die Leute gar keine Schilder angebracht, oder es hatten von Krüger bis Moreira andere Nachnamen dort gestanden. Kurz war Mecki verunsichert, ob sie auch im richtigen Haus unterwegs war. Aber einer der Schlüssel hatte ja unten gepasst, und Mecki hatte auf dem Personalausweis in Knüpfers Brieftasche diese Adresse gelesen.

Ihr Plan durfte doch jetzt nicht daran scheitern, dass Cornelia Knüpfer kein Klingelschild besaß.

Sie schaute durch das Treppenauge nach unten. Hinter welcher dieser vielen Wohnungstüren lag die Ampulle, die Mecki gefährlich werden konnte? Mittlerweile war es 14:30 Uhr geworden, und in zweieinhalb Stunden würde die Knüpfer in der HafenCity Feierabend machen. Von dort in die Ditmar-Koel-Straße waren es nur wenige U-Bahn-Stationen.

Auf der Etage wurde die mittlere Tür geöffnet. Ein Junge, vielleicht dreizehn, vierzehn Jahre alt, verließ die Wohnung. Er trug einen lässigen roten Jogginganzug, dessen Hose zwischen seinen Oberschenkeln hing wie ein schlaffes Segel. Die Schnürsenkel seiner schneeweißen knöchelhohen Sneaker trug er offen.

«Was geht?»

Sollte sie ihn um Hilfe bitten und damit einen Zeugen für ihren Besuch riskieren? Die Zeit drängte.

«Ich bin vom Ablesedienst wegen der Rauchmelder und suche die Wohnung von Frau Knüpfer.»

«Wer?»

«Cornelia Knüpfer. Ungefähr so groß wie ich, braune Haare.» Sofort wurde ihr der Fehler bewusst. Aber dem Jungen schien nicht aufzufallen, dass jemand vom Ablesedienst die Frau wohl kaum hätte beschreiben können.

«Die Katzenlady?»

«Ach, die Frau hat Katzen?» Nun stellte sie sich dumm.

«Wenn Sie die suchen, die wohnt direkt unter uns.»

Franka stand vor ihrem Schreibtisch und telefonierte vom Festnetz mit Suttmanns Sekretärin. Sie nahm die mit Wasser gefüllte und als Aschenbecher umfunktionierte Kaugummidose aus dem Regal und zündete sich eine Kippe an.

«Der Chef ist in einem Termin, Franka.»

«Wenn die Moro weg ist, sag ihm, ich will ihn sprechen.» Sie legte auf und warf den schnurlosen Hörer unsanft auf ihren Schreibtisch, als Alpay sich in den Türrahmen lehnte und sie fragend anschaute.

«Ich weiß es nicht mit Sicherheit, aber ich befürchte, dass die Staatsanwaltschaft die Untersuchungen einstellen will. Wahrscheinlich geht Moro über den Chef, um mir das zu verklickern. Aber nicht mit mir.»

Sie nahm die kopierten Personalakten der Klinikmitarbeiterinnen zur Hand, die Marcel Reuter ihr angekündigt hatte. «Soll Suttmann doch sonst wen zu Scharnke in die Soko stecken. Ich mache ganz bestimmt noch keinen Haken an die Sache.»

«Dann soll ich das noch nicht abräumen?» Alpay zeigte auf die Dokumentationswand im Großraumbüro.

«Das bleibt hängen.»

«Sicher?»

«Wer immer Ostersetzer getötet hat, ob mit Absicht oder aus Versehen», sie drückte Alpay zwei der Personalakten in die Hand, «gehört ganz klar juristisch belangt.»

Leise öffnete Mecki die Wohnungstür und spähte in einen schummrigen Flur mit Dielenboden. Durch die offen stehenden Zimmertüren fiel nur wenig Licht. Sie zog den Schlüssel aus dem Schloss, schaute sich noch einmal im Treppenhaus um, schlüpfte in die Wohnung und schob die Tür leise hinter sich zu. Im Latex der Gummihandschuhe wurden ihre Hände vor Nervosität feucht. So abgewohnt das Treppenhaus auch war, so renoviert sah diese Wohnung aus. Über ihr an der Decke hing ein kleiner Leuchter aus bunten Glaszylindern. Hübsch, dachte Mecki, schaltete ihn aber nicht an, damit kein Licht durch den Türspion nach draußen fiel. Eine Garderobe, ein Spiegel und gerahmte Familienfotos hingen an der Wand. So ein gemütliches Zuhause hätte sie Cornelia mit ihrer manchmal etwas spröden Art gar nicht zugetraut. Die plötzliche Nähe zur eigentlich fremden Kollegin fühlte sich ein bisschen unangenehm an, aber Mecki blieb keine Zeit für Befangenheit.

Plötzlich verharrte sie bewegungslos. Was war das für ein Geräusch? Aus der Küche hörte sie die Stimme eines Mannes. Durch die Milchglasscheibe der angelehnten Tür huschte ein kleiner Schatten. Scheiße, raus hier, sofort. Ob die Knüpfer nach ihrer Scheidung einen neuen Partner gefunden hatte? Verdammter Mist. Diese ganze Aktion war ein Fehler! Sie schlich zur Wohnungstür zurück.

«Nein, darüber ist mir hier nichts bekannt», sagte der Mann mit Nachdruck. «Und ich warne Sie in aller Deutlichkeit.»

Mecki versuchte, ganz leise die Klinke der Wohnungstür herunterzudrücken, die in diesem Moment ein sattes Klacken von sich gab. Der Dielenboden ächzte unter ihrem letzten Schritt auf dem Weg hinaus. In der Küche wurde es still. Raus! Doch gerade als sie ins Treppenhaus entkommen wollte, setzte der Beat einer bekannten Popnummer ein. Mecki drehte sich noch einmal nach der angelehnten Küchentür um. Als eine gestromte Katze in den Flur huschte, blieb ihr fast das Herz stehen. Die Männerstimme war verstummt, stattdessen lief Musik. Konnte es sein, dass Mecki die Situation durch ihre Anspannung missverstanden hatte? Vielleicht hatte Cornelia das Radio für die Tiere laufen lassen? Der kleine Schatten eben hinter der Milchglasscheibe musste die Katze gewesen sein.

Vorsichtig schlich Mecki zur Küche zurück und schaute hinein. Sie musste fast lachen. Bis auf eine weitere Katze, die auf dem Fensterbrett lag und sich sonnte, war der Raum leer. Beim Unfall von Ulla Waldmann war Mecki besonnener und mit kühlerem Kopf vorgegangen als dieses Mal. Allerdings hatte sie vor über zehn Jahren in der alten Heimat auch viel mehr Zeit gehabt, ihren Plan gründlich auszuarbeiten.

Leise summte sie den Song aus dem Radio mit, als sie die Küche betrat. Das Tier auf der Fensterbank war Mecki unsympathisch. Sie wusste nicht, warum, aber sie war eher Team Hund, wenn es überhaupt ein Haustier hätte sein müssen. Zumal sie allergisch auf Katzenhaar reagierte. Ihre Nase begann zu kribbeln. Ein Grund mehr, hier schnell wieder rauszukommen. Sie orientierte sich kurz in der Drei-Zimmer-Wohnung. Dann begann sie ihre Suche im Badezimmer.

«Und du findest das nicht irgendwie komisch?» Franka lehnte im Türrahmen und schaute von Cornelia Knüpfers Personalakte in ihren Händen zu Alpay, der an seinem Schreibtisch in die Unterlagen von Benisha Pashwan vertieft war. «Dass die Knüpfer für ihren krassen Fehler keinen Eintrag bekommen hat?» Sie setzte sich auf Sybilles Schreibtischkante. «Laut der Aussage von Frau Dr. Menkowitz vertut sich Frau Knüpfer bei der Medikamentengabe. Nur durch Zufall fällt das einer Kollegin auf. Aber darüber findet sich nicht ein Sterbenswörtchen hier drin?» Sie warf die Kopie der Personalakte vor sich auf den Schreibtisch. «Sorry, aber ich finde die Klinikleitung immer obskurer. Ich will noch mal mit dieser Frau Knüpfer reden.»

Die restlichen Personalakten waren ebenfalls unauffällig. Sie enthielten Zeugnisse, Bewerbungsunterlagen und amtliche Führungszeugnisse, aber keine Eintragung bezüglich irgendwelcher Abmahnungen oder Disziplinarverfahren. Doch Knüpfers Fall bewies ja, dass dienstliche Verfehlungen nicht unbedingt eingetragen wurden.

Franka sah, dass Sybilles Tasche noch unter dem Schreibtisch lag und ihre dünne Strickjacke an der Garderobe auf einem Bügel hing. An einem normalen Wochentag wäre sie um diese Uhrzeit längst auf dem Weg, ihre kleine Tochter aus der

Tagesbetreuung abzuholen. Das klappte zwar nicht immer, aber alle versuchten, Kolleginnen und Kollegen mit kleinen Kindern zu unterstützen. Erst jetzt fiel Franka auf, dass das gesamte Großraumbüro schon seit einiger Zeit leer war. Sonst saß doch immer irgendwer an einem der Schreibtische und erledigte Telefonate oder Papierkram.

In Frankas Büro klingelte das Festnetz. Sie suchte den Hörer auf ihrem Schreibtisch und fand ihn unter der Personalakte von Frau Dr. Menkowitz. Der Akku blinkte bereits.

«Ja?»

«Martin hier. Du wolltest mich sprechen?»

«War das ernst gemeint, dass wir im Fall Ostersetzer nicht weitermachen sollen?»

«Ist es denn ein *Fall*?»

«Martin, bitte. Ich habe …»

«Lass uns das nicht am Telefon besprechen», unterbrach Suttmann sie. «Wir warten unten im Aquarium.»

«Wer ist *wir*?»

«Die Staatsanwältin und ich.»

Er legte schon wieder einfach auf. Was war das bitte für eine Unsitte, ohne Verabschiedung? Sie ging zurück ins Großraumbüro und fuchtelte mit dem Telefonhörer in ihrer Hand durch die Luft. «Mir ist scheißegal, ob Suttmann das Thema Ostersetzer zu den Akten legen will.» Sie klopfte mit dem Telefon auf das Whiteboard. «Eine von diesen Frauen *muss* es gewesen sein.»

Am Waschbecken sollst du die Hausfrau erkennen, hatte Meckis Mutter früher im kleinen Siedlungshaus in Soltau immer gepredigt. Fasziniert schaute sie nun in das blitzeblank geputzte

Waschbecken im Badezimmer und fragte sich, ob die Kollegin vielleicht einen Putzfimmel hatte. Wie der Spind in der Klinik, den Mecki ergebnislos nach der Ampulle durchsucht hatte – sicher ist sicher –, war auch dieses Badezimmer nicht nur aufgeräumt, sondern sauber. Handtücher hingen akkurat gefaltet auf einer Handtuchstange. Die Badewanne hatte einen Spritzschutz aus Glas. Doch auch in diesem Raum keine Spur von der Ampulle. Seit zehn Minuten hatte Mecki jedes Körbchen, Schränkchen und Döschen durchsucht. Langsam lief ihr die Zeit davon.

Statt in der Küche zu suchen, ging sie ins Schlafzimmer hinüber. Mecki selbst hätte eine Ampulle eher dort versteckt als zwischen Töpfen und Pfannen. Eine der beiden Katzen strich ihr um die Beine und buckelte. Das Vieh schnurrte so laut, als würde das Geräusch direkt aus dem Küchenradio kommen. Es kribbelte nun heftiger in Meckis Nase, und ihre Augen juckten.

Auch im Schlafzimmer herrschte Ordnung. Nichts deutete darauf hin, dass die Knüpfer in ihrem Urlaub verreisen wollte, kein Koffer, keine bereits herausgelegten Klamotten. Haustiere waren auch in dieser Hinsicht unpraktisch.

Mecki versuchte, sich in die Knüpfer hineinzuversetzen: Wo bewahrt man eine Ampulle auf, wenn man nicht damit rechnet, dass jemand danach sucht? Mecki ging zum Nachttisch und öffnete die Schubladen. Sie schob Zahnseide, Bücher und eine Tube Handcreme darin hin und her und strich mit der flachen Hand sogar unter der Schublade entlang. Das hatte sie in Filmen gesehen. Sie durfte kein Versteck übersehen.

Noch ein Uhrzeitcheck. Knüpfers Feierabend rückte unaufhörlich näher. Mecki legte sich auf den Fußboden und schob sich einen halben Meter unter das Bett. Mit dem ausgestreckten Arm tastete sie blind über den Teppich. Fehlanzeige. Sie schmeckte die Katzenhaare, die so schnell einen dreifachen Nieser auslösten, dass Mecki keine Zeit mehr hatte, unter dem Bett hervorzukriechen. Sie stieß sich den Kopf am Lattenrost über ihr. Dann schob sie sich langsam unter dem Bett hervor und durchsuchte zielstrebig den Kleiderschrank. Immer weiter darauf bedacht, nichts durcheinanderzubringen. Aber auch hier Fehlanzeige. Oder bluffte die Knüpfer doch mit ihrer Geschichte um die Ampulle? Wollte sie den Verdacht auf eine vermeintliche Tötungsserie lenken, in die auch Ostersetzer passte? War die Knüpfer vielleicht schuld an seinem Tod? Immerhin war der Mann in seiner letzten Nacht ihr Patient gewesen. Und Wochen zuvor hatte sie ja schon einmal einen fatalen Fehler auf Station begangen. Bald hatte Mecki jeden Winkel in diesem apricot gestrichenen Zimmer durchsucht.

Es klingelte an der Tür. Etwas plumpste in der Küche auf den Dielenboden. Vermutlich war eine der Katzen von der Fensterbank gesprungen. Es klopfte aus dem Treppenhaus. Mecki spürte ihren Puls schlagen, dann hörte sie einen Mann im Treppenhaus.

«Paketdienst.»

Es raschelte an der Wohnungstür. Wahrscheinlich wurde eine Benachrichtigungskarte hinterlassen. Nur noch zwei Stunden, bis Cornelia Knüpfer in der HafenCity Feierabend machte.

31 Hamburg. Mittwoch.

Die Türklinke des großen Konferenzraums noch in der Hand, stand Franka wie angewurzelt im Türrahmen. «Zum Geburtstag viel Glück. Zum Geburtstag viel Glück.» Fast die gesamte Abteilung 4 für Deliktorientierte Ermittlungen des LKA Hamburg brachte ihr ein Ständchen. Deshalb war das Großraumbüro eben so leer gewesen! Eigentlich hatte sie gedacht, dass inzwischen auch der Letzte im Präsidium kapiert hätte, wie sehr sie das Älterwerden hasste. Genauso wie Weihnachten und die leidige Diskussion um die vielen Zigaretten, die sie rauchte.

Jemand zündete eine Goldregenbombe, deren Plastikdeckel sich in der Verkleidung der Deckenbeleuchtung verkeilte. Franka fielen Alustreifen in den Ausschnitt. Die Kollegen und Kolleginnen zogen das Ständchen beinhart durch. Sie drehte sich Hilfe suchend zu Alpay um, der hinter ihr stand und grinste. Er hatte den ganzen Tag über die Klappe gehalten?

«Sorry, Franka. Ich hätte dich gerne vorgewarnt, aber Suttmann hat mir 'ne Suspendierung angedroht, wenn ich quatsche.» Er zwinkerte ihr zu.

Sybille hielt eine Torte mit brennenden Kerzen in den Händen. Sie strahlte, während Franka sich zu einem Lächeln zwang, weil sie den anderen den Spaß nicht verderben wollte.

Selbst Jörg Scharnke und Hendrik Wahl sangen inbrünstig mit. In der letzten Reihe sah sie Monika Moro.

Wie Franka es hasste, im Mittelpunkt zu stehen. Jetzt aber musste sie sich stark zusammenreißen, um nicht die gesamte Veranstaltung, die ja nett gemeint war, gegen die Wand zu fahren. Sie war sauer auf Martin. Nicht nur, weil er diese Überraschung organisiert hatte, obwohl er eigentlich wusste, wie sehr sie ihre Geburtstage ignorierte. Nein, Franka kochte vor Wut, weil er ihr mit Torte und Goldregen den Wind aus den Segeln genommen hatte, sich gegen die drohende Einstellung im Fall Ostersetzer zu wehren.

Das Ständchen hatte endlich ein Ende. Alle applaudierten.

«Na los, mach schon.» Sybille deutete auf die brennenden Kerzen.

Als sich Franka in ihr Schicksal ergeben daranmachte, die Flammen auszupusten, verging ihr allerdings schlagartig das bemühte Lächeln. Zwischen all den flackernden Lichtern, auf einem weißen Bett aus geschlagener Sahne, waren frische Erdbeeren in Form einer prallen, rot leuchtenden Sechzig angeordnet. Franka, noch halb über die Torte gebeugt, spürte die Wärme im Gesicht und schaute zu Sybille auf. «Ist jetzt ein Witz, oder?»

Alpay lachte. Auch Sybille begriff den Irrtum sofort.

«Wie jetzt? Wir sind alle davon ausgegangen, dass du heute nullst. Mensch, Martin. Wie peinlich.»

Die Staatsanwältin trat näher und überreichte ihr einen in Klarsichtfolie verpackten und ziemlich ramponierten Blumenstrauß, der Franka bekannt vorkam.

«Auch von der gesamten Hamburger Staatsanwaltschaft alles Gute, Frau Erdmann.» Sie zupfte noch einmal an der Zellophanverpackung. «Ist ja nun blöd gelaufen.»

Franka wandte sich an Martin. «Bitte. Wir müssen reden.»

«Jetzt schneid doch erst mal die Torte an.» Er drückte ihr ein Messer in die Hand.

«Ich soll die Untersuchung bei Karesis einstellen. Sehe ich das richtig?»

«Nun mach doch erst mal.» Er deutete auf die Torte.

Zwei Putzmänner betraten den Konferenzraum und schienen sich durch die Zusammenkunft der Beamten nicht von ihrer Arbeit abhalten lassen zu wollen.

«Frau Erdmann», mischte sich die Moro ein. «Ganz ehrlich. Am dritten Tag … Das sieht nach Irrtum in der Klinik aus. Die Einzige, die das anscheinend nicht begreifen will, ist die Witwe.»

Einer der beiden Putzmänner schob den Stecker für den Staubsauger in eine Steckdose und schaltete das Gerät ein.

«Muss das denn jetzt sein?!» Franka verlor langsam die Geduld.

Der Chef schaute verwundert auf seine Armbanduhr. «Was wollen die denn ausgerechnet jetzt hier? Sind die nicht sonst immer viel später dran?»

Der Staubsauger verschluckte seinen nächsten Satz. Franka starrte, das Messer noch in der Hand, auf den Putzmann. Das durfte doch nicht wahr sein! Gestern Abend war sie nach einem langen Arbeitstag müde gewesen, Alpay in Sorge um seinen Vater. Aber jetzt kapierte sie endlich, was ihnen durchgerutscht war! Sie legte das Messer neben der Torte ab, ließ Moro und Suttmann einfach stehen und ging eilig zu Alpay hinüber, der mit Ina Reitzenbach am Fenster stand.

«Komm mit.»

«Was denn?»

«Ich sagte, komm mit.»

Alpay zog ihr einen Streifen Goldregen aus den Haaren und erkannte wohl an ihrem Blick, dass sie es ernst meinte. Schnellen Schrittes verließen sie den Konferenzraum.

«Mensch, Franka, du hast doch noch gar nicht dein Geschenk ausgepackt!», rief ihr der Chef hinterher.

Doch Franka wusste, dass die größte Überraschung in ihrem Büro auf sie wartete.

Mecki war schon im Begriff, das Schlafzimmer ergebnislos wieder zu verlassen, als ihr Blick auf das Kopfkissen fiel. Sie war nicht wirklich davon überzeugt, dort das Beweismittel zu finden, das sie vielleicht ins Gefängnis bringen könnte. Trotzdem ging sie einem Impuls folgend zurück ins Zimmer und hob das Kissen an. Vielleicht hätte sie gerade noch Knüpfers Nachthemd darunter erwartet. Aber was sich hier auf einem rosa Laken präsentierte, überraschte Mecki dann doch. Die Frau schrieb Tagebuch? Wer machte denn noch so etwas? Sie merkte sich die genaue Position des kleinen Büchleins, um es hinterher unauffällig zurückzulegen.

Die Uhr genau im Blick, ging sie eilig zurück in die Küche, setzte sich an den Tisch und überflog die zu Papier gebrachten Vertraulichkeiten der letzten Wochen. Vielleicht hatte die Knüpfer etwas über die Ampulle notiert? Zum Glück hatte sie eine leserliche Handschrift, passend zur Wohnung. Die Eintragungen waren in unregelmäßigen Abständen erfolgt und bestanden zum größten Teil aus belangloser Grütze. Die Katze wurde geimpft, die Nachbarin war krank, und Cornelias Ex hatte eine neue Frau. In den Latexhandschuhen bekam Mecki die Seiten nicht richtig zu fassen. Langsam pulte sie immer wieder das Papier auseinander. Na, sieh einer an: Cornelia hatte über ihren groben Fehler, bei dem Mecki Schlimmeres verhindert hatte, eine Tagebucheintragung verfasst, sogar über mehrere Seiten.

Aber statt Mecki gegenüber etwas mehr Dankbarkeit zu zeigen, weil sie ihr den Arsch gerettet hatte, konzentrierte sich Cornelia darauf, sich über die Arbeit auf der ITS zu beklagen und sich Vorwürfe und sogar Sorgen zu machen. Ihre Angst, der Verantwortung auf der Intensivstation nicht mehr gewachsen zu sein, beschrieb sie sehr ausführlich. *Bin ich ausgebrannt nach zwanzig Jahren?* Die burschikose, recht taff wirkende Cornelia Knüpfer offenbarte in Schönschrift ihre Selbstzweifel, irgendwie ein merkwürdiger Kontrast. Zudem beschäftigte sie die Frage, sich für weniger Geld auf eine andere Station versetzen zu lassen. *Dann verkneife ich mir eben mal einen Urlaub.* Aber Mecki wusste, dass der Pflegenotstand in allen Bereichen des Krankenhauses für eine ähnliche Belastung sorgte. Leichter Schweiß trat ihr auf die Stirn, doch sie blätterte weiter und stutzte. Ein Eintrag, etwas undeutlicher geschrieben als der Rest, bewies tatsächlich Cornelias Befürchtungen. *Was ist hier bloß los? Ich bin fix und alle. Der junge Student ist verstorben. Mit einundzwanzig Jahren hat er schon jetzt den Kampf gegen die Leukämie verloren, sagt das Krankenhaus. Ich hätte ihm noch mindestens einen Monat gegeben. Das Leid der Mutter halte ich fast nicht aus*, schrieb die Knüpfer über Abdulghafur Zaher. Fünf Tage vor dem alten Mann mit der Sepsis hatte Mecki mal wieder eine Ampulle Gilurytmal aufgezogen. Der Junge litt Höllenqualen. Sie hatte es einfach tun müssen. Ihr Mund wurde trocken. Systematisch blätterte sie nun fünf Tage weiter bis zu der Nacht, in der sie Dr. Henkelmann getötet hatte – und Cornelia die Ampulle gefunden haben wollte. Ihr Herz schlug schneller. Gab es wirklich keinen Eintrag? Mecki blätterte vor und zurück. Eine freudige Notiz über eine Lohnsteuerrückzahlung und die Frage, ob ihr Mann mit seiner Neuen überhaupt glücklich werden konnte, rahmten den Zeitpunkt ein, in dem etwas über den Ampullenfund hätte stehen müssen. Mecki blätterte hektisch weiter, und plötzlich starrte sie auf den ersten Satz einer neuen Notiz: *Jetzt bin ich überzeugt. Einer von uns dreht frei. Es ist schon wieder jemand gestorben. Ein Mann, frisch aus dem Koma zurück. Beate hat mich für verrückt gehalten. Er war mein Patient, aber ich habe es nicht getan. Was soll ich denn machen? Der Chef hat mir schon einmal nicht geglaubt, als ich ihm vor zwei Wochen von der Ampulle erzählt habe.*

Mecki schluckte. Die Frau bluffte also tatsächlich nicht. Sie klappte das Tagebuch zu und stellte sich zwei Fragen: Wo war diese verdammte Ampulle mit ihren Fingerabdrücken? Und, wenn nicht durch die Knüpfer, durch wen war Malte Ostersetzer sonst ums Leben gekommen?

Anna kniete auf dem Fußboden im Wohnzimmer und sortierte zusammen mit Paul seine Spielsachen zurück in die Spielzeugkiste. Fritz kickte einen Ball durch den Raum. Sie mahnte ihn zur Vorsicht und war froh, dass er ausnahmsweise auf sie hörte. Natürlich schimpfte sie im Moment nicht, wenn die Jungs das Wohnzimmer ständig mit Beschlag belegten, obwohl sie beide ausreichend Platz in ihren Kinderzimmern hatten. Ihr war klar, dass die beiden mehr denn je ihre Nähe suchten. Seit Maltes Tod schliefen sie jede Nacht zu dritt in dem großen Ehebett – eigentlich ja zu viert, aber davon erzählte sie den Jungs natürlich nichts. Ihr gingen Davids Worte nicht aus dem Kopf. *Im Grunde stehst du alleine da, wenn das Kind auf die Welt kommt,* hatte er gesagt und natürlich recht gehabt. Auch wenn es brutal war, die Wahrheit so offen ausgesprochen zu hören, sie schätzte seine abgeklärte Sicht auf die Dinge.

«Können wir Papi nicht da vorne hinstellen?» Völlig unvermittelt zeigte Paul auf die Fensterbank neben der Terrassentür. «Da können wir ihn immer sehen.»

Anna musste lachen, auch wenn sie am liebsten losgeheult hätte. «Das geht leider nicht. Papis Asche kommt in die Urne, die wir vorhin für ihn ausgesucht haben, und dann im Wald unter einen Baum. Das hat er sich doch so gewünscht.»

«Schade.»

Sie räumten weiter die Spielsachen ein. Auch wenn sie sich gerade zurücknahm, hatte Anna sich grundsätzlich dazu entschlossen, die Kinder bis zu einem gewissen Grad in ihre eigene Trauer mit einzubeziehen, ihre eigene Traurigkeit zu zeigen.

Paul mit seinen sechs Jahren war vielleicht noch etwas jung, um zu begreifen, dass sein Vater ihn nie wieder zum Schwimmen ins Holthusenbad würde begleiten können. Fritz hingegen konnte mit seinen fast zehn Jahren in kindlicher Trauer von seinem Vater Abschied nehmen. Aber nur, wenn Anna sich nicht in ihrem Schmerz abkapselte oder sie mit der Heftigkeit der Trauer verunsicherte. Denn dann würden die Kinder ihre eigenen Ängste leugnen, um für ihre Mutter stark zu sein. Also hatte Anna Fritz und Paul vorhin einfühlsam die Sache von Körper und Seele erklärt, erzählt, dass auch sie traurig war, und die Fragen der beiden beantwortet. Danach hatten sie gemeinsam die Urne für ihren Vater ausgesucht.

Ihr Handy klingelte. Der Beerdigungsunternehmer begrüßte sie.

«Herr Grindelmann. Ich hätte Sie nachher noch zurückgerufen. Meine Kinder und ich haben uns für das Modell aus Kirschholz entschieden.» Sie schaute zu den Jungs hinüber, die vor der Spielzeugkiste hockten und die Daumen in die Höhe reckten.

«Sehr schön, Frau Ostersetzer. Aber das ist nicht der Grund meines Anrufes. Folgendes: Wir haben Ihren verstorbenen Mann eben aus der Rechtsmedizin abgeholt. Bevor wir ihn ins Krematorium bringen …» Der Mann war schlecht zu verstehen. Ganz offensichtlich telefonierte er über die Freisprechanlage seines Autos. «Sie hatten mir gesagt, dass er im Krankenhaus seinen Ehering trug. Allerdings hatte Ihr Mann nun keinen Ring am Finger, als er zu uns kam. Laut Rücksprache mit dem Leiter der Rechtsmedizin wurde der Verstorbene bereits ohne Schmuckstück von der Klinik in der HafenCity nach Eppendorf in die Rechtsmedizin gebracht.»

Eine halbe Stunde nachdem Franka ihre Überraschungsparty fluchtartig verlassen hatte, hatte sie das Team im Großraumbüro zusammengetrommelt. Während die Kollegen auf Stühlen und Schreibtischen Platz genommen hatten, stand Franka vor dem Whiteboard mit der Intensivstationsskizze. Alpay fand es immer wieder faszinierend, wie sie es schaffte, die ganze Abteilung von jetzt auf gleich in ihren Bann zu ziehen. Kaum hatte sie die ersten losen Enden zusammengebunden, lief sie zu Höchstform auf. Er hätte das so nie direkt ihr gegenüber als Kompliment formuliert, aber man überließ ihr einfach gerne die Bühne, wenn sie Betriebstemperatur erreicht hatte.

«Das verstehe ich trotzdem nicht, Franka. Wenn du glaubst, es war jemand von außen …» Martin Suttmann schaute von ihr zu Moro. «Wenn dieser Markus Arndt ein Alibi hat, ist er doch raus.»

Auch die Staatsanwältin schien noch keine rechte Ahnung zu haben, worauf Franka hinauswollte. «Mir geht's wie Ihrem Chef, Frau Erdmann. Was hat der Ex-Kollege von Malte Ostersetzer mit dessen Tod zu tun, wenn er die ganze Nacht neben seiner Frau geschlafen hat?»

Alpay bewunderte, wie konzentriert und geduldig Franka gegen die drohende Einstellung dieser Untersuchung kämpfte, ohne sich dabei mit ihrer sonst gewohnt ruppigen Art alles kaputt zu machen.

«Okay. Ihr seht hier die verschieden bunt eingezeichneten Wege, die die Schwestern in der Todesnacht von Malte Ostersetzer zurückgelegt haben, bis ihm der Betablocker verabreicht wurde.»

Alpay reichte seiner Chefin die Aussage von Benisha Pashwan.

«Eine diensthabende Schwester hat zu Protokoll gegeben», sie setzte ihre Lesebrille auf und las den genauen Wortlaut ab: *«Ich glaube aber, der Bypass kam gegen 1:30 Uhr. Der Putzdienst war jedenfalls gerade fertig. Alles andere passierte dann Schlag auf Schlag.»* Sie tippte auf den entsprechenden Magneten. «Zu diesem Zeitpunkt stand Frau Pashwan hier, in der 01.»

Franka nickte Alpay zu, der übernahm. Es motivierte ihn, dass er in ihren Augen wohl immer mehr zum gleichberechtigten Partner wurde.

«Das ist Cornelia Knüpfer.» Er zeigte auf ein weiteres Magnetgesicht. «Sie hat Herrn Ostersetzer in der Todesnacht betreut. Eine Intensivkrankenschwester, der einige Wochen zuvor ein fataler Fehler unterlaufen war. Sie hatte einem frisch operierten Krebspatienten ein falsches Medikament verabreicht. Der Mann wäre fast daran gestorben.»

«Das hier ist das Wegenetz von Frau Knüpfer.» Franka nahm wieder das Ruder in die Hand. Das erste Mal moderierten sie abwechselnd. Alpay wurde klar, wie sehr sie als Zweierteam zusammengewachsen sein mussten, denn nur eingespielte Kollegen waren dazu in der Lage. «Frau Knüpfer war um 1:50 Uhr auf der Toilette, das bestätigen auch die Kolleginnen Haseldorf und die diensthabende Ärztin Frau Dr. Menkowitz. Frau Knüpfer selbst konnte sich so gut an ihren Toilettengang erinnern, weil der Putzdienst über den Flur ging, als sie die Toilette verlassen hat. Sie hat auf die Uhr geschaut.»

Franka hielt vor der Pointe inne, die sie gleich servieren würde.

«Ja, und?» Bei Moro war der Groschen noch nicht gefallen.

«Cornelia Knüpfer hat den Putzdienst um 1:50 Uhr gesehen.» Franka zeigte auf Knüpfers Bild und notierte die Uhrzeit neben ihrem Magneten. «Frau Pashwan hat aber angegeben, dass er bereits um 1:30 Uhr mit der Arbeit fertig gewesen ist und die Station verlassen hat.» Hier schrieb Franka auch die Uhrzeit daneben und setzte ein Fragezeichen neben das Wort *Putzdienst.*

Niemand im Raum sagte ein Wort. Alpay spürte, wie seine eigene Anspannung noch befeuert wurde.

Franka schaute nacheinander jeden in der Runde an. «Da drängt sich die Frage auf: Wer war dieser Mann?»

Eine leichte Unruhe setzte nun unter den Beamten ein. «Es gibt zwei Möglichkeiten», fuhr Franka nach einer kleinen Pause fort. «Entweder die Knüpfer hat sich in der Zeit geirrt, oder sie hat den Putzdienst zwanzig Minuten nach Pashwan überhaupt nicht gesehen und lügt. Vielleicht um davon abzulenken, dass sie schon wieder einem Patienten ein falsches Medikament verabreicht hat? Zufall oder Absicht?»

«Und wenn es doch der Kollege von Herrn Ostersetzer war, den Frau Knüpfer in dem Overall gesehen hat?» Moro schien partout die Exhumierung verhindern zu wollen. Franka blieb ruhig, als die Staatsanwältin fortfuhr. «Ich meine, seine Frau gibt ihm ein Alibi. Aber sie ist eben seine Frau, wenn Sie verstehen. Die beiden haben ganz sicher finanzielle Einbußen durch den Jobverlust des Mannes. Und sie wohnen in der HafenCity, also nur einen Steinwurf von der Klinik entfernt.»

«Frau Moro, glauben Sie nicht, dass Herr Eloğlu und ich das längst überprüft haben? Selbstverständlich haben wir den Concierge des Wohnhauses befragt, der in der Nacht Dienst hatte. Der konnte sich gut daran erinnern, dass Arndt mit seiner Frau gegen 23 Uhr nach Hause gekommen ist, danach das Gebäude aber nicht wieder verlassen hat. Selbst um in die Tiefgarage zu kommen, muss man an dem Tresen des Wachdienstes vorbei. Arndt ist raus, würde ich mal sagen.»

Suttmann hatte Frankas strukturierte Performance ruhig verfolgt. Monika Moro drehte nachdenklich an einem ihrer Perlenohrringe.

«Um herauszufinden, ob Knüpfer für weitere Patiententode verantwortlich ist, müssen wir exhumieren», sagte Franka. «Und ich würde sagen, wir fangen mit Ostersetzers Zimmernachbarn an. Frau Moro, wenn Sie den Beschluss beim Untersuchungsrichter beantragen würden? Danke.»

Die Staatsanwältin schaute von Franka zu Martin, der die Wangen aufblies. Mit Frankas neuen Erkenntnissen war die Einstellung der Untersuchungen vom Tisch.

«Okay, Franka.» Er kratzte sich an der Nase. «Stell die Soko zusammen.»

Die Zeit lief ab. Nachdem Mecki ergebnislos das gesamte Wohnzimmer auf den Kopf gestellt hatte, blieben ihr um 16:15 Uhr noch genau fünfundvierzig Minuten für das Durchsuchen der Küche. Cornelias Feierabend rückte näher. Die Hängeschränke und die kleine alte Vitrine mit den Gläsern neben dem Fenster hatte sie bereits ergebnislos inspiziert. Wo würde jemand so eine Ampulle aufbewahren? Wieder musste Mecki daran denken, dass Cornelia das Teil vermutlich gar nicht richtig versteckt hatte. Sie rechnete ja ganz sicher nicht damit, dass jemand in ihre Wohnung einsteigen und danach suchen würde. Wahrscheinlich lag das Ding hier irgendwo direkt vor Meckis Nase. Sie durfte nicht vergessen, das Tagebuch unter das Kopfkissen zurückzubefördern, bevor sie die Wohnung verließ. Es lag noch immer auf dem Küchentisch.

Schon wieder strich eine der Katzen um ihre Beine und schnurrte. «Schsch, zisch ab!» Sie verscheuchte das Tier mit einem Tritt. Es flüchtete auf seinen Platz auf der Fensterbank. Bei ihrem panischen Sprung streifte die Katze mit dem Hinterteil eine kleine Vase, die gefährlich ins Wanken geriet.

Reflexartig griff Mecki nach dem Gefäß aus Ton, wobei ihr der rechte Einmalhandschuh aufriss. Vorsichtig stellte sie die Vase auf den Küchentisch und wechselte geschickt, ohne etwas in der Küche zu berühren, die Handschuhe. Erleichtert stellte sie das Gefäß anschließend zurück auf die Fensterbank und erstarrte beim Blick hinunter auf die gegenüberliegende Ladenzeile. Cornelia Knüpfer kam aus der Bäckerei.

Während Franka immer noch vor den Kollegen über den Fall Ostersetzer referierte, checkte Alpay erneut sein Handy. Weder hatte das Krankenhaus angerufen noch seine Mutter eine Textnachricht geschickt. Einen Tag nach der Operation seines Vaters und wenige Stunden nach Alpays Besuch an seinem Krankenbett schien es also keine Komplikationen zu geben. Sobald die Sitzung hier zu Ende war, würde Alpay sich noch einmal bei seiner Mutter melden. Erleichtert steckte er das Telefon ein und konzentrierte sich wieder auf Frankas Ausführungen.

«Ich benötige sechs von euch.»

Alpay erinnerte sich daran, wie Franka im letzten Winter die Soko im Fall der getöteten Influencerinnen zusammengestellt und ihn dabei übersehen hatte. Jetzt wusste er, dass er gesetzt war.

«Sybille, Marcel Reuter, Pit, Kurt, Ina Reitzenbach und Alpay.» Sie rollte das Whiteboard aus dem Weg. «Kurt. Bitte setz dich gleich mit der Spurensicherung in Verbindung. Poppy soll das Grüfteteam in Ohlsdorf in Bereitschaft versetzen. Und bitte die Rechtsmedizin über unsere geplante Aktion informieren. Ich will, dass Dörfler morgen genügend Kapazitäten bereithält. Ich denke, wir sollten uns zunächst alle verstorbenen Patienten und deren Todesumstände aus den letzten zwei Monaten anschauen.» Sie hustete kurz. «Als Erstes graben wir morgen früh den Mann aus, auf den sich Dr. Bergmann in seinem Antrag an die Staatsanwaltschaft bezogen hat. Wir lassen jetzt keine Möglichkeit mehr aus.» Franka wandte sich an die Staatsanwältin. «Wenn Sie wegen der Exhumierung mit dem Untersuchungsrichter sprechen, benötige ich bitte auch gleich einen Beschluss, um in der Klinik eine Liste der Patienten anzufordern, die im fraglichen Zeitraum auf der ITS2 verstorben sind.»

«Sollen Sie haben, Frau Erdmann. Ist ja schließlich Ihr Geburtstag. Kann ich Ihr Büro benutzen?»

Franka öffnete Moro die Tür und lächelte Alpay unbemerkt

vor den anderen zu. Seit Franka mit ihrer Präsentation der bisherigen Ergebnisse den Tod von Malte Ostersetzer zu einem richtigen Fall gemacht hatte, wirkte sie auf eine seltsame Art gelöst. Oder vielleicht wäre *lebendig* der passendere Ausdruck, dachte Alpay. Als wäre die Jagd nach dem Täter eine Art Motor in ihrem neunundfünfzigjährigen Leben. Sie lobte nun sogar Sybille für die selbst gebackene Erdbeertorte, die Marcel von unten mit raufgebracht hatte, und bat um ein Messer. Dann schnitt sie für jedes Mitglied ihrer neuen Soko ein Stück davon ab. Ganz offensichtlich hatte sich der Nachmittag zu einer Geburtstagsfeier ganz nach Frankas Geschmack entwickelt, und Alpay war überzeugt, dass die Soko ihr größtes Geschenk war.

Mecki strich panisch das Kopfkissen glatt, unter das sie das Tagebuch in aller Eile zurückbefördert hatte. Wo kam denn die Knüpfer plötzlich her? Sie sollte doch erst in einer halben Stunde Dienstschluss haben? Hatte sich Mecki etwa auf dem Dienstplan verguckt? Sie huschte zurück in den Flur. Die Klinke der Wohnungstür schon in der Hand, hörte sie Schritte im Treppenhaus heraufkommen.

Und jetzt? Sie schaute sich um. Gegenüber lag die Balkontür des Wohnzimmers. Der vierte Stock war zu hoch für irgendwelche Kletteraktionen von Geländer zu Geländer, wie man es aus Filmen kannte. Scheiße, Scheiße, Scheiße! Wohin sollte sie? Unter das Bett? Mecki lauschte durch die Tür ins Treppenhaus. Sie saß in dieser Wohnung regelrecht in der Falle. Ihre Gedanken rasten. Hatte die Knüpfer etwa deshalb keinen Koffer gepackt, weil sie ab morgen gar keinen Urlaub hatte? So ein verdammter Dreck.

Sie wäre geliefert, wenn Cornelia auf dem Weg nach Hause bereits den Verlust ihres Schlüssels bemerkt und sich einen Ersatz besorgt hätte. Selbst Mecki hatte für den Notfall immer einen Schlüssel bei einer Nachbarin deponiert. Sie presste ihr Ohr fester auf das Holz der Tür und hörte dabei ihren eigenen Herzschlag. Anscheinend telefonierte die Knüpfer, denn sie war mit jedem Schritt nach oben deutlicher zu verstehen. Mecki blieben vier Stockwerke Zeit, sich in Luft aufzulösen.

«Aber ich weiß, dass ich dir mal einen Ersatzschlüssel gegeben habe, Moni. Da hängt so eine kleine süße Maus aus Plastik dran.»

Mecki juckten schon wieder die Augen. Diese Viecher.

«Ja, irgendwie habe ich den wohl verloren. (…) Nein, das habe ich eben erst gemerkt, als ich hier vor dem Haus stand.»

Eine Katze maunzte zu ihren Füßen.

«Du weißt doch, dass unten immer die Tür offen steht.»

Die Stimme kam jetzt von direkt vor der Tür. Vorsichtig linste Mecki durch den Spion und schreckte sofort zurück, als Cornelia sich von außen mit dem Rücken dagegenlehnte. Ihre Haare schoben sich vor das Guckloch. Wie gut, dass sie den Deckenleuchter im Flur nicht angeschaltet hatte.

«Ach, so ein Mist. Seitdem mir diese schlimme Sache im Krankenhaus passiert ist …» Die Knüpfer fing an zu weinen. *«Ich bin im Moment einfach ziemlich neben der Spur. Stell dir vor, heute habe ich sogar vergessen, meinen Spind abzuschließen, und jetzt das.»*

Mecki stand nur wenige Zentimeter von ihrer Kollegin entfernt – lediglich durch eine Holztür getrennt. Wenn die Frau jetzt dort stehen bleiben würde, bis ihr die Freundin den Ersatzschlüssel vorbeibringen würde … Oh Gott, nicht auszudenken.

«Das ist ja blöd, Moni. Bis wann musst du denn heute arbeiten?»

Alpay schmunzelte. Herrschte in Frankas Umhängetasche auch ein Chaos aus Tabakkrümeln und alten Zigarettenschachteln, in ihrem Kopf hielt sie penibel Ordnung. Marcel Reuter und Sybille saßen bereits in Frankas Auftrag an ihren Schreibtischen und telefonierten. Monika Moro kam aus Frankas Büro zurück.

«Gratulation vom Ermittlungsrichter. Auch zum Geburtstag. Sie kriegen Ihre Beschlüsse. Soll ich die gleich an die Klinik schicken?»

Franka verneinte und schaute auf ihr Handy. Es war fast 17:00 Uhr. Nach der bisherigen Verzögerungstaktik der Klinikleitung wäre es wohl am besten, morgen früh persönlich in der HafenCity zu erscheinen – mit den Dokumenten in der Hand. Sie wandte sich an ihre Kollegin.

«Frau Reitzenbach, dann werden Sie von mir die Namen der Toten bekommen. Halten Sie sich morgen früh bereit und setzen Sie sich anschließend mit den Familien in Verbindung. Stellen Sie fest, ob es irgendwelche Unstimmigkeiten oder Irritationen seitens der Angehörigen der auf der ITS gestorbenen Personen gab. Vielleicht war man in einigen Fällen nicht von der offiziellen Todesursache überzeugt.»

Sybille rollte mit ihrem Stuhl vom Schreibtisch zurück. Auch sie hatte ihre telefonischen Nachforschungen beendet.

«Benisha Pashwan bleibt bei ihrer Aussage. Sie will gesehen haben, wie der Putzdienst definitiv um 1:30 Uhr die Station verlassen hat. Danach habe ich noch mit dem externen Dienstleister telefoniert, der die Reinigungskräfte in den Karesis-Kliniken stellt.» Sie blätterte durch ihre Notizen. «Er bestätigt die Angabe. Die Putzleute haben sich exakt um 1:32 Uhr ausgeloggt. Um die Nachtruhe der Patienten nicht zu stören, putzen sie zu dieser Zeit nur die Toiletten, Wäschekammer, Schwesternzimmer und so. Die Intensivzimmer werden tagsüber gereinigt.»

«Danke, Sybille. Alpay, such mir mal bitte die Nummer von Cornelia Knüpfer raus.»

Immer noch stand Mecki ihrer Kollegin nur durch die Wohnungstür getrennt gegenüber. Sie schwitzte und atmete flach. Noch ein weiteres Mal durch den Spion zu linsen, traute sie sich nicht. Cornelia beendete das Telefonat mit ihrer Freundin Moni, aus dem Mecki schloss, dass sie den Ersatzschlüssel erst nach deren Feierabend vorbeibringen könne. Bis dahin wollte Cornelia nach unten ins Ladengeschäft gehen, um die dort vom Paketdienst für sie abgegebene Sendung in Empfang zu nehmen. Und vielleicht nutzte sie die Wartezeit sogar und aß eine Kleinigkeit in einem der zahlreichen Restaurants in ihrem Viertel.

Das wäre Meckis Chance, hier rauszukommen. Die ganze Zeit über hielt sie gefühlt schon die Luft an, und aus Angst vor den knarzenden Dielen im Wohnungsflur tat sie keinen einzigen Schritt. Eine der beiden Katzen schlich wieder um ihre Beine, während sich das andere Tier gegen die Wohnungstür drückte und laut maunzte.

Cornelia kratzte an der Tür. *«Mein kleiner Schnuck. Mutti ist bald zu Hause.»*

Dieses Jucken in Nase und Augen machte Mecki wahnsinnig. Sie rieb sich mit dem Handrücken die Lider, wobei der Latex unangenehm ziepte. Ihr lief ein wenig Tränenflüssigkeit über die Wange. Und als wäre diese allergische Reaktion nicht schon genug, kribbelte es ihr wieder in der Nase. Nein, bitte nicht. Doch der Niesreiz schwoll an. Nicht ausgerechnet jetzt.

Sie kniff die Augen zusammen und versuchte, sich auf einen Spaziergang im Regen zu konzentrieren. In ihrer Vorstellung spülten die Tropfen den Juckreiz davon. Vergeblich. Der Reflex war stärker, bahnte sich seinen Weg aus der Tiefe, und als er explodierte, drückte sie ihr Gesicht fest in die Armbeuge hinein. Aber auch gedämpft wäre das Geräusch noch laut genug zu hören gewesen – wenn nicht im selben Moment Cornelia Knüpfers Mobiltelefon im Treppenhaus geklingelt hätte. Mecki hielt die Luft an.

«Knüpfer? … Guten Abend … Nein, Sie stören überhaupt nicht. Ich stehe vor meiner Wohnung und komme nicht rein.»

Mecki hatte mehr Glück als Verstand. Wie es aussah, hatte das Handyklingeln im Treppenhaus ihre allergische Reaktion neutralisiert.

«Was kann ich für Sie tun, Frau Erdmann?»

Mecki lauschte.

«Ins Präsidium? Ja, das ginge. (…) Da fährt man mit der U-Bahn bis zur Station Alsterdorf, richtig?»

Verdammt. Mecki hatte sich zu früh gefreut. Was wollte denn ausgerechnet die Polizei schon wieder von der Knüpfer?

Während Anna ein kleines Abendbrot für die Jungs zubereitete, sie selbst hatte keinen Appetit, versuchte sie zum wiederholten Mal, telefonisch jemanden im Stationszimmer der ITS2 in der HafenCity zu erreichen. Doch die Leitung war ständig besetzt. Sie hatte keinen Grund, an der Aussage des Beerdigungsunternehmers zu zweifeln, dass Malte bereits ohne Ring von der Klinik in die Rechtsmedizin eingeliefert worden war. Schon einmal hatte man dort Maltes Ehering mit dem kleinen Rubin in der Ringschiene verloren.

Beim vierten Versuch erreichte Anna endlich eine Assistenzärztin. Dr. Petzold hatte zwar Dienst, war aber im Moment unabkömmlich, wie ihr mitgeteilt wurde. Anna bat um Rückruf und legte auf.

Fritz und Paul kamen aus ihren Zimmern und kletterten auf die Barhocker am Küchentresen. Sie griffen sich jeder ein belegtes Brot und unterhielten sich darüber, wie langweilig die Ferien in Hamburg waren. Sie lachten, als sie sich an den letzten Trip nach Dänemark erinnerten. Anna war immer erleichtert, wenn die Kinder von einer Sekunde auf die andere umschalteten. Waren sie in einem Moment noch traurig und vermissten ihren Vater, konnte ihre kindliche Art den Fokus schon im nächsten Moment auf etwas völlig anderes richten.

Die beiden waren der Grund, warum Anna das hier alles überhaupt durchstand. Für Fritz und Paul würde sie nicht aufgeben. Für Fritz und Paul ging sie auf die Barrikaden gegen das Krankenhaus. Wer weiß, ob sie ohne Kinder überhaupt so verbissen die Theorie entwickelt hätte, dass sich hinter Maltes Angst ein Patientenmord verstecken könnte. Natürlich würde ihn die Aufklärung nicht zurückbringen, aber Anna wollte jedem zukünftigen Patienten und jedem zukünftigen Angehörigen Maltes und ihr Schicksal ersparen.

Es war mittlerweile früher Abend geworden, und immer noch wusste sie nicht, ob die Staatsanwaltschaft Davids Antrag auf Exhumierung überhaupt nachging. Wahrscheinlich bestand nicht einmal die Verpflichtung seitens der Behörde, sie über die Untersuchung der Polizei zu informieren. Zudem traute sie sich nicht noch einmal, deswegen bei David nachzuhaken. Er tat ja bereits alles, um sie zu entlasten. Ihr Telefon klingelte. An der Kennung erkannte sie die Intensivstation. Es war Dr. Petzold.

Mecki hielt sich auf dem Bahnsteig der Linie U3 des Bahnhofs Landungsbrücken im Hintergrund. Sie beobachtete, wie die Knüpfer auf die nächste Bahn wartete, um ins Polizeipräsidium zu fahren. Seit dem Anruf der Polizei, aus dem Mecki nicht so ganz schlau geworden war, ließ sie die Frau nicht aus den Augen.

Vor zehn Minuten hatte Cornelia das Treppenhaus in der Ditmar-Koel-Straße verlassen, und Mecki war sofort aus der Wohnung geschlichen. Dort weiterzusuchen, hatte sie sich nicht getraut. Man sollte sein Glück nicht überstrapazieren. Zumal sie die drei Zimmer ja bereits erfolglos auf den Kopf gestellt hatte. Stattdessen war sie der Kollegin heimlich über den Eingang Hafentor bis hinauf zum Bahnsteig gefolgt.

In diesem Teil der Hansestadt fuhr die U-Bahn nicht unterirdisch, sondern auf einem stählernen Viadukt und bot einen pittoresken Blick auf den Hamburger Hafen mit seinen Museumsschiffen und Barkassen. Dort unten hatte Mecki gestern Abend im Gewitter gestanden. Aber heute hatte sie keinen Kopf für das Urlaubsmotiv, sie durfte die Kollegin Knüpfer nicht aus den Augen verlieren.

Es gab nur noch eine Möglichkeit, Cornelias erneute Befragung zu verhindern. Denn dass sie über die Ampulle und ihren Verdacht, dass jemand *freidrehte*, auspacken würde, war klar. Mecki schaute ins Gleisbett hinunter. Die Schienen blitzten in der Sonne, wie vor über zehn Jahren Ulla Waldmanns hellblau verspiegeltes Motorradvisier, das Mecki mit knapp hundert Sachen auf der Landstraße entgegengerast war. Es juckte ihr in den Fingern. Aber Cornelia stand zu weit von der Bahnsteigkante entfernt, als dass ein unauffälliger kleiner Schubs genügt hätte. Plötzlich wurde Mecki sich der Überwachungskameras auf dem Bahnsteig bewusst und wandte sich von dem Gerät ab, das schräg über ihr hing. Sie schaute auf ihre Schuhspitzen hinunter, schlenderte ein Stückchen ans Ende der Plattform, wo sie das bunt bedruckte Leinentuch aus ihrer Tasche zog, das sie manchmal am Abend auf dem Fahrrad um den Hals trug. Sie legte es sich als Kopftuch um und setzte anschließend ihre Sonnenbrille auf, wobei sie ihre Kollegin keine Sekunde unbeobachtet ließ.

Die Knüpfer wippte auf ihren Zehenspitzen und schaute zur Gleisanzeige hinauf: nächster Zug in vier Minuten. Was war schon ein Schubs, ein kleiner Stolperer? Nur ein kleiner Schritt für Cornelia, aber ein großer Sprung für Meckis todkranke Patienten.

Der Bahnsteig füllte sich mit immer mehr Fahrgästen. Laut Ansage hatte im Untergeschoss eine S-Bahn gehalten und spülte eine Flut von Umsteigewilligen zur U-Bahn hinauf. In dem Gedränge verlor Mecki die Knüpfer mehrfach aus dem Blick. Noch zwei Minuten. Eine Gruppe asiatischer Touristen folgte einer blonden Frau, die mit einem in die Höhe gehaltenen Regenschirm die Richtung vorgab. Gelächter. Wie in einem Ameisenhaufen liefen die Menschen durcheinander und schienen doch alle zu wissen, wohin sie wollten. Ein Schiffshorn tutete.

So wie die Knüpfer sich immer in der Kantine vordrängelte, war auch hier auf ihr egoistisches Verhalten Verlass. Sie schlängelte sich an allen Wartenden vorbei, um ganz vorne an der Bahnsteigkante zu stehen und so einen Sitzplatz im Waggon zu ergattern. Noch eine Minute. Mecki stand nun dicht hinter ihr. Der Triebkopf der U-Bahn näherte sich mit quietschenden Rädern der Station. Mecki war Cornelia Knüpfer so nah, dass sie sie riechen konnte. Die Bahn fuhr ein. Meckis Hände kribbelten.

Die Scheinwerfer des Zugs tauchten unmittelbar links neben ihr auf. Zwei Asiatinnen lachten freundlich und schoben Mecki mit den Ellenbogen einfach zur Seite. Nur ein kurzer Moment der Unachtsamkeit, in dem sich zwei Backpacker zwischen ihr und der Kollegin vorbeischoben, und die Knüpfer war – verschwunden?! Mecki schaute sich suchend um. Verdammt. Die Frau konnte sich in dem Gedränge doch nicht einfach in Luft aufgelöst haben! Menschen stiegen ein und aus. Eine Ansage forderte zum Zurücktreten von der Bahnsteigkante auf. Die Türen der Waggons schlossen sich, der Zug fuhr an. Und als sich Mecki auf dem Bahnsteig noch einmal suchend nach der Knüpfer umdrehte, fuhr die plötzlich am Fenster sitzend an ihr vorbei, ohne sie zu bemerken.

32 Hamburg. Mittwoch.

Eine Dreiviertelstunde nachdem Franka Cornelia Knüpfer um eine weitere Befragung gebeten hatte, bot Alpay der Frau den Besucherstuhl vor Frankas Schreibtisch an. Sie setzte sich und bedankte sich mit einem flüchtigen Lächeln für das Glas Wasser, das er ihr reichte. Sie wirkte abgekämpft. Kein Wunder, wenn man sich zu Hause ausgesperrt hatte und versuchte, den Ersatzschlüssel zu organisieren.

Franka nahm an ihrem Schreibtisch Platz. «Danke, dass Sie direkt hergekommen sind, Frau Knüpfer.»

Cornelia winkte ab. «Ich muss sowieso mindestens noch zwei Stunden auf meine Freundin warten.» Sie blickte sich flüchtig im Raum um. «Hier gibt's ja gar keine eingebaute Spiegelwand.» Die Frau schaute zu viele Krimis. Eine unangenehme Aussagesituation, in der man jemandem ins Gesicht leuchtete oder ihm etwas zu trinken vorenthielt, verstieß gegen die Strafprozessordnung. Nur bei besonders schweren Straftaten verlegte man die Befragung von dringend Tatverdächtigen in einen Raum mit venezianischem Spiegel.

Knüpfers Versuch, locker zu wirken, offenbarte ihre Nervosität. Irgendwie tat sie Alpay leid.

«Das ist mein Büro, Frau Knüpfer, und keiner unserer Befragungsräume», erklärte Franka. Alpay entging nicht, wie hastig Cornelia Knüpfer ihr Wasser trank.

«Dann brauche ich also keinen Anwalt?»

«Das steht Ihnen natürlich frei.»

«Ich habe nichts zu verbergen.»

Franka nickte. «Wenn Sie Angaben zur Sache machen können, sind Sie nach § 57 StPO gehalten, die Wahrheit zu sagen, Frau Knüpfer. Andernfalls könnten Sie sich gegebenenfalls strafbar machen. Es gibt zwei Gründe, warum wir Sie noch einmal sprechen wollten.»

«Gleich zwei. Aha.» Die Frau hielt die Hände im Schoß gefaltet.

«Sie haben vor einigen Wochen einem Patienten ein falsches Medikament verabreicht. Er wäre daraufhin fast gestorben.»

Schweigen.

«Warum haben Sie uns davon nicht bereits gestern erzählt?»

Knüpfer zuckte mit den Schultern. «Vielleicht weil ich wusste, dass das schon jemand anderes erledigen wird?» Sie sprach leise und wirkte sehr angefasst. «Was wollen Sie jetzt von mir hören? Dass ich mir diesen Fehler nie im Leben verzeihen werde?» Sie räusperte sich und kämpfte gegen die Tränen. «Ich habe danach drei Tage fast durchgeweint. Meine Familie hat sich ernsthafte Sorgen um mich gemacht. Ich denke manchmal, vielleicht wäre es besser, einfach alles hinzuschmeißen.»

Jetzt knibbelte sie unaufhörlich an ihren Nägeln. Das Geräusch machte Alpay wahnsinnig, aber die Frau hielt den Blick konzentriert auf ihre Hände gerichtet und hörte nicht auf.

«Sie denken jetzt, weil mir so ein Fehler unterlaufen ist, bin ich auch für Herrn Ostersetzers Tod verantwortlich?»

«Zumindest scheinen Sie diese Schlussfolgerung selber zu ziehen?» Franka schaute kurz zu Alpay hinüber. Vielleicht versuchte sie, in diesem Moment in seinem Gesicht zu lesen. Aber auch er konnte sich noch keinen Reim auf das Verhalten der Frau machen. Zu dem Verdacht, den sie selbst geäußert hatte, sagte sie kein Wort.

«Frau Knüpfer, Herr Ostersetzer ist vor drei Tagen verstorben.» Franka lehnte sich in ihrem Bürostuhl zurück und musterte ihr Gegenüber. «Sie haben gestern angegeben, dass Sie in der betreffenden Nacht um 1:50 Uhr den Putzdienst gesehen haben.» Alpay bewunderte, wie cool Franka der Frau gegenübersaß, obwohl er ahnte, dass es gleich zur Sache gehen würde.

«Ja, vor der Damentoilette.»

«Da haben Sie sich nicht gewundert?»

«Warum sollte ich?»

«Weil die Mitarbeiter des externen Dienstleisters ihre Arbeit bereits um 1:30 Uhr beendet hatten. Das haben wir überprüft.»

«Ich hab einen Mann im Overall der Putzfirma gesehen.»

«Dann können Sie ihn sicher beschreiben?»

Knüpfer rieb sich die Augen. «Nein.»

«Nein? Sie können den Mann nicht beschreiben, aber Sie wissen, dass es ein Mann war?»

«Na ja, ich hab ihn von hinten gesehen. Also nur den Overall mit dem Logo.»

«Größe? Haarfarbe?»

«Puuuh … Der trug so ein Cap, aber die Haarfarbe …»

Franka räusperte sich. «Laut unseren Nachforschungen, Frau Knüpfer, hat niemand sonst auf der Station um diese Uhrzeit jemanden von der Putzfirma gesehen. Könnte es vielleicht sein, dass Sie sich auch bei Herrn Ostersetzer im Medikament vergriffen haben, so wie bei dem Krebspatienten? Und um davon abzulenken, erfinden Sie einen …»

«Blond!», unterbrach Cornelia Knüpfer Franka. «Er war

blond. Seine Nackenhaare waren hell, deswegen sind die kaum aufgefallen. Er trug ja so ein Cap. Aber ich glaube, er war blond, ja blond. Und Körpergröße? Keine Ahnung. Größer als ich, das ist mal klar.» Sie klang fast euphorisch. Die Nachricht platzte förmlich aus ihr heraus. Ein Zeichen für Franka, dass sich Knüpfers Erinnerungen vernetzten und sie keine Ausrede erfand.

Sybille klopfte gegen die Glastür zu Frankas Büro, die sie im selben Moment auch schon öffnete. Ausgerechnet jetzt!

«Sorry, dass ich störe. Aber du hast Besuch.» Sybille deutete mit dem Kopf in Richtung Großraumbüro, wo Franka von ihrem Platz aus David Bergmann stehen sah, der einen kurzen, aber interessierten Blick auf die Dokumentationswand mit der Intensivstationsskizze warf, bis Marcel Reuter reagierte und die Tafel umdrehte.

«Was will der denn hier?», fragte Franka leise und zog überrascht die Brauen zusammen.

«Frau Erdmann, guten Tag.» Bergmann tauchte hinter Sybille auf, die er um fast zwei Köpfe überragte. Auf Franka wirkte es fast so, als scanne Bergmann in einem Bruchteil von Sekunden ihr gesamtes Büro, inklusive der Intensivpflegekraft, die vor Frankas Schreibtisch auf einem Stuhl saß.

«Entschuldigen Sie, aber ich war wegen einer anderen Sache gerade hier im Präsidium.» Er zuckte verlegen mit den Schultern. Auch wenn Bergmann so tat, als sei ihm dieser Überfall unangenehm, glaubte Franka ihm kein Wort. Seinem Ruf als unerschrockener Jurist wurde er mit dieser Aktion jedenfalls gerecht.

«Könnte ich Sie wohl kurz sprechen. Frau Erdmann? Dauert auch nicht lange.»

Franka bemerkte, wie Cornelia Knüpfers Blick an Bergmann hängen blieb, und auch Bergmann schien die Frau einen Moment zu lange zu betrachten. Sie waren sich schon einmal begegnet, schoss es Franka durch den Kopf. Sie verständigte sich wortlos mit Alpay, der hinüber zu Bergmann ging und die Glastür zu Frankas Büro hinter sich schloss.

«Herr Dr. Bergmann, was gibt es denn so Dringendes? Vielleicht kann ich Ihnen helfen?» Alpay bemerkte, wie der Anwalt sich nach einem freien Stuhl umschaute. Doch statt ihm einen Platz anzubieten, geleitete Alpay ihn unmissverständlich in Richtung Tür. Der Mann hatte hier, wo sie fallbezogene Informationen austauschten, nichts zu suchen. Bergmann gab sich zerknirscht, doch seine Augen waren flink und schauten immer wieder kurz durch die Glastür in Frankas Büro.

«Ist das nicht eine der Schwestern aus der HafenCity? Ich nehme an, dass die Frau aus gutem Grund hier sitzt?»

Alpay schaute ihn überrascht an.

«Sie kennen Herrn Dr. Bergmann, nehme ich an.» Franka lehnte sich in ihrem Schreibtischstuhl zurück, während Cornelia Knüpfer einen Schluck aus ihrem Glas trank. Sie nickte. «Trotz Koma hat er jeden Tag am Bett seines Freundes gesessen und ihm irgendwelche Geschichten aus der gemeinsamen Jugend erzählt. Manchmal war er nur zehn Minuten da, aber … das ist doch rührend. Solche Freunde wünscht man sich.» Sie schaute Franka an, die sich nun zu ihr nach vorne lehnte und versuchte, das Gespräch zurück auf Ostersetzers Todesnacht zu lenken.

«Bevor wir unterbrochen wurden, haben Sie mir erzählt, dass Sie sicher sind, um 1:50 Uhr einen blonden Mann vom

Putzdienst auf der Damentoilette der Intensivstation gesehen zu haben.»

«Ja.»

«Was noch?»

Die Knüpfer schaute wieder ins Großraumbüro. In solchen Momenten dachte Franka daran, die Glastür austauschen zu lassen. Aber ihr Büro wirkte so viel weniger einschüchternd als einer der Befragungsräume im Erdgeschoss des Präsidiums.

Die Knüpfer zuckte mit den Schultern. «Das ist eigentlich alles.» Ihre Konzentration war dahin. Franka war sauer, denn Bergmanns Überfall hatte ihre Zeugin offensichtlich aus dem Konzept gebracht.

Der Jurist spielte mit seinem Autoschlüssel in der Hand. «Wahrscheinlich wissen Sie und Frau Erdmann längst, dass ich gestern bei der Staatsanwaltschaft einen Antrag auf Exhumierung von Ostersetzers Zimmernachbarn gestellt habe.» Bergmann schaute Alpay abwartend an, doch der zuckte nicht einmal mit dem Augenlid. Jeder Anwalt wusste doch, dass die Polizei keinen Einblick in den Stand ihrer Ermittlungen gab.

«Wissen Sie, Herr Eloğlu», Bergmanns Blick wanderte schon wieder in Richtung von Frankas Büro, «im Interesse meiner Mandantin wollte ich nur mal nachhaken, ob Sie sich bereits damit befassen.»

«Herr Dr. Bergmann. Ganz ehrlich, Sie wissen doch, dass Sie sich an die Staatsanwaltschaft wenden müssen.» Alpay schüttelte kurz den Kopf. Zog der Mann hier eine Show ab?

Bergmann nickte. «Die Staatsanwältin hat sich trotz Rückrufbitte bisher nicht bei mir gemeldet. Daher habe ich meinen Besuch in einem anderen Mandat hier im Präsidium genutzt und bin mal kurz zu Ihnen und Frau Erdmann hinaufgekommen.» Er lächelte verlegen.

Alpay hätte nicht mal begründen können, warum, aber er glaubte Bergmann kein Wort, und der schien das zu durchschauen. Jetzt war es wirklich Zeit für ihn zu gehen. Alpay nickte kurz und machte noch einen Schritt auf die Tür zu.

«Okay, Herr Eloğlu. Sie haben ja recht.» Der Anwalt gab sich zerknirscht und hob die Hände, als würde er sich ergeben. «Wissen Sie, das ist eben die Zwickmühle, wenn Sie die Witwe des Opfers vertreten, das Opfer aber auch Ihr bester Freund war.» Sein Gesichtsausdruck wechselte. Von jetzt auf gleich ließ er die coole Maske fallen. Vor Alpay stand nun ein Mann, der seinen besten Freund verloren hatte. Er tat ihm fast ein bisschen leid.

«Wissen Sie, ich bin es Malte schuldig», fuhr Bergmann fort, «die Umstände seines Todes mit aufzudecken. Er war wie mein Bruder. Entschuldigen Sie, mein Überfall war bescheuert.» Er wandte sich zum Gehen. Doch bevor er das Großraumbüro verließ, drehte er sich noch einmal um. «Wissen Sie, Herr Eloğlu, ich möchte ungern wieder über die Presse gehen müssen, um einer Behörde etwas mehr Druck zu machen. Einen schönen Tag noch.»

Noch immer hatte sich Mecki nicht darüber beruhigt, dass ihr Cornelia Knüpfer in der Rushhour auf dem U-Bahnhof Landungsbrücken entwischt war. Die Möglichkeit, die Frau unauffällig aus dem Weg zu räumen, hatte sie verspielt. Es war alles so schnell gegangen. Schon wieder ein Moment der Unachtsamkeit. Was war denn nur los mit ihr?

Während die Knüpfer vermutlich gerade jetzt eine weitere

Aussage bei der Polizei tätigte, saß Mecki hier auf dieser harten Kirchenbank in Sankt Jacobi. Sie schaute zum bunten Pfingstfenster über dem Trinitatisaltar hinauf. Aber Lydia schwieg vor bedecktem Hamburger Himmel. Ein Glasbild, eins von vielen.

Was zum Teufel wollte diese Frau Erdmann von der Kollegin? Mecki befühlte das glatte Holz der Bank, wie sie es oft tat, wenn sie hier in der Sankt-Jacobi-Kirche saß und nachdachte. Ob Lydia ihr heute noch einmal helfen würde, so wie mit ihrem Handy bei Jan und vorhin, als Mecki hatte niesen müssen? Natürlich wusste sie, dass es nicht die Purpurhändlerin, sondern der Zufall gewesen war, der sie aus der brenzligen Situation in Cornelias Wohnung gerettet hatte. Mecki war ja nicht irre. Trotzdem gefiel ihr der Gedanke, dass die Freundin aus buntem Glas auf sie aufpasste und ihr dann und wann behilflich war. Nur leider nicht vorhin auf dem Bahnsteig.

Eigentlich kehrte Mecki nur nach ihren Erlösungen in der Sankt-Jacobi-Kirche ein, aber dieser Ort lag nicht weit vom Portugiesenviertel entfernt. Irgendwie fühlte sich das heute wie ein Notfallbesuch an. Was hätte sie denn sonst auch tun sollen? Der Knüpfer zur Polizei hinterherfahren? Dann hätte sie auch gleich dortbleiben und um ein paar Handschellen bitten können.

Laut Tagebuch hatte die Knüpfer Malte Ostersetzer also nicht getötet. Aber wer war es dann gewesen? Benisha Pashwan? Dr. Menkowitz? Oder die immer etwas verpeilt wirkende Beate? War Mecki mit ihrem Wunsch nach Erlösungen etwa nicht alleine? Hatte sie vielleicht eine Verbündete aus Fleisch und Blut und nicht nur aus lilafarbenem Glas? Mecki musste davon ausgehen, dass die Beamten Cornelia Knüpfers Verdacht Glauben schenken würden, anders als Dr. Petzold, der ihr reine Profilierungssucht vorgeworfen hatte. Obwohl sie in der Todesnacht von Ostersetzer in Altona und nicht in der HafenCity eingesetzt war, fürchtete Mecki, bald in den Kreis der Verdächtigen eingereiht zu werden. Dazu musste die Polizei nur die Todesfälle vor Ostersetzer mit den Dienstplänen vergleichen. So zumindest würde sie selbst vorgehen. Bei dem Gedanken fühlte sich die kühle Kirchenbank unter ihr plötzlich an wie die sprichwörtlich glühenden Kohlen, auf denen man saß und die man für eine wie sie in der Hölle entfachte.

Nach seinem Gespräch mit Bergmann, an dessen Ende der ihm unverhohlen mit der Presse gedroht hatte, war Alpay zurück in Frankas Büro gegangen. Er war gespannt, wie sie auf diesen Versuch reagieren würde.

Doch nun bewunderte er erst einmal ihre Geduld. Sie atmete durch. «Also, Frau Knüpfer. Sie sagen, ein blonder Mann, größer als Sie, sei um 1:50 Uhr über den Flur gegangen. Aber warum hat ihn sonst niemand gesehen?»

Die Intensivschwester schwieg.

«Frau Knüpfer?»

«Bei uns geht jemand um.» Sie sprach so leise, dass Alpay sie von seinem Platz aus kaum verstehen konnte.

Franka schaute überrascht zu ihm hinüber. «Wie jetzt …?»

«Irgendwas stimmt bei uns nicht. Ich hab mich schon eine ganze Zeit lang gewundert. Und dann habe ich nach dem Tod eines Patienten eine Ampulle Gilurytmal neben dem Abwurfbehälter in seinem Zimmer gefunden. Aber der Mann hatte dieses Medikament überhaupt nicht verschrieben bekommen.»

«Wann war das?»

«Vor ungefähr zwei Wochen.»

«Wann genau?» Franka schaute wie elektrisiert zu Alpay,

während die Knüpfer ihr Telefon aus der Tasche zog und in ihrem Kalender scrollte.

«Handelte es sich bei dem Patienten vielleicht um den Zimmernachbarn von Herrn Ostersetzer?»

«Ja. Genau.» Cornelia Knüpfer schaute überrascht auf. «Dr. Hubert Henkelmann. Ich erinnere mich an den Namen, weil der doch mal Präses der Handelskammer war. Woher wissen Sie das?»

Alpay spürte die Dynamik, die dieser Fall plötzlich bekam. Trotzdem blieb Franka ruhig, zumindest äußerlich.

«Und warum erzählen Sie uns das erst jetzt?»

«Ich hatte Angst, dass auch Sie mir nicht glauben.»

«Wieso *auch*?»

«Na, wie mein Chef.»

«Professor Friedhoff?», hakte Franka nach.

«Nein. Dr. Petzold. Nachdem ich die Ampulle gefunden hatte, vertraute ich mich ihm an. Aber er hat mir nicht geglaubt. Im Gegenteil.» Das *Knickknack* ihrer Fingernägel nahm an Geschwindigkeit zu. Die Frau war nun wirklich von der Rolle, das musste wohl auch Franka klar sein, die ihr noch ein Glas Wasser einschenkte. Knüpfer trank hastig und berichtete, wie der Chefarzt sie bezichtigt hatte, sich mit dieser Geschichte auf Kosten der Kolleginnen profilieren zu wollen. Nachdem Cornelia Knüpfer einige Wochen zuvor einem Patienten einen falschen Tropf gehängt hatte, solle sie lieber mal den Ball flach halten. Angeblich wolle sie mit dieser erfundenen Geschichte nur von ihrem eigenen Fehler ablenken. Wahrscheinlich wolle sie sogar noch Teamleiterin werden.

«Und Ihre Kollegen und Kolleginnen?» Auch Franka wunderte sich offensichtlich über den massiven Einschüchterungsversuch des Chefarztes. Plötzlich begann die ablehnende Haltung der Klinikleitung gegenüber der Polizei einen Sinn zu ergeben. «Haben Sie auch mit den Kollegen über Ihren Verdacht gesprochen?»

«Nur hinter vorgehaltener Hand. Bei uns will keiner Ärger mit den obersten Chefs riskieren. Bei Karesis herrscht ein klarer Kurs.»

«Diese Ampulle, von der Sie sprechen, Frau Knüpfer, haben Sie die noch?»

Vielleicht hatte Mecki verloren. Vielleicht war es an der Zeit zu akzeptieren, dass ihr eine kleine Unachtsamkeit zum Verhängnis geworden war. Sie hatte den alten Mann mit der Sepsis getötet und die Ampulle des Medikaments versehentlich neben den Abwurfbehälter geschmissen – ob nun mit oder ohne Fingerabdrücke, er war ihr Patient gewesen. Sie kannte die Fälle von Patiententötungen, die durch den Abgleich von Arbeitsplänen und Sterbefällen aufgeflogen waren. War sie nach all den Jahren zu unvorsichtig geworden? Nach Knüpfers Aussage würde die Polizei ganz sicher alle Todesfälle auf der ITS2 untersuchen. Zumindest die der letzten Monate. Würde Mecki einer harten Befragung durch die Polizei standhalten oder würde sie einknicken und gestehen?

Sie schaute hinauf zu Lydia. Aber anders als gestern, als die Sonne kräftig durch das Pfingstfenster zu ihr hineinfiel, war die Purpurhändlerin heute nur ein Motiv unter vielen.

Mecki dachte an die geschnitzte Jesusfigur zurück, die an einem dunklen Holzkreuz über dem Taufbecken in der kleinen Feldsteinkirche in Soltau gehangen hatte. Dort, wo sie nach ihren ersten Erlösungen vor über zehn Jahren eingekehrt war.

Sie fühlte sich plötzlich allein. So wie immer, wenn sie ehrlich war. Wie damals in dem kleinen Siedlungshaus in Wietzendorf, während ihrer Zeit im Hermann-Löns-Krankenhaus, und letztlich auch hier in Hamburg. Wirklichen Anschluss hatte sie nie gefunden – nicht einmal ihrer Tochter war sie verbunden. Natürlich hatte sich Vera nicht bei Mecki gemeldet, als sie zusammen mit Ida zu Hause angekommen war. Manchmal fragte sie sich, warum Vera überhaupt noch zu Besuch kam. Von ihren Patienten bekam Mecki oft mehr zurück als von ihrem eigenen Kind.

Einige Besucher betraten flüsternd die Kirche.

Nimm die Klage deiner Tage, schnall sie auf den Rücken mir. Mach dein Leid zu meinem Kreuze, das ich trag auf Erden hier.

Diese Inschrift, die vor über zweihundert Jahren in den schweren Eichenbalken über dem Eingang der Feldsteinkirche in Soltau geschnitzt worden war, konnte sich Mecki bald selbst zuflüstern. Sie lehnte sich matt in ihrer Bank zurück. Das Hupen der Autos auf der Steinstraße war hier drinnen nur leise zu hören. Von irgendwo tönte ein Presslufthammer. Sie blieb ruhig sitzen und schloss die Augen. Eine unwirkliche Situation, in der sie nichts mehr tun konnte und ab jetzt zum Warten verdammt war.

Doch auf einmal spürte sie die Wärme der Sonne auf ihrem Gesicht, die nun doch hoffnungsvoll durch ihre Augenlider drang. Langsam blinzelte Mecki zu Lydia hinauf, der das Licht in allen Schattierungen von Pink bis Purpur durch den Körper leuchtete.

33 Hamburg. Mittwoch.

Was für ein Geburtstag, dachte Franka, als sie um 19:00 Uhr auf die Wurfsendungen in ihrem Briefkasten starrte. War das ihre gesamte Geburtstagspost? Sie brauchte weder einen Kelim noch fünfhundert selbstklebende Briefumschläge. Wem sollte sie überhaupt schreiben? Bis auf die Angebote eines Drogeriemarkts warf sie die Prospekte in den verbeulten Metalleimer unter der Briefkastenanlage. Während sie in den vierten Stock hochstieg, dachte sie daran, wie sie am Nachmittag ihrem Chef noch den Hals hatte umdrehen wollen. Sowohl weil er den Fall Ostersetzer an den Nagel hängen wollte als auch für die kleine Party, die er hinter ihrem Rücken organisiert hatte. Suttmann war es offensichtlich völlig egal, dass sie nicht auf solche Überraschungen stand. Und trotzdem musste sie sich eigentlich bei ihm bedanken! Denn nur seine lieb gemeinte Geste hatte dafür gesorgt, dass sich die Dinge in ihrem Kopf plötzlich sortiert hatten.

Bei Berdans auf der ersten Etage roch es köstlich nach Schnitzel. Drei Stockwerke später legte Franka den Werbeprospekt auf die kleine antike Anrichte in ihrem Wohnungsflur, ließ ihre Tasche daneben auf den Dielenboden fallen und schlüpfte aus ihren bunten Sneakern. Seit ewigen Zeiten absolvierte sie ihr tägliches Training in diesem Altbau ohne Fahrstuhl, weshalb sie im Präsidium auch immer den Lift nahm. Trotzdem war sie ganz schön am Prusten. Ob sie es jemals schaffen würde, mit dem Rauchen aufzuhören? Sie ging auf die Toilette und stellte sich anschließend unter die Dusche. Das warme Wasser entspannte sie zunehmend, während ihre Gedanken weiter um den Fall kreisten.

Cornelia Knüpfer hatte also einen Mann gesehen, den niemand sonst bemerkt hatte. Trotzdem glaubte Franka der Frau. Auch wenn man niemandem hinter die Stirn blicken konnte, hatten die dreißig Dienstjahre ihren Instinkt geschärft. Die Glasampulle, die sie am Bett des Toten mit der Sepsis gefunden hatte, hatte die Krankenschwester in ihrem Flurleuchter versteckt. Man weiß ja nie, hatte sie bei ihrer Befragung angegeben und eingeschüchtert an ihren Nägeln geknibbelt. Sobald die Frau mit dem Ersatzschlüssel wieder in ihre Wohnung kam, würde sie das Teil den Kollegen der Bereitschaft aushändigen. Franka shampoonierte sich den Kopf ein. Seit geraumer Zeit verwendete sie ein Produkt, das ihre grauen Haare vor einem fiesen Gelbstich bewahren sollte.

Wer war dieser Mann im Overall, den Cornelia Knüpfer in Ostersetzers Todesnacht gesehen hatte? Handelte es sich dabei um einen Pfleger, vielleicht um einen Arzt, den sie bis jetzt noch nicht ins Visier genommen hatten und der vor zwei Wochen möglicherweise auch Ostersetzers Zimmernachbarn getötet hatte? Oder hätte diese Gestalt doch eine Frau sein können? Eine große Frau. Franka selbst war nicht riesig, aber immerhin größer als Alpay, und Frau Knüpfer hatte diese Person ja nur von hinten in einem Overall gesehen. Ausschließen konnte Franka es nicht.

Wer würde das nächste Opfer sein?

Sie spülte den Schaum aus ihren Haaren, schloss die Augen

und lehnte die Stirn gegen die Kacheln. Es regnete warm ihren Rücken hinunter.

Was spielte eigentlich dieser Dr. Petzold für eine Rolle, der Cornelia Knüpfers Verdacht einer Serientat keinen Glauben geschenkt hatte? Wenn Franka sich richtig erinnerte, hatte er auch Anna Ostersetzer abgebügelt, als die ihm von der Angst ihres Mannes berichtet hatte. *Ich habe Angst, die bringt mich um.* Aber warum sollte sich ausgerechnet Petzold als Mitarbeiter einer Reinigungsfirma ausgeben, wenn er als Arzt zu jeder Tages- und Nachtzeit einen Patienten hätte töten können?

Sie musste an Alpays Gespräch mit Bergmann denken, an dessen Drohung mit der Presse, sollte die Staatsanwaltschaft beim zuständigen Untersuchungsrichter seinem Antrag auf Exhumierung nicht nachkommen. Moro hatte Franka den Schriftsatz bereits ausgehändigt, der nun in ihrer Umhängetasche im Flur lag. Die Staatsanwältin hatte nicht sehr überzeugt gewirkt, obwohl der Anwalt richtig gute Arbeit geleistet hatte. Sorgfältig hatte er anhand medizinischer Studien begründet, warum er es für möglich hielt, dass sein komatöser Freund den Mord an seinem Zimmernachbarn mitbekommen haben könnte. Aber Franka wusste auch, wie sehr die Hamburger Staatsanwaltschaft durch Personalnotstand am Limit arbeitete. Vielleicht war Moro nur überlastet und hatte ursprünglich den Fall einfach zu den Akten legen wollen, weil es ihr eine Menge Arbeit ersparte?

Auch an ihrem neunundfünfzigsten Geburtstag kam Franka nicht zur Ruhe, so wie an Weihnachten und zu Ostern nicht und an keinem anderen Tag, an dem es sich die meisten Menschen schön machten. Sie liebte ihre Arbeit, auch wenn sie der Job über die Jahre immer mehr zur Außenseiterin gemacht hatte. Dessen war sie sich bewusst. Kein Umstand, den sie ändern wollte. Sie stieg aus der Dusche und trocknete sich ab. Vielleicht lag es an dem beschlagenen Spiegel, aber für neunundfünfzig Jahre stimmte zumindest ihre durch den Dampf weichgezeichnete Silhouette noch. Sie schmunzelte, als sie an Sybilles peinlich berührtes Gesicht in Bezug auf die falsche Jahreszahl aus Erdbeeren dachte. Was ihr Alter anging, stand Franka über den Dingen. Meistens jedenfalls. Sie wischte den Spiegel frei und kämmte ihre grauen Haare, die sie seit Monaten nicht mehr färbte. Das Shampoo wirkte tatsächlich Wunder.

Morgen würde das toxikologische Ergebnis der Rechtsmedizin vorliegen und hoffentlich widerlegen, dass Ostersetzers Zimmernachbar an seiner Sepsis verstorben war. Der ehemalige Präses der Handelskammer war vor einer Woche in einem Familiengrab auf dem Ohlsdorfer Friedhof beigesetzt worden, wie Marcel recherchiert hatte. Sie waren froh, dass der Leichnam nicht eingeäschert worden war. Außerdem würde Franka morgen in der HafenCity die Aufstellung der Verstorbenen der letzten zwei Monate verlangen. Beides nur bedingt ein Spaß, darüber war sie sich im Klaren. Mit einem Handtuch um den Körper gewickelt, ging sie vom Bad in die gegenüberliegende Küche hinüber.

Der Kühlschrank war bis auf eine angebrochene Dose Kartoffelsuppe und eine halbe Flasche Rotwein leer. Vermutlich war der Rioja schon zu Sherry gegoren. Sie goss sich Leitungswasser ein und zündete sich eine Zigarette an. Sie hasste es, wenn ihr wie jetzt der Rauch in die Augen zog. Während sie unter der Dusche stand, hatte das Präsidium angerufen, und Alpay hatte ihr eine WhatsApp geschickt, die sie als Erstes öffnete. *Kurzes Update. Mein Vater ist noch auf Intensiv. Soll aber morgen verlegt werden. Happy Birthday, A.*

Ein weiteres schönes Geschenk, an diesem Tag, an dem die Soko Intensiv die größte Überraschung gewesen war. Franka wollte gerade die Weinflasche aus dem Kühlschrank ziehen und dem Sherry eine Chance geben, als Alpays Fanfare aus ihrem Telefon trompetete.

«Ich hab die WhatsApp gerade gelesen. Wie schön.» Sie klemmte sich den Hörer zwischen Kinn und Schulter. Der Hintergrundlärm aus dem Telefon war gewaltig. «Wo steckst du denn?» Sie schenkte sich ein. Als ein Martinshorn aufschrillte, beschlich sie ein ungutes Gefühl.

«Alpay?» Keine Antwort, nur Lärm. «Bist du vor dem Krankenhaus? Ist was mit deinem Vater? Was ist los?»

«Sorry. Kannst du mich jetzt verstehen?» Die fiesen Hintergrundgeräusche hatten etwas nachgelassen. «Die Bereitschaft hat dich nicht erreicht und mich angerufen. Ich stehe am U-Bahnhof Kellinghusenstraße. Cornelia Knüpfer ist vor einer halben Stunde vor eine einfahrende U3 gestürzt.»

Als Franka zwanzig Minuten später in Eppendorf eintraf und ihren alten Nissan auf dem Bürgersteig vor der U-Bahn-Station abstellte, stand eine Vielzahl an Rettungswagen vor dem Eingang zum Fahrradparkhaus. Die Mitarbeitenden leisteten psychologische Notfallbetreuung und kümmerten sich um einige der etwa dreihundert Fahrgäste, die entweder auf dem Bahnsteig gestanden oder im Zug gesessen hatten, als Cornelia Knüpfer auf die Schienen gefallen war.

Franka ging mit einer brennenden Kippe zwischen den Zähnen die Treppen zu den abgesperrten Gleisen hinauf. Ein Kollege der Feuerwehr kam ihr entgegen. Sie zückte ihren Dienstausweis. Der Mann nickte knapp.

«Das würde ich trotzdem lieber lassen.» Sie nahm schleunigst die Zigarette aus dem Mund. Der Mann grinste. «Ich meinte nicht Ihren Glimmstängel, sondern dass Sie da am besten jetzt nicht hochgehen sollten. Der Körper der Frau, oder was davon übrig geblieben ist, klemmt noch unter dem Triebkopf.»

Die Hamburger Hochbahn hatte die U-Bahn-Station Kellinghusenstraße für Fahrgäste gesperrt. Am Übergang zweier Linien wurde der Verkehr der U3 Richtung Hauptbahnhof und die Strecke der U1 nach Großhansdorf eingestellt. Auf dem gegenüberliegenden Gleis schirmten mobile Sichtschutzwände den Horror für die Passagiere in den durchfahrenden Zügen Richtung Norderstedt und Barmbek ab.

Oben angekommen, sah Franka, dass der Zug auf dem letzten Drittel des Bahnsteigs zum Halten gekommen war. Sie war eine Menge gewohnt, aber das Ausmaß dieses Unglücks ging auch ihr an die Nieren. Die letzten Meter der Bahnsteigkante waren dunkel verfärbt, und das Blut reichte bis hoch zur Scheibe des U-Bahn-Führerstands. Feuerwehrmänner und -frauen hockten im Gleisbett und versuchten, die Leiche der Frau zu bergen. Schuhe und Umhängetasche lagen bereits auf dem Bahnsteig, diese hatte Knüpfer bei dem Gespräch im Präsidium getragen. Allen am Einsatz Beteiligten stand der Schock ins Gesicht geschrieben. Sie schaute sich nach Alpay um, der am Ende des Bahnsteigs sein Gespräch mit dem Einsatzleiter der Polizei beendete und ihr entgegenkam.

«Heftig. Nur ihr Telefon ist noch in einem Stück.» Er verzog das Gesicht, als er das Smartphone in einem blickdichten Asservatenbeutel präsentierte.

«Hat jemand gesehen, wie es passiert ist?» Sie beobachtete die Männer des Beerdigungsunternehmens, die den Zinksarg auf den Bahnsteig trugen. Die ersten Leichenteile wurden geborgen und in speziellen Plastiktüten verpackt. Franka wandte den Blick ab. Alpay schlug sich tapfer. Vielleicht hatte der morgendliche Besuch in der Rechtsmedizin wie eine Konfrontationstherapie auf ihn gewirkt. Jedenfalls agierte er ohne einen sichtbaren Ekel, obwohl die Unglücksstelle nur wenige Meter von ihnen entfernt lag.

«Das ging wohl alles blitzschnell, sagen Augenzeugen.» Er nickte zu den Überwachungskameras hinauf, die über ihnen montiert waren. «Mit der Auswertung werden wir gut zu tun haben. Der Bahnsteig war brechend voll. Die Fahrgäste der U1 waren schon da und warteten zum Umsteigen auf die Linie U3. Dann die Leute, die gegenüber aus dem Holthusenbad kamen. Hier war mächtig Betrieb.»

«Was ist mit dem Zugführer?»

«Armer Kerl. Wird psychologisch betreut. Er sagt, er hat die Frau auf dem vollen Bahnsteig nicht einmal gesehen. Er hat nur den Aufschlag gehört und das Brechen der Knochen. Die Bahn nennt so was nüchtern *Personenschaden*.»

Auch Franka schaute nun zu den Überwachungskameras hinauf. Insgesamt zählte sie sechs Stück. Unter anderem zwei am Kopf des Bahnsteiges und eine, die den Fahrstuhl am Ende im Blick hatte. Die Hinweisschilder, die daran erinnerten, dass das Rauchen hier verboten war, ignorierte sie geflissentlich. Nachdenklich blies sie den Rauch aus der Nase. «Was denkst du?»

«Na ja … Ich meine, Cornelia Knüpfer beschuldigt die Karesis-Klinik bei der Polizei, die Augen vor einer ungewöhnlich hohen Mortalitätsrate zu verschließen … und nachdem wir sie im Präsidium befragt haben, fällt die Frau *zufällig* vor eine einfahrende U-Bahn?»

Franka schnippte die Asche von ihrer Zigarette. «Also hat der wahre Täter oder die wahre Täterin die Frau bereits im Blick gehabt?»

Alpay nickte knapp. «Vielleicht.»

«Ich will so schnell wie möglich das Material aus den Überwachungskameras sichten. Auch das vom Eingangsbereich der Station. Wird eine lange Nacht.»

Alpay schaute sie überrascht an. Er hatte doch nicht wirklich geglaubt, dass sie zu Hause Schnittchen dekorierte und eine Erdbeerbowle für eine Geburtstagsparty ansetzte.

«Ach, und Alpay, Herr Linnemann von der TKÜ soll bitte versuchen, so schnell wie möglich an die Anrufliste der Frau zu kommen.» Franka deutete auf die dunkle Asservatentüte in seiner Hand. «Und wir brauchen sofort einen Beschluss, um in der Wohnung diese Ampulle aus der Deckenlampe zu sichern. Dann bitte im Labor auf verwertbare Spuren untersuchen. Wir haben absolut keine Zeit mehr, auf Knüpfers Freundin mit dem Ersatzschlüssel zu warten.»

Gegen 21:30 Uhr saß Alpay an seinem Schreibtisch und streckte sich. Er schaute zu Franka hinüber. Sie ließ sich vom Chef der technischen Abteilung an ihrem Computer die einzelnen Winkel der Überwachungskameras auf dem U-Bahnhof erklären. Der erste Teil des Materials war bereits von IT-Profi Matze aufbereitet worden, indem er die letzte Stunde vor dem Tod von Cornelia Knüpfer herausgeschnitten hatte. Auch wenn die Hamburger Hochbahn keine genauen Zahlen veröffentlichte, konnten bis zu dreißig Überwachungskameras in einem einzigen Hamburger U-Bahnhof hängen, wie er berichtete. Besonders Knotenpunkte des Streckennetzes wurden gut überwacht.

Zwar hatte die Hochbahn das Nachrüsten neuer Kameras noch nicht auf jedem Bahnhof abgeschlossen, aber in der Kellinghusenstraße ließen sich fast alle Überwachungssysteme mittlerweile schwenken und zoomen. Matze wartete allerdings noch auf die Aufnahmen aus dem Eingangsbereich der U-Bahn-Station. Das dort mit neuem Equipment aufgezeichnete Material hatte sich noch nicht auslesen lassen. Die veraltete Software der Hamburger Hochbahn kämpfte mit dem modernen Betriebssystem der neuen Kameras.

«Habt ihr das Ding gefunden?» Alpay stellte den Lautsprecher seines Hörers an und winkte Franka heran, als sich Kurt wenige Minuten später aus der Ditmar-Koel-Straße meldete, wo er mit Ina Reitzenbach und den Kollegen von der SpuSi die Ampulle sichern sollte.

«Negativ. Die Deckenlampe im Flur besteht aus so einzelnen kleinen Glaskolben, aber ohne eine Medikamentenampulle oder so was.» Kurt sprach mit vollem Mund. Alpay beobachtete Franka, die nachdenklich auf dem Bügel ihrer Lesebrille herumkaute.

«Hat die Frau euch vielleicht einen vom Pferd erzählt?» Man hörte, wie Kurt von etwas abbiss.

Franka schüttelte energisch den Kopf. «Glaube ich nicht. Nein. Die Kollegen der Spurensuche sollen die ganze Wohnung auf den Kopf stellen.»

«Eine Sache wäre da aber noch.» Sie hörten, wie Kurt mit einem Getränk nachspülte. «Laut den Nachbarn hatte das Opfer zwei Katzen. Aber als wir hier rein sind, war nur eine in der Wohnung. Die andere ist verschwunden.»

34 Hamburg. Donnerstag.

Am nächsten Morgen war Franka insgeheim froh darüber, dass sie nicht selbst fahren musste. Vielleicht war sie für den Hamburger Berufsverkehr auch mittlerweile zu ungeduldig. Da Alpay seinem Vater einen kurzen Besuch in der Klinik in Altona abstattete, war es Sybille, die um 8:30 Uhr den Dienstwagen in Richtung HafenCity lenkte. Franka telefonierte über die Freisprechanlage mit Kurt Möhring. Zusammen mit Pit koordinierte er an diesem Morgen die Exhumierung in Ohlsdorf. Rechtsmedizin, KTU und die Friedhofsverwaltung waren dabei, den Sarg von Dr. Hubert Henkelmann zu sichern. Laut Kurt hatte man bereits die ersten Sichtschutzwände gegen neugierige Besucherblicke aufgestellt, ebenso wie ein Zelt über der Grabstelle. Bis der Friedhof um 9:00 Uhr seine Pforten öffnete, wollte man fertig sein. Kurt versprach, sich später noch einmal bei Franka zu melden, wenn der Leichnam in die Rechtsmedizin überführt worden war. Sie legte auf und öffnete das Beifahrerfenster einen Spaltbreit.

«Wie lange hast du eigentlich gestern noch im Büro gesessen?» Sybille schaute kurz von der Seite zu ihr hinüber.

«Keine Ahnung. Alpay hat gegen 23:00 Uhr Feierabend gemacht und ich vielleicht … so eine halbe Stunde später?» Franka griff nach ihrem Coffee to go, der im Cupholder der Mittelkonsole steckte. Sie behielt für sich, dass sie seit langer

Zeit mal wieder auf ihrem Klappbett im Büro geschlafen hatte, das genau für solche Einsätze hinter der Tür stand. In Wahrheit hatte sie nämlich bis 2:30 Uhr vor ihrem Computer gehockt und sich Cornelia Knüpfers Weg auf dem Bahnsteig angeschaut, immer und immer wieder vor und zurück. Aus allen vier auf den Zug gerichteten Kamerapositionen hatte Franka versucht, den Tathergang auf dem Bahnsteig zu rekonstruieren.

«Und ihr habt wirklich nichts Brauchbares auf dem ganzen Material gefunden?»

«Es herrschte ein solcher Betrieb, dass sich aus keinem Winkel mit Sicherheit sagen lässt, ob die Frau wirklich gestoßen wurde. Selbst in Zeitlupe war jeder einzelne Frame voller Menschen. Zudem war eine Kamera völlig mit Taubendreck zugeschissen. Sorry für den Ausdruck. Aber da waren wohl definitiv nicht genügend Spikes drauf. Was ich sehen konnte, ist Folgendes: Fünf Minuten vor dem Unglück bekommt Frau Knüpfer einen Anruf. Der dauert knapp zwei Minuten. Links neben ihr wartet ein Mann mit Strohhut und 'ner riesigen Krempe. Man sieht nicht mal sein Gesicht. Rechts von ihr steht ein Mann mit Baseballcap und Sonnenbrille, und direkt hinter der Knüpfer eine Frau mit Kopftuch, auch mit Sonnenbrille. Wenige Minuten später, als der Zug einfährt, bewegt sich Cornelia Knüpfer in einer Traube von Menschen auf die Bahnsteigkante zu, und plötzlich ist sie weg. Man kann absolut nicht sehen, wer von den Herumstehenden das gewesen sein könnte. Und bei dem Wetter tragen achtzig Prozent aller Fahrgäste Hüte und Sonnenbrillen. Die meisten Menschen haben nach dem Unglück panisch den Bahnsteig verlassen. Nicht nur über den Hauptausgang, sondern auch über die Treppenbrücke zum gegenüberliegenden Gleis.» Franka stellte ihren Pappbecher zurück in den

Halter. «Aber ich bin sicher, das war kein Versehen.» Moment mal. Sie stolperte über ihren eigenen Gedanken. Die Knüpfer war in der Kellinghusenstraße vor die Bahn gefallen, und zwar kurz nachdem Franka die Frau im Präsidium verhört hatte. Sie war also aller Wahrscheinlichkeit nach in der Station Alsterdorf in die U1 gestiegen, um in der Kellinghusenstraße in die U3 umzusteigen. Franka rief Matze an und sprach ihm auf die Mailbox. «Matze, ich weiß, du hasst mich dafür, aber ich brauche bitte auch das gesamte Kameramaterial vom U-Bahnhof Alsterdorf. Rechnet zurück, in welcher Bahn die Krankenschwester unterwegs gewesen sein muss. Bitte leg mir das Material auf den Server. Danke dir.» Sie beendete das Gespräch. Wenn sie auf den Aufnahmen aus dem Bahnhof Alsterdorf eine der Personen entdeckte, die später auch in der Nähe der Knüpfer in der Kellinghusenstraße stand, gehörte diese Person ganz eindeutig zum Kreis der Verdächtigen.

«Was ist mit der Medikamentenampulle?», fragte Sybille.

«Kurt hat gestern noch mit den Leuten von der SpuSi die Wohnung in der Ditmar-Koel-Straße auf den Kopf gestellt. Negativ. Man sieht aber, dass in den verstaubten Leuchter gegriffen wurde, wo sie, laut ihren Angaben, vor vierzehn Tagen die Ampulle versteckt hat. Jemand muss also vor uns dort gewesen sein.»

«Lass mich raten», Sybille gab vor einer gelben Ampel Gas, «keine Fingerabdrücke.»

Franka nickte. «Und keine zweite Katze. Ganz offensichtlich ist dem- oder derjenigen eins der beiden Tiere entwischt.»

Sybille fuhr am Hotel Atlantic vorbei. Kurz hinter der Brücke für den Schienenverkehr zwischen Hauptbahnhof und Dammtor bog sie an der Hamburger Kunsthalle links ab, um die Route durch den Wallringtunnel Richtung HafenCity zu nehmen.

«Meinst du, dass der- oder diejenige die Frau auch vor den Zug gestoßen hat?»

Franka nickte. «Diese Ampulle ist ganz offensichtlich ein Beweismittel, das den wahren Täter entlarvt. Vermutlich hat Cornelia Knüpfer unbewusst ihr eigenes Todesurteil unterzeichnet, als sie vor Kollegen und Klinikleitung ihren Verdacht einer Tötungsserie ausgesprochen hat.»

Seit der zweiten Befragung von Cornelia Knüpfer schwirrte Franka dieser Dr. Petzold im Kopf herum. Er hatte nicht nur harsch auf Knüpfers Verdacht reagiert, sondern auch Anna Ostersetzer keinen Glauben geschenkt. Und was bezweckte die Klinikleitung mit ihrer ablehnenden Haltung gegenüber den polizeilichen Ermittlungen? «Im Moment weiß ich nur eins: Wenn wir davon ausgehen, dass Knüpfer uns mit der Ampulle die Wahrheit gesagt hat, diese aus ihrer Wohnung entwendet wurde, aber laut SpuSi keinerlei Einbruchsspuren an ihrer Wohnungstür zu sehen sind – dann hat die Knüpfer ihren Hausschlüssel gestern ganz sicher nicht *verloren*. Der wurde ihr geklaut. Und wenn wir wissen, wer das getan hat, haben wir auch Täter oder Täterin.»

Die Krankenschwester, die sich gestern so nett um Metin gekümmert hatte, reichte Alpay einen Pott Kaffee. Gemeinsam mit seiner Mutter wartete er im Stationszimmer auf den behandelnden Arzt. Aber die Intensivpflegekraft mit den kurzen Haaren hatte jetzt schon gute Nachrichten: Metin war am Morgen zum ersten Mal für einen kurzen Moment von der künstlichen Beatmung genommen worden. Die Lunge hatte flach eigenständig ein- und ausgeatmet. Der behandelnde Arzt hatte daraufhin die unterstützenden Intervalle der Maschine verringert. Wenn die Entwöhnung weiter so gut verlief, würde man spätestens am Abend mit der Dekanülierung der Luftröhre beginnen. Erleichtert drückte Alpay die Hand seiner Mutter. Auch wenn Metin seit gestern nicht mehr in Lebensgefahr schwebte, beruhigte ihn jede gute Nachricht in der Sorge um den Vater ein bisschen mehr. Siggi scherzte, dass sich Metin schon bald über das Krankenhausessen beschweren würde, wenn er wieder in der Lage wäre, vernünftig zu sprechen. Auf die Diskussion könne sich die Schwester schon mal gefasst machen. Metin bereite nämlich die besten Königsberger Klopse. Die Frau lächelte und sortierte weiter Verbandmaterial in einen Schrank. Dabei summte sie gut gelaunt die Melodie einer Popnummer, die Alpay im Moment oft im Radio hörte.

Pfleger Jan betrat das Stationszimmer.

«Moin.» Er begrüßte Alpay, erfreut, ihn wiederzusehen, und wandte sich überrascht an seine Kollegin.

«Mensch, Frau Kramer. Cool. Sie sind ja wieder fit.»

«Zum Glück.» Sie atmete erleichtert durch. «Und ich kann Sie hier auf Station ja nicht hängen lassen.» Sie lächelte wieder. Die Frau versprühte wirklich gute Laune. «Sagen Sie mal … wollen wir uns nicht duzen, Jan? Ich bin hier zwar nur für einige Tage, aber …» Sie winkte ab. «Ich heiße zwar Marion, aber alle nennen mich Mecki», fügte sie hinzu und tippte auf das Namensschild auf ihrer Arbeitskleidung. Alpay nahm an, dass das Pflegepersonal aus datenschutztechnischen Gründen darauf nur die Vornamen trug.

Er horchte auf. Marion Kramer? War die nette Schwester mit den kurzen Haaren etwa die Kollegin, die Karesis von der HafenCity nach Altona ausgeliehen hatte? Wenn er sich richtig erinnerte, hatte Benisha Pashwan vorgestern diesen Namen erwähnt, er hatte das Protokoll abgetippt. Aber weder wollte Alpay Privates mit Dienstlichem vermischen, noch wollte oder durfte er seine Mutter mit den Ermittlungen zu einem getöteten Patienten erschrecken.

«Wir haben dem Bypass gestern noch einen Tropf mit Bivalirudin gelegt», sagte Jan. Er brachte seine Kollegin anhand der Patientenblätter leise auf Stand, aber es ließ sich trotzdem nicht verhindern, dass Alpay und Siggi mithörten.

«Ich habe mich bereits über alles informiert. Der arme Mann. Ich kann seine Schmerzen förmlich spüren.» Die Krankenschwester fasste sich an die linke Brust. Alpay mochte die Frau, die so voller Empathie über ihre Patienten sprach.

«Ich frage dich, wie kann denn das passieren?» Anna schaute David vom Beifahrersitz seines fast fünfzig Jahre alten R4 aus an. Sie kam einfach nicht darüber hinweg, dass die Klinik in der HafenCity Maltes Ehering schon wieder verloren hatte. «Was ist denn das für eine Sauerei?» Weil die Jungs auf der Rückbank saßen, verkniff sie sich einen heftigeren Kraftausdruck. Sie drehte an ihrem eigenen Ring. «Vielleicht hätte ich seinen doch besser behalten sollen?»

David schwieg. Das Gesicht leicht gebräunt von der Sonne, tanzten seine blonden Haare im Fahrtwind der halb offenen Fenster.

«Dr. Petzold», fuhr Anna schließlich fort, «hat mir gestern Abend am Telefon wenig Hoffnungen gemacht. Er glaubt nicht, dass nach vier Tagen …»

«Mensch, Anna.» Davids Stimme hatte plötzlich etwas Schneidendes. «Entschuldige, aber …» Sie zuckte zusammen. Seine Hände umklammerten fest das Lenkrad, und zum ersten

Mal hatte sie das Gefühl, dass sie ihn nervte. «Du weißt doch, was die Klinik in der HafenCity für ein Chaosladen ist.» Er atmete durch und sprach betont ruhig weiter. «Warum hast du Malte den Ring überhaupt wieder angesteckt? Die Patienten auf der Intensivstation dürfen doch gar keinen Schmuck tragen.»

Auf der Rückbank bekamen sich die Jungs in die Haare. Anna wusste nicht einmal, worum es dabei ging. Trotzdem fuhr sie die beiden an, vielleicht eine Spur zu heftig. Paul fing an zu heulen, Fritz wusch seine Hände in Unschuld.

Plötzlich war es Anna unangenehm, dass sie David heute Morgen gebeten hatte, sich um die Kinder zu kümmern. Ihre Freundin Nina hatte sie hängen lassen. Aber den Termin bei ihrer Gynäkologin hätte sie nicht verschieben können. Zumal sie danach auch noch ein Gespräch mit dem Bestatter hatte, um Maltes Beisetzung zu organisieren.

«Entschuldige bitte», sagte David nun versöhnlich. «Ich wollte dich nicht so anfahren.» Sie sah, wie er sich auf die Lippe biss.

«Nein, mir tut es leid, David. Ich … ich hätte die Kinder sonst mitgenommen. Aber …»

«Alles gut, Anna. Ich habe das in der Kanzlei ja geregelt. Frau Reeders hat meine Mandantentermine verschoben und mir den Tag freigeboxt.» Er suchte den Blick der Kinder durch den Rückspiegel und schaltete sofort um. Eine Eigenschaft, die Anna immer wieder verunsicherte, die sie aber auch bewunderte. «So, meine Herren. Wenn wir die Mami abgesetzt haben, wie sieht's denn mit unserer heutigen Ferienspaßaktion aus? Fußball an der Alster und Hotdogs?» Die Jungs waren zwar für die Hotdogs, aber für Elbe statt Alster. Dort, wo sie vorgestern die riesigen Schiffe gesehen hatten, wollten sie am Wasser kicken. Davids Versuch, sie umzustimmen, misslang. Vermutlich, weil sie schon wieder anfingen zu quengeln, gab er sich geschlagen. Sie reckten die Arme in die Höhe und freuten sich lautstark.

Er bog von der Barnerstraße in Altona links in die Bahrenfelder ein. Vor ihnen tauchte die Fabrik auf, ein beliebter Veranstaltungsort für Konzerte, der weit über Hamburgs Grenzen hinaus bekannt war.

«Die Praxis ist gleich da vorne links.» Anna deutete auf ein modernes Ärztehaus. David hielt direkt gegenüber auf einem Parkplatz vor einem Coffeeshop. Anna rang den Jungs das Versprechen ab, sich zu benehmen, und verabschiedete sich. Sie würde so schnell wie möglich zu ihnen an die Elbe kommen.

Als sie auf das Ärztehaus zuging, holte David sie auf dem Bürgersteig ein. «Warte, Anna. Das eben … das tut mir leid. Und wenn ich gestern Abend zu direkt geworden bin … ob du das Kind behalten sollst …» Er schaute kurz zu den Jungs hinüber, die ihnen aus dem geöffneten Schiebefenster zuwinkten.

«David. Das ist okay.» Vor den Kindern konnte sie sich immer gut zusammenreißen, aber hier, auch noch in unmittelbarer Nähe zur Praxis ihrer Gynäkologin, schossen ihr sofort die Tränen in die Augen. Die Szene eben hatte auch nicht gerade dazu beigetragen, dass sie die Beherrschung behielt. «Ich kann doch dieses Kind nicht wegmachen lassen … Ich hab schon Maltes Ring verloren.» Jetzt brachen alle Dämme.

«Hey.» Er zog sie zu sich heran und strich ihr über das Haar. «Schsch … Alles gut, Anna.»

«Hallo, Sie da! Ist das Ihr Auto?» Eine Polizistin in Uniform stand neben dem R4, bereit, ein Ticket auszustellen. «Das ist 'ne Ladezone.» Die Beamtin deutete auf das Schild, lächelte aber freundlich.

«Ich komme, einen Moment bitte!»

«Wenn Sie wollen, schicke ich Ihnen auch gerne vorher noch eine Einladung!», unterbrach die Polizistin ihn. «Jetzt verabschieden Sie sich mal ganz schnell von Ihrer Frau, sonst schleppe ich den Wagen hier nämlich mitsamt Ihren Kindern ab.» Ein Grinsen verriet ihren Humor, und David lachte. Die Jungs im Auto auch. Offensichtlich hielt die Beamtin sie alle für eine Familie. Anna hatte das Bedürfnis, die Situation aufzuklären. Doch David schien die Verwechslung zu gefallen. Auf dem Weg zum Auto drehte er sich noch einmal zu ihr um und machte das Spiel mit.

«Tschüs, mein Schatz, bis später.» Er winkte. Dann stieg er ein und fuhr mit ihren Kindern Richtung Elbe.

Franka betrat mit Sybille das Vorzimmer des medizinischen Direktors in der HafenCity. Marita Michelhausen führte sie dieses Mal ohne großes Theater in sein Büro. Friedhoff hatte sich mittlerweile Frankas Namen gemerkt.

«Frau Erdmann. Guten Morgen.»

«Das ist meine Kollegin Sybille Wischmeier.»

Gurte Amrein stand am kleinen Sideboard und goss sich einen Kaffee ein. Als sie sich umdrehte, hielt sie die Untertasse mit beiden Händen fest und verhinderte so auf elegante Weise einen Handschlag, absichtlich, da war sich Franka sicher.

«Guten Morgen. Herrn Dr. Petzold haben Sie ja schon vorgestern kennengelernt. Sie baten um seine Anwesenheit.»

Franka begrüßte den Arzt, der am Konferenztisch Platz genommen hatte. Dieser Mann hatte also Cornelia Knüpfers Verdacht einer Tötungsserie als Profilierungssucht abgetan.

Franka war müde und hatte die Arroganz auf dieser Etage satt. Eine Arroganz, die indirekt eine Krankenschwester das Leben gekostet haben mochte, ganz zu schweigen von möglicherweise zahlreichen Patienten, die getötet worden waren. Vielleicht gab sie sich deshalb keine große Mühe, die furchtbaren Neuigkeiten schonender zu verkünden. Vielleicht lag es aber auch daran, dass sie einfach keine Zeit mehr für Freundlichkeit hatte. In einem Umfeld, in dem regelmäßig gestorben wurde, war es ein Leichtes, den nächsten Mord zu verstecken.

«Ihre Mitarbeiterin Frau Knüpfer ist gestern Abend verstorben.»

Weil niemand ein Wort sagte, hallte der Satz förmlich nach. Franka schaute von Amrein über Friedhoff zu Dr. Petzold. Während Amrein ungläubig den Kopf schüttelte, schien Petzold auf eine seltsame Weise unbeteiligt. Er drehte das Wasserglas hin und her, das vor ihm auf dem Tisch stand.

«Wie … verstorben?» Auch Professor Friedhoff setzte sich an den Konferenztisch, zuckte ratlos mit den Schultern und wandte sich an seinen Chefarzt. «Wenn ich mich nicht täusche, Johannes, hatte sie doch gestern noch Dienst?»

«Wie ist es passiert?» Das plötzliche Entsetzen in Gurte Amreins Stimme täuschte Franka nicht darüber hinweg, dass die Frau etwas Berechnendes hatte. Nur Dr. Petzold hatte es ganz offenbar die Sprache verschlagen. Er schwieg immer noch. Franka lehnte sich an die Wand neben eines der bodentiefen Fenster und verschränkte die Arme vor der Brust.

«Frau Knüpfer ist gestern gegen 19:00 Uhr vor eine einfahrende U-Bahn gestürzt. Sie war sofort tot.» Zu ihrer Verwunderung äußerte keiner ein Wort des Bedauerns. Kein besorgter Blick zeigte Betroffenheit, dafür bewies das betretene Schweigen eine abstoßende Form von Gleichgültigkeit.

«Herr Dr. Petzold. Frau Knüpfer hat vor circa zwei Wochen

das Gespräch mit Ihnen gesucht.» Franka setzte sich nun an das Kopfende des Konferenztischs. «Können Sie uns mal erklären, warum Sie Frau Knüpfers Angst, auf der Station würden vorsätzlich Patienten getötet, als Wichtigtuerei abgetan haben?»

Der Arzt schaute überfordert zu Amrein und Friedhoff.

«Herr Dr. Petzold?» Franka ließ nicht locker. «Das war doch eine schwerwiegende Anschuldigung. Aber statt dem Verdacht der Frau nachzugehen, die zudem auch noch eine verdächtige Ampulle gefunden hatte, haben Sie Frau Knüpfer eingeschüchtert.»

«Die Frau galt bei uns in der Administration nicht gerade als besonders, lassen Sie es mich so formulieren, als besonders verlässlich.» Zu Frankas Verwunderung übernahm Gurte Amrein plötzlich die Gesprächsführung. Und sie war sich nicht zu schade, die Frau, die sich nicht mehr wehren konnte, zu diskreditieren. «Sie war eine von denen, die Dienst nach Vorschrift machen. Vor einigen Wochen hat sie dann fast einen fatalen Fehler begangen.»

«Der einen Patienten beinah das Leben gekostet hat. Das wissen wir, Frau Amrein.» Franka schaute angestrengt zu Sybille. Selbst die Nachricht, dass eine erfahrene Mitarbeiterin der Klinik auf so furchtbare Weise tödlich verunglückt war, weichte die Frau im Businesskostüm nicht auf.

«Und warum hat Frau Knüpfer dafür keinen Eintrag in ihre Dienstakte erhalten?» Sybille entschärfte die Situation mit einem freundlichen Lächeln.

«So etwas liegt im Ermessen der Chefärzte und der Klinikleitung.» Amrein sah sich bemüßigt, auch diese Frage zu beantworten. Für Franka wurde immer deutlicher, wer in dieser Klinik die Hosen anhatte. Das wiederum mochte sie eigentlich an Frauen, auch wenn ihr Amrein zutiefst unsympathisch war.

«Frau Knüpfer war völlig fertig danach. Wir waren der Meinung, das wäre Strafe genug.»

«Aha. Dass sie keinen Eintrag bekommen hat, könnte nicht zufälligerweise auch daran liegen, dass Sie der Frau im Schichtplan nicht genügend Ruhepausen gegönnt haben und ihr der Fehler deswegen passiert ist?» Franka bemerkte das leichte Zucken im Augenlid ihres Gegenübers.

«Frau Erdmann, Sie wollen jetzt nicht mit mir über den Pflegenotstand in der Bundesrepublik diskutieren?» In Gurte Amreins Lächeln schwang wie so oft eine deutliche Spur Überheblichkeit mit.

Das wollte Franka tatsächlich nicht. Auch wenn sie sich über die Wichtigkeit dieses Themas durchaus im Klaren war. Sie wandte sich nun an den Chefarzt. «Herr Dr. Petzold, Sie haben nicht nur Frau Knüpfers Sorge nicht ernst genommen, sondern auch Anna Ostersetzer nicht, als die Ihnen von der Angst ihres Mannes berichtet hat.»

Er schnaubte kurz auf, als würde er nicht verstehen, was das eine mit dem anderen zu tun haben sollte. «Die Frau war sehr angespannt.»

«Mit Recht, wie sich herausstellte. Ihr Mann starb durch ein Mittel, das er nicht hätte bekommen dürfen.»

«Hören Sie, Frau Erdmann. Frau Ostersetzer hat sehr viel Zeit hier verbracht. Wenn Sie mich fragen, *zu* viel Zeit. Gelinde gesagt hat sie uns genauso wahnsinnig gemacht wie der beste Freund von Herrn Ostersetzer. Die beiden haben fast im Wechsel am Bett des Patienten gesessen. Es gibt Angehörige, die brauchen fast so viel Aufmerksamkeit wie die Patienten selbst.

Jetzt hat sie gerade gestern angerufen, weil der Ehering ihres Mannes schon wieder verschwunden ist. Wissen Sie, so ein Rundum-Programm, das können wir hier nicht leisten.»

Dem Stresstest eines Herzinfarktes mochte man hier vielleicht gewachsen sein, allem anderen offensichtlich nicht. Franka hatte genug. «Wissen Sie, was ich mich schon die ganze Zeit frage? Ob das Wegsehen bei Ihnen in der Klinik eigentlich System hat.»

«Das ist ja eine infame Unterstellung, Frau Erdmann.» Gurte Amrein stemmte die Hände in die Hüften. «Ich werde mich über Sie beschweren.»

Franka konnte schon lange nicht mehr zählen, wie oft man versucht hatte, sie mit einer solchen Drohung auszubremsen.

«Ich kann Ihnen gern die Nummer meines Vorgesetzten geben. Aber eigentlich sind wir wegen etwas anderem hier.» Das waren die Momente, die Franka insgeheim an ihrem Job so mochte. Wenn sie nach einer Strecke im Nebel plötzlich das Ziel erkannte. «Ich darf Sie bitten, uns eine Liste mit allen in den letzten zwei Monaten auf der ITS2 verstorbenen Patienten anzufertigen. Darüber hinaus benötigen wir eine Aufstellung der Pflegekräfte, die in den betreffenden Schichten Dienst hatten.» Sie nickte Sybille zu, die zwei gefaltete DIN-A4-Blätter aus ihrer Tasche zog und die Beschlüsse des Untersuchungsrichters über den Konferenztisch schob. «Nur für den Fall, dass Sie sich nach der rechtlichen Grundlage erkundigen wollen.»

Selbst der Gegenwind auf dem Weg zur Arbeit hatte Mecki kaum etwas ausgemacht. Alle Kollegen waren froh, dass sie heute Morgen wieder auf dem Damm war. Sie musste grinsen. Nach ihrem angeblichen Unwohlsein gestern Nachmittag war sie heute nicht unterzukriegen. Wunderheilung! Sie spürte die Bewunderung der Kollegen, die manchmal so kaputt waren, dass sie schon ein leichtes Unwohlsein zum Anlass nahmen, sich für einige Tage krankschreiben zu lassen. Sie mochte diese Form von Anerkennung. Sie tat ihr gut und gab ihr das Gefühl, etwas Besonderes zu sein.

In ihrer Schicht, die bisher ohne nennenswerte Zwischenfälle verlaufen war, hatte sie bereits die Körperpflege und das Umlagern ihrer vier Patienten erledigt. Außerdem hatte sie den Systemwechsel einer Ernährungspumpe vorgenommen, Perfusoren kontrolliert und Medikamente nachgelegt, das kaputte Kabel einer Fingermanschette ausgetauscht und zusätzlich auf einen weiteren Patienten aufgepasst, während der Kollege dringend auf die Toilette musste. Seit Langem war ihr die Arbeit nicht mehr so leicht von der Hand gegangen wie heute, obwohl sie nun schon wieder über den Flur hetzte. Sie betrat das Zimmer von Metin Eloğlu und seinem Bettnachbarn. Insgeheim war Mecki froh, dass die Familie des Türken gegangen war. Auch wenn die Besuche für die Patienten einer Intensivstation ebenso wichtig waren wie für die auf einer Normalstation, störten doch selbst engste Angehörige die routinierten Arbeitsabläufe. Mecki war jedoch sicher, dass Frau Eloğlu spätestens zur Mittagszeit wieder am Bett ihres Mannes sitzen würde. Die Frau war Lehrerin und hatte Sommerferien.

Aber was soll's, dachte Mecki. Ihr egal. Nichts konnte die Erleichterung trüben, die sie durch den Tag trug: Sie hatte gestern Abend diese verdammte Ampulle Gilurytmal aus Cornelias Flurlampe gefischt und vernichtet! Noch auf dem Bürgersteig in der Ditmar-Koel-Straße hatte Mecki gestern Abend die Ampulle mit dem Absatz zertreten und anschließend die feinen Splitter sorgsam mit der Schuhspitze in einem Gullydeckel entsorgt. Lydia sei Dank, deren Körper Mecki durch das einfallende Sonnenlicht daran erinnert hatte, dass sie gestern aus Angst vor Entdeckung den Glasleuchter in Cornelias Flur nicht eingeschaltet hatte. Unter dem Vorwand, in der nächsten Woche eine Schicht mit Cornelia tauschen zu wollen, hatte sie sie angerufen. Dabei hatte sie in Wirklichkeit nur ausloten wollen, wie viel Zeit ihr nach dem Verschwinden der Knüpfer an den Landungsbrücken bliebe, bis die ihre Aussage bei der Polizei beendet hatte.

Nun korrigierte Mecki den Tubus des Türken. Der Mann schlief und atmete eigenständig ein und aus, bis das nächste Intervall des Sauerstoffgerätes wieder unterstützend einsetzte. Es klackte, und Mecki kontrollierte die Feuchte des Atemgases. Wenn sich die Entwöhnung weiter so gut entwickelte, wollte der behandelnde Arzt heute Abend den Tubus ziehen und das Tracheostoma im Hals des Patienten verschließen. Die Haut würde von alleine zuwachsen. Aber ging es ihm wirklich schon so gut? Wie so oft hatte Mecki ihre Zweifel.

Der Bettnachbar von Metin Eloğlu röchelte leise hinter der frei stehenden Wand, die den Patienten ein Mindestmaß an Privatsphäre gönnte. Seine Trachealkanüle musste abgesaugt werden. Und während Mecki ihrer Arbeit professionell nachging, summte sie wieder den Song, den sie gestern bei Cornelia Knüpfer im Radio gehört hatte. Schmunzelnd erinnerte sie sich daran, wie sie sich zuerst erschrocken hatte, als ihr bei ihrer Rückkehr in die Wohnung eins der Viecher ins Treppenhaus entwischt war. Sie hatte noch versucht, die Katze einzufangen. Aber als der Nachbarsjunge von unten die Treppe heraufkam, war Mecki schnell zurück in die Wohnung gehuscht. Vermutlich lungerte die Katze jetzt vor einem der Restaurants im Portugiesenviertel herum, wenn sie nicht schon längst tot auf einer der Straßen des Viertels lag. Aber eine überrollte Katze interessierte sie ab jetzt genauso wenig wie das Schicksal von Cornelia Knüpfer.

Meckis Angst vor Entdeckung war seit gestern Abend vorbei! Niemand konnte sie mehr aufhalten. Und das einsetzende Intervall der Beatmungsmaschine von Metin Eloğlu erinnerte sie daran, was ihre Pflicht und Schuldigkeit war.

Gurte Amrein überprüfte in aller Ruhe die Beschlüsse des Untersuchungsrichters. Zum zweiten Mal studierte sie nun die Anordnungen. Franka war klar, dass die Frau wirklich alles tat, um Zeit zu schinden.

«Frau Michelhausen wird Ihnen eine Aufstellung machen und dann mailen», sagte Amrein schließlich und reichte Friedhoff die Dokumente zurück.

Aber Franka ließ keinen Zweifel daran, dass sie sich eine weitere Verzögerungsaktion seitens der Klinik nicht gefallen lassen würde. Genau aus diesem Grund war sie heute Morgen persönlich hier erschienen.

«In der Zeit elektronischer Patientenakten glaube ich kaum, dass Ihre Sekretärin lange dafür benötigen wird. Ich warte. Eine ausgedruckte Liste nehme ich gleich mit. Die Datei dann bitte per Mail ins Präsidium.»

Friedhoff zögerte noch eine Sekunde. Dann gab er sich geschlagen, rief im Vorzimmer an und erteilte Marita Michelhausen den Auftrag.

Keine halbe Minute später betrat die Assistentin das Büro mit einigen bedruckten Seiten Papier, die sie Franka überreichte.

Geht doch, dachte sie. Das hatte gerade mal einen Knopfdruck gedauert. Erstaunlich schnell, um eine Datei zu öffnen, einen Report zu erstellen und den auch noch zu drucken … Franka befühlte das Papier – es hatte Zimmertemperatur und war ganz bestimmt nicht eben erst aus dem Drucker gelaufen. Plötzlich war sie sich sicher, dass diese Listen bereits existiert hatten. Aber warum? Hatte sich die Klinikleitung vielleicht selbst schon einen Überblick verschafft, weil auch sie die ungewöhnlich vielen Sterbefälle beunruhigte? Musste Cornelia Knüpfer sterben, weil sie mit ihrem Verdacht in ein Wespennest gestochen hatte?

Franka reichte die Listen an Sybille, die Fotos davon anfertigte und sofort an Ina Reitzenbach weiterleitete, damit sie die Angehörigen der verstorbenen Patienten befragen konnte. Sie durften keine Zeit mehr verlieren. Franka wandte sich an Amrein, Friedhoff und Petzold. «Ich verspreche Ihnen: Wenn sich herausstellen sollte, dass Sie die Augen vor einer Tötungsserie verschlossen haben, um den Profit dieser Klinik nicht zu gefährden, dann sorge ich persönlich dafür, dass Sie alle zur Verantwortung gezogen werden.»

Franka und Sybille verließen den Konferenzraum, doch in der Tür drehte sich Franka noch einmal um. «Sagen Sie, Herr Dr. Petzold. Wo waren Sie eigentlich gestern Abend gegen 19:00 Uhr?»

35 Hamburg. Donnerstag.

Anna war der einzige Fahrgast, als sie am frühen Nachmittag an der Endhaltestelle Tinsdaler Kirchenweg aus dem 198er stieg. Der Bus schloss hinter ihr die Türen und fuhr zurück zum S-Bahnhof Blankenese. Langsam ging sie über den Parkplatz beim ehemaligen Fährhaus Wittenbergen hinunter zur Elbe. Anders als vorgestern, als sie hier am Strand gegrillt hatten, standen auf dem sandigen, von Bäumen umgebenen Gelände nur vereinzelt abgestellte Fahrzeuge. Der Himmel hatte sich zugezogen. Seit dem Gewitter vorgestern Abend waren die Temperaturen stetig gesunken, und die Sonne hielt sich hinter bedecktem Himmel am Nachmittag zurück. Ein Pärchen, beide Mittfünfziger in Dreiviertelhose, stand neben seinem Auto und zog die Klettverschlüsse seiner Trekkingsandalen nach. Hatte sie die beiden nicht vorgestern unten am Strand schon einmal gesehen? Eine junge Frau versuchte vergeblich, ihren Hund davon zu überzeugen, auf die Ladeklappe eines SUV zu springen. Anna entdeckte Davids alten R4, den er unweit des Imbisswagens geparkt hatte. Ein Typ mit Wollmütze versuchte, Hotdogs und Bier an die wenigen Spaziergänger zu verkaufen. Ihr lief das Wasser im Mund zusammen, und sie war ein bisschen erleichtert, dass ihr die Schwangerschaft nicht wieder den Magen umdrehte. Anna konnte von hier schon die Elbe sehen, die braun durch die Bäume schimmerte. Nach wenigen Metern tauchte die Landungsbrücke Wittenbergen vor ihr auf, die weit hinaus auf die Elbe führte.

Seit vier Tagen stand Annas Leben kopf. Auch wenn sie die vierzehn Tage, die Malte auf der Intensivstation gelegen hatte, schon ohne ihn geübt hatte, fehlte er ihr in jeder ruhigen Minute. Zum Glück gab es davon im Moment zu wenige. Bei dem Gedanken lächelte sie bitter.

Mindestens achtundvierzig Stunden musste sie auf die Ergebnisse ihrer Blut- und Urinuntersuchung warten. Den Schwangerschaftstest und den Check-up hatte sie schnell hinter sich bringen können, anders als das Treffen mit Herrn Grindelmann junior. Der verloren gegangene Ring war nur am Rande ein Thema gewesen. In genau einer Woche würde die Trauerfeier in Ohlsdorf stattfinden, Kapelle Nr. 8. Sie bot Freunden und Familie genügend Platz. Anna rechnete mit um die achtzig Personen und hatte dabei auch schon Maltes Kollegen und Kameraden aus dem Ruderclub auf der Rechnung. Am nächsten Tag sollte die Urne in engstem Kreis in einem Friedwald in der Nähe von Bad Segeberg bestattet werden. Grindelmann junior hatte ihr eine freie Rednerin empfohlen, Malte hätte einen Pastor abgelehnt. Vielleicht wollte David ein paar Worte vortragen? Das wäre schön. Sie würde ihn fragen.

Nun erreichte sie den Strand. Auch hier herrschte wenig Betrieb. Nur vereinzelt waren Hundebesitzer mit ihren Tieren unterwegs. Das Pärchen in den Dreiviertelhosen überholte Anna, und als sie die Metalldetektoren über ihren Schultern hängen sah, erinnerte sie sich, wie Fritz und Paul die beiden vorgestern interessiert ausgefragt hatten.

In Davids letzter Textnachricht, Anna hatte schon im Bus zur Endhaltestelle der Linie gesessen, hatte er ihr seinen genauen Standort mitgeteilt. Ein Selfie mit den beiden Jungs hatte er auch geschickt. Fritz klebte ein Eisrand mit bunten Streuseln um die Lippen. David war ein Patenonkel, wie man ihn sich nur wünschen konnte, der nicht nur seine Patenschaft ernst nahm, sondern auch die Freundschaft zu ihr und Malte. Ach, Malte …

Anna ging ein Stück auf die Landungsbrücke hinaus und ließ sich den leichten Wind um die Nase wehen. In einiger Entfernung entdeckte sie die Kinder und David. Wie die drei so nebeneinander im Sand saßen, hätte man sie wirklich für einen Vater mit seinen Söhnen halten können, wie es die Polizistin heute Morgen getan hatte.

«Leute, bitte. Ich will anfangen.» Franka klatschte in die Hände und trommelte die Soko Intensiv in einem der Konferenzräume im Erdgeschoss des Präsidiums zusammen. Nachdem sie am Morgen in der Klinik das Gefühl bekommen hatte, dass man dort sogar eine tote Krankenschwester in Kauf nahm, um eine Tötungsserie zu vertuschen, wurde es um 15:00 Uhr Zeit, sich gegenseitig auf Stand zu bringen. Ungeduldig winkte sie ihren Chef und den Kollegen Berthold Linnemann von der TKÜ hinein. Er war in diesem Fall für die Sicherung von Telekommunikationsdaten und somit für die Anrufliste von Cornelia Knüpfers Telefon zuständig. Auch Pit und Kurt waren vom Ohlsdorfer Friedhof zurück. Sybille nahm am Konferenztisch neben Alpay Platz, und Marcel Reuter schenkte eine Runde Kaffee an die Kollegen aus. Franka konnte ihre innere Anspannung nicht richtig einordnen.

«Okay, Leute …» Das Telefon im Konferenzraum klingelte. In Erwartung von Dörflers rechtsmedizinischen Ergebnissen nahm sie das Gespräch entgegen.

«Moro hier. Hallo, Frau Erdmann. Ich schaffe es leider nicht, persönlich dabei zu sein. Schalten Sie mich auf die Spinne?» So nannten sie das Telefon für die Telkos. Wie passend, dachte Franka. Das Gerät verfügte über drei Lautsprecher, die an die Beine einer Spinne erinnerten. In der Körpermitte war das Mikrofon eingebaut. Franka stellte den Anruf auf die Telefonanlage und wandte sich an den Kollegen von der Telekommunikationsüberwachung.

«Herr Linnemann, wenn Sie bitte anfangen würden?»

Franka setzte sich und überließ dem Kollegen der TKÜ das Feld. Er verteilte Kopien der Anrufliste von Cornelia Knüpfer. «Sie sehen die markierten Verbindungen. Das sind die Telefonate des Opfers zwischen ihrem Feierabend um 17:00 Uhr und ihrem Tod gegen 19:00 Uhr gestern Abend. Die Frau hat in dieser Zeit sechs Gespräche geführt. Die meisten davon mit ihrer Freundin, die den Ersatzschlüssel zu ihrer Wohnung verwahrte. Dann mit einem Bekannten in Lütjenburg und mit einer Reinigung in ihrer Nachbarschaft. Alle Telefonate waren kürzer als zwei Minuten. Kurz bevor sie hier im Präsidium angekommen ist, um von Ihnen befragt zu werden, Frau Erdmann, hat das Opfer noch einen Anruf entgegengenommen. Dauer 3:34 Minuten. Wir haben die Nummer überprüft. Die Kennung gehört einer Marion Kramer. Das ist eine Kollegin von Cornelia Knüpfer. Laut Anrufliste hat sie noch vier weitere Male angerufen. Das letzte Mal fünf Minuten, bevor Frau Knüpfer vor die einfahrende U-Bahn …»

«Moment.» Alpay unterbrach Linnemann und wandte sich direkt an Franka. «Die kenn ich. Das ist die Krankenschwester, die von der HafenCity wegen Personalnotstand in die Klinik nach Altona ausgeliehen wurde. Erinnerst du dich? Diese Frau betreut meinen Vater.»

Mecki warf ihre Latexhandschuhe in den Müll. Nachdem sie die Wunde auf der Brust von Metin Eloğlu mit neuem Verbandmaterial versorgt hatte, desinfizierte sie ihre Hände. Sie beobachtete seine Vitalparameter genau. Der Sauerstoffgehalt im Blut kam mit der Entwöhnung vom Beatmungsgerät gut zurecht – hatte der behandelnde Arzt heute Morgen bei der Visite gesagt. Mecki sah das allerdings anders. Ihrer Meinung nach wurden Herz und Lunge durch die Dosisanpassung seines Analgetikums und die Senkung der bedarfsangepassten Sedierung einer harten Belastung ausgesetzt. Die Bypässe zwangen das Herz vielleicht in seinen regelmäßigen Rhythmus. Aber wenn man genauer hinschaute, musste man doch erkennen, dass Puls- und Herzfrequenz nicht übereinstimmten. Nur Mecki schien mal wieder zu wissen, wie sehr sich der Mann quälte. Sie hörte die sich öffnende Schiebetür hinter ihr und drehte sich um.

«Hallo, Mecki.» Trotz Mundschutz sah sie Frau Eloğlus Lächeln. Selbst in steriler Krankenhauskluft wirkte sie nicht wie eine Krankenschwester, sondern wie eine Lehrerin in steriler Klinikkleidung. Einmal so viel Zeit haben, das musste einfach ein Traum sein, dachte Mecki ohne Neid. Dann kümmerte sie sich um den zweiten Patienten im Raum, der in seinem Intensivbett auf der anderen Seite der frei stehenden Wand lag. Anders als Metin Eloğlu, der unterstützend mit Sauerstoff beatmet wurde, war dieser Patient auf einen speziellen Oxygenator angewiesen. Die Maschine zog sein Blut aus dem Körper, versetzte es mit Sauerstoff und pumpte es wieder zurück in den Körper.

«Wie geht es meinem Mann?» Frau Eloğlu schaute um die Ecke. «Entschuldigen Sie, ich wollte nur schnell noch wissen, ob er schon von alleine atmet.»

«Der Oberarzt möchte Ihren Mann heute Abend auf die

Normalstation verlegen, spätestens aber morgen früh.» Himmel. Sah die Frau nicht, wie beschäftigt Mecki war?

«Danke. Danke sehr.» Frau Eloğlu verschwand wieder hinter der Wand. Eigentlich war heute ein guter Tag für Mecki wegen der Knüpfer gestern. Aber diese Angehörige ging ihr mit ihrer Selbstbezogenheit langsam ganz gehörig auf den Zeiger.

Franka kippte das Fenster an, während Marcel Reuter die letzten Ergebnisse der SpuSi vortrug, die er anhand von projizierten Fotos aus der Knüpfer-Wohnung präsentierte. Jemand hatte gestern die Tür mit Knüpfers Schlüssel geöffnet, der ihr zuvor aus dem Spind geklaut worden war. Die Spurensuche hatte frischen Abrieb an ihrem Schrank in der Umkleide gefunden. Die Deckenlampe im Wohnungsflur, die aus kleinen birnenförmigen Leuchtmitteln bestand, war ein idealer Ort, um eine ähnlich geformte Glasampulle Gilurytmal zu verstecken. Die Aufschrift des Medikaments war in der Höhe vermutlich nicht zu erkennen gewesen. In der Mitte des kreisrunden Leuchters konnte man auf den Fotos deutliche Verwischungen im Staub erkennen. Jemand hatte ganz offensichtlich erfolgreich nach der Ampulle gesucht. Fingerabdrücke: Fehlanzeige. Täter oder Täterin musste Handschuhe getragen haben.

«Laut Knüpfers Freundin Moni Jensen hat Frau Knüpfer übrigens Tagebuch geschrieben», führte Marcel weiter aus. «Das ist allerdings genauso aus der Wohnung verschwunden wie die zweite Katze. Aber das Interessanteste haben wir in der Küche gefunden.»

Marcel Reuter zeigte die Großaufnahme eines eingestaubten Küchentischs und schaute erwartungsvoll in die Runde. Franka rollte mit den Augen. Sie hasste es, wenn Kollegen künstlich

Spannung erzeugten, wo es um Tempo ging. Zumal besonders oft männliche Kollegen sich dabei benahmen, als hätten sie die Ergebnisse der Spurensicherung selbst ermittelt. Aber Franka verkniff sich einen Spruch.

«Die Wohnung ist insgesamt ziemlich sauber. Daher ist das, was ihr hier auf dem Tisch seht, kein Staub, sondern Talkumpuder. Mit so einem Zeug wird das Innere von medizinischen Handschuhen eingestäubt.»

«Könnte das nicht auch von der Knüpfer stammen?»

«Unwahrscheinlich. In der gesamten Wohnung haben wir keinen einzigen Latexhandschuh gefunden.»

«Okay. Also noch ein Hinweis darauf, dass wir es hier mit jemandem aus der Klinik zu tun haben.» Alpay schaute zu Franka, die in dem Moment die Zigarettenschachtel in ihrer Umhängetasche befühlte. Er schien sie wohl zu durchschauen, denn er schüttelte den Kopf, als solle sie es ja nicht wagen, hier drinnen eine zu rauchen. Sie legte ihre Tasche aus der Hand, als Ina Reitzenbach und Franky Brodersen abgehetzt den Raum betraten.

«Sorry, Leute. Scheißverkehr.» Ina warf ihre Jacke auf einen freien Stuhl und blieb stehen. «Also, ohne Not will ich nicht ins Krankenhaus. Drei von fünf Angehörigen, die wir heute Morgen befragt haben, glauben nicht an die offiziellen Todesursachen, die die Klinik ihnen aufgetischt hat.»

Anna saß gemeinsam mit ihren Jungs im Sand und schaute auf die Elbe. Den einen rechts, den anderen links fest im Arm beobachteten sie ein riesiges Kreuzfahrtschiff, das die Hansestadt Richtung Nordsee verließ. Während Fritz und Paul völlig fasziniert waren, fand Anna diese schwimmenden Bettenburgen einfach nur abartig. Aber sie war zu müde, um Fritz zu erklären, warum sie diese Pötte für eine ökologische Zumutung hielt. Das braune Kielwasser der Elbe strudelte gewaltig hinter dem Riesen zusammen. Eine Gefahr für jeden, der in den Sog geriet.

«So, junge Frau.» David kam vom Parkplatz zurück und balancierte eine Tragepappe mit Hotdogs und Getränken in beiden Händen, die er am Imbiss gekauft hatte. Die Jungs lachten, weil er beim Sprechen hamburgerte. Für die gute Laune war Anna ebenso dankbar wie für die Verpflegung. «Und damit die Deern nicht angetütert is, hier wat ohne Alkohol, mien Seuten.» Er setzte sich in den Sand, reichte ihr mit einem Augenzwinkern ein alkoholfreies Bier und verteilte die Hotdogs. Sein Handy klingelte. Er zog es aus der Jackentasche. Anna erkannte Judiths Namen. David selbst warf nur einen flüchtigen Blick drauf, bevor er ihren Anruf wegdrückte und das Telefon in die Jackentasche zurücksteckte. Anna sagte nichts. Sie kannte die Zeichen, wenn er sich innerlich bereits von seinen Frauen verabschiedet hatte.

In einiger Entfernung entdeckte sie das Pärchen mit den Metalldetektoren. Anna war sicher, sobald die Jungs das Quietschen der Geräte hörten, gäbe es kein Halten mehr. Anschließend würden sie ihr wieder in den Ohren liegen, dass ein solches Gerät das perfekte Geburtstagsgeschenk wäre.

Sie balancierte den Hotdog in ihrer Hand und versuchte zu verhindern, dass ihr die Röstzwiebeln in den Schoß rieselten. «Erinnerst du dich noch an die Riesen-Hotdogs bei Werner?» Sie biss ab. Eine Gurkenscheibe fiel in den Sand. David schaute sie fragend an. «Weißt du nicht mehr? Werners Brutzelhütte. Na, dieser fiese Frittenbums damals zu Unizeiten am Braunschweiger Bahnhof.» Sie sprach mit vollem Mund. Der dänische Senf schmeckte einfach köstlich.

David wischte sich einen Klecks Ketchup vom Kinn und wirkte auf einmal seltsam angefressen. «Zu Werner ist Malte mit dir erst nach meiner Zeit in Braunschweig gegangen. Ich hatte längst von Architektur auf Jura umgesattelt.» Seine Stimme hatte plötzlich eine irritierende Ernsthaftigkeit bekommen. Hatte sie etwas Falsches gesagt? Er nahm einen kräftigen Schluck aus seiner Bierflasche. «Da verwechselst du wohl was.»

«Ja?» Dunkel erinnerte sie sich, dass sie die ersten Monate nach seinem Umzug nach Heidelberg recht wenig von ihm gehört hatten. Aber weil David in den letzten Jahren immer enger an ihre Familie gerückt war, hatte sie das wohl irgendwie ausgeblendet. Er nahm noch einen Schluck aus seiner Flasche und starrte auf die Elbe hinaus.

Ina Reitzenbach tippte auf einen Namen an der Tafel. «Das Gespräch mit der Mutter von Abdulghafur Zaher ist mir besonders nahegegangen. Ein erst einundzwanzigjähriger Mann, der fünf Tage vor Herrn Dr. Henkelmann verstorben ist. Auch die Dialyse hatte gegen seine schwere Leukämie nichts mehr ausrichten können. Trotzdem kam der Tod des Jungen für alle völlig überraschend, sagt die Mutter.»

Franka schaute zu Alpay. Auch ihn ließen solche Schicksale nicht kalt, wie sie mittlerweile wusste. «Haben die Eltern mit der Klinikleitung gesprochen?»

«Ja, mit einem Dr. Petzold. Der wohl zuerst sehr verständnisvoll reagiert hat, aber als die Mutter nicht nachgelassen hat, sich zu wundern, wurde der Arzt harsch. Die Familie hat den Tod des Jungen dann schließlich akzeptiert.»

«Immer wieder dieser Dr. Petzold.» Franka stand abrupt von ihrem Stuhl auf. «Cornelia Knüpfer hat er aber gestern Abend nicht vor die U-Bahn geschubst. Wir haben sein Alibi überprüft.» Sie öffnete das Fenster und zündete sich doch eine Zigarette an. «Ich krieg das alles nicht zusammen. Vor vier Tagen stirbt ein Mann bei Karesis. Die Witwe glaubt, da wurde nachgeholfen. Die Rechtsmedizin bestätigt das. Eine Schwester befürchtet sogar eine Tötungsserie und hat einen Mann gesehen, den sonst keiner bemerkt hat. Kurz danach verunglückt die Frau tödlich. Die Klinikleitung nährt durch ihr unkooperatives Verhalten den Verdacht, dass da tatsächlich was im Argen liegt, aber verdammter Mist, wie passt das alles zusammen?»

Das Telefon auf dem Konferenztisch klingelte. Franka sah an der Nummer, dass es der ersehnte Anruf aus Eppendorf war, und stellte Dr. Dörfler zu Moro auf die Spinne.

«So. Wir sind so weit», sagte der Rechtsmediziner, nachdem er die Runde begrüßt hatte. «Nach über vierzehn Tagen war der Sarg von Dr. Henkelmann noch fast intakt, was man von seinem sepsiszerfressenen Körper nicht unbedingt behaupten kann.» Alle im Raum schienen die Luft anzuhalten. Er räusperte sich. «Ich mach's kurz. Wir haben Ajmalin gefunden. Das Zeug kommt bei Herzrhythmusstörungen zum Einsatz und ist ein Bestandteil von Gilurytmal. Wie Malte Ostersetzer ist auch dieser Mann totgespritzt worden.»

Mecki betrat das Zimmer von Metin Eloğlu mit zwei neu aufgefüllten Perfusoren für seinen Bettnachbarn. Sie musste seine Kartuschen wechseln und das Schlauchsystem kontrollieren. Frau Eloğlu war dabei, sich von ihrem Mann zu verabschieden.

Er war wach und hielt ihre Hand. Mecki ging auf die andere Seite der Wand und begann mit der Arbeit.

«Mach mir keine Dummheiten, Metin. Spätestens morgen früh wirst du verlegt. Ich liebe dich.» Mecki hörte, wie Herr Eloğlu irgendetwas Unverständliches krächzte. Schritte. Die Schiebetür wurde bewegt. Wieder Schritte. Dann schaute Frau Eloğlu noch einmal zu Mecki um die Ecke. «Haben Sie vielen Dank. Tschüs. Ach, und wenn mein Mann verlegt wird, ruft mich jemand an?» Mecki bestätigte das knapp. Was dachte die Frau sich? Sie musste sich darauf konzentrieren, das Schlauchsystem hier richtig aufzustecken, damit kein Wundsekret danebenlief. Endlich wurde die Tür ins Schloss geschoben, und sie konnte in Ruhe ihre Arbeit erledigen. Es gab Patienten, die bekamen nie Besuch. Wie dieser Mann, dessen Blut mit Sauerstoff angereichert wurde. Mecki wusste, dass einige Angehörige das Leid ihrer Lieben nur schwer ertragen konnten. Frau Eloğlu hingegen schien unerschrocken und saß gefühlt in jeder freien Minute am Bett ihres Mannes. Mecki schaute um die Wand herum und hatte so ihre beiden Patienten gleichzeitig im Blick. Für wen gab es Hoffnung, für wen war es zu spät? Die unauffälligsten Erlösungen waren die zwischen Tür und Angel gewesen, erinnerte sie sich. Wenn der Tod so unvermittelt und leise über die Hinterbliebenen hereinbrach und so sprachlos machte, dass man nicht nachfragen konnte. Bei vier Bypässen schon gar nicht.

Alpay fand es immer abartig, wenn Franka sich eine neue Zigarette an einer noch brennenden Kippe anzündete, wie sie es nun tat. Aber niemand traute sich in solchen Momenten, eine Diskussion über das Passivrauchen zu beginnen. Selbst der Chef hielt die Klappe.

«Wo liegt dieser Abdulghafur Zaher begraben?» Sie drückte die aufgerauchte Kippe draußen auf dem Fensterbrett aus, was wohl auch Ina Reitzenbach befremdlich fand, die das Gesicht verzog.

«Auf dem muslimischen Teil des Ohlsdorfer Friedhofs, Frau Erdmann.»

«Den gibt's?»

Alpay wusste, dass sich die wenigsten Hamburger darüber Gedanken machten. «Muslime sterben auch, Franka.»

Sie hob entschuldigend die Hände, dabei klemmte die neue Zigarette bereits zwischen ihren Zähnen. Ihre Reaktion schien ihr unangenehm. «Korrigiert mich, aber … der Junge ist dann ohne Sarg beerdigt worden?»

«Ich spreche gerne mit dem Untersuchungsrichter.» Moros Stimme knackte aus der Telefonspinne. «Aber glauben Sie, dass von dem jungen Mann noch viel Verwertbares übrig geblieben ist?»

David stand etwas abseits am Strand und telefonierte seit einigen Minuten mit seiner Mitarbeiterin. Bei Frau Reeders hatten sich wohl einige Fragen angesammelt, während sie in der Kanzlei die Stellung hielt.

Es war dieser eine hohe Ton, der Fritz und Paul plötzlich aufhorchen ließ. Anna kannte ihre Jungs. Wie der Laut einer Trillerpfeife die Aufmerksamkeit eines Jagdhundes auf sein Herrchen richtete, weckte das Piepen des Metalldetektors das Interesse der Kinder. Der Wind trug den Sound zu ihnen herüber. Die Frau bückte sich, stocherte im Sand herum und betrachtete einen kleinen Gegenstand in ihrer Hand, den sie danach in einem Säckchen an ihrem Hosenbund sicherte. Wahrscheinlich hatte sie den x-ten Kronkorken aus dem Sand gezogen. Aber die Jungs sprangen sofort auf und flitzten dem Paar entgegen, wie Anna es vorausgesehen hatte.

«Hiergeblieben!» David brüllte ihnen hinterher, sodass Anna kurz vor Schreck zusammenzuckte. «Fritz, Paul!» So hatte sie ihn noch nie mit den Jungs reden hören. Aber die beiden waren keine trainierten Jagdhunde, sondern Kinder, die sich taub stellten, wenn es von Vorteil war. Er entschuldigte sich kurz bei seiner Mitarbeiterin und beendete das Gespräch.

«Lass sie doch.» Anna nahm noch einen Schluck ihres alkoholfreien Biers und verstand die Aufregung nicht. «Ich bin froh, wenn sie auf Entdeckungsreise gehen. Was soll denn passieren? Man hat doch alles prima im Blick.» Und von hier sah es so aus, als würden sich auch die beiden Herrschaften in der Entfernung über das Wiedersehen freuen.

David wirkte immer noch angespannt. Irgendetwas war ihm vorhin über die Leber gelaufen, das hatte Anna genau gespürt. Aber sie konnte sich beim besten Willen nicht vorstellen, dass ihm die gemeinsame Erinnerung an alte Zeiten die Stimmung verhagelte. Vielleicht hatte ein halber Tag als Nanny dann doch mehr an seinen Nerven gezerrt als eine stressige Gerichtsverhandlung.

«Schau mal. Ist doch alles easy da vorne.» Anna leerte ihr Getränk. «Dann haben wir zwei wenigstens ein bisschen Ruhe und können reden. Ich wollte dich nämlich was fragen, David.»

«Sorry. Sind ja fremde Leute, irgendwie.» Er griff in den Sand und ließ ihn langsam durch seine Hand rieseln.

«Pass auf. Also … ich bin dir auch echt nicht böse, wenn du abwinkst, aber …» Anna betrachtete die Neige in ihrer Bierflasche gegen den bedeckten Himmel. «Ich habe jetzt alles so weit für die Trauerfeier nächste Woche arrangiert. Könntest du dir vorstellen, in der Kapelle einige Worte zu sagen? So als Maltes ältester und bester Freund?»

Sein Blick ging über das Wasser. Seine Hände ballten sich im Sand zu Fäusten. Dann begann er zu weinen.

36 Hamburg. Donnerstag.

Die Teamsitzung war für eine kurze Pause unterbrochen worden. Die meisten Kollegen waren schnell auf die Toilette verschwunden oder vertraten sich draußen auf dem Flur die Beine. Kurt und Pit fuhren wieder zurück zum Friedhof, wo der rechtsmedizinische Befund über Dr. Hubert Henkelmann weitere Exhumierungen nach sich zog.

Franka versuchte, sich auf die Namen auf der Dokumentationswand zu konzentrieren. Ihr Blick flog von den verstorbenen Patienten zu den verantwortlichen Mitarbeitern und wieder zurück.

«Auch wenn man das Motiv noch nicht erkennt, das Puzzle nimmt endlich Gestalt an.» Alpay trat neben sie.

«Wir kriegen die Person, die dafür verantwortlich ist. Das weiß ich. Aber hoffentlich, bevor der nächste Patient ums Leben kommt.» Franka tippte auf den Magneten von Benisha Pashwan. «Sie hier war in der Schicht unterwegs, in der Dr. Henkelmann verstorben ist.» Franka setzte sich die Lesebrille auf die Nase. «Die Knüpfer auch, sehe ich gerade. Dazu noch ein Till Stöter, diese Marion Kramer, die insgesamt aber rausfällt.»

«Weil sie in Ostersetzers Todesnacht in Altona ausgeholfen hat?»

Franka nickte. «Nachts war ein kleines Team im Dienst.» Sie

schob die Lesebrille zurück ins Haar, rieb sich die Augen und setzte die Brille wieder auf. «Also. Bei Abdulghafur Zaher, dem jungen Studenten, haben gearbeitet: eine Abena Kimathi, Marion Kramer, wieder Till Stöter, Cornelia Knüpfer und … auch Frau Pashwan.»

Franka ging zum offenen Fenster hinüber, atmete frische Luft und hustete. «Ich kriege das einfach nicht auf die Kette. Anhand der Toten auf der ITS2 versuchen wir, die Pflegekraft zu ermitteln, die vielleicht bei allen Patienten nachgeholfen hat. Aber wer war dieser Mann im Overall der Reinigungsfirma, den Cornelia Knüpfer gesehen hat? Die Frau ist gestern nach ihrer Aussage bei uns vor die U-Bahn gefallen. Durch die Ergebnisse der SpuSi wissen wir, dass vermutlich jemand bei ihr in der Wohnung war und die Ampulle aus dem Leuchter entsorgt hat.»

«Und du meinst nicht, die Knüpfer selber hat die Spuren in dem Leuchter hinterlassen?» Alpays Art, jeden Gedanken hin und her zu drehen, gefiel Franka. Aber sie schüttelte den Kopf.

«Es gibt da oben keine Fingerabdrücke. Meinst du, die Frau zieht sich in ihrer eigenen Wohnung Gummihandschuhe an? Ich glaube kaum. Jemand muss in der Wohnung gewesen sein. Und zwar mit Knüpfers Wohnungsschlüssel, der ihr zuvor aus dem Spind geklaut worden war. Spricht ja irgendwie wieder für jemanden aus der Klinik. Laut ihrer Freundin hat die Knüpfer Tagebuch geführt und es unter dem Kopfkissen aufbewahrt. Keine Spur davon in der gesamten Wohnung, das wurde vermutlich auch mitgenommen. Also, die Knüpfer hat nicht gelogen. Falls da noch irgendjemand Zweifel hatte. Daher noch einmal meine Frage: Wer war dieser Mann im Overall?»

David stand unten am Wasser. Anna hatte versucht, ihn zu trösten, aber er wollte alleine sein. Sie schaute sich nach Fritz und Paul um, die immer noch dem älteren Pärchen hinterherliefen. Vielleicht zog der Enkelcharme. Jedenfalls kümmerten sich die Herrschaften ganz reizend um die Kinder und schienen ihnen die Metallsucher genau zu erklären. Anna drehte den Flaschenboden im Sand hin und her und hörte, wie David sich die Nase schnäuzte. Ja, Malte wurde nicht nur von ihr vermisst. Über Davids andauernde Hilfe hatte Anna fast vergessen, dass auch er Raum für das Trauern brauchte. Er hatte seinen besten Freund verloren. Schließlich drehte David sich zu ihr um und winkte. Sie lächelte, erleichtert, dass er sich beruhigt zu haben schien.

Der Bug eines riesigen Frachters tauchte zu ihrer Rechten auf der Elbe auf. Langsam schob sich das gewaltige Schiff Richtung Hafen. Es würde nicht mehr lange dauern, und eine riesige Wand aus blauem Stahl, mit stockwerkhoch gestapelten Containern würde die Elbinsel Neßsand verdecken, die auf der anderen Seite der Fahrrinne lag.

«Guck mal, Mami.» Fritz fiel Anna plötzlich von hinten um den Hals und präsentierte einen verrosteten altmodischen Schlüssel in seiner kleinen sandigen Hand. Paul schlurfte ohne Beute mit hängendem Kopf heran.

«Mami, bitte.» Fritz bekniete sie, ihm einen Metallsucher zu schenken. Er wollte dann zu Ostern, Weihnachten und zu allen Geburtstagen auch nie wieder etwas geschenkt bekommen. Eine Kosten-Nutzen-Rechnung, die sie sich überlegen sollte. Anna fragte sich, wo er mit seinen erst neun Jahren dieses Wort aufgeschnappt hatte. David kam vom Wasser zurück. Er hatte sich offensichtlich gefangen.

«Hier, guck mal, David. Hab ich gefunden.» Stolz zeigte Fritz auch ihm den Fund in seiner Hand. Im nächsten Moment verzog er das Gesicht. «Mami, ich glaub, ich krieg Bauchschmerzen.»

«Oh Leute, echt jetzt. Los. Wir packen zusammen.» David sammelte genervt die leeren Flaschen und die Verpackungen der Hotdogs ein. Anna war ihm behilflich. Dass er Fritzchens Fund mit keinem Wort gewürdigt hatte, schob sie auf seine melancholische Stimmung.

Die Kollegen kamen nach der kurzen Pause zurück in den Konferenzraum, was Franka nur am Rande registrierte, denn sie war immer noch auf das Puzzle vor sich vertieft. Alpay tippte mit einem Whiteboard-Marker auf den Namen Ilse Stuch. «Das ist die Frau, die man nach ihrem Tod verbrannt hat. Versorgt wurde sie in ihrer Todesnacht vor vier Wochen von … Beate Haseldorf, einem Max … nee, Moment.» Alpay versuchte, sich mithilfe des Markers an der Tafel zu orientieren. «Max Gröhnwold sollte wohl arbeiten, aber dafür ist dann Marion Kramer eingesprungen und – sieh an: wieder Benisha Pashwan.»

Franka fragte sich, ob es sein konnte, dass ausgerechnet die Jüngste im Bunde über die Station ging und tötete. Diese kleine zierliche Person? «Bei Ostersetzer war die Frau ebenso im Dienst. Lass mich raten, bei unserer letzten Kandidatin auch?»

Alpay überprüfte Frankas Vermutung auf der Tafel und pfiff durch die Zähne. «Bingo, auch bei Frau Sell mit dem Hirntumor war Benisha Pashwan im Team. Genau wie bei den anderen verstorbenen Patienten.»

Franka schaute ihn an. «Scheiße. Die Pashwan?» Sie spürte die Blicke der Kollegen und wusste, was zu tun war.

Moros Stimme klang aus der Spinne. «Ich kümmere mich sofort um den Beschluss zur Festnahme.»

Franka warf noch einen letzten prüfenden Blick auf die Liste an der Tafel und wandte sich an die Kollegen. «Findet raus, ob die Frau im Moment im Dienst ist, und sorgt dafür, dass jemand sie aus dem Verkehr zieht. Und bitte ohne große Nebengeräusche.»

Mal wieder auf dem Sprung lehnte Mecki im Stationszimmer an der Wand und nippte nur kurz an ihrem Becher Kaffee. Setzen lohnte sich nicht. Das Stück Butterkuchen auf dem Tisch, das sie sich in einer Frischhaltedose mitgebracht hatte, würde sie sich für ihre richtige Pause aufheben. Seit vielen Jahren knetete sie besonders viel Butter in die Streusel und backte sie bei Oberhitze schön knusprig.

Die für diese Schicht verantwortliche Oberärztin betrat den Raum. «Letzter Tag bei uns, was?» Sie ging zum Medikamentenschrank. Auch hier in Altona standen seine Türen fast immer offen, weil niemand die Zeit hatte, jedes Mal nach dem Schlüssel zu fragen. Die Ärztin notierte ihre Entnahme. «Sie haben uns mal wieder gerettet, Mecki. Danke für Ihre tolle Arbeit. Wo sind denn die Dekanülierungspflaster?» Sie schaute sich um.

Dafür, dass sie hier seit Jahren arbeitete, kannte sie sich erschreckend schlecht aus, dachte Mecki und zeigte auf einen der Oberschränke. Wer war hier die Aushilfe?

«Bei Herrn Eloğlu brauchen wir übrigens nicht zu nähen.» Die Ärztin nahm sich ein steril verpacktes luftdichtes Pflaster. «Da schließt sich der Tracheostomaverschluss von allein, wenn wir die Kanüle ziehen.» Dann verließ sie zügig das Stationszimmer. Fast im gleichen Moment betrat eine Kollegin den Raum, mit der Mecki erst zweimal zusammengearbeitet hatte. Aber Mecki beachtete sie und ihr Geplapper nicht weiter, sondern richtete ihre volle Aufmerksamkeit auf die verpackten Ampullen Gilurytmal im offenen Medikamentenschrank.

Kurze Zeit später, der Ermittlungsrichter hatte bereits grünes Licht für die Verhaftung von Benisha Pashwan gegeben, steckte Sybille ihr Handy wieder ein. Sie setzte sich an den Tisch und wandte sich an Franka, die auf dem Fensterbrett saß. «Die Kollegen sind auf dem Weg in die HafenCity, um Frau Pashwan herzubringen.»

Franka bedankte sich knapp, rutschte nervös von der Fensterbank und konzentrierte sich wieder auf die Namen an der Tafel. Obwohl die Indizien logische Rückschlüsse auf Benisha Pashwan als Täterin zuließen, schien ihr diese Lösung plötzlich zu schnell gegangen zu sein. Frankas innere Unruhe hatte sich nicht in Luft aufgelöst. Im Gegenteil. Wieder ging sie die Namen auf der Tafel durch.

«Diese Frau Stuch hatte Bauchspeicheldrüsenkrebs, korrekt?»

«Ja», bestätige Ina Reitzenbach. «Abdulghafur Zaher eine seltene Art von Leukämie, und der Körper von Dr. Henkelmann war durch die Sepsis bereits total entzündet. Nur die Dialyse hat den Mann am Leben gehalten. Frau Sell hatte einen Hirntumor, Endstadium.»

Franka pustete sich eine Strähne aus dem Gesicht, die sich aus dem kurzen Zopf gelöst hatte. Dann wanderte sie durch den Raum. «Also hätte keiner dieser vier Patienten seine Krankheit überlebt. Das sehe ich doch richtig?»

«Die Befunde kommen Todesurteilen gleich, ja», antwortete Alpay. Plötzlich dachte Franka an das Geräusch einer Dose Energydrink beim Öffnen und konnte sich nicht richtig konzentrieren. Immer, wenn sie unter Anspannung stand, wurde sie Opfer alter Gewohnheiten. Aber sie widerstand dem Impuls und fokussierte sich stattdessen auf die Namen der Pflegeteams neben den fünf Toten. «Immer ähnliche Teamkonstellationen.» Sie verglich die Namen erneut. Auf der einen Seite standen Pashwan, Stöter, Knüpfer, Haseldorf. Auf der anderen Seite Leukämie, Hirntumor, Bauchspeicheldrüsenkrebs, schwere Sepsis, Schädelhirntrauma. Sie schmeckte die flüssigen Gummibärchen aus der Getränkedose, als sie in ihrer Vorstellung einen großen Schluck daraus nahm. Sie schaute noch einmal auf Ostersetzers Erkrankung. Schädelhirntrauma.

Und so wie sie gewöhnlich vom Riboflavin gepusht wurde, war sie plötzlich bei dem Gedanken hellwach, dass sie bisher alle auf dem Holzweg unterwegs gewesen sein könnten. «Das gibt's doch nicht! Liegen wir total daneben? Also nicht so ganz, aber fast.» Sie schaute in die Runde.

«Wie jetzt?» Ina Reitzenbach zuckte mit den Schultern. «Haben Sie nicht vorhin gesagt, dass Benisha Pashwan als Einzige bei allen fünf Sterbefällen dabei war? Die Frau wird vermutlich schon ins Präsidium gebracht.»

Franka drehte sich kurz verunsichert zurück zur Tafel. Wurde sie jetzt irre? Nein, sie sah klarer denn je!

«Ich glaube, es geht im Fall Ostersetzer überhaupt nicht um eine Pflegekraft!»

Plötzlich hatte sie das Gefühl, dass jedem im Raum ein Fragezeichen auf der Stirn stand. Inklusive Alpay. Sie musste ihre Vermutung, die sie für sich selbst ja auch noch nicht bis ins Detail zu Ende gedacht hatte, klarer formulieren.

«Schaut doch mal. Stuch, Henkelmann, Zaher und Sell waren todkrank. Niemand von denen hatte auch nur den Bruchteil einer Chance, seine Krankheit zu überleben. Aber er hier», Franka tippte auf den Namen von Malte Ostersetzer, «der hätte nach seinem Unfall gravierende Behinderungen zurückbehalten und vermutlich in ein Heim gemusst, aber er wäre seinen Verletzungen nicht erlegen! Der Mann war über den Berg, als er aus dem Koma geholt wurde. Versteht ihr?»

«Nee, nicht ganz.» Marcel Reuter schaute zu den Kollegen, und Franka setzte sofort nach. «Entscheidend ist: Ostersetzer passt nicht ins Muster! Im Gegensatz zu den anderen vier toten Patienten wäre er an seiner Schädelverletzung nicht gestorben. An diesem Punkt müssen wir ansetzen.»

«Ich hab keinen blassen Dunst, worum es geht.» Ina schloss das Fenster. Es war frisch geworden im Konferenzraum. Sybille erhob sich langsam von ihrem Stuhl, und Franka konnte an ihrem Gesicht erkennen, dass es bei ihr ganz offensichtlich klick gemacht hatte. «Du meinst, um den Fall Ostersetzer aufzuklären, müssen wir gar nicht herausfinden, wer bei allen fünf Todesfällen dabei war?»

«Richtig. Ich bin überzeugt, dass wir durch den Tod von Malte Ostersetzer nur durch Zufall auf eine Tötungsserie innerhalb des Krankenhauses gestoßen sind. Wahrscheinlich hatte die Klinikleitung selber schon einen Verdacht, als wir vor vier Tagen da aufgekreuzt sind. Aber in Ostersetzers Fall suchen wir überhaupt keine Pflegekraft, sondern den Mann, den Cornelia Knüpfer um 1:50 Uhr vor der Toilette gesehen hat und der nicht Markus Arndt war.» Franka schlug sich mit der flachen Hand auf die Stirn. «Jetzt ergibt der Mann im Overall auch endlich einen Sinn. Leute, wir suchen zwei Täter!»

Marcel Reuter weitete die Augen. Offensichtlich war der Groschen gefallen.

«Wer auch immer dieser Mann war», fuhr Franka fort, «ich bin sicher, dass er Malte Ostersetzer getötet hat.»

«Und die Knüpfer?» Sybille lehnte sich in ihrem Stuhl zurück und verschränkte die Arme hinter dem Kopf. «Meinst du, Pashwan könnte sie vor die Bahn gestoßen haben?»

«Zumindest werden wir sie fragen, wo sie gestern Abend um 19:00 Uhr gewesen ist. Vielleicht hat sie sich durch Knüpfers geäußerten Verdacht bedroht gefühlt. Frau Reitzenbach, bitte bei Matze nachhaken, ob das Material aus dem U-Bahnhof Alsterdorf mittlerweile vorliegt.» Franka schaute zu Alpay, der vor der Tafel stand und ihnen schon eine Weile schweigend den Rücken zugedreht hatte, wie sie jetzt bemerkte. «Alpay?»

Als er sich langsam zu ihr umdrehte, war er kreidebleich. «Wenn Malte Ostersetzer von dem Mann im Overall getötet worden war, alle anderen vier Patienten aber von einer dieser Pflegekräfte hier …» Er schluckte. «Leute, in den entsprechenden vier Schichten war außer Benisha Pashwan noch eine andere Schwester immer dabei, die bei Ostersetzer gefehlt hat: Marion Kramer. Und diese Marion Kramer betreut auf der Intensivstation in Altona meinen Vater.»

Er schlief. Seine Vitalparameter waren unauffällig. Mecki nahm seinen rechten Arm, hob ihn von der Matratze und legte ihn vorsichtig auf seinen Bauch. Dann setzte sie sich auf die Bettkante. Durch den Tubus im Hals wäre er nicht in der Lage, laut zu sprechen, sollte er aufwachen. Sie schloss die Augen und versuchte, sich auf den Rhythmus seiner Atmung einzustellen. Im Takt der Maschine ließ sie sich auf ihn ein. Hinter der geschlossenen Tür hörte man gedämpft die normale Betriebsamkeit auf dem Stationsflur. Es wurde Zeit, Metin Eloğlu zu erlösen. Auch wenn das außer Mecki niemand wahrhaben wollte, hatte er seine Reise doch schon längst angetreten. Durch die Latexhandschuhe befühlte sie die Ampulle in der Tasche ihres Kasacks. Hier gab es immer einen Weg, an die nötigen Medikamente zu kommen. Aber Meckis Fahrlässigkeit bei der Hilfe für Dr. Henkelmann vor über zwei Wochen sollte ihr eine Lehre gewesen sein. Heute würde sie die Reste sorgfältiger und vor allem nicht im Klinikmüll entsorgen, wie sie es beim Alten mit der Sepsis getan hatte.

Entschlossen zog sie das Medikament hervor, knackte den oberen Teil der Ampulle und zog eine Einwegspritze auf. Seine Uhr tickte bereits. Mecki schloss die Augen, atmete noch einmal tief durch und wünschte ihm alles Gute:

«Nimm die Klage deiner Tage, schnall sie auf den Rücken mir. Mach dein Leid zu meinem Kreuze, das ich trag auf Erden hier.»

Ein letztes Mal legte sie ihre Hand auf seine Brust.

«Mach schon.» Franka starrte auf die Telefonspinne, aus der endlich ein Freizeichen zu hören war und um die sie fast ein wenig hilflos herumstanden. Inständig hoffte sie, dass jemand im Stationszimmer endlich ans Telefon ging. Noch ein Freizeichen. Sybille ging ans Fenster und gab übers Handy einen Ruf an die Streife heraus, um Marion Kramer in der Klinik in Altona aus dem Verkehr ziehen zu lassen. Freizeichen. Ina Reitzenbach versuchte nun auf Frankas Anweisung hin, sich von ihrem Handy aus über die Zentrale der Klinik mit der ITS verbinden zu lassen. Freizeichen. Auf dem Flur vor dem Konferenzraum hatte Marcel Reuter Marita Michelhausen in der Klinik der HafenCity erreicht. Doch Franka hörte durch die geöffnete Tür, dass Amrein und Friedhoff außer Haus waren. Noch ein Freizeichen aus der Telefonspinne. Franka schaute besorgt zu Alpay, der im Hintergrund seiner Mutter auf die Mailbox sprach.

«Mama, ich bin's. Wenn du dein Handy abhörst, ruf mich sofort an. Hörst du?» Er legte auf. Die Panik in seiner Stimme befeuerte Frankas eigene Befürchtung umso mehr. Sie starrte wieder auf die Telefonanlage. Jedes Freizeichen bedeutete eine weitere kleine Ewigkeit. Es knackte.

«Hallo?» Endlich meldete sich die Stimme eines Mannes am anderen Ende.

«Franka Erdmann …»

«Momentchen, bitte.» Der Hörer wurde danebengelegt.

Ohne Zögern stach Mecki die feine Kanüle durch die Naht des Infusionsbeutels und spritzte das Gilurytmal hinein. Das durchsichtige Medikament tauchte ein. Die kleinen Bläschen verwirbelten und platzten schnell auf ihrem Weg zurück an die Oberfläche. Diese Art der Tötung gab ihr in einer Tagesschicht mehr Zeit, sich bis zum Exitus weit genug vom Zimmer des Patienten zu entfernen. Metin Eloğlu hatte es bald geschafft. In Nachtschichten spritzte Mecki den Betablocker oft direkt durch einen der gelegten Zugänge, was einen schnelleren Tod bedeutete. Aber nachts waren sie auch nur halb so viel an Personal. Außerdem war ihre Angst vor Entdeckung seit der polizeilichen Ermittlung in der HafenCity nicht unbedingt weniger geworden. Aber es führte kein Weg daran vorbei. Er war so weit, und sie war es auch. Zusätzlich verringerte sie nun auch noch die Tropfgeschwindigkeit. Mecki horchte durch die Tür, dann schaute sie zu Metin Eloğlu. Jeder Tropfen durch den Infusionsschlauch brachte ihn seinem Reiseziel ein kleines Stückchen näher. Doch plötzlich riss er die Augen weit auf. Mecki erschrak. Wie konnte denn das passieren? Herz- und Atemfrequenz, Blutdruck und Temperatur des Mannes fielen doch schon langsam. Seine Lider begannen nun fast unmerklich zu flackern. Die Augäpfel waren starr nach oben gerichtet. Wenn sie im Schwesternzimmer ihr Stück Butterkuchen vor Zeugen essen wollte, bevor der Alarm ansprang, musste sie sich beeilen, hier rauszukommen.

Franka war fassungslos. Durch die Telefonspinne hörte man immer noch, wie zwei Pfleger über einen ungerecht verteilten Schichtplan diskutierten. Sie holte tief Luft.

«Verdammte Scheiße, hier spricht die Polizei. Reden Sie mit mir!», brüllte sie ins Mikrofon. Die Pflegekräfte am anderen Ende verstummten.

«Hallo?» Eine männliche Stimme meldete sich.

«Na endlich! Erdmann, LKA Hamburg. Ich möchte bitte …»

«Digger, verarschen kann ich mich alleine.»

Es wurde aufgelegt.

Mecki ging zügig über den Flur in Richtung Stationszimmer. Ihr Herz raste. Zwar hatte sie in den letzten zehn Jahren genug Erfahrung im Erlösen von Patienten gesammelt, trotzdem war der eigentliche Akt immer wieder ein erhabener Moment für sie. Eine Mischung aus Angst vor Entdeckung und fast grenzenloser Euphorie. Nur sie besaß den Mut, für den die Schulmedizin zu feige war. Im Stationszimmer klingelte das Telefon. Die Klinke bereits in der Hand, die Tür einen Spaltbreit geöffnet, grüßte sie noch zwei Kolleginnen auf dem Flur. Sie hörte, wie Jan den Anruf hinter der Tür entgegennahm, als sie im Begriff war einzutreten.

«Wie jetzt. Polizei? (...) Frau Kramer?» Sie blieb abrupt draußen stehen und dachte an gestern Abend zurück, als ihr ein Anruf der Polizei in der Knüpfer-Wohnung den Arsch gerettet hatte. Aber jetzt? Suchte man nach ihr?

«Mensch, ich hab gedacht, Sie verarschen mich. Sorry. Wir haben hier nämlich manchmal so Spaßanrufe. ... Selbstverständlich. ... Das ist Frau Kramers letzter Tag bei uns. Soll ich sie mal schnell holen?»

Dieser Anruf kam Mecki nicht zu Hilfe. Im Gegenteil. Er bescherte ihr die Gewissheit, dass sie aufgeflogen war. Ohne an irgendetwas Großes zu denken oder in Panik zu geraten, zog sie nicht einmal mehr die Tür zurück ins Schloss. Sie machte einfach auf dem Absatz kehrt und steuerte ruhigen Schrittes auf den Ausgang zu. Das Schmatzen ihrer Crocs auf dem Vinylboden wurde lediglich vom einsetzenden Alarm aus der Kanzel übertönt.

David lehnte an seinem Wagen und schaute ungeduldig auf die Uhr, während Anna sich schon ins Auto setzte. Paul nölte auf der Rückbank vor sich hin, weil er im Sand nicht mal einen rostigen Schlüssel gefunden hatte.

«Mensch, Kind, nicht mit den Schuhen auf das Polster.»

«Meinst du, Fritz ist vielleicht reingefallen?» David schaute zu ihnen ins Auto und nickte dabei in Richtung des Toilettenhäuschens. Anna schmunzelte. «Versuch dein Glück. Aber er ist jetzt in einem Alter, in dem er jede Hilfe auf dem Klo ablehnt.»

Das Pärchen in den Dreiviertelhosen kehrte vom Strand auf den Parkplatz zurück. Die beiden winkten Anna fröhlich zu, während sich David tatsächlich vor der öffentlichen Toilette postierte und sich bei seinem Patensohn nach dem Stand der

Dinge erkundigte. Sie verstand nicht so ganz, worum es dabei ging, aber anscheinend weigerte ihr Sohn sich vehement, David hereinzulassen. Es dauerte eben.

«Mach jetzt, Fritz. Ich habe auf dein ewiges Getrödel langsam keinen Bock mehr!» Das war nicht zu überhören, und Anna wunderte sich über Davids Ungeduld. Als würde über ihnen wieder ein Gewitter aufziehen, dem er unbedingt entkommen wollte.

Das Martinshorn auf dem Autodach veranstaltete auch im Inneren des Dienstwagens einen ohrenbetäubenden Lärm. Alpay saß angeschnallt auf der Rückbank hinter Franka und versuchte, gegen die Sirene anzutelefonieren. «Pass auf, Ceyda, wenn Mama bei dir anruft, sag ihr, sie soll nicht ohne mich in die Klinik fahren. Hörst du? Nicht ohne mich. Hast du verstanden?»

«Was ist denn passiert, Alpay, ist was mit Metin? Was ist denn das für ein Krach im Hintergrund?»

«Ich kann jetzt nicht weitertelefonieren. Danke, Ceyda.» Er legte auf und schlug mit der Faust gegen die Seitenverkleidung der hinteren Tür. «Verdammt! Mensch, Sybille, fahr zu.»

Alpay hatte von der Rückbank aus den Tacho schräg vor sich im Blick und war überrascht. Sybille raste bereits mit knapp achtzig Stundenkilometern den Braamkamp entlang, wo nur fünfzig erlaubt waren. Er war von Franka zum Zugucken verdammt worden. Weil sie seinen emotionalen Ausnahmezustand für eine Gefahr für den Einsatz hielt, hatte sie Sybille ans Steuer und ihn auf die Rückbank beordert. Er solle froh sein, dass sie ihn überhaupt mitnahmen. Denn hier vermischte sich plötzlich das Privatleben eines Beamten mit einer Ermittlung. Franka hatte jegliche Diskussion im Keim erstickt und keinen Zweifel daran gelassen, wer die Soko Intensiv leitete. Dabei war immer noch nicht ganz klar, ob es sich bei dem Alarm auf der Station in Altona nicht doch um einen ganz gewöhnlichen Notfall handelte. Vielleicht raste Sybille umsonst auf dieser Einsatzfahrt mit Blaulicht durch die City. Aber keiner konnte zu diesem Zeitpunkt ausschließen, dass auch Alpays Vater in Gefahr schwebte, von Marion Kramer aus dem Leben gespritzt zu werden.

Franka drehte sich auf dem Beifahrersitz zu Alpay um. «Wenn Marion Kramer und nicht Benisha Pashwan für die Patientenmorde verantwortlich ist und Kramer wirklich nur Patienten tötet, deren Ende unausweichlich ist, dann muss sie deinen Vater verschonen, Alpay.»

«Und du meinst, dass man sich auf eine Verrückte verlassen kann, die sich anmaßt, über Leben und Tod zu entscheiden?»

Er schätzte Frankas Versuch, ihn zu beruhigen, aber er war sicher, dass auch sie ihre Hand für diese Theorie nicht ins Feuer legen würde.

«Tschüs», sagte die Dame in der Dreiviertelhose, als sie auf dem Parkplatz an Anna vorbeiging und freundlich winkte.

Auch ihr Mann hob die Hand zum Gruß. «Knuffige Buben haben Sie da.» Er sprach mit süddeutschem Akzent. «Leider warten meine Frau und ich immer noch auf ein paar Enkelkinder.»

Anna schmunzelte. «Ich kann Ihnen die beiden gerne mal ausleihen, wenn's mir zu Hause zu bunt wird.» Man lachte. Klettverschlüsse ratschten, der Mann öffnete den Kofferraumdeckel eines Mittelklassewagens.

Anna stieg aus dem R4 und ging zu den beiden hinüber. «Entschuldigen Sie, darf ich Sie mal was fragen?» Die Frau schaute verschmitzt zu ihrem Mann. «Was kostet eigentlich so ein Gerät? Mein Ältester liegt mir natürlich jetzt in den Ohren.»

«Also, unsere Sonden haben fast Profiqualität.» Der Mann bürstete mit einem Handfeger vorsichtig den Sand von der Suchspule, wie er das runde Teil am unteren Ende bezeichnete. Danach schlug er die Detektoren vorsichtig in eine Decke ein und verstaute sie im Kofferraum wie kostbare Skulpturen.

«Aber es gibt natürlich auch preisgünstigere Modelle.» Die Frau winkte in Pauls Richtung, der hinten im R4 aus dem geöffneten Fenster schaute. «Gerade Einsteigermodelle für Kinder liegen oft bei um die achtzig Euro. Wirklich, ein Spaß für die ganze Familie.»

«Hast du denn immer noch Bauchschmerzen?!» David stand vor der öffentlichen Toilette und sprach in gebührender Lautstärke, damit Fritz ihn drinnen verstehen konnte.

So wie Anna, die versuchte, Davids übertriebene Ungeduld zu überspielen. «Finden Sie denn außer rostigen Schlüsseln und Kronkorken auch richtige Schätze?» Sie versuchte, ihre Vorurteile einem so nerdigen Hobby gegenüber auszublenden. Bei Dreiviertelhose und Trekkingsandalen war das nicht ganz einfach. Aber wenn die Kinder glücklich wären und Anna auf diese Weise eine Atempause bescherten, warum nicht? Die Frau schnürte nun das kleine Ledersäckchen von ihrem Gürtel ab und zog die Öffnung auseinander. «Schauen Sie mal. Heute war tatsächlich kein guter Tag, auch wenn ich wirklich einige schöne Signale empfangen habe, nicht wahr, Dieter?» Sie zog ihre Schätze aus dem Säckchen. «Vier rostige Schrauben, zwei Schlüssel, drei Kronkorken und so eine Spiralfeder.» Sie zuckte mit den Schultern. «Sie sehen ja selbst. Bei dem Wetter heute sind nicht viele Leute unterwegs, die was verlieren könnten.»

Ihr Mann drückte den Kofferraumdeckel wieder zu. «Bei mir war's auch nicht so prächtig. Aber vorgestern … Muschi, wo ist denn der Beutel von vorgestern?»

Auf der Fahrt hielt Alpay sein Handy die ganze Zeit in der Hand. Immer noch keine Nachricht von Siggi. Er versuchte, sich auf das Gespräch zwischen Franka und Sybille zu konzentrieren, und lehnte sich ein Stück nach links, um durch die Mitte der Vordersitze besser mithören zu können. Aber er konnte nicht beiseiteschieben, dass er sich Sorgen um seinen Vater machte. Ihm wurde schlecht, und das sicher nicht, weil Sybille nun ständig die Fahrspur wechselte. Mit beiden Händen fest am Lenkrad, wie sie es im Fahrtraining immer wieder eingetrichtert bekamen, fuhr sie die Busspur entlang Richtung Volksparkstraße. Den Blick auf der Fahrbahn, wandte sie sich an Franka. «Wenn diese Marion Kramer tatsächlich für die hohe Sterberate bei Karesis verantwortlich ist und nicht Benisha Pashwan, wie du sagst, und der Mann, den die Knüpfer gesehen hat, für Malte Ostersetzer, dann kennen sich Opfer und Täter aller Wahrscheinlichkeit nach. So, wie wir mal Markus Arndt kurzzeitig im Visier hatten.»

«Nicht nur das. Der Täter musste sich auch in der Klinik auskennen.» Franka band sich ihre Haare zu einem neuen Zopf zusammen. «Ich meine, der besorgt sich so einen Overall und fährt dann kackfrech nachts auf Station, auf der die Putztruppe kurz vorher fertig war. Der kannte die Abläufe. Die Frage ist allerdings, wo hatte er den Betablocker her? Dieses Medikament ist verschreibungspflichtig.»

Sybille gab Gas, bevor ein Bus aus der Haltebucht einer Station ausscherte. «Vielleicht hat er Beziehungen. Einen Apotheker im Freundeskreis, oder er hat Kontakte zu Ärzten und Zugang zu deren Medikamenten.»

Franka räusperte sich. «Ich will noch einmal mit Frau Ostersetzer sprechen. Es muss neben Markus Arndt noch irgendjemand anderen geben, der ein Interesse am Tod ihres Mannes hat.»

«Mensch, Fritz!» David hörte nicht auf, den Jungen zu drängeln, und Anna schritt nun ein. Je mehr man drängelte, desto mehr Zeit ließ Fritz sich, erklärte sie David. Sie kannte das zur Genüge.

Am Wagen wechselte der Schatzsucher von seinen Trekkingsandalen auf Socken und Schnürschuhe. Seine Frau streckte Anna noch immer ihr Gesäß entgegen, weil sie über die Rückbank gebeugt eine Kunststoffbox nach der Ausbeute von vorgestern durchsuchte.

«Ich wollte Ihnen wirklich keine Umstände bereiten», sagte Anna schließlich.

«Ich hab's gleich.» Die Frau klang optimistisch. Ihr Mann klopfte seine sandigen Sandalen aneinander. «War ja ein schöner Abend, bis das Gewitter einsetzte.»

«Dieter, das weiß die Dame. Sie hat doch mit ihrer Familie unten am Strand gegrillt. Da ist er ja.» Mit rotem Gesicht tauchte sie aus dem Auto hervor und präsentierte aufgeregt einen kleinen Beutel. Das Etikett mit Datum von vorgestern katalogisierte den Fund und zeigte, wie ernsthaft die beiden ihre Schatzsuche betrieben.

David schien mit seiner Geduld am Ende. Er hämmerte mit der Faust gegen die Tür der Toilettenanlage. «Das kann doch wohl nicht wahr sein. Wie lange brauchst du denn noch?!»

Nicht nur die fremde Frau schien über seinen aggressiven Ton befremdet zu sein.

Frankas Handy klingelte über die Freisprechanlage.

«Frau Reitzenbach. Was gibt's?» Zusammen mit Marcel Reuter bildete Ina die Kommandozentrale im Büro, die Informationen zusammenführte und Frankas Weisungen ausführte.

«Wir haben den Chefarzt endlich erreicht. Sagen Sie, Frau Erdmann, läuft das Gespräch gerade über die Freisprechanlage?»

Alpay wusste sofort, worauf Ina anspielte. Hielt sie ihn für blöd? «Mensch, Ina. Hau endlich raus.» Er schnallte sich bei voller Fahrt ab und lehnte sich nach vorne, um in Richtung des kleinen Mikrofons zwischen den vorderen Sonnenblenden zu sprechen. Ihm war egal, dass Franka ihn ermahnte, sich wieder vernünftig hinzusetzen und sich anzuschnallen. «Was ist mit meinem Vater?»

Nur das Martinshorn auf dem Dach war zu hören. Schließlich räusperte sich die Kollegin. «Ja. Also … der diensthabende Arzt weiß auch noch nichts …»

«Verarsch mich nicht, Ina. Du weißt, dass mein Vater dort liegt. Du wirst den Arzt gefragt haben, nehme ich an.»

Über die Boxen hörte man, wie sie Luft holte. «Okay. Marion Kramer war für deinen Vater zuständig. Aller Wahrscheinlichkeit nach hat sie ihm irgendwas in den Infusionsbeutel gespritzt, sagt der Arzt. Die Naht scheint perforiert zu sein.»

«Fuck!» Alpay schlug auf das Sitzpolster. «Mensch, Sybille, mach schon.»

«Ist jetzt gut, Alpay!» Franka ging scharf dazwischen. «Reiß dich zusammen!» Wahrscheinlich dachte sie in diesem Moment, dass es ein Fehler gewesen war, ihn mit in diesen Einsatz zu nehmen.

«Verdammte Scheiße!» Noch einmal schlug er gegen die Türverkleidung. Dann versuchte er, sich zu beherrschen.

Franka wandte sie sich wieder dem Mikrofon zu. «Frau Reitzenbach, was ist mit Marion Kramer?»

«Die ist verschwunden, obwohl sie noch Dienst hat. Fahndung läuft. Ein Krankenpfleger will die Frau dabei gesehen haben, wie sie sich vor der Klinik auf ihr Fahrrad gesetzt hat. Übrigens, die Kollegen haben Frau Pashwan ins Präsidium gebracht. Die kann nicht aufhören zu heulen. Ich nehme jetzt mal nicht an, dass ich die Frau nach den neusten Entwicklungen hierbehalten soll?»

«Nein. Schicken Sie sie nach Hause.»

Alpay schaute aus dem Fenster. Der Stadtverkehr raste daran vorbei. Bitte, bitte. Lass das alles nicht wahr sein. Er atmete durch und versuchte, sich auf Frankas Telefonat mit Ina zu konzentrieren.

«Ach, und Frau Erdmann. Ich habe Ihnen gerade die Personalakte von Marion Kramer gemailt. Die Frau stammt ursprünglich aus der Lüneburger Heide, wo sie ihre Ausbildung zur Krankenschwester gemacht hat. Vor ein paar Jahren kam sie dann nach Hamburg und hat bei Karesis ihre Weiterbildung zur Intensivpflegekraft absolviert. Sie wurde dann übernommen.»

«Danke, Frau Reitzenbach. Bitte setzen Sie sich mit der dortigen Klinikleitung in Verbindung und haken Sie mal vorsichtig nach. Vielleicht gab es damals schon irgendwelche Auffälligkeiten in Bezug auf eine hohe Mortalitätsrate.»

Alpay schluckte. *Mein küçük hergele,* hörte er Metin sagen, der ihn als kleinen Jungen immer beschützt hatte.

Anna betrachtete erstaunt den silbernen Teelöffel in ihrer Hand. Obwohl er dunkel war, konnte man trotzdem erkennen, dass es sich um ein edles Besteckteil handelte.

«Wie? Und den haben Sie im Sand gefunden?» Sie gab der Frau den Löffel zurück.

«Vorgestern, ja. Aber ich musste schon ganz schön tief graben. Eine Freundin von mir hat sogar mal eine teure Schweizer Damenuhr gefunden. Allerdings auf Sylt.» Das Grinsen der Frau wirkte fast ein wenig schadenfroh, ihr Mann stimmte mit ein. «Hier an der Elbe warten wir manchmal bis zum Abend. Wie zwei Elstern. Muschi, zeig doch mal den Jackpot.»

Die Frau wühlte erneut in dem kleinen Säckchen. «Schauen Sie mal. Schön, nicht wahr?» Als Anna den kräftigen goldenen Ring auf der Handfläche der Frau liegen sah, lachte sie kurz auf. Eine Übersprunghandlung, weil sie an Maltes verloren gegangenen Ehering denken musste. Doch dann blieb ihr das Lachen im Halse stecken. Sie nahm das Schmuckstück mit zitternder Hand und betrachtete es aus nächster Nähe. Das eingravierte Datum ihres Hochzeitstages brauchte sie gar nicht erst zu entziffern. Der Anblick des dunkelrot leuchtenden Rubins, der im Inneren der Ringschiene deutlich zu erkennen war, fühlte sich an wie ein tiefer Stich ins Herz – für das dieser Edelstein einmal gestanden hatte.

Verwirrt schaute sie auf.

«Armer Kerl, der seinen Ehering da verloren hat», sagte der Schatzsucher mit einem breiten Grinsen. «Ein bisschen tut er einem ja leid. Seine Frau wird ihm bestimmt die Hölle heißgemacht haben.» Dann lachte er.

Anna schüttelte fassungslos den Kopf. Was passierte hier? Wurde sie jetzt tatsächlich verrückt? Völlig von den Socken versuchte sie, ihre Gedanken zu sortieren. Aber eine Halluzination war das nicht, dafür fühlte sich der Ring auf ihrer Handfläche zu real an. Ihr drehte sich der Kopf. Seit gestern galt Maltes Ehering offiziell als verloren, und bereits vorgestern war er hier am Strand gefunden worden? Das war ein übler Witz, oder?

Doch zum Beweis, dass sie sich nicht irrte, zog Anna ihren eigenen Ehering eilig vom Finger. Fast ein wenig hilflos präsentierte sie den beiden Schatzsuchern den kleinen Rubin darin und versuchte, ihnen etwas zu erklären, das sie selbst überhaupt nicht verstand. Anna steckte Maltes Ring auf ihren Finger. Sein Herz an ihrer Hand. Dann schob sie ihren zum Blockieren davor. Auch wenn Malte nicht mehr da war, diese beiden Ringe würden weiter ihre Liebe symbolisieren.

«Zum Glück müssen wir die Feuerwehr doch nicht holen», hörte Anna plötzlich David sagen. Sie schaute sich um. Er kam mit Fritz vom Toilettenhäuschen zurück. Paul kletterte aus dem R4 und folgte den beiden. Kommentarlos hielt Anna David ihre zitternde Hand mit den beiden Ringen entgegen. Natürlich begriff er nicht, was sie ihm sagen wollte. Als sie die Ringe wieder vom Finger zog und ihm Maltes Ring überreichte, wirkte Davids Erstaunen fast wie ein Schreck.

«Ist das … wie jetzt? Wo … kommt der denn jetzt plötzlich her?» Er schaute zu den beiden Schatzsuchern, und es schien, als würde er in diesem Moment begreifen, was sich hier abspielte.

Anna lachte. Es war so absurd, aber sie konnte gar nicht anders. «Die Herrschaften haben den Ring vorgestern hier gefunden.»

Die beiden Schatzsucher waren völlig verunsichert und sagten kein Wort.

«Ich begreife das einfach nicht, David. Der Beerdigungsunternehmer hat mir gesagt, dass der Ring irgendwo auf Maltes Transport zwischen Krankenhaus und Rechtsmedizin verloren gegangen ist.»

Die beiden Schatzsucher lächelten überfordert und überließen Anna selbstverständlich das Schmuckstück. David sagte noch irgendetwas zu ihnen, was Anna aber überhaupt nicht richtig verstand, weil sie nicht aufhören konnte, sich den Kopf darüber zu zerbrechen, was hier vor sich ging. Nur am Rande bekam sie noch mit, dass sich das Paar ins Auto setzte und davonfuhr.

Anna beugte sich zu ihren Jungs hinunter und zog sie fest zu sich heran. Dann versuchte sie, den beiden zu erklären, was hier gerade passiert war, und wandte sich an ihren Ältesten. «Fritz, geh mit Paul noch mal fünf Minuten zum Strand hinunter zum Spielen, ja?» Vor den Kindern zwang sie sich, so zu tun, als wäre alles halb so dramatisch. «Und pass auf, dass Paul nicht zu nah ans Wasser geht. Danke, mein Großer.» Die Kinder zuckelten runter zum Strand.

«Was geht hier ab, David? Werde ich irre?» Er gab ihr den Ring zurück und schwieg. «Malte stirbt in einer Klinik in der HafenCity. Zwei Tage später findet jemand den Ehering knapp zwanzig Kilometer vom Krankenhaus entfernt am Strand? Ausgerechnet an dem Abend, an dem wir hier gegrillt haben. Zufall?»

Er wandte sich von ihr ab und schaute hinunter zum Fluss.

«David.»

Er sagte noch immer kein Wort.

«Ich kriege das nicht in meinen Kopf. Wie ist das möglich?»

«Ich weiß es nicht.» Er sprach leise und schaute immer noch

über das Wasser. Sie hatte Mühe, ihn zu verstehen. Er beobachtete die Jungs, die unten am Strand spielerisch im Sand rangelten – wie die beiden es vorgestern mit David getan hatten. Anna spürte genau, dass er ihren Blick mied. Ein Schiffshorn zerriss die Stille. Ungläubig stieg ein furchtbarer Gedanke in ihr auf.

«Hast du Malte noch einmal besucht, nachdem er aus dem Koma erwacht ist?»

Er schüttelte verständnislos den Kopf. «Was redest du da, Anna?»

Sie wusste es selbst nicht wirklich.

37 Hamburg. Donnerstag.

Sybille hielt vor der Klinik in Altona und stellte den Motor und das Warnlicht aus. In unmittelbarer Nähe standen bereits zwei Streifenwagen, die dem Funkspruch aus dem Präsidium gefolgt waren. Noch bevor Franka sich abgeschnallt hatte, war Alpay bereits aus dem Auto gesprungen und hetzte auf den Eingang des Krankenhauses zu. Die Angst, dass sein Vater sterben könnte … Nein, das durfte nicht wahr sein. Als jemand auf Fingern pfiff und Alpay sich reflexartig umdrehte, begriff er, dass Franka ihm folgte. Ihr Antritt musste schnell gewesen sein. Wenn er Zeit gehabt hätte, sich darüber Gedanken zu machen, wäre er beeindruckt gewesen. In der Eingangshalle hatte er keine Geduld, auf den Lift zu warten, und steuerte direkt auf das Treppenhaus zu. Aber statt zu fluchen oder eine Diskussion zu beginnen, folgte Franka ihm Stufe um Stufe nach oben.

In der zweiten Etage angekommen, stand ein Beamter in Uniform vor der verschlossenen Glastür der ITS. Er grüßte und informierte Franka darüber, dass die Spurensicherung und die Kollegen der Rechtsmedizin bereits auf dem Weg seien. Alpays Herz raste, und das ganz sicher nicht wegen des eiligen Treppenlaufes. Er hatte nicht nur eine Scheißangst um Metin, sondern auch um seine Mutter. Alpay klingelte an der Stationstür. Niemand öffnete. Er klingelte erneut. Pfleger Jan steckte den Kopf nach draußen und erklärte, dass man Alpay und seine

Kollegin bereits erwartete. Jan führte die beiden ins Stationszimmer, wo zu Alpays Überraschung seine Mutter und Tante Ceyda saßen.

«Was macht ihr denn hier?»

«Als du Ceyda angerufen hast, war ich gerade auf dem Weg in die Klinik, Alpay. Ich habe das Handy nicht gehört.» Siggi sprach mit zitternder Stimme. Er spürte, wie sehr sich seine Mutter zusammenriss.

«Und nach deinem panischen Anruf bin ich natürlich auch sofort hergekommen», schob seine Tante hinterher, wobei sie Siggis Hand drückte.

Franka stellte sich dem anwesenden medizinischen Personal als ermittelnde LKA-Beamtin vor. Die diensthabende Ärztin sagte nicht viel. Außer, dass es ihr leidtäte und sie sich überhaupt nicht erklären konnte, wie Frau Kramer das hatte tun können, wenn sie es tatsächlich getan hatte. Wonach es leider aussah. Angeblich eine zuverlässige Kraft. Man war immer dankbar gewesen, wenn sie hier aushalf. Der Schock über diese abscheuliche Tat war der Medizinerin anzusehen.

«Was ist mit meinem Vater?» Alpay verlor die Nerven. «Kann jetzt hier mal jemand eine Ansage machen?»

Gerade als die Ärztin unbeholfen antwortete, betrat ein Mann in weißem Kittel den Raum und stellte sich als Chefarzt der intensivmedizinischen Abteilung in Altona vor.

«Was auch immer die Schwester Herrn Eloğlu verabreicht hat, das Zeug war noch nicht ganz durch den Infusionsschlauch. Wir haben alles versucht, seinen Kreislauf zu stabilisieren. Noch ist er nicht über den Berg.»

Alpay schluckte. Siggi schüttelte immer wieder fassungslos den Kopf.

«Unsere Leute werden gleich hier sein», sagte Franka. «Diesen Infusionsbeutel haben Sie gesichert?»

«Selbstverständlich.»

«Bitte stellen Sie uns eine Liste mit den Aushilfsdiensten von Frau Kramer hier in Altona und den während dieser Zeit verstorbenen Patienten zusammen.»

«Wir werden alles tun, diese unfassbare Sache aufzuklären.» Der Chefarzt wirkte ehrlich betroffen und wandte sich noch einmal direkt an Alpays Mutter. Er versprach, alles dafür zu tun, dass ihr Mann diesen Anschlag überlebte.

Alpay nahm seine Mutter in den Arm. Dabei beobachtete er Franka, die einen Anruf von Sybille entgegennahm. Aus ihren Antworten schloss er, dass sich Berthold Linnemann von der TKÜ gemeldet hatte. Marion Kramers Handy hatte sich in eine Funkzelle in der Hamburger Innenstadt eingeloggt. Irgendwo zwischen Rathausmarkt und Hauptbahnhof versuchte man, das Signal weiter einzugrenzen. Franka bat Sybille, sich um den Beschluss für eine stille SMS bei der Staatsanwaltschaft zu kümmern, mit der sich das Handy genauer orten ließe. Franka und er hatten im letzten Winter den Mörder junger Influencerinnen mithilfe dieser Technik ausfindig gemacht.

«Nicht anzunehmen, dass die Frau zur Feier des Tages in der City shoppen geht. Bitte, Sybille, wir brauchen jede Streife im Umkreis der Innenstadt in Bereitschaft. Marion Kramer kriegen wir. Als Erstes entschärfen wir diese tickende Zeitbombe. Danach kümmern wir uns um den Mann im Overall.» Sie beendete das Telefonat und stand nun etwas unschlüssig vor Alpay. Vermutlich wusste sie nicht so recht, ob er jetzt bei Mutter und Tante bleiben oder die Zielfahndung begleiten wollen würde. Er selbst konnte keinen klaren Gedanken fassen.

«Herr Professor?» Eine Krankenschwester steckte den Kopf zur Tür herein. «Sauerstoffsättigung von Herrn Eloğlu erholt sich langsam. Jetzt bei neunundachtzig Prozent. Tendenz weiter steigend. Die Kaliumwerte im Blut sind immer noch hoch, steigen aber zumindest nicht weiter.»

Der Chefarzt lächelte erleichtert. Alpay deutete das als Hoffnungsschimmer, und er spürte, wie sich die Angst in ihm löste. Erst jetzt begann seine Mutter zu weinen. Offensichtlich ging es ihr ähnlich. Er drückte ihr einen Kuss auf die Stirn. Dann gab er Franka mit einem Nicken zu verstehen, dass er sie begleiten würde. Die Frau zu verhaften, die so viel Leid verursacht hatte, war ihm ein persönliches Anliegen.

Auch wenn David sie für verrückt hielt, aber im Moment gab es für Anna keine andere Erklärung, als dass der Ring durch ihn hier an den Strand gekommen war. «Ich frage dich noch einmal, David. Warst du nach meinem letzten Besuch bei Malte noch einmal bei ihm? Spät am Abend. Hast du ihm den Ring abgenommen?»

«Warum sollte ich das getan haben?»

«Sag du es mir. Vielleicht hast du es verantwortungslos gefunden, dass ich Malte den Ring wieder auf den Finger geschoben habe, solange er noch auf der Intensivstation lag. Was weiß denn ich? Du hast den Ring vielleicht in deiner Hosentasche aufbewahren wollen. Als wir dann abends hier gegrillt haben, ist er dir wieder eingefallen. Da hattest du ihn allerdings schon beim Spielen mit den Jungs im Sand verloren.»

Er schaute sie baff an. Dann schüttelte er fassungslos den Kopf. «Ist gut, Anna. Ich weiß, du stehst ziemlich unter Strom, deswegen Haken dran.» Er nickte in Richtung der Kinder, die unten am Strand Steine ins Wasser warfen. «Hol die Jungs, ich fahre euch nach Hause.» Er ließ sie stehen und ging zu seinem Auto. Offensichtlich war er tief getroffen.

Ihr Vorwurf war krass, sie war ja nicht blöd. Aber wie sonst, so fragte sie sich immer und immer wieder, hätten die beiden Metallsucher den Ring hier finden können? Sie nahm noch einmal all ihren Mut zusammen. «David, bitte …»

Blitzschnell drehte er sich um und kam auf sie zugeschossen. Sein Gesicht sprach Bände. Wütend packte er sie an den Schultern. «Sag mal, wie oft denn noch? Warum soll ich das gemacht haben? Was hab ich davon?»

«Lass mich los. Du tust mir weh.» So zornig hatte sie ihn noch nie erlebt. Sie befreite sich aus seinem Griff, trat einige Schritte zurück und schaute ihn erschrocken an. «Der Gedanke ist absurd, ich weiß. Aber dann liefere mir eine plausible Erklärung.»

«Oh Gott, Anna. Du brauchst professionelle Hilfe.» Er schnaubte kurz und machte eine verächtliche Handbewegung, als würde er sie für plemplem halten. Es lief ihr eiskalt den Rücken hinunter. Pokerte er? Log er sie an? Was passierte hier gerade? War sein Angriff eine Verteidigung? Völlig verunsichert stand sie vor ihm.

«Zum Mitschreiben, Anna: Keine Ahnung, wie dieser Scheißring hierherkommt. Vielleicht hat ihn jemand im Krankenhaus gestohlen. Vielleicht eine Schwester oder ein Arzt, die hier spazieren gegangen sind. Was weiß denn ich?» Er atmete angestrengt. «Anna, bitte.» Von jetzt auf gleich wechselte er die Tonlage. Er sprach nun mit Engelszungen auf sie ein, und es wirkte, als sei er kurz vorm Heulen. «Weißt du, was du mir gerade antust?»

Sie war verwirrt. Plötzlich erinnerte sie sich daran, wie er sich vorgestern zu ihr an den Grill gesetzt und erschrocken seine Taschen abgesucht hatte. Angeblich nach seinem Autoschlüssel. Sie konfrontierte ihn mit ihrer Beobachtung.

«Ja, und?» Er fuhr wieder hoch. «Ach so … verstehe. Und da machst du in deinem verwirrten Kopf gleich draus, dass ich in Wahrheit nicht den Autoschlüssel, sondern den Ring vermisst habe?» Er raufte sich die Haare. «Tue ich nicht alles für dich und die Kinder? Versuche ich dir seit Maltes Unfalls nicht alles abzunehmen, zu jeder Tages- und Nachtzeit?» Er schaute sie getroffen an.

Wieder war sie verunsichert. Sie schluckte. Oh Gott. Seit zwei Wochen stand ihre Welt auf dem Kopf, seit zwei Wochen war sie nicht mehr sie selbst. Wie konnte sie da ihren Gedanken trauen? Das hier war David, ihr bester Freund, der beste Freund von Malte. Wenn er ihr versicherte, den Ring nicht an sich genommen zu haben, dann war das Fakt.

Sie hatte den Bogen überspannt. Wahrscheinlich wäre jetzt der Zeitpunkt gekommen, sich bei ihm zu entschuldigen. Sie würde es auf die Schwangerschaftshormone schieben und mea culpa sagen. Dann würden sie noch einen Hotdog essen, und alles wäre vergessen.

Zögerlich machte sie einen Schritt auf ihn zu. «Bitte, David. Entschuldige.» Sie streichelte ihm beruhigend über den Rücken. «Verzeih mir. Ich weiß nicht, wie ich darauf komme.»

Er drehte sich zu ihr um und nahm sie fest in den Arm. «Anna, oh Anna.» Er vergrub sein Gesicht in ihrem Nacken und weinte wie ein kleiner Junge.

Es würde ihr letzter Besuch sein, das hatte Mecki von dem Moment an gewusst, als sie die schwere Holztür zur Sankt-Jacobi-

Kirche aufgedrückt hatte. Nun saß sie schon seit einer gefühlten Ewigkeit auf ihrem angestammten Platz nicht weit von der geschwungenen Treppe, die zur Kanzel hinaufführte. Lydia im Blick, das Tagebuch von Cornelia Knüpfer wie eine Bibel fest an die Brust gedrückt. Sie legte den Kopf in den Nacken und schaute ins Kreuzgewölbe hinauf.

Es war zu Ende. Der Tag war gekommen, über den sie selbst in diesem Moment nicht hätte sagen können, ob und wie sehr sie ihn jemals gefürchtet hatte. Sie kannte sich mit diesem ganzen Kirchenzirkus immer noch nicht wirklich aus, auch wenn ihr Gotteshaus immer ein ruhiger Ort der Besinnung gewesen war. Trotzdem musste sie an das Relief im Westportal denken, dessen Betrachtung sie bei jedem ihrer Besuche hier erfolgreich vermieden hatte. Vielleicht weil sie insgeheim geahnt hatte, dass auch sie eines Tages vor dem Jüngsten Gericht Zeugnis ablegen musste über ihre Taten. Zwar glaubte sie nicht an Gottes Strafe, aber an das Urteil, das die Gesellschaft über sie fällen würde. Sie schaute zu dem Leuchter mit den Opferkerzen hinüber. Nur einmal in ihrem Leben hatte sie selbst ein solches Licht entzündet. Lange war es her, als sie aus einem Impuls heraus eine Kerze für Ulla Waldmann gespendet hatte. Sie hatte damals in Soltau wirklich gewollt, dass Ulla ihren Frieden fand. Vielleicht war die Zeit nun auch für Mecki gekommen.

Nur das Einsatzlicht auf dem Dach des Dienstwagens drehte sich im Außenspiegel der Beifahrertür. Das Signalhorn hatte Sybille nicht mehr angestellt.

Franka schaute kurz zu ihr hinüber. «Der Handyradius von Frau Kramer erstreckt sich vom Gerhart-Hauptmann-Platz bis runter zum Meßberg. Laut TKÜ überlappt das Ganze eine weitere Funkzelle. Mittendrin liegen Petrikirche, Chilehaus und Sankt-Jacobi-Kirche, mehrere Einkaufspassagen und der Hauptbahnhof.»

«Meinst du, die Frau tut sich was an?» Sybille hupte ein Taxi aus dem Weg.

«Keine Ahnung. So unberechenbar, wie die ist …» Franka dachte an die reißerische Schlagzeile aus dem Internet zurück, die den Todesengel von Bad Vilbel verurteilt hatte. Er war seinem Erlöserwillen gefolgt. «Vielleicht tut Frau Kramer aber auch einfach nur Buße. Oder was auch immer jemand veranstaltet, um sein Gewissen zu beruhigen.»

Sybille gab Gas.

Mecki faltete einen Zwanzigeuroschein und schob ihn durch den Schlitz der kleinen Spendenbox für die Opferkerzen. Sie wusste, dass sie kein Bargeld mehr benötigte, dort, wo man sie hinbringen würde. Sie zog eine der dünnen Kerzen aus dem Holzbehälter. Das Stück zu fünfzig Cent. Vierzig Kerzen, vierzig Opfer? Sie versuchte, sich zu erinnern. Vergeblich. Der Leuchter, gefertigt aus schwerem Metall, gearbeitet in der Optik eines Lebensbaumes, trug in seinen Verästelungen die Lichter auf kleinen Haltern. Wenige Kerzen waren bereits unterschiedlich weit heruntergebrannt. Mit ruhiger Hand entzündete Mecki nacheinander Kerze um Kerze und steckte sie auf die Äste aus Metall. Dann trat sie einen Schritt zurück. Wie hübsch die vielen brennenden Lichter doch aussahen. Der Anblick erinnerte sie aber weniger an die vielen Patienten, denen sie geholfen hatte. Vielmehr tat Mecki sich ein bisschen selber leid, wenn sie ehrlich war. Sie dachte an die Beleuchtung des Weihnachtsbaums in dem kleinen Siedlungshaus in Soltau zurück und daran, dass sie damals nie den Mut aufgebracht hatte, ihren Eltern zu sagen, wie sehr sie jedes Familienfest mit ihnen gehasst hatte.

Nun zog sie ihr Handy aus der Tasche. Ohne zu zögern, wählte sie die 110. Das Flammenmeer auf dem Leuchter begann plötzlich, wie wild hin und her zu tanzen. Dann beugte es sich ein wenig zur rechten Seite. Mecki wusste, dass jemand die Eingangstür geöffnet hatte. Und als sie sich umdrehte, kamen sechs Polizisten durch den Mittelgang auf sie zu. Sie grüßte freundlich. Es war vorbei.

Franka rief die Personalakte von Marion Kramer auf ihrem Smartphone auf, die Ina Reitzenbach ihr gemailt hatte, und reichte Alpay das Telefon nach hinten. Ihr wurde beim Lesen immer öfter schlecht im Auto, bei dem Tempo, das Sybille fuhr, erst recht.

«Marion Kramer, einundvierzig Jahre alt. Ausbildung zur Krankenschwester in Soltau. Ach, sieh an», hörte sie Alpay vorlesen. «Die kam vor zehn Jahren auf Empfehlung ihres Chefs aus dem Hermann-Löns-Krankenhaus von Soltau nach Hamburg. Wie es aussieht, ein Buddy von Professor Friedhoff. Die Karesis-Klinik hat die Frau dann übernommen. Gute Zeugnisse. Ihre Zusatzausbildung hat sie als Jahrgangsbeste abgeschlossen.»

«Durch andere Fälle von Krankenhaustötungen in Deutschland wissen wir, aus welchen Beweggründen diese Leute handeln.» Sybille musste stark bremsen. «Die Palette reicht von Überforderung im Job bis gaga im Kopf. Dieses Ding mit dem Erlöserwillen und so. Aber was war der Grund, aus dem Herr Ostersetzer vielleicht von dem Mann im Overall getötet wurde? Der war ja nicht sterbenskrank.»

«Aber krass behindert.» Alpay reichte Franka ihr Telefon zurück nach vorne.

Sie drehte sich erstaunt zu ihm um. «Aber das ist doch kein Grund, jemanden umzubringen.»

«Vielleicht nicht für Frau Kramer. Also ich hätte keinen Bock, als Gemüse in so einem Heim zu liegen.»

«Was diskutieren wir hier, Leute? Noch eine absurde Form von Sterbehilfe? Ist nicht dein Ernst, Alpay.» Franka war über seine Argumentation mehr als irritiert.

«Ich sage doch nicht, dass ich deswegen jemanden umbringen würde, aber ich glaube, ich würde so nicht vor mich hinvegetieren wollen. Vor allen Dingen würde ich das meinen Eltern ersparen wollen.»

Sie fuhren eine Weile schweigend im Wagen, und Franka dachte dabei an Alpays Mutter, die in den letzten drei Tagen jede freie Minute am Bett ihres Mannes verbracht hatte. So wie Anna Ostersetzer in den zwei Wochen, in denen ihr Mann im Koma gelegen hatte.

«Sybille, erinnerst du dich noch daran, wie abfällig sich Dr. Petzold gestern darüber ausgelassen hat, dass Frau Ostersetzer jeden Tag am Bett ihres Mannes gesessen hat?»

«Wohl im Wechsel mit Bergmann, ja.»

Sybille fuhr ihr Fenster ein Stück herunter, und Franka beobachtete sie dabei, wie sie sich im Fahrtwind die blonden Haare aus dem Gesicht strich. Im Nacken kräuselten sich kleine Löckchen. Plötzlich dachte Franka an die Aussage von Cornelia Knüpfer. Alles, was sie über den ominösen Mann im Overall zu Protokoll geben konnte, waren seine blonden Nackenhaare.

«Sagt mal, Dr. Bergmann, der jeden Tag am Bett seines Freundes gesessen hat …», Franka drehte sich zu Alpay um und wandte sich anschließend an Sybille, «was hat der eigentlich für eine Haarfarbe?» Ihre Frage war eher rhetorischer Natur. Aber sie brauchte das Feedback der Kollegen in Bezug auf ihren aufkeimenden Verdacht.

«Oha», hörte sie Alpay hinten sagen.

Sybille schaute sie ungläubig an, bevor sie den Blick zurück auf die Straße richtete. «Das glaubst du doch wohl selber nicht. Ostersetzers bester Freund?»

«Warum nicht? Der war jeden Tag in der Klinik. Vierzehn Tage würden reichen, sich mit den Abläufen auf so einer Station vertraut zu machen. Die Wege zu studieren …»

«Und was soll er für ein Motiv gehabt haben?» Sybille schien den Gedanken immer noch absurd zu finden.

«Vielleicht, was Alpay gesagt hat. Kann doch sein, dass Bergmann seinem Freund ein Leben im Heim ersparen wollte.»

Sybille schwieg. Dann räusperte sie sich. «Dann wäre er ja keinen Deut besser als Marion Kramer.»

In einem Beruf, in dem man mit jeder erdenklichen Form menschlicher Abgründe zu tun hatte, schloss Franka nichts und niemanden aus.

«Okay, nehmen wir also an, du hast recht», spann Sybille den Gedanken weiter, «hat der dann auch Cornelia Knüpfer gestern vor die U-Bahn geworfen? Wie passt das in deine Theorie?»

Da hatte Sybille leider einen Punkt, dem Franka nichts entgegensetzen konnte.

Eine Weile fuhren sie schweigend durch die Palmaille in Altona.

Dann lehnte Alpay sich plötzlich zwischen den Sitzen nach vorne. «Bergmann ist doch gestern Nachmittag überraschend bei uns im Präsidium aufgetaucht. Wollte wissen, ob die Staatsanwaltschaft seinem Antrag auf Exhumierung stattgibt.» Er wandte sich an Franka. «Cornelia Knüpfer saß gerade bei dir im Büro …»

Franka erinnerte sich daran, dass die Knüpfer Bergmann als besten Freund von Ostersetzer wiedererkannt hatte. «Ihr Blick ist eine Sekunde zu lang an ihm hängen geblieben. Das ist mir aufgefallen.»

«Auch er hat gestutzt in dem Moment», sagte Alpay. «Das hat man gemerkt.»

Sybille blies die Wangen auf. «Leute. Warum auch nicht? Die kannten sich doch. Er hat die Frau vielleicht jeden Tag in der Klinik gesehen.»

«Als du uns Bescheid gegeben hast, Sybille», Alpay ließ nicht locker, «bevor Marcel die Dokumentation mit der Skizze der ITS umgedreht hat, da könnte der Anwalt doch genügend Zeit gehabt haben, Frankas Notiz über die unterschiedlichen Zeitangaben des Putzdienstes zu sehen, oder?»

Es wurde wieder still im Wagen. Alpays Kombinationsgabe war einfach gut, das stellte Franka immer wieder fest. Sie rutschte ungeduldig auf ihrem Sitz hin und her. «Nur mal so in die Tonne: Bergmann hat Ostersetzer getötet. Im Präsidium sieht er die Skizze der ITS2. Er weiß plötzlich, es gibt eine Unstimmigkeit bezüglich einer Zeitangabe. Jemand hat ihn gesehen. Er trifft überraschend auf Cornelia Knüpfer. Er ist verunsichert, fragt sich, ob die Frau gerade eine Aussage macht und wenn ja, was erzählt sie uns? Wenn er tatsächlich der Mann im Overall gewesen ist, dann weiß er, dass die Knüpfer ihn auf dem Flur vor der Toilette gesehen hat. Er will Gewissheit. Hat sie ihn vielleicht erkannt? Er wartet, bis sie das Präsidium verlässt, fängt sie ab und verwickelt sie in ein Gespräch. Vielleicht hat sie ihm ohne Argwohn von ihrer Beobachtung erzählt. Kann doch sein, dass er fürchtet, ihr könnte im Nachhinein noch dämmern, dass er es war, den sie auf dem Flur gesehen hat. Wir alle kennen solche Momente, wo uns mit etwas Abstand Dinge einfallen. Kann er diese Gefahr wirklich riskieren? Bergmann folgt ihr auf den Bahnsteig, der Rest ist bekannt.» Franka drehte sich kurz zu Alpay nach hinten, der zustimmend nickte.

«Alpay, bitte bei Matze nachhaken. Wir haben immer noch nichts von dem Material aus den Überwachungskameras des U-Bahnhofs Alsterdorf gehört. Und auch noch mal das Material in der Kellinghusenstraße sichten. Könnte sich hinter all den Sonnenbrillen und Strohhüten der Fahrgäste vielleicht Bergmann versteckt halten? Und ich will eine Übersicht über seine Telefonverbindungen der letzten vierzehn Tage.»

Alpay rief Matze an, und auch Franka griff zum Telefon.

«Frau Reitzenbach, Erdmann hier. Bitte recherchieren Sie mal den Hintergrund von Dr. David Bergmann. Familie, Ausbildung. Vielleicht ist der mal erkennungsdienstlich aufgefallen, ohne gleich seine Zulassung als Anwalt zu verlieren. Was weiß denn ich.» Franka war plötzlich ziemlich sicher, dass er der Mann war, den sie suchten.

Rasch lief Anna auf die Landungsbrücke Wittenbergen hinaus, wo Paul und Fritz mittlerweile standen und Steine in die Elbe warfen. David folgte ihr. Hatte sie Fritz nicht gesagt, sie sollten nicht zu nah ans Wasser gehen? Am späten Nachmittag waren nur noch vereinzelt Spaziergänger unterwegs. Es war Zeit, die Kinder einzusammeln und endlich nach Hause zu fahren. Sie war fix und alle und schämte sich, dass sie David gegenüber die Nerven verloren hatte.

«Mensch, Fritz! Ich habe dir gesagt, du sollst mit Paul nicht so nah ans Wasser!» Die Elbe klatschte gegen den Ponton.

«Entschuldige, Mami. Er ist einfach hierhergelaufen. Ich habe aber gut aufgepasst!» Paul hatte noch einen Stein in seiner Faust und war im Begriff, ihn ins Wasser zu schleudern. Als Anna ihn anschrie, das sofort sein zu lassen, tat er vor Schreck einen Schritt nach hinten und stolperte über einen Poller. Er fiel so unglücklich hin, dass er sich die Augenbraue aufschlug.

«Schätzchen. Nein!» Anna kniete sich sofort zu ihm hinunter. David war mit einem Taschentuch zur Stelle, das er dem Jungen auf die Wunde presste.

«Was machst du denn für Sachen?» Sie warf einen kurzen Blick auf den Riss in der Haut. «Ich fürchte, das muss genäht werden. Wir müssen ins Krankenhaus.»

David tupfte vorsichtig ein wenig Blut von der Wunde. «Anna. Das lohnt den Faden nicht. Bisschen Jod und ein Pflaster. Dafür brauchen wir nicht in die Stadt zurück. Das macht mein Vater.»

Davids Vater? Er war Arzt in Rissen, nicht weit von hier. Sie kannte Dr. Bent Bergmann fast so lange, wie sie David kannte. Ein ungeheuerlicher Verdacht schoss ihr plötzlich durch den Kopf. Konnte es sein, dass er …? Nein, nein, nein! David war ihr Freund, der sie und die Kinder unterstützte, wo er nur konnte, ja, sie würde sogar sagen, der sie und die Kinder liebte, wie er auch Malte geliebt hatte. Und wie rührend er Pauls Wunde versorgte. Gerade hatte sich Anna in ihrer Annahme von ihm runterkochen lassen, dass er Maltes Ehering an sich genommen und hier am Strand verloren haben könnte. Aber vielleicht war alles noch viel schlimmer, als sie sich das in ihrer schlimmsten Fantasie hätte ausmalen können? Davids Vater war Kardiologe. Es schoss ihr kalt den Rücken hinunter. An einen Betablocker zu kommen, wäre für ihn ein Leichtes gewesen. An das Medikament, das seinen besten Freund getötet hatte.

Frankas Handy klingelte. So schrecklich die Nachrichten an sich auch sein mochten, für die Lösung des Falls war gut, was Ina ihnen über Marion Kramer übermittelte.

Franka ballte die Faust. «Und wo?»

«In der Sankt-Jacobi-Kirche. Sie hat sich widerstandslos festnehmen lassen. Die Taten am ehemaligen Präses der Handelskammer und an dem jungen Studenten Abdulghafur Zaher hat sie bereits gestanden. Da kommt aber noch einiges auf uns zu, fürchte ich.»

Franka befühlte die Kippen in ihrer Tasche. «Haben Sie schon Infos über David Bergmann?»

«Ja. Marcel hat mit seiner Assistentin in der Kanzlei telefoniert. Bergmann hat sich heute freigenommen. Kümmert sich wohl um die Kinder von Frau Ostersetzer. Vor zwei Stunden hat er das letzte Mal mit seiner Assistentin telefoniert. Da war er mit den Kids am Falkensteiner Ufer und wohl ziemlich genervt. Sie hat gehört, wie er die Jungs angeblafft hat.»

Franka beobachtete Alpay durch den Spiegel auf der Rückbank. Er zog die Augenbrauen zusammen.

«Dr. John David Bergmann, einundvierzig Jahre alt, geboren in Hamburg-Rissen. Ledig. Sechs Semester Architektur in Braunschweig, danach Jurastudium. Regelstudienzeit, Promotion. Keine Überraschung: erkennungsdienstlich noch nicht in Erscheinung getreten. In einem Nebensatz hat Bergmanns Assistentin erwähnt, dass er und Anna Ostersetzer zu Studienzeiten wohl mal kurz verbandelt waren. Ansonsten ist der Mann kein Kind von Traurigkeit, zumindest war das durch die Blume zu verstehen. Aber was ich viel interessanter finde: Bergmanns Vater ist niedergelassener Kardiologe in Rissen.»

Franka schaute zu Sybille hinüber, die wohl auch begriff, dass ihr Tatverdacht im Bereich des Möglichen lag. «Danke, Frau Reitzenbach.» Franka legte auf und hielt sich am Griff über ihrem Sitz fest. «Dreh sofort um, Sybille!»

Noch ein Containerschiff tauchte auf der Elbe Richtung Nordsee auf. David setzte sich Paul auf die Schultern, der sich das Taschentuch auf seinen Schmiss über der Augenbraue drückte und protestierte. Vor dem Besuch in der Praxis von Davids Vater wolle er nur noch dieses eine Schiff beobachten, bitte.

«Leute, mit euch macht man echt was mit.» David schmunzelte betont locker, und Anna wusste nicht, ob er ihre Auseinandersetzung von eben wirklich so easy wegsteckte oder ob er vor den Kindern nur so tat. Ihr Handy klingelte. Eine Mobilnummer, die ihr nichts sagte. Als sie das Gespräch entgegennahm, war sie ehrlich überrascht.

«Frau Erdmann.» David drehte sich abrupt zu ihr herum. «Was kann ich denn für Sie tun?» Gab es endlich Neuigkeiten? Seit der Befragung durch die Polizei vor drei Tagen hatte sie nichts mehr gehört. Während Anna der Kommissarin hoffnungsvoll zuhörte, beobachtete David sie, ohne eine Miene zu verziehen.

«Frau Ostersetzer, Moin.» Anna hörte, wie die Beamtin am anderen Ende durchatmete.

«Sie wissen, dass unsere Ermittlungen andauern. Mich würde einmal Ihre Antwort auf die Frage interessieren, wie das Verhältnis Ihres Mannes zu Herrn Dr. Bergmann war. Die beiden waren ja gute Freunde, ich weiß. Aber …»

«Wie meinen Sie das?» Eine hilflose Gegenfrage, mit der Anna versuchte, Zeit zu gewinnen. Wieso erkundigte sich die Polizei ausgerechnet in dem Moment nach David, in dem sie selbst versuchte, ihr aufkeimendes Misstrauen ihm gegenüber in Schach zu halten?

Mit Paul auf den Schultern, den er an seinen Fesseln hielt, stellte David sich gefährlich nah an die Kante des Pontons. Automatisch zog Anna Fritz mit der freien Hand zu sich heran. Das Containerschiff in Richtung Nordsee näherte sich auf Höhe des Anlegers. Die Polizistin am Telefon präzisierte ihre Frage. Hatte es vielleicht mal einen heftigen Streit der beiden Männer untereinander gegeben? Plötzlich war Anna auf der Hut. Davids Blick schien kalt, während er Pauls Unterschenkel leicht vor- und zurückschob und noch einen Schritt näher an die Kante trat. Bildete sie sich diese unterschwellige Drohung nur ein? Die Wasserverdrängung des Frachters ließ die Elbe wieder gefährlich an den Ponton schlagen.

Der Anruf der Polizei befeuerte ihr Misstrauen erneut. David, war es wirklich David? Nein, das konnte doch nicht sein. Panische Angst stieg plötzlich in ihr auf. Paul! Saß er gerade auf den Schultern des Mörders seines Vaters? Sie ermahnte sich innerlich zur Besonnenheit.

«Frau Ostersetzer?»

«Ja, ach so. Hm …» Anna konnte nicht klar denken. Was sollte sie denn machen?

«Haben Sie meine Frage verstanden?»

«Ach, Frau Erdmann, das habe ich doch schon x-mal erklärt. Wofür ist denn das noch wichtig?» Wenn sie mit ihrem Verdacht gegen David recht hatte, durfte sie jetzt bloß nicht die Nerven verlieren. «Also, Frau Erdmann. Noch einmal zum

Mitschreiben: Augen gegen den Uhrzeigersinn rollen und fest schließen. Dann dreimal mit beiden Augen blinken. Haben Sie das verstanden?»

Der Containerriese grüßte Hamburg mit einem lauten Signal.

Franka schoss es kalt den Rücken hinunter. Sie schaute zu Sybille, der ein lautloses *Fuck* über die Lippen kam. Anna Ostersetzer war mittlerweile mit Bergmann und den Kindern am Falkensteiner Ufer, sie hatten das Schiffssignal gehört. Und sie hatte ihnen ungefragt und unmissverständlich mitgeteilt, dass sie Angst um ihr Leben hatte. David Bergmann musste ganz in ihrer Nähe sein.

«Sind Sie am Falkensteiner Ufer?»

«Ja.»

«Gut, Frau Ostersetzer. Wir sind schon in Altona. Versuchen Sie, irgendjemanden auf sich aufmerksam zu machen. Hören Sie?»

«Ja, das mache ich, Frau Erdmann. Auf Wiederhören.» Noch ein Schiffssignal ertönte durch die Freisprechanlage, dann legte die Frau auf. Sie musste unmittelbar am Wasser stehen. Während Alpay von der Rückbank mit der Zentrale telefonierte, um alle Streifenwagen zwischen Othmarschen und Rissen zu mobilisieren, stellte Sybille das Martinshorn an.

Als Anna das Handy wegsteckte, spürte sie ganz deutlich das Misstrauen in Davids Blick. «Was wollte die Polizei?»

«Hast du doch gehört.» Sie versuchte, so locker zu klingen, wie es nur ging. Aber sein Argwohn spiegelte sich nicht nur in seinem Tonfall wider, sondern zeigte sich jetzt auch auf seinem

Gesicht. Anna schaute sich um. Niemand war in der Nähe, der ihr und den Jungs zu Hilfe hätte kommen können. «Keine Ahnung, warum sich die Polizei nach der ganzen Zeit noch mal nach Maltes Hinweis mit den Augen erkundigt. Das habe ich denen doch schon am Montag tausendmal erklärt.» Anna schaute von Paul auf Davids Schultern zur Fahrrinne, in der breit das Kielwasser strudelte und an den Rändern den gefährlichen Sog entwickelte.

«Bitte, komm da vom Rand weg, David.» Sie zog ihn ein Stück von der Kante des Pontons zurück. Endlich setzte er Paul von seinen Schultern ab. Als Fritz eine Frau mit zwei Hundewelpen in einiger Entfernung auf dem Parkplatz entdeckte, stratzten die beiden los. Anna schlug das Herz bis zum Hals. Zwar waren die Kinder nun außer Reichweite, doch sie war alleine mit David auf dem Ponton. Wie lange die Polizei wohl brauchen würde?

«Deine Eltern habe ich ja ewig nicht mehr gesehen.» Anna tat so unbedarft wie möglich. Sie musste Zeit gewinnen. «Gehen die beiden eigentlich immer noch so gerne segeln?»

Zu Annas Erleichterung stieg David auf das Thema ein. Sie hörte aber nur mit halbem Ohr zu. Inständig hoffte sie, dass die Polizei sich beeilen möge. Immer noch befanden sie sich auf dem Ponton, gegen den das Wasser der Elbe klatschte. Als David endlich Anstalten machte, in Richtung Ufer zu gehen, trug der Wind aus der Entfernung ein Martinshorn zu ihnen heran. Dann ging alles blitzschnell. Er packte sie plötzlich an den Schultern und zog sie zurück ans Ende des Anlegers. Sie hätte fast geschrien, aber sie wollte die Kinder nicht verängstigen. Unter ihren Sohlen spürte sie die Kante des Pontons.

«Willst du mich eigentlich verarschen, Anna?» Er funkelte sie böse an. Mit der einen Hand drückte er ihren Oberkörper über das Wasser, mit der anderen hielt er sie nur um die Hüfte herum fest. Hoffentlich drehten sich die Kinder nicht nach ihr um.

«Hör endlich auf.» Seine Stimme klang gepresst. «Du bist doch irre. Ich war es nicht! Wann kapierst du das endlich?»

Dann presste er seine Lippen so fest aufeinander, als würde er dahinter die Wahrheit verstecken.

38 Hamburg. Donnerstag.

Vier uniformierte Beamte kamen den Steg entlanggelaufen. Sofort ließ David von Anna ab. Sie sah, wie einer der Polizisten ans Holster seiner Waffe griff, und lief los. Nur weg von David. Trotz des Schocks über ihren furchtbaren Verdacht und sein aggressives Verhalten galt ihre einzige Sorge den Jungs. So schnell sie konnte, rannte sie an den Beamten vorbei zum Parkplatz, wo Fritz und Paul mittlerweile fasziniert die beiden Polizeiautos betrachteten. Anna lenkte die Aufmerksamkeit ihrer Kinder zurück auf die Hunde. Zu unbegreiflich war das, was sich in ihrem Rücken auf dem Steg nun abspielte. Auf keinen Fall sollten die Jungs mitbekommen, dass man Fritzchens Patenonkel die Hände auf dem Rücken fixierte. Sie führten ihn vom Steg. Vermutlich würden sie ihn gleich auf die Rückbank eines der Polizeiautos setzen. Anna war froh, dass die Hundewelpen die Kinder in ihren Bann zogen.

Eine dunkle Limousine fuhr rasch auf den Parkplatz und hielt. Das Blaulicht auf dem Dach war zum Glück ausgeschaltet.

Franka stieg aus dem Wagen. Knapp winkte sie zu Anna Ostersetzer hinüber, die sich abseits mit ihren Kindern und einer Frau mit zwei kleinen Hunden unterhielt. Wie Franka sehen konnte, verfrachteten die uniformierten Kollegen Bergmann bereits auf den Rücksitz eines Einsatzfahrzeugs und passten auf, dass er sich den Kopf nicht am Türholm stieß. Sie ging hinüber und schaute in den Wagen.

«Guten Abend, Herr Dr. Bergmann.»

«Was soll das werden, Frau Erdmann?»

Sie war überzeugt, dass er seine Coolness nur spielte. «Die Beamten werden Ihnen sicherlich gesagt haben, dass wir für eine vorläufige Festnahme nach § 127 StPO keinen richterlichen Beschluss benötigen.»

«Ich hielt die Belehrung Ihres uniformierten Kollegen für einen Witz. Darf ich auch den Grund erfahren?»

«Sie stehen in dringendem Tatverdacht, zwei Morde begangen zu haben.»

Er lachte. Sie nicht. Franka wusste, dass sie gezwungen war, ihn spätestens nach vierundzwanzig Stunden dem Haftrichter vorzuführen. Bis dahin musste ihre Indizienkette für einen offiziellen Haftbefehl jeder Erschütterung standhalten. Ohne eine weitere Erklärung warf sie die Autotür ins Schloss und ließ Bergmann ins Präsidium bringen.

Alpay kam auf Franka zu und steckte sein Handy zurück in die Jacke. «Die TKÜ hat mir versprochen, sich mit den Handydaten von Bergmann zu beeilen.» Sie bedankte sich und bat Sybille, sich einen kurzen Moment um die zwei Ostersetzer-Kinder zu kümmern. Franka wollte ungestört mit der Mutter reden, die fassungslos dem Polizeiwagen mit David Bergmann hinterherschaute. Diese ganze Situation musste furchtbar für sie sein.

«Guten Tag, Frau Ostersetzer. Lassen Sie uns ein Stück gehen, ja?»

Die Frau vergewisserte sich, dass sich jemand um ihre Kinder kümmerte, und begleitete Franka schließlich ein Stück Richtung Elbe.

«Wollen Sie mir vielleicht in Ruhe erzählen, was vorhin am Strand vorgefallen ist?» Frankas Stimme wurde weich. «Warum hatten Sie solche Angst, dass Herr Dr. Bergmann Ihnen etwas antut?»

Zwei Stunden später, es war fast 20:00 Uhr, stand Franka angespannt im Untergeschoss des Polizeipräsidiums in einem fensterlosen Büro. Es grenzte direkt an den offiziellen Vernehmungsraum mit dem eingebauten venezianischen Spiegel. Durch die Rückseite des speziell beschichteten Glases beobachtete sie Bergmann, der nebenan an einem Besprechungstisch saß. Die LED-Röhren an der Decke erleuchteten ihn hell. Nur in Ausnahmefällen, wie Sexualstraftaten oder bei dringendem Mordverdacht, führten die Beamten in Alsterdorf hier drinnen die Befragungen durch. Ein Beamter neben der Tür passte auf, dass der Anwalt nicht auf dumme Gedanken kam.

Alpay reichte ihr einige Computerausdrucke. «Das sind seine Handydaten der letzten vierzehn Tage. Wir haben dir die wichtigsten Ortungsdaten rot markiert. Vornehmlich die Funkzellen, wenn er seinen Kumpel im Krankenhaus in der HafenCity besucht hat. Auffällig dabei: die Todesnacht. Sein Handy war zur Tatzeit ausgeschaltet. Was ich interessant finde, wenn man bedenkt, dass der Typ sonst auch nachts immer auf Empfang ist.»

«Und gestern, als die Knüpfer vor die Bahn gefallen ist?»

«Da war es in der Funkzelle eingeloggt, in der auch die U-Bahn-Station liegt, aber …»

«… die ist vermutlich groß und auch nur ein Indiz, kein Beweis. Danke, Alpay.»

Franka schaute wieder in den Vernehmungsraum hinüber. Bergmann hielt den Blick starr auf seine Hände gerichtet, die er vor sich auf dem Tisch abgelegt hatte. Gestik und Mimik von Tatverdächtigen konnten aufschlussreich sein. Aber Franka ging davon aus, dass ein Anwalt seines Kalibers die Kontrolle über sein Verhalten behielt. Dass er sie verlieren würde, dafür wollte Franka sorgen. Sie wusste, dass ein hartes Stück Arbeit vor ihr lag. Ihre Anspannung nahm noch zu, als Martin Suttmann den Raum betrat.

«Moro müsste gleich hier sein.» Sie nickte stumm. «Und du bist wirklich überzeugt, dass er es war?»

«Es passt alles zusammen, Martin.»

«Aber beweisen kannst du es nicht.»

«Noch nicht.»

«Ging leider nicht schneller», sagte die Staatsanwältin, als sie ihre Aktentasche auf einem Bürostuhl abstellte. «Guten Abend. Ich hoffe, Frau Erdmann, Sie irren sich nicht. Bei der Indizienkette ...» Moro legte besorgt die Stirn in Falten. «Wenn das hier schiefgeht, lesen wir alle unsere Namen in der Zeitung, davon können Sie mal ausgehen.»

Franka schaute in die erwartungsvollen Gesichter der Soko Intensiv, die sich vollständig versammelt hatte. Sie wusste, dass ihr gleich ein Beschuldigter gegenübersitzen würde, der vermutlich mit allen Befragungstechniken der Polizei vertraut war – von der effizienten Aussageprüfung bis zum kriminalpsychologischen Wissen um verbale und nonverbale Lügensymptome. Für diese Vernehmung benötigte Franka ihre ganze Konzentration und ihre dreißigjährige Berufserfahrung.

«Sybille, du begleitest mich.»

Kurz darauf betraten die beiden den Vernehmungsraum. Franka hatte sich entschlossen, in der Befragung von Anfang an auf Tempo zu setzen. Lügen wurde auch für einen erfahrenen

Juristen irgendwann anstrengend. Den Überblick über seine Angaben zu behalten, auch. So eine Befragung konnte Stunden dauern. Statt für Alpay hatte sie sich spontan für Sybille entschieden. Vielleicht weil sie insgeheim hoffte, dass ihn zwei erfahrene Beamtinnen psychologisch mehr stressten.

Ohne Umschweife drückte sie nun die Taste des Aufnahmegeräts vor sich auf dem Tisch.

«Anwesend sind Kriminalhauptkommissarin Franka Erdmann, Kriminalkommissarin Sybille Wischmeier und Dr. John David Bergmann, geboren am 28.2.1982, wohnhaft in Hamburg.»

Sie bemerkte, wie er flüchtig in Richtung des Einwegspiegels schaute. Er setzte dabei ein süffisantes Lächeln auf, mit dem er vielleicht den Beamten hinter der Scheibe zu verstehen geben wollte: *Sie können mir gar nichts.* Franka war sicher, dass der Mörder von Ostersetzer und Knüpfer direkt vor ihr saß.

«Herr Dr. Bergmann. Ihnen wird die Tötung von Malte Ostersetzer zur Last gelegt. Sie stehen in dringendem Tatverdacht, ihm in der Nacht von Samstag auf Sonntag zwischen 1:50 und 2:30 Uhr einen Betablocker auf der Intensivstation der Karesis-Klinik in der HafenCity gespritzt zu haben. Des Weiteren werden Sie beschuldigt, gestern Abend gegen 19:00 Uhr Cornelia Knüpfer vor eine einfahrende U-Bahn gestoßen zu haben. Ihnen steht frei, sich zu den Vorwürfen zu äußern oder in der Sache nicht auszusagen. Ich mache Sie darauf aufmerksam, dass es Ihnen zusteht, sich vor dieser Befragung mit einem Verteidiger zu besprechen.»

Er lachte. Das würde ihm noch vergehen, hoffte Franka. Sie deutete auf das Mikrofon. «Die Vernehmung des Beschuldigten ist in Bild und Ton aufzuzeichnen …»

«… wenn dem Verfahren ein vorsätzliches Tötungsdelikt zugrunde liegt», unterbrach er sie genervt. «Ich kenne die Belehrung, Frau Erdmann. Bitte, ich möchte heute noch nach Hause.» Er schaute provozierend auf seine teure Armbanduhr.

Wenn es nach Franka ginge, würde Bergmann direkt von hier in die Untersuchungshaftanstalt in die Holstenglacis gebracht werden. Sie ließ sich nicht von ihm hetzen und beendete die Belehrung in Ruhe. Dann lehnte sie sich zurück.

«Herr Dr. Bergmann, unsere Ermittlungen haben ganz klar ergeben, dass Sie die beiden Taten begangen haben.» Franka begann mit einer bestens erprobten und vorgegebenen Feststellung für polizeiliche Befragungen. Dabei ließ man keinen Zweifel daran, von der Schuld des Gegenübers überzeugt zu sein. Ein probates Mittel auf dem Weg zum Geständnis.

«Wo waren Sie in der Nacht, in der Malte Ostersetzer getötet wurde?»

«In meinem Bett.»

«Dafür gibt es Zeugen?»

«Nein.» Auch Bergmann lehnte sich nun auf seinem Stuhl zurück. «Aber deswegen wird aus einem Indiz noch lange kein Beweis, Frau Erdmann.»

Seine Lässigkeit spornte Franka nur noch mehr an.

Alpay stand mit Ina hinter der Scheibe mit direkter Sicht auf Bergmann und drückte seiner Vorgesetzten die Daumen. Anders als noch vor ein paar Monaten fühlte er sich nicht ausgeschlossen, weil er bei der Vernehmung nicht dabei war. Er würde hier draußen die Ermittlungen koordinieren und Franka bei Neuigkeiten über Bergmann sofort informieren.

«Was für ein arroganter Typ», hörte er Moro zu Martin Suttmann sagen. Sie befürchtete, dass Franka sich an Bergmann die Zähne ausbeißen könnte. Alpay hingegen hoffte sehr, dass sich die Staatsanwältin irrte. In diesem Moment begann der Anwalt, leicht mit dem Fuß zu wippen.

«Herr Dr. Bergmann», Frankas Stimme ertönte über die Boxen im Raum, «wo waren Sie, als Frau Ostersetzer Sie vor fünf Tagen darüber informiert hat, dass ihr Mann aus dem Koma erwacht ist?»

«Meine Mutter hatte Judith, also meine Lebensgefährtin, und mich zum Essen nach Hause eingeladen.»

«Sie sagten eben, dass Sie die Nacht aber alleine verbracht haben.» Franka beobachtete Bergmann genau.

«Nach dem Essen habe ich Judith nach Hause gefahren.»

«Sie bringen Ihre Freundin mit zu Ihren Eltern zum Essen und fahren sie danach nach Hause? Sie waren gerade darüber informiert worden, dass Ihr bester Freund aus dem Koma erwacht ist und dass er weder sprechen noch sich bewegen konnte. Bis auf die Augen. Sie wollten also alleine sein. Ist das nicht ungewöhnlich an so einem Abend?»

«Ich musste am nächsten Tag fit sein.»

«Ihr Vater hat seine Praxis unten im Haus?»

Er atmete angestrengt durch und schaute zum zweiten Mal kurz zum Einwegspiegel hinüber. «Ja. Im Erdgeschoss.»

«Was für ein Arzt ist Ihr Vater?»

Bergmann lächelte arrogant. «Frau Erdmann, das wissen Sie doch längst!»

«Was für ein Arzt ist Ihr Vater?»

«Kardiologe.»

«Trifft es zu, dass Sie vorgestern Abend mit Frau Ostersetzer, den Kindern und Ihrer Lebensgefährtin an der Elbe gegrillt haben?»

Er schnaubte verächtlich. «Weder habe ich Malte seinen Ehering abgenommen, noch habe ich ihn an diesem Abend dort im Sand verloren. Falls Sie gerade der hirnrissigen Theorie von Frau Ostersetzer folgen!»

Alpay schaute zu Suttmann hinüber, der fasziniert vor der Scheibe des Einwegspiegels saß wie vor einem spannenden Fußballspiel. «Schau sich einer die Erdmann an», sagte er anerkennend. «Immer noch gutes Tempo, die Frau.»

Ina trat zu Alpay und informierte ihn leise darüber, dass Matze endlich die noch fehlenden Aufnahmen von der Hamburger Hochbahn erhalten hatte. Alpay spürte, wie ihm zusätzliches Adrenalin ins Blut schoss. Sofort setzte er sich im Raum an einen der Rechner und öffnete die Videosequenzen aus der U-Bahn-Station Alsterdorf auf dem Server des LKA.

«Sie haben Frau Ostersetzer am Strand bedroht.» Franka stand auf und stützte sich auf der Tischplatte ab. Sie schaute auf Bergmann hinunter. «Wieso?»

«Hat sie Ihnen das erzählt? Lächerlich!»

«Wie oft haben Sie Ihren Freund im Krankenhaus besucht?» Wieder wechselte sie das Thema.

«Jeden Tag.»

«Genug Zeit, die Abläufe auf der Station kennenzulernen. Eine Schwester erinnerte sich daran, dass Sie interessiert Fragen gestellt haben. Sie sagte, das kommt selten vor. Wann haben Sie den Plan entwickelt, Ihren Freund von seinem Leiden zu befreien? Oder war das eine spontane Aktion an diesem Abend?»

«Das ist doch absurd!»

«Als Sie vor fünf Tagen von Frau Ostersetzer am Telefon erfahren haben, dass ihr Mann stark behindert aus dem Koma erwacht ist, sind Sie nach unten in die Praxis Ihres Vaters geschlichen und haben sich eine Einwegspritze und einen Betablocker besorgt. Anschließend haben Sie Ihre Freundin nach Hause gefahren, um sich mitten in der Nacht ungestört ins Krankenhaus aufzumachen. War es so?»

«Nein, Frau Erdmann. Ich habe geschlafen.»

«Aber mitten in der Nacht haben Sie Ihr Telefon bei sich zu Hause in den Flugmodus geschaltet. Nach der Tatzeit hat sich das Gerät wieder in die Funkzelle geloggt.»

«Das alleine ist noch kein Verbrechen.»

«Laut Ihren Handydaten zumindest ungewöhnlich. Außerdem haben Sie zuvor gesagt, dass Sie geschlafen haben.»

Sie bemerkte, dass er wieder mit dem Fuß wippte.

«Wer weiß», fuhr Franka fort, «vielleicht hat Herr Ostersetzer im Koma wirklich mitbekommen, dass zwei Wochen zuvor ein Patient durch eine Schwester ums Leben gekommen ist. Und hier laufen jetzt plötzlich zwei Taten ungeplant zusammen, weil Sie denken, Herr Dr. Bergmann, dass ein toter Patient auf der Intensivstation mehr oder weniger niemandem auffällt.»

Franka erhob sich von ihrem Stuhl und begann, langsam im Raum auf und ab zu gehen. Es entspannte sie nicht, aber für gewöhnlich verunsicherte es einen Tatverdächtigen. «Als Frau Ostersetzer auf eine rechtsmedizinische Untersuchung ihres Mannes drängt, wird Ihnen bewusst, dass dieser Befund Ihnen sogar noch in die Hände spielt. Jeder wird bei Herrn Ostersetzers Tod glauben, dass eine Krankenschwester geschlampt hat.» Er spreizte seine Hände und legte sie ruhig auf die Tischplatte.

Franka fuhr unbeirrt fort. «Als wir durch unsere Ermittlungen dann anfangs eine Serie vermuten, wird auch Ihr bester Freund dazugezählt. Bis zu der Aussage von Cornelia Knüpfer. Die Frau hat Sie gesehen, Herr Dr. Bergmann. So wie Sie auch Frau Knüpfer vor der Toilette gesehen haben. Gestern, als Sie sie bei uns im Präsidium getroffen haben, bekamen Sie Angst, dass sie sich vielleicht erinnern könnte.»

«Wie oft denn noch?» Bergmanns Ton wurde aggressiv. «Ich war es nicht! Mit Verlaub, Frau Erdmann. Ich bin gegen jegliche Form der Sterbehilfe. Ich verbitte mir solche Anschuldigungen!» Franka realisierte, dass sie Bergmann endlich so weit hatte: Er verlor die Nerven.

«Wo waren Sie gestern Abend gegen 19:00 Uhr?»

«Nach dem Besuch hier im Präsidium bin ich in den Stadtpark gegangen. Spazierengehen ist ja wohl kein Straftatbestand.»

Franka wusste, die grüne Lunge der Stadt lag im Radius der U-Bahn-Station.

Es klopfte, und Alpay steckte den Kopf zur Tür hinein. «Kommt ihr bitte mal.»

Franka und Sybille verließen den Raum, ein uniformierter Beamter behielt Bergmann im Blick. Franka war klar, dass es wichtige Neuigkeiten geben musste, wenn Alpay die Befragung unterbrach. Ihr Puls beschleunigte noch mehr.

Nebenan setzte sich Alpay hoch konzentriert wieder vor den Rechner. «Hier, schaut euch das an.» Hinter ihm versammelten sich nicht nur die Staatsanwältin und Suttmann, sondern auch Franka und Sybille. Alpay deutete auf den Bildschirm vor sich. «Das sind die Aufnahmen aus der U-Bahn-Haltestelle Alsterdorf. Alles neue Kameras. Super Bildauflösung. Hier betritt Cornelia Knüpfer nach ihrer Befragung gestern im Präsidium den Eingangsbereich der Station.» Er ließ den Clip laufen. «Drei Minuten später passiert das hier.» Neben einigen Passanten folgte ein Mann in einem Overall. Er trug ein tief ins Gesicht gezogenes Baseballcap und eine Sonnenbrille. Alpay vergrößerte die Aufnahme, doch das Gesicht des Mannes war nach unten gerichtet und nicht zu erkennen. Ganz offensichtlich war sich die Person der Kameraüberwachung bewusst.

«Na toll», sagte Franka ungehalten. «Vielleicht ist es Bergmann, vielleicht aber auch nicht. Und jetzt?»

«Warte.» Alpay öffnete einen zweiten Clip. Aus einer weiteren Kameraperspektive war der Mann darauf nur von hinten zu erkennen. Aber auf seinem Rücken prangte der Schriftzug der Reinigungsfirma, die als externer Dienstleister für die Karesis-Kliniken arbeitete.

«Ich hab's gewusst!» Franka ballte die Faust.

«Wenn das wirklich Bergmann ist, dann hat er den Overall nach der Tat behalten?» Sybille schaute ungläubig in die Runde.

«Es gibt doch immer wieder Täter, die eine Erinnerung an ihre Taten aufheben. Aber vielleicht lag das Teil auch einfach noch in seinem Kofferraum, weil er noch keine Gelegenheit hatte, es zu entsorgen.»

«Ich habe das Kameramaterial aus Alsterdorf mit dem aus der Kellinghusenstraße verglichen», sagte Alpay. «Genau diese Gestalt mit dieser Baseballmütze steht direkt hinter Frau Knüpfer, als sie einen Bahnhof weiter vor die U-Bahn fällt.»

«Das nützt uns gar nichts, solange wir sein Gesicht nicht erkennen», mischte sich die Staatsanwältin ein.

«Jetzt wartet es doch alle mal ab.» Noch einmal zeigte Alpay einen der eben übermittelten Ausschnitte. Der Kamerawinkel war so steil, dass die Person nur von oben zu erkennen war, als sie die Treppe zum Bahnsteig hinaufging. «Achtung, jetzt.» Er hielt das Bild an. Darauf griff sich die Gestalt mit der rechten Hand an den Schirm ihrer Baseballmütze, um sie tiefer ins Gesicht zu ziehen. Alpay zoomte auf das Handgelenk. Der Ärmel war ein Stück nach oben gerutscht. «Seht ihr die Uhr? Wahrscheinlich Schweizer Fabrikat. Bisschen teuer für jemanden, der für 'n Mindestlohn Toiletten putzt.»

Franka kniff die Augen zusammen und setzte ihre Lesebrille auf. «Sag mal, ist das ein grünes Ziffernblatt?»

Alpay vergrößerte das Bild um die letzte mögliche Einstellung: Genau so eine Uhr trug Bergmann.

«Ich beantrage sofort einen Haftbefehl», sagte Moro und verließ zum Telefonieren den Raum. Suttmann wandte sich an Franka. «Glückwunsch. Dann war's das. Er kommt sofort in Untersuchungshaft.»

«Mo-ment.» Franka schaute durch den venezianischen Spiegel nach nebenan. Bergmann rutschte ungeduldig auf seinem Stuhl hin und her. Wurde er nervös, weil man Franka aus dem Raum geholt hatte? Vermutlich ahnte er, dass man sie mit wichtigen Informationen versorgte. «Gib mir noch etwas Zeit, Martin. Zwar können wir jetzt beweisen, dass vermutlich Bergmann Frau Knüpfer am Umsteigebahnhof vor die U-Bahn gestoßen hat. Somit gilt er auch in Bezug auf den Mord an Malte Ostersetzer als dringend tatverdächtig, aber ... was war sein Motiv? Bei Marion Kramer wissen wir, sie hat Patienten getötet, denen man ihrer Meinung nach nicht mehr helfen konnte. Und Bergmann? Der ist ja kein Todesengel, oder doch? Ich will, dass der Mann seine Taten gesteht, verstehst du? Was um Gottes willen bringt jemanden dazu, seinen angeblich besten Freund zu töten und dann auch noch eine Zeugin aus dem Weg zu räumen?»

Martin nickte. Vermutlich wusste er, dass Franka recht hatte und dass er gegen ihren Ehrgeiz nicht ankam.

«Muss ja wichtig gewesen sein, dass man Sie aus der Befragung holt.» Bergmann tat locker, als würde er die Unterbrechung für einen Bluff halten. Doch Franka meinte, eine leichte Verunsicherung bei ihm zu spüren. Als sie mit Sybille wieder Platz nahm, warf sie einen kurzen Blick auf seine Armbanduhr mit dem mintgrünen Ziffernblatt. Die Uhr, die Frankas Indizienkette gegen jede Erschütterung absicherte.

«Es muss furchtbar für Sie gewesen sein, Ihren besten Freund so … hilflos in seinem Spezialbett liegen zu sehen. Oder?»

Er schaute sie überrascht an, denn ihr Ton war weich geworden. Statt das vorherige Tempo ihrer Befragung wieder aufzunehmen, wollte Franka Bergmann nun eine moralische und psychologische Rechtfertigung seiner Taten ermöglichen. Oftmals konnten Täter ihre Verantwortung so minimieren und vor sich selbst verharmlosen. Manchmal knickten sie dadurch leichter ein. Und Franka wollte nicht weniger als ein Geständnis.

«Aber deswegen bringe ich Malte doch nicht um.»

«Auch schlimm für Frau Ostersetzer. Und die beiden Kleinen. Finden Sie nicht?»

Er schwieg.

«Seine Frau hätte ja zeitlebens einen Pflegefall betreuen müssen.»

«Frau Erdmann, was soll das?»

Sie atmete durch. «Frau Ostersetzer hat mir vorhin erzählt, dass sie ein Kind erwartet.»

Er nickte.

«Sie haben ihr geraten, es nicht zu bekommen.»

«Wie soll Anna das denn bewerkstelligen? Alleinerziehend mit einer halben Stelle? Die Raten für das Dachgeschoss kann sie so jedenfalls nicht bezahlen.»

Er schaute das erste Mal zu Boden. Auch er hatte den Druck aus der Stimme genommen. «Ich war es nicht.»

Franka wusste, dass er sie anlog. Aber sie blieb cool, denn die Befragungssituation schien ihn langsam anzustrengen.

«Herr Dr. Bergmann, Sie waren Anna seit Maltes Unfall eine große Hilfe, das hat sie uns gesagt. Zu jeder Tages- und Nachtzeit waren Sie für sie da.»

«Das macht man so für seine besten Freunde.» Er lächelte flüchtig.

Beste Freunde … Franka erinnerte sich daran, dass Bergmann und Anna Ostersetzer laut seiner Assistentin auch mal ein Techtelmechtel gehabt hatten. Sie hatte angedeutet, dass er, was Frauen anging, wohl kein glückliches Händchen besaß. Sie spürte seinen fragenden Blick, weil sie nachdachte und schwieg.

«Sagen Sie mal, Herr Dr. Bergmann … wie lange sind Sie eigentlich mit Ihrer jetzigen Partnerin schon zusammen?»

Er schaute sie überrascht an. «Wofür ist das wichtig?»

«Bitte, beantworten Sie meine Frage.»

«Seit drei Monaten.»

«Wir wissen, dass Sie und Anna Ostersetzer mal ein Paar gewesen sind.»

Mit einem Lachen versuchte er, seine Überraschung zu überspielen, das war offensichtlich. «Das ist über fünfzehn Jahre her. Zu Studentenzeiten. Sie hat sich dann eben für Malte entschieden.»

«Der fünfzehn Jahre später nicht mehr schlucken konnte, nicht atmen, nicht mal die Hand heben.» Franka zog das Tempo wieder an. «Er wäre eine Belastung für seine Frau geworden. In den Augen mancher Leute vielleicht sogar ein Klotz am Bein. Ein ewig schlechtes Gewissen, das seine Frau immer wieder eingeholt hätte. Und ob sie finanziell über die Runden gekommen wäre, wie Sie sagen? Herr Ostersetzer hatte eine Lebensversicherung, das wussten Sie, Herr Dr. Bergmann. Damit lassen sich die Raten für die Dachgeschosswohnung tilgen.»

Er schwieg. Dann schüttelte er betont amüsiert den Kopf.

Franka betrachtete den Mann eingehend. Bergmann hatte zwei grauenvolle Morde begangen.

«Sie haben abgewogen, richtig? Annas Verpflichtung, sich zeitlebens um ihren pflegebedürftigen Mann kümmern zu müssen, gegen einen Neuanfang nach der Trauerphase.»

Bergmann schaute stumm auf seine Hände vor sich auf dem Tisch. Er schnaubte verächtlich.

«Herr Dr. Bergmann. Empfinden Sie Frau Ostersetzer gegenüber vielleicht mehr als freundschaftliche Gefühle? Wollten Sie deswegen, dass die Frau eine Chance auf einen Neuanfang bekommt?»

Er legte den Kopf in den Nacken und atmete angestrengt durch, so, als könne er nicht glauben, was Franka für einen Schwachsinn redete. Doch sie ließ sich nicht beirren.

«Ein Neuanfang vielleicht sogar – mit Ihnen? Sie waren zu Studentenzeiten ganz dicke mit Malte. Dann rivalisieren Sie um die gleiche Frau. Ihr Buddy macht das Rennen. Sie sind ein guter Verlierer. Aber vielleicht nur nach außen? Wir haben recherchiert, Herr Ostersetzer. Sie haben damals, kurz nachdem die beiden ein Paar wurden, das Studienfach und die Uni gewechselt. Warum?»

«Ich fand Jura spannender als Architektur.»

«Um das zu realisieren, brauchten Sie ganze sechs Semester? Könnte es nicht vielmehr sein, dass Sie die unmittelbare Konkurrenz zu Ihrem besten Freund nicht aushalten konnten, der mit dieser jungen Kommilitonin glücklich wurde?»

Bergmann schwieg und schluckte. Franka hoffte, sie hatte den Nagel auf den Kopf getroffen.

«Es hat einige Jahre gedauert, bis Sie sich alle wieder angenähert hatten und Sie schließlich Patenonkel vom ältesten Sohn der beiden wurden. Herr Dr. Bergmann, lieben Sie Frau Ostersetzer noch? Haben Sie Ihren besten Freund deshalb mit einem Medikament getötet, das Sie in der Praxis Ihres Vaters gestohlen haben?»

Bergmann wischte sich mit dem Handrücken eine Träne weg. Vor Wut? Vor Erleichterung?

«Wussten Sie eigentlich», sagte er schließlich leise, «dass es meine Idee war, die Rubine auf die Innenseite der Eheringe setzen zu lassen?»

Franka drehte sich zum Einwegspiegel und gab den Kollegen dahinter ein Zeichen.

«Herr Dr. Bergmann, ich verhafte Sie wegen der vorsätzlichen Morde an Malte Ostersetzer und Cornelia Knüpfer.»

39 Hamburg. Freitag.

Am nächsten Morgen um 8:30 Uhr, Franka hatte die Rückenlehne ihres Bürostuhls nach hinten geklappt, die Beine lagen auf ihrer Schreibtischunterlage, telefonierte sie mit der Staatsanwältin.

«… der Untersuchungsrichter hat die Beschlüsse zur Durchsuchung der Datenträger bei Karesis in der HafenCity bewilligt, Frau Erdmann. Schicke ich Ihnen gleich zu. Ach, und … noch einmal Glückwunsch. Das war gestern großes Kino.» Für einen Moment dachte Franka, sie habe sich verhört. Moro machte ihr tatsächlich ein Kompliment? Franka bedankte sich und legte auf. Was war das denn?

Sie spürte ihren gesunkenen Nikotinpegel. Neben der Kaugummidose lag ein Einwegfeuerzeug auf ihrem Schreibtisch. Doch statt sich eine Zigarette anzuzünden, stand sie abrupt auf, öffnete das Fenster und atmete durch. Der kühle Sommermorgen roch nach frischem Regen. Sie hatten es also geschafft, zumindest fast. Die Tötungsserie von Marion Kramer aufzuklären, würde vermutlich eine Mammutaufgabe werden. Eventuelle Taten in ihrer Vergangenheit, von denen man ausgehen musste, erforderten eine Zusammenarbeit mit den Kollegen des LKA Niedersachsen.

«Moin, Franka.» Sie schaute ins Großraumbüro hinüber, das Alpay nun betrat. Er hängte seine Jacke über seinen Schreibtischstuhl. Dann lehnte er sich zu ihr in den Türrahmen. Mit diesem typischen Grinsen im Gesicht war er wieder ganz der etwas zu arrogante junge Kollege. Langsam schienen ihm die Schuhe zu passen, die im Winter noch zu groß gewesen waren und die Frankas verstorbener Kollege Armin hinterlassen hatte.

«Wie geht's deinem Vater?»

«Er wird heute Morgen auf die Normalstation verlegt. Meine Mutter ist schon auf dem Weg zu ihm.»

Franka hörte, wie Alpay im Großraumbüro mit der Kaffeedose klapperte. Sie ging zu ihm hinüber. «Ich glaube, wir haben bei Frau Kramer und Herrn Dr. Bergmann ähnlich gelagerte Motive. Allerdings will Marion Kramer Sterbenskranke vom Leid erlösen und Bergmann die Frau, für die er insgeheim noch mehr als nur Freundschaft empfindet.» Sie setzte sich auf Sybilles Schreibtisch.

«Ganz schön perverse Nummer.» Alpay füllte über dem Waschbecken Wasser in die Kanne.

«Sicher. Aber gestern hast du noch gesagt, du würdest so schwer geschädigt auch nicht leben wollen.»

«Das ist ja wohl ein Unterschied. Ob ich die Entscheidung über mein eigenes Leben treffe und sage, dass ich auch meinen Eltern so einen Albtraum ersparen will, oder ob Papa mich tötet, weil er meiner Mutter die Pflege nicht zumuten möchte.»

«Glaubst du nicht», Franka streckte sich, zwei Wirbel knackten leise, «dass sich so etwas ganz leicht dahinsagt, wenn man nicht betroffen ist? Man hängt doch am Leben, oder nicht?»

«Sagte die Kettenraucherin.»

Sie ließ sich nicht auf das Thema ein, musste aber insgeheim zugeben, dass er da einen Punkt hatte.

«Macht einen schon ein bisschen sprachlos, wie kaltschnäuzig

Bergmann das durchgezogen hat, oder?» Alpay füllte Kaffeepulver in den Filter. «Du musst ziemlich gute Nerven haben, wenn du nachts das Klinikgelände betrittst und durch die Tiefgarage in die Katakomben gehst, wo sich auch der Putzdienst umzieht.»

«Stimmt. Du darfst aber nicht vergessen, Alpay, Bergmann hatte vierzehn Tage Zeit, die Abläufe in der Klinik genau zu studieren.»

Er stellte die Kaffeemaschine an. «Der Typ fährt einfach so mit dem Versorgungsfahrstuhl auf Station. Erinnerst du dich, was Frau Dr. Menkowitz über die Anonymität in solchen Kliniken zu Protokoll gegeben hat?»

«Dass auch ich in einem weißen Kittel über die Station gehen könnte, ohne dass mich jemand anspricht?»

Alpay nickte und setzte sich auf seinen Schreibtisch. «Bergmann tötet nicht, und das wäre schon abartig genug, um Ostersetzer zu erlösen. Er bringt ihn um, weil er seiner Frau das Leid ersparen will, einen Pflegefall betreuen zu müssen. Etwas kranke Form von … Zuneigung?»

«Nenn es ruhig Liebe, Alpay. Vielleicht hat Bergmann deshalb auch Ostersetzers Ring an sich genommen. Den kleinen Rubin, der als Symbol für Annas Herz in der Ringschiene eingesetzt war, wollte Bergmann vielleicht endlich mal an seiner eigenen Hand spüren.» Franka ging zurück in ihr Büro, wo sie ihre Sachen zusammensuchte und die Unterhaltung währenddessen fortsetzte. «Insgeheim hat er diese Frau all die Jahre geliebt. Und als ihr Mann plötzlich verunglückt, holen ihn seine Gefühle mit voller Wucht wieder ein.» Sie tauchte wieder im Türrahmen auf und hängte sich ihre Tasche um.

«Ähm … Kaffee ist gleich fertig. Wo willst du denn jetzt hin?» Alpay sah sie überrascht an.

«Freuen sich die Kollegen drüber. Komm, die Spurensicherung wartet auf uns. Eine Schlacht gibt es im Fall von Malte Ostersetzer nämlich noch zu schlagen.»

Sie freute sich immer, wenn sie Alpay ratlos sah.

Eine halbe Stunde später wurden Franka und Alpay von Marita Michelhausen in Friedhoffs Büro geführt. Die Verhaftung von Marion Kramer hatte wohl schon gestern im Haus die Runde gemacht.

«Guten Morgen, Frau Erdmann», wurde sie von Friedhoff begrüßt. Gurte Amrein, Dr. Petzold, Friedhoff und zwei Herren in dunkelblauen Anzügen, die der Professor als Juristen der Klinikgruppe vorstellte, saßen bereits am Konferenztisch.

«Nein, Herr Professor, das ist definitiv kein guter Morgen. Weder für mich noch für Sie.» Franka ging zum Fenster und schaute auf den Seitenarm der Elbe hinunter. Alpay hielt sich im Hintergrund.

«Nach der Aufarbeitung von Frau Kramers Taten werde ich alles in meiner Macht Stehende tun, dass Sie zur Verantwortung gezogen werden. Alle, wie Sie da sitzen.»

«Frau Erdmann, ziehen Sie eigentlich irgendeine persönliche Befriedigung aus Ihren permanenten Anschuldigungen gegen uns?» Gurte Amreins Angriff als Verteidigung überraschte Franka nicht. «Keiner von uns hat doch überhaupt von diesen schrecklichen Dingen gewusst.»

«Das können Sie der Staatsanwaltschaft erzählen, wenn diese Anklage wegen Totschlag durch Unterlassung erhebt. Die Untersuchungen werden zeigen, wer außer Ihnen noch die Augen zugemacht hat.» Sie wandte sich an Petzold. «Frau Knüpfer hatte Sie bereits vor über zwei Wochen, nach dem Tod von Herrn

Dr. Henkelmann, auf die ungewöhnlich hohe Mortalitätsrate aufmerksam gemacht. Und jetzt sage ich Ihnen mal was: Sie scheren sich einen Dreck um Ihre Mitarbeiter. Sie begünstigen ein System, das Sie vielleicht nicht installiert haben, in dem Sie aber an der größten Schraube stellen. Ob Ihre Mitarbeiter auf der Strecke bleiben, interessiert Sie immer erst dann, wenn etwas öffentlich zu werden droht, habe ich recht?»

Er schwieg.

«Sie hatten längst eine Ahnung, als Frau Knüpfer mit Ihnen geredet hat, Herr Dr. Petzold.» Sie schaute die Anwesenden der Reihe nach an. Keiner wagte, ihr ins Gesicht zu sehen. «Vielleicht hatten Sie alle Marion Kramer schon längst ins Visier genommen. Wahrscheinlich hatte Frau Michelhausen in Ihrem Auftrag bereits eine Liste mit den auf der ITS Verstorbenen angefertigt und mit den Dienstplänen abgeglichen.» Franka schaute zur Assistentin, die hektische rote Flecken an Hals und im Gesicht bekam. «Sie waren der Polizei einen Schritt voraus, stimmt's? Als dann Frau Knüpfer die Ampulle im Zimmer von Herrn Dr. Henkelmann gefunden hat, in der Nacht, in der Marion Kramer für ihn zuständig war, glaubten Sie, mit Ihrem Verdacht gegen Frau Kramer richtigzuliegen. Aber was haben Sie gemacht? Keiner von Ihnen hatte das Rückgrat, die Staatsanwaltschaft einzuschalten. Ein ramponiertes Image hätte der Klinik auf unabsehbare Zeit wirtschaftlich einen immensen Schaden zugefügt. Sie wollten das *Problem* intern lösen und Marion Kramer loswerden. Und die erste Möglichkeit, die sich Ihnen geboten hat, war der Personalnotstand in Altona. Genug Zeit, sich zu überlegen, was Sie mit der Frau im Anschluss tun können. Mit einem guten Zeugnis wegloben?» Franka schüttelte fassungslos den Kopf. «Und Cornelia Knüpfer haben Sie nach dem Gespräch ordentlich unter Druck gesetzt. Nicht nur sie könnte noch leben, wenn Sie Ihre ärztliche Schweigepflicht nicht für Ihren eigenen Vorteil missbraucht hätten. Sie schüren hier ein Klima der Angst. Und Sie sind alle keinen Deut besser als Frau Kramer.»

Franka drehte sich zu Alpay um, der ihr eine Mappe reichte.

«Wir haben hier die Beschlüsse der Hamburger Staatsanwaltschaft, die uns dazu berechtigen, Ihre gesamte EDV zu beschlagnahmen. Draußen stehen meine Kollegen bereit, ebenso wie ein Sonderteam der Rechtsmedizin in Eppendorf. Ich hoffe sehr, dass Ihnen die juristische Aufarbeitung und das anschließende Verfahren die Strafe beschert, die Sie verdienen. Guten Tag.»

Alpay saß neben Franka auf dem Beifahrersitz ihres alten Nissans. Sie fuhren schweigend von der HafenCity zurück ins Präsidium. Er schaute auf den altmodischen Zigarettenanzünder im Armaturenbrett, den er ihr im letzten Jahr zu Weihnachten geschenkt hatte, weil das Original verloren gegangen war. Eine lange Geschichte.

«Ich meine, dein Auto, schon klar, und ich will auch nicht wieder Stress machen und so …» Er wusste, er betrat vermintes Gebiet. Aber der Herzinfarkt seines Vaters hatte Alpay klargemacht, wie schnell es einen auch als Nichtraucher aus dem Leben befördern konnte. Er hatte sich gerade erst an Franka Erdmann gewöhnt, und irgendwie wollte er nicht … ach, was sollte es. Er schaute sie von der Seite an.

«Könntest du dir eigentlich vorstellen, mit dem Rauchen aufzuhören?»

Sie lachte.

«Was ist denn daran so komisch?»

«Hast du nicht Angst, ich könnte dir sagen, dass du dich um deinen eigenen Scheiß kümmern sollst?»

Er schluckte kurz. Ihr Tonfall erinnerte ihn an den Beginn ihrer Zusammenarbeit, wenn sie ihn hatte auflaufen lassen, gerne vor versammelter Mannschaft.

Sie fuhren eine Weile schweigend durch die HafenCity. An einer roten Ampel zog Franka den Zigarettenanzünder aus der Buchse und drückte ihm das Teil in die Hand. «Könntest du gut für mich darauf aufpassen?» Was war das denn jetzt? Kündigte sie ihm gerade die *Freundschaft*?

«Okay, Alpay. Wie du schon bemerkt hast, wehre ich mich bereits erfolgreich gegen meine Energydrinks.» Sie schob den Ärmel ihrer hellblauen Sommerbluse nach oben. «Im nächsten Jahr werde ich sechzig. Ich kann es ja zumindest mal probieren.»

Auf Franka Erdmanns Oberarm klebten drei große Nikotinpflaster.

Danke

Diese Geschichte zu erzählen, wäre ohne meine Unterstützer:innen gar nicht möglich gewesen. Auch für dieses Buch geht mein Dank an Ilze Cipulis-Levits von der Staatsanwaltschaft Berlin, die mich schon für «Das Profil» beraten hat. Der Gerichtsmediziner Philipp Möller vom Landesinstitut für gerichtliche Medizin in Berlin war mir ebenfalls eine große Hilfe.

Für die übersetzten Dialoge der Familie Eloğlu möchte ich mich bei dem türkischen Muttersprachler Valentin Fröhlich bedanken, der mir schon vor über zwanzig Jahren einen Song von Tarkan phonetisch beigebracht hat.

Eine sehr große Hilfe war mir eine Frau, die ich an dieser Stelle Diana Mayerhof nenne, um ihren Klarnamen zu schützen. Sie hat viele Jahre, unter anderem als Intensivpflegekraft, auch in Hamburger Kliniken gearbeitet. Ihre Einblicke in den Berufsalltag des medizinischen Pflegepersonals und die Abläufe einer Intensivstation gingen weit über die Papier- oder Internetrecherche eines Autors hinaus. Danke, Frau Mayerhof! Wie immer nehme ich alle Ungenauigkeiten auf meine Kappe.

Autoren und Autorinnen sind die Motoren ihrer Geschichten. Aber Lektor:innen sorgen erst dafür, dass viele von uns überhaupt ihr Ziel erreichen. Danke an Carla Felgentreff für das Feinlektorat von «Die Klinik». Mein größter Dank für dieses

Buch geht an meine Lektorin Anne Tente, die meinen Schreibprozess mit analytischem Blick, weiser Geduld und unfassbarer Motivation begleitet hat. Danke, Anne!

Und danke an meine Familie und meinen Mann. Ich hätte jetzt wieder etwas Zeit …